劫后余笙 上

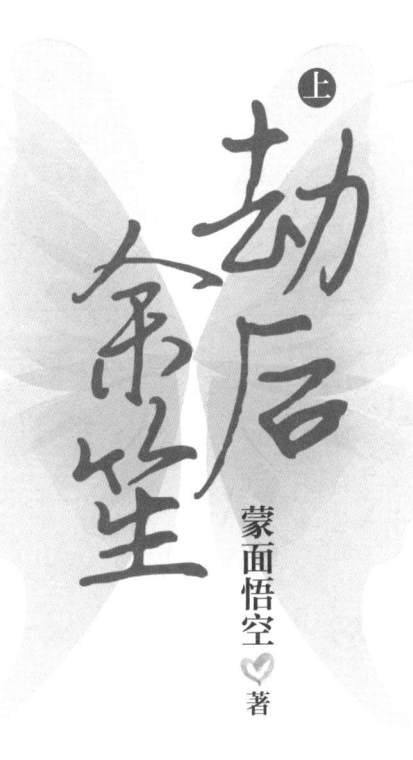

蒙面悟空 著

重庆出版集团 重庆出版社

图书在版编目(CIP)数据

劫后余笙 / 蒙面悟空著. —重庆：重庆出版社，2020.7
ISBN 978-7-229-14815-7

Ⅰ.①劫… Ⅱ.①蒙… Ⅲ.①长篇小说—中国—当代 Ⅳ.①I247.5

中国版本图书馆CIP数据核字(2020)第023058号

劫后余笙
JIEHOU YUSHENG
蒙面悟空　著

责任编辑：李　雯　陈劲杉
责任校对：刘小燕
封面设计：意书坊

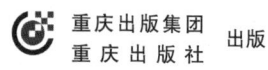

重庆出版集团
重庆出版社　出版
重庆市南岸区南滨路162号1幢　邮政编码：400061　http://www.cqph.com
重庆出版集团艺术设计有限公司制版
重庆一诺印务有限公司印刷
重庆出版集团图书发行有限公司发行
E-MAIL:fxchu@cqph.com　邮购电话：023-61520646
全国新华书店经销

开本：890mm×1240mm　1/32　印张：16.25　字数：850千
2020年10月第1版　2020年10月第1次印刷
ISBN 978-7-229-14815-7
定价：69.80元

如有印装质量问题，请向本集团图书发行有限公司调换：023-61520678

版权所有　　侵权必究

目录

第一章

<<< 她回来了 / 001

第二章

<<< 他爱不爱你,你自己最清楚 / 021

第三章

<<< 离婚,是一场伤筋动骨的战役 / 037

第四章

<<< 人生如戏,全凭演技 / 074

第五章

<<< 那年豆蔻 / 091

第六章

<<< 道高一尺,魔高一丈　/113

第七章

<<< 翻手云,覆手雨　/151

第八章

<<< 你的名字惊艳了那年时光　/184

第九章

<<< 两个鱼　/209

第十章

<<< 她是我贴身的　/230

第一章　她回来了

我的老公心底藏着一个女人。不是我。

她叫夏颜颜，是我老公的前女友。

我原以为，只要我对他好，总有一天他会忘了她。但是当我们在街角偶遇夏颜颜的时候，我才明白自己有多天真。

"夏颜颜！"梁修杰松开了我的手。

对面的女子比分开的时候成熟了不少，她嫣然一笑，视线一直落在我老公身上："阿杰，啊！还有小笙，好久不见了。"

我握紧了空着的掌心，这几年我也学会了面不改色："颜颜，好久不见，你回来也不说下。都是老同学，我们好有空聚聚呀。"说着，我尽量自然地挽上了梁修杰的胳膊。

夏颜颜脸上的笑容十分温柔："我才回来，这不是出国了嘛！很多同学、朋友的联系方式都没了，还好在这里遇到你们，不然上哪聚呀。"

她这话刚说完，我能察觉到梁修杰的身体一僵。

当初我逼着梁修杰删掉了夏颜颜所有的联系方式，那是我唯一一次的无理要求。我知道梁修杰不爱我，可是没关系，我爱他就行。

我不记得那天我们是怎么回到家的，又是怎么和夏颜颜告别的，我只记得梁修杰和我的手机里都存了夏颜颜的电话号码。

那一串数字，我看一眼就能记得。

梁修杰明显有些不开心，或者说他在生气。他自顾自地坐在沙发上，点了一根烟，默默地抽起来。

我心里一时堵得慌，要知道我们在备孕，他已经戒烟大半年了。

"你开心了？这样我面子往哪搁？"梁修杰没头没脑地来了一句。

沉默许久，我说："失去出国留学同学的联系方式，是很丢人的事吗？"

刚到家，我们没有开灯，窗外已经华灯初上，几缕灯光从窗外透进来，我看着梁修杰清俊的侧脸，想起大学时我对他的一见钟情。

我、梁修杰和夏颜颜一直是同班同学，夏颜颜是夏氏的千金，而梁修杰只能算是落魄的才子。

当年梁修杰和夏颜颜在一起也算是校园里的一段佳话，我虽然迷恋梁修

001

杰，但不想去插足他们的感情。

所以我选择了沉默，一直默默地等。

就在大三结束的那个夏天，夏颜颜离开了梁修杰。她决定飞往更高的地方，可梁修杰根本跟不上。

那段日子，是梁修杰最失意的日子，也是我此生唯一和梁修杰有交集的机会。

我找到他，对他说："梁修杰，我们在一起吧！"

他的眼睛一亮，不是热情而是惊讶，而后他有些嘲讽地说："好呀。"

这一句"好呀"，让我们携手度过了两年的恋爱和三年的婚姻，直到今天夏颜颜回来了，我的人生开始天翻地覆。

夏颜颜是夏氏集团的独女，家财万贯，容貌明艳，性格活泼，十分招人喜欢。

然而连梁修杰都不知道的是，我和夏颜颜是发小。

夏家和我家，甚至曾经约定过，如果两家生的孩子是一男一女，就定个娃娃亲。我比夏颜颜小四个月，我出生的一瞬间，余、夏两家的娃娃亲就泡汤了。

我和夏颜颜一同入学，念同一所幼儿园、同一所小学、同一所初中。只是在学校里，夏颜颜是风云人物，而我只是个不爱说话的小透明。

后来，我们家搬到了另外一座城市，我和夏颜颜原本就不亲近的关系因此彻底断开。

可谁会想到，我和夏颜颜竟然选择了同一所大学，我们还同时爱上了梁修杰。

只不过夏颜颜永远是占上风的那一个，她一出现就吸引了梁修杰的全部注意。

我做了一晚上关于夏颜颜的梦，早上起来的时候，还傻傻地对床边上的梁修杰说："完了，梁修杰，我也爱上夏颜颜了，我梦了她一晚上。"

梁修杰背对着我在穿衬衫，听见我的话，随口回应道："那是她魅力大，你快起来，不然上班要迟到了。"

瞬间，我的心凉到了谷底。

梁修杰完全没有意识到我说到"爱上夏颜颜"的时候，用了个"也"字。

难道我们在一起这么多年，他心里一直还爱着夏颜颜？

见我没有动，梁修杰微微皱眉："你还要不要上班了？"

是的是的，就算爱情不牢靠，我还有工作。就算夏颜颜回来了，我也是梁修杰的妻子，梁太太只有我一个。

我安慰着自己，简单解决了早餐，然后我们一起出门去上班。

我和梁修杰在同一栋写字楼里工作，他在二十八层，我在十七层。

我是国内一家时尚杂志的主编，每个月到了月中的时候都特别忙。一忙起来，我倒是很快忘了夏颜颜的事。

我这边刚敲定了版面内容，助理小悦就来告诉我说，下期的采访可能有点问题。

小悦是今年刚招进来的实习生，我看着她有些忐忑的样子，问："哪里有问题？主笔采访还是什么？"

小悦说："都不是，是唐先生不愿意接受采访。"

我揉了揉眉心，道："不愿意就算了，唐家又不是只有他一个人姓唐。唐诀不愿意，还可以找唐晓，实在不行唐云山也可以。"

得到我的回复，小悦连连点头："好的，我知道了。"

小悦从我办公室出去还没一会儿，唐诀一个电话就打到了我手机上。

"余笙，听说你找了我哥去做你的采访？你眼光不行啊。"

我心下了然，看来小悦已经联系了唐晓。心想，这还不是你唐诀大佛请不动嘛！

"您贵人事多，就不劳烦您了。反正你们家都是精英，你哥也挺好的。还有事吗？如果没别的事我就挂了？"

唐诀似乎有点气急败坏："你就没话跟我说了？"

我冷笑道："想要我求你接受采访，想都不要想！"说完我就挂断了电话。

唐诀这个人，给他三分颜色就开染坊。

唐家虽然是后起之秀，但在这一辈里逐渐站稳了脚跟，现在也算是商界的庞然大物。唐诀是唐家最小的儿子，比我大两岁，算是青梅竹马一起长大。

家里也想过撮合我和唐诀，但是我和唐诀关系实在糟糕，每次见面都要吵一架。

总之，八字不合。

我一直忙到下班时间，才恍惚想起我好像忘了什么。

梁修杰今天中午没有叫我一起去吃午饭。

我下意识地拿过手机，想看看上面有没有梁修杰的留言，这时一条信息蹦出来，刚好是梁修杰发来的。

他问我：大学校友会，晚上一起去吗？

劫后余笙。

虽然梁修杰忘记了和我的午餐，但是面对这样的邀约，我心底还是有些高兴的。

大学校友会，想必夏颜颜也会去的。

既然梁修杰肯带我去，那就说明他已经能够在同学们面前坦然面对我们已经结婚了的事实。而且，已经彻底放下了夏颜颜了是吗……

我几乎想也没想就回道：好呀。

梁修杰说：我在楼下等你。

奇迹般地，我感觉从昨晚到现在的郁闷心情一下子全没了，我甚至有点雀跃，开始计划着一会儿和梁修杰到家先换件衣服，再化个妆。

校友会，总归是要打扮得美美的才行吧。

我还没踏进电梯，手机就跟不要命似的叫了起来。我手忙脚乱地掏出来一看，唐诀。

清了清嗓子，我按下接通键："喂？有什么事快说，我赶时间！"

唐诀语气不佳："你今晚不会也要去参加那个大学校友会吧？"

我微微一愣，唐诀怎么知道有校友会？但瞬间就明白了。

唐诀和我也是同一所大学的学生，只不过唐诀比我高两届，是挂在嘴边的所谓学长。这种校友会，像唐诀这样名声赫赫的毕业生，自然也是要请过来聚一聚的。

我说："是啊，我和梁修杰一起去，你也去？"

我不知道唐诀抽的哪门子风，他的语气带着明显的攻击性："梁修杰叫你去你就去？余笙，你在想什么呢？"

这时候我还不知道我会在晚上的校友会上遇到什么事情，如果我知道，我一定不会对出于好心的唐诀甩脸子，还挂他电话。

校友会现场，我挽着梁修杰的胳膊，身着修身长裙，面容也精心打扮了下。

我们一同走进会场，包厢很大，已经有不少熟悉的面孔坐在里面。

几乎是下意识地，我一眼便看到夏颜颜笑意盈盈地端坐在一个白色的茶几旁，一身华美贵气的礼服，配上她娇甜明艳的容貌，很是引人注目……

我用余光偷偷地瞥了眼身边的梁修杰，心一下揪了起来。

我想此刻若不是我还紧紧地钩着他的胳膊，说不定他已经健步如飞地走到夏颜颜面前了。

一个老同学叫了梁修杰的名字，招手让我们过去。

我看着夏颜颜一脸温柔地望向这边，而她的身边竟然是——唐诀！

几秒恍神间，我已经被梁修杰带到了夏颜颜那桌。

第一章 <<< 她回来了

夏颜颜今晚穿着一条蓝色拖地鱼尾的银光长裙，紧身的线条勾勒出一副婀娜的好身材。她坐在那里，像是一条深海美人鱼，神秘优雅。

我很想忽视梁修杰眼光中的炙热，但他和所有人都只是点头问好，却唯独跟夏颜颜握了握手。

我尴尬地跟大家打了招呼后，顺着梁修杰的位置坐下来。

这时，唐诀忽然站起来说："你们先聊，我去那边坐坐。"说完，诡异地冲我笑了笑。

不知道为什么，唐诀的笑容让我浑身寒毛都竖了起来。

唐诀走后，大家的话题自然而然地转移到大学时代的那些事。我以为，因为我在场，所以大家不会过多地提及梁修杰和夏颜颜的爱情故事。

然而，我错了。

大家喝着酒聊着天，眼神在夏颜颜和梁修杰身上游动，很快就把话题引到了两人身上。我坐在一旁，完全像个局外人！

可不是嘛！回想起大学时代的我，简直透明到不行，夏颜颜出国后大家也都进入了大四实习期，对于我和梁修杰在一起的事情也都只是知道却不关心的状态。

我脸上挂着一个大写的尴尬，在喝完第三杯红酒后，我起身借着去洗手间的机会，离开了这个让我如坐针毡的地方。

红酒后劲很足，我摇摇晃晃地走到洗手间，看着镜子里自己失意的样子，狠狠地洗了一把脸。

说实话，我有点后悔了，也许我应该听唐诀的，不应该出现在这里。

我平复好心情，补好妆，刚走出洗手间就看到倚着墙边等我的唐诀。

我一愣，想错开他的眼神："你在这干吗？"

唐诀笑笑："要我送你回去吗？我看你怪可怜的。"

一眼被他看出我的窘迫，我面子上还想做点斗争："听不懂你在说什么！"

唐诀脸上还是带着欠扁的笑容："是吗？那你还想回去继续听梁修杰和夏颜颜可歌可泣的爱情故事吗？"

唐诀的话像一把尖刀，狠狠地戳在我的心窝。

可我不得不回去，我怎么能把我的老公独自丢在那里，让他们肆无忌惮地勾起他对夏颜颜的所有感情。

所以我没搭理唐诀，故意把高跟鞋踩得噔噔响，从他的旁边快速走过。

再回去的时候，大家正鼓动着夏颜颜和梁修杰喝交杯酒！

那场面，简直就跟婚礼现场没什么两样。

也许是见到我回来了，有眼力见的同学赶紧打了个圆场将这个插曲一笔带过，我隐忍地看向梁修杰，他已经站起来了，看到我又似有些扫兴地坐了下去。

夏颜颜喝了不少酒，双颊透着深深的粉红，看上去格外的娇艳。

大家默契地转移了话题，最终草草收尾。

散场的时候，夏颜颜送我们一直走到地下一层的停车场，一路上还在跟梁修杰叽叽喳喳地聊着，仿佛有聊不完的话题。

因为要开车，梁修杰没有喝酒，所以他一直以一种特别"包容"的姿态对待有些微醺的夏颜颜。

这种隐藏的暧昧感几乎让我想瞬间逃离……

在我们快走到停车位附近的时候，夏颜颜脚下一个趔趄，梁修杰眼明手快地搂住了她的腰。

画面就像定格了一样，夏颜颜大半个身体都靠在了梁修杰的怀里，而梁修杰显然不打算推开她。

这一幕深深刺痛了我。

所以我三两步就走到了他们面前，想要分开他们："我来吧。"

梁修杰一把撞开了我，嫌我多事的样子道："她喝多了，你哪扶得住！"

这时夏颜颜挣扎着想要站起来："对不起啊小笙……我今天太高兴了，我有点醉。对不起呢。"

夏颜颜刚站起来，脸上又露出痛苦的表情，然后小腿一弯又靠在了梁修杰的身上："我脚好像扭到了……好疼！"

梁修杰立马揽过夏颜颜的身子，头也不回地往前走："我送你回去。"

这一刻我觉得自己就是个笑话，我盯着他们的背影，声音因为愤怒产生了一丝颤抖。

"梁修杰！你送她回去，我要怎么办?!"

下一秒，梁修杰竟然把他的车钥匙抛给了我。

"你自己开车吧，我先把她送回家，再自己打车回去。"

瞬间，我心底的凉意漫布全身……我的老公，他只记得夏颜颜喝醉了，他不知道我也喝了酒，不能开车了吗？

我像是被抽光了全身的力气，傻傻地站在原地，看着梁修杰搂着夏颜颜一路亲密地离开。

也不知站了多久，身后传来唐诀的声音："我送你回去吧。"

唐诀这句话像是打开了我心头的一道伤口，眼泪瞬间决堤……

唐诀顿时慌了，扶着我上车，一路都在安慰我。

喝多了的好处就是第二天起来，你记不太清前一天晚上发生的事了，只留下头疼欲裂的感觉。

我不知道我是刻意去遗忘，还是真的记不清了，总之早上起来的时候心里空荡荡的，仿佛被打扫出了一个大大的房间，所有的不安和恐惧都不见踪影。

梁修杰后来似乎也知道我那晚喝了酒，他没问我是怎么回家的，但眉眼中带着一丝愧疚，这让我稍微平缓了一下内心。

我们和平常一样吃了早餐去上班，然后一起在食堂吃午餐。与以前不同的是，梁修杰开始很殷勤地给我添菜盛汤，仿佛他为了夏颜颜抛下我的那晚，只是一场错觉。

这一天下班的时候，梁修杰发消息告诉我，他晚上不回家吃饭了，有客户要接待。

梁修杰有应酬这是常有的事，我简单回了句：好，少喝点酒。

想了想，我又多发了一句：喝多了就打电话给我，我去接你。

一个人的晚餐，我也懒得买菜做饭了，买了两个面包，就着冰箱里的牛奶，我凑合着边吃边看手机。

突然，微信里有一个好友请求，我看了看头像，居然是夏颜颜！

我不明白夏颜颜突然加我是什么意思，但当我随手翻了下夏颜颜的朋友圈后，我整个人如遭雷劈。

照片里，夏颜颜笑容明艳，而她的旁边坐着的是正在与人说话的梁修杰。

不知道是有意还是无意，梁修杰和夏颜颜的手紧紧挨在一起，梁修杰无名指上的婚戒虽然还在，但看起来就像在昭示这两人才是夫妻一样！

我觉得有点讽刺，下意识地看了下发布时间，竟然是十分钟前。我一下子乱了。

梁修杰是去应酬，碰巧遇到了夏颜颜，还是假装说去应酬，实际上是跟夏颜颜见面？为什么夏颜颜刚发完这条朋友圈，就加了我好友？

我乱七八糟想了一堆，回过神来才发现手机在响。

是梁修杰！

"喂？"

"小笙，我可能要晚点回去，他们订了包房，客户还没尽兴。"梁修杰的声音听不出醉酒的痕迹。

我看了下时钟："……那要到几点呢？现在已经不早了。"

梁修杰说："我尽量在十二点之前回家，你要困了就别等我了，早点劫后余笙。

休息。"

我终究还是没忍住，问道："你和夏颜颜在一起？"

梁修杰明显停顿了一下，然后说道："我也没想到她会在，是合作方带过来一起吃饭的。"

好吧……这一刻我只能相信梁修杰没有骗我。

"那你早点回来，我等你睡觉。"说完，我挂断电话。

讲完电话，我鬼使神差地又看了下夏颜颜刚才那条朋友圈，只见上面还写了一句心情：又遇见老同学了，真开心！

往下翻了翻，居然有不少我们之前的同学回复，其中有个说：老同学？是老情人吧！

再一看名字，我差点没炸了，是唐诀这个混蛋！

我点开唐诀的微信，快速打了几个字过去：什么情人？

唐诀秒回道：你在？还不睡觉？

过了会儿唐诀又问：你怎么有夏颜颜的好友？

我此时心情不能再恶劣了，于是回：关你什么事！

我不得不承认，在让我生气这件事上，没有人能超越唐诀。

小时候是动手，大了就动嘴。唐诀在我这里讨不到好，但他总是越挫越勇。

唐诀：对啊，我就喜欢管你的事。

我：哪凉快哪待着去。

唐诀：那个夏颜颜你要当点心，别自己傻傻的。

看到唐诀最后一句话，我心里一阵涌动。是啊，即便我和唐诀再怎么斗嘴，他总是站在我这边为我着想。

发小，青梅竹马，大概也就是如此了。

我就这么抱着手机胡思乱想地睡着了，等我醒来，窗外已经微微亮，身边的梁修杰还睡得很深沉。

他是什么时候回来的？我竟然没有察觉。

我坐起身，眼神一瞥看见了梁修杰的手机，银色的机身静静地躺在床头柜上。

我知道他的手机解锁密码，但我始终没有翻看他的手机，我还是想给我们的婚姻留点信任。还很早，可我已经睡不着了。

起来煮了梁修杰爱吃的杂粮粥，每次他喝酒应酬回来，总是要吃这个，说是养胃。

粥煮好了我盛了一碗放凉，到差不多能入口的温度时，梁修杰起来了。

他出来看见我和桌上的粥，愣了一下，而后脸上浮现出一丝诡异的不安："我没想到你这么早起来煮了早饭，我和客户约好了，早上陪他去吃汤包的。昨天晚上回来的时候你已经睡了，没来得及告诉你。"

是陪客户还是陪夏颜颜？

我很快打消了我这没有证据的猜测，慢慢喝了口粥："没关系，你去吧。"

听到我这话，梁修杰如释重负，他快速地洗漱换好衣服，站在玄关处准备换鞋子出门。

我坐在正对着他的方向，说："修杰，我想你应该明白，你和我已经结婚了。"

梁修杰手抖了一下，然后摸了摸耳朵，这是他心虚时的下意识动作："你没头没脑地说些什么呢？我当然知道这个，你赶快吃完去上班吧。"

我没有再说话，而梁修杰回答我的是一记关门的声音。

收拾起心情，我化了淡妆也出门了。因为时间尚早，我没有选择开车，而是一个人沿着街道慢慢地走着。

难得清晨出门，微微凉风让我清醒了很多。

我爱梁修杰，我并不后悔跟他告白，更不后悔和他结婚。在我的人生理念里，只要我对他好，终有一天他会看得见。

况且，我们之间共同走过了五个春秋，这一千多天的日日夜夜，都是有他有我才有了今天的婚姻。

可是为什么？

这一切的笃定，在遇到了夏颜颜之后，都变得那么摇摆？

到了公司之后，助理小悦还没有来，我看了看时间，居然早到了半个小时。

投入到工作里的时间总是过得非常快，转眼就到了午休时分，我等了半天，梁修杰还是没有来喊我一起吃饭。

我让小悦给我泡了杯咖啡，权当午餐了。

我在茶水间喝着微微发苦的咖啡，翻着朋友圈，又看到了夏颜颜！

早上七点十八分，夏颜颜一身湖蓝的小西装，头发微卷，坐在桌前吃早餐。

她对面的人虽然没有露脸，但我还是一眼看到了一个我无比熟悉的东西，一部跟梁修杰一模一样的银色手机！

照片上面是夏颜颜的感慨：好久没有和老同学吃这家的汤包啦！虽然是陪客户，但我还是很开心呢。

劫后余笙。

　　这家早餐店，曾经是夏颜颜和梁修杰经常去的地方。传承了几十年的老店，它卖的早餐无论从口味还是种类上来说，都很让夏颜颜这个千金小姐满意。

　　这样一句话，几乎勾起了我所有的记忆。

　　一瞬间心都在颤抖……

　　想起早上自己煮的那碗被倒掉的粥时，我眼眶一热，再也控制不住。

　　就在这时，一只大手从身后捂住了我的眼睛，耳边是唐诀的声音："别哭！"

　　说实话，我很讨厌这样丢脸的样子被朋友看见，尤其这个朋友还是唐诀。

　　我拨开他的手，深深吸了口气把眼泪憋了回去，问："你怎么在这？"

　　唐诀却是一脸怒气："你哭了？为了梁修杰跟那个夏颜颜？"

　　"我……"

　　"梁修杰这几天都在陪夏颜颜吃饭，你知道吗？你躲起来哭有什么用？"唐诀越说越快，成功激起了我的愤怒。

　　"他和我说了，他是在陪客户。"

　　我知道我是在自欺欺人……梁修杰根本就是心虚的，我只是为了我可怜的面子，不想被唐诀笑话。

　　"陪客户？"唐诀冷冷地笑了下，"那你知道这个客户是夏颜颜的吗？余笙，你还可以再蠢一点。"

　　听到唐诀的话，我的心像裂开了一道深不见底的伤口。

　　"那又关你什么事？！"

　　我不知道唐诀是怎么知道的，我也不想知道。我现在气急败坏，只想他赶紧从我的眼前消失。

　　我试图推开唐诀，谁知道这家伙比我高比我壮，我完全拗不过他。

　　我巴巴地望了唐诀一眼，我感觉下一秒我就要哭出来了。

　　突然，唐诀抓住了我的胳膊，一下用力把我带进了一个温暖的怀抱。他一手卡卡我的下巴，就在我吃痛想说什么的时候，他重重地吻了下来！

　　我的双手被他扣在背后，下巴被他捏得生疼，他一点反抗的机会也不给我。

　　就在这时，耳边传来一道熟悉的声音——

　　"余笙！"

　　是同事的声音，看样子是午休用饭回来了。

　　我几乎能听到高跟鞋的声音越来越近，急得我眼泪又要下来了。

　　唐诀却在这千钧一发的时候松开了我，不急不缓地端起桌上我喝过的咖啡饮了一口："余主编的咖啡泡得很不错。"

010

第一章 <<< 她回来了

同事们进来了，助理小悦还有手下负责这块采访的采编也来了，见到唐诀每个人眼睛一亮。

"唐先生，您怎么现在来了？"采编小楚是个大龄未婚女青年，对唐诀这样的黄金单身汉十分着迷。

见我不在状态，小悦连忙补充："今天上午的时候唐晓先生致电说，因为要出差所以没空配合采访了，只能让他弟弟唐诀先生来。"

我没好气地横了唐诀一眼，下意识地抿了抿双唇："那你们负责接待一下，敲定了最后的问题方案再告诉我，我有事先走了。"

说完我没给唐诀反应的时间，径直离开了茶水间。

我坐在办公桌前想要进入工作状态，脑海里却总是回想起唐诀的吻。

霸道却不失温柔，和梁修杰给我的感受完全不同。

我突然很自责……梁修杰只是和夏颜颜公务往来，而我却和唐诀接吻了！我心里涌起了一股难言的愧疚。

好在唐诀跟着采编组走了，没有再来烦我，我熬到了下班时间逃也似的溜了。

站在公司楼下，我才想起来我上班的时候没开车。

没有多想，我拿出手机打给梁修杰，想和他一起回家。

梁修杰的号码刚拨出去还没接通，只见一辆车从地下一层驶出，从我的旁边擦肩而过，疾驰而去。

那宝蓝色的座驾，那熟悉的车牌，那是夏颜颜的车。

夏颜颜的车，怎么会在我们公司楼下的停车场？

不用说，肯定是来找梁修杰的。所以梁修杰这两天的午餐都是与夏颜颜在一起的？早饭在一起吃，晚餐也在一起。

想到这里我的心像被人揉成一团的纸，说不出的难受。

手上的电话接通了，梁修杰熟悉的声音在问："什么事？"

呵呵……没有以往接电话的称呼，喊我一声老婆。只是像公事一样，平淡的三个字。

我努力克制住情绪："你和谁在一起？"

梁修杰顿了一下："在处理一个合作案，当然是客户了。"

我冷笑："这个客户姓夏吗？你现在在她的车上吗？梁修杰，你为什么不敢喊我一声老婆？是怕夏颜颜听见了吃醋吗？"

梁修杰压低了声音："你不要无理取闹，我在办公事！"

"梁修杰，我告诉你，我余笙不是三岁小孩。什么客户要你一日三餐都陪着？是你醉翁之意不在酒呢，还是夏颜颜看不到你吃不下饭啊？"我想起

011

这两天的憋屈，决定再也不忍了。

正想继续说，电话那头传来了一个甜美温柔的声音，是夏颜颜！

"小笙，对不起呢。这几天都是修杰在陪我跟这个客户，本来和他们公司也有合作。修杰的上司见我们都是同学好办事，就把这事托付给他了。抱歉，影响到你了。"夏颜颜还是那样得体。

"夏颜颜，这是我老公的电话，我们两口子在谈事，请你安心开你的车。"对付她，我向来不喜欢留情面。

大概是觉得尴尬，梁修杰把电话接了过去："余笙，你闹够了没？！"

"没有，晚上早点回来，我们接着闹。"说完我就挂断了电话。

我的个性算跟温柔搭不上边，甚至有时候像个带刺的海胆。为什么不说是带刺的玫瑰呢？因为我外貌可没有玫瑰那么娇美动人。

唐诀曾经说过，看你眼睛也不小呀，怎么一点女人味都没有呢？

眼睛大就有女人味？我突然发现自己居然在这一刻想起了唐诀，顿时心情更差了。

这时候拯救我的不是别人，正是大学时代与我同宿舍的洪辰雪。

接到洪辰雪的电话我也很惊讶，和她已经大半年没联系了。自从毕业后，她就一路北上，去帝都打拼了。偶尔联系也是通过网络，这样直接打电话还真的很稀罕。

"阿笙！"电话那头洪辰雪的声音浪得不行，倒是让我笑了出来。

"怎么想起来给我打电话了？"

"我刚到S市，出来聚聚呗，你是地主你买单哟。"洪辰雪就是这样直接，不过我喜欢这样的直接，她的到来拯救了我濒临崩溃的坏心情。

"好啊，我也刚下班，想吃什么？"

"嗯！海鲜。"

几年过去了，洪辰雪的口味倒是一如既往的稳定。我没有开车，所以先打车回家取车，然后绕到火车站去接洪辰雪。正赶上晚高峰，接到洪辰雪的时候，已经快七点了。

这位大姐被饿得不行，见到我就说："甭管吃啥了，能填饱肚子的就行，上菜不能太慢。"

哟，帝都待了几年，张口说话都是这个音。

"行，那就去吃自助吧，不用等上菜。"

带着洪辰雪直奔离我们最近的海鲜自助餐厅，等坐下来吃了好几口菜，洪辰雪这才脸色放光。

"好吃好吃！"洪辰雪估计是饿了，烤羊排拿了三块还嫌不够。

我却了无兴致,吃了几口刺身就放下筷子。

"你家梁大才子呢?"洪辰雪是知道我和梁修杰结婚的,那年她还来参加了婚礼,出了个大大的红包。

我叹口气:"应酬去了。"

洪辰雪突然冲我眨眨眼睛:"我听班级群里说,夏颜颜回来了?你知道吗?"

我刚想接话,洪辰雪的表情突然诡异起来,她傻了几秒钟然后冲我抬了抬下巴,指着我身后:"你被绿了啊?"

我转头一看,呵,坐在我们后面不远处的两个人正是梁修杰和夏颜颜。

再仔细看了看,这两人还是坐的情侣座,那个传说中的客户在哪里?

我心底冷笑,拿起盘子装作去取食物的样子走到熟菜区,取了一些卤过的凤爪,还特别多盛了一些汤汁在盘子里。

不远处的梁修杰和夏颜颜脸上都带着十分愉悦的表情,梁修杰还体贴周到地给夏颜颜剥了一只大虾。

我特意从梁修杰的背后绕了过去,夏颜颜正对着我,她一眼就看到了我。夏颜颜的眼里闪过一丝慌乱,她面对着梁修杰露出勉强的笑容。

我快步过去,在靠近梁修杰的时候,他突然起身走了出来。

真是老天都要帮我!我赶忙看准时机撞了过去,一盘子鸡爪从我的盘子里连汤带汁地全部抛了出去,准确无误地落在对面夏颜颜的身上,淋了她一头一脸。

梁修杰刚想说抱歉,可他转头一看是我,没来得及反应对面的夏颜颜又是一声尖叫。

这场面,真是精彩极了!

"不好意思,不好意思……"我赶忙连声抱歉。

抬头看见是梁修杰,我还露出了诧异的表情:"你也在这吃?"我又看了眼已经跳起来的夏颜颜,说:"你们一起?客户坐哪?"

梁修杰原本还想发作的表情僵在了原地,我眼里透着嘲弄的寒光:"夏小姐还是去趟洗手间,把自己收拾干净吧。"

夏颜颜根本没想到我会这样做,可站起来撞到我的人是梁修杰,一切看起来只是个意外。

看着夏颜颜离去,我盯着梁修杰的眼睛,想要从里面看出点蛛丝马迹。

对视了一会儿,我重复了一句今天早上出门的时候说的话:"你已经和我结婚了。"

梁修杰气得不行:"你跟踪我?"

劫后余笙。

我没想解释,洪辰雪拿着盘子从后面过来:"哟,遇到熟人了?我说你怎么拿菜拿那么慢。这不是你老公?在这里跟谁吃饭呢?"

洪辰雪这是明知故问,她瞅着夏颜颜过来了,又补了一句:"你们这是老情人会面?"她顿了顿,补充了一句:"还是单独的。"

梁修杰也是认识洪辰雪的,他没想到我和洪辰雪也在这里吃饭,刚才问的那句话显然就是在打自己的脸。

谁让他俩坐的情侣座实在太扎眼了,就两个面对面的爱心沙发椅,不是情侣几乎没人坐这里。

夏颜颜的脸色极为难看,洪辰雪笑眯眯地说:"嗨,老同学,不介意咱们拼个桌吧。"

我是不介意的,我正好也想看看夏颜颜想做什么。

可是梁修杰不乐意了,说:"挪来挪去的多麻烦。"

洪辰雪呛得很:"怎么着?只有你和夏颜颜是老同学,我们都不是怎么的?还是你们俩想单独叙叙旧情,怕我和老婆妨碍你们?如果是这样,那就直说。什么玩意,和同学的老公出来单独约会,夏颜颜你的千金风范就是这样的?"

夏颜颜再也待不下去了,眼里全是泪光:"我先走了,你们慢慢吃。"

夏颜颜梨花带雨的模样明显刺激了梁修杰,他瞪了我一眼:"不可理喻!"然后径直追了上去。

看着梁修杰追出去的身影消失在门口,身旁的洪辰雪说:"你这样值得吗?你这样只会把你老公往夏颜颜身边推。"

我心里一片冰凉:"我从来就不是靠着委曲求全来过日子的人……"

梁修杰和夏颜颜在一起的时候,我不曾去表露心迹,更不会去纠缠。如今他和我在一起,即便夏颜颜出现了,我也不会低头求他。

最好的爱,是相互信任互相忠诚,所以,梁修杰选择隐瞒我,我也不会傻傻地一直相信他。

明知道我介意他和夏颜颜的过去,却还是瓜田李下做出这样的事,除了不在意我的感受,我找不到其他更好的理由。

一个不在意我感受的老公,我要来何用?

洪辰雪是打算回S市发展了,她的大包小包行李说明了这一切。

房子是她临走的时候买的一居室的小公寓,适合单身住。只是长久没有打扫,进门就是一嘴的灰。好在地方小,我和她两个人一起动手,很快就将房间拾掇出来,起码今晚睡人没问题了。

"怎么样?"洪辰雪一下瘫坐在她的小躺椅上。

我点点头:"不错。"看了看时间,已经快十一点了,"我回去了,明天还要上班。"

洪辰雪皱眉:"你回去不怕和你老公吵架啊。"

我叹口气:"吵架也要回去呀,那是我家。"

对,那是我家。我为什么不回去?

只是当我回到家的时候,家中冷冷清清,梁修杰没有回来。

我洗完澡躺在床上,梁修杰还是没有回来。

我抱着手机,和起衣服,就这样躺着静静地守了一夜。我毫无睡意,我不停地想梁修杰和夏颜颜的往事,平生第一次怀疑起自己坚持选择梁修杰的这个决定。

想起梁修杰牵着夏颜颜的手在月光下散步的场景,想起两人同进同出一起上课的样子,而我更像一个旁观者。

也许,梁修杰和夏颜颜之间,我才是那个碍事的人。

家里的大门响了,我不知什么时候居然睡着了,抹了抹脸竟然是一片湿凉,慌乱地用纸巾擦干净,一抬头就看见梁修杰站在房间门口。

我看着他,他也看着我。

天快亮了,我竟然看不清他脸上的表情,莫名有些害怕起来。

"我……想跟你谈一谈。"梁修杰似乎下定了决心。

我一脸平静:"谈什么?"

梁修杰不敢看我的眼睛:"我们……是不是并不合适继续在一起?"

"是我们不合适,还是你见到夏颜颜之后心思动了?"我反唇相讥。

梁修杰气急:"你知道你最让人讨厌的是哪一点吗?就是得理不饶人这点!我和颜颜怎么了?我们清清白白,我是和她上床了还是什么?"

颜颜?这称呼倒是越喊越亲密了……

我看着这个男人,这个和我在一起生活了几年的男人,在这一刻看起来是那样的陌生。

我深吸一口气,想要整理好此刻混乱的大脑,看着一脸疲倦和不耐烦的梁修杰,我心里堵得慌,一时间竟然不知道从何开口。

梁修杰见我不回答,他顿了顿说:"我先去洗个澡,等会儿我们再谈。"

说完,梁修杰脱下外衣随手丢在了床上,又从衣柜里拿了干净的换洗衣服,这就转身去了卫生间。

听到卫生间里的水声响起,我呆呆地看着床上那件属于梁修杰的外衣,竟然无意识地伸手将它拿起来挂好。

刚刚把外衣挂在衣架上,我顿时鄙视自己了,惯性真的是很可怕的东

015

西，事到如今我还在骨子里扮演着一个好太太的角色。真是莫大的讽刺。

突然，看着梁修杰的外衣口袋，我鬼使神差地伸手探了进去，抓到了一团东西，拿出来一看，是一张便利店的小票。

这种类型的便利店，S市里有很多。除了东西齐全、价格不便宜之外，这些店都有一个共同的特点，那就是二十四小时营业。

我手里的这张小票被夹在面纸里揉成了一团，不留意的话，我估计就会当成垃圾随手给丢了。

展开皱皱巴巴的小票，我的心跳如鼓，那咚咚声几乎清晰可闻。

等我看清小票上的内容后，顿时大脑一阵空白。

梁修杰在凌晨一点二十七分的时候，在这家店里购买了一盒冈本……

他居然在这个时间跑出去买了一盒避孕套！

刹那间，眼泪都要流出来了，心里却像被人掏空了一样，有几秒的时间几乎以为自己在做梦。

也不知道在衣架前站了多久，突然卫生间的门响了，我赶忙擦干脸上的泪痕，重新坐到了刚才的位置上，装作若无其事的样子，等梁修杰出来。

梁修杰没有换睡衣，而是换了一身衬衫，看起来随时要出门的样子。他似乎还是之前我爱的那个男人，但我知道我们之间已经发生了不可逆转的改变。

我努力控制住情绪，我问："梁修杰，你是不是想和我离婚？"

梁修杰的脸上快速闪过一抹不自然："两个人不适合，还是分开比较好，趁着我们没孩子……"

我再也听不下去了，随手拿起身边的一本书朝梁修杰砸了过去："梁修杰！你是在羞辱我吗？！"

梁修杰躲开了，满脸的不开心："你这是干什么？余笙，你怎么现在越来越像个泼妇了？"

我怒极反笑："我是泼妇？那也好过夏颜颜那个婊子！"

梁修杰也怒了，看来是不愿意心里的人儿被我这样骂吧。他说："不可理喻！"

说着，梁修杰就要拿起外衣转身离开。我一个箭步冲上前，拦住了他。

"你走什么？你心虚了？为什么一夜不回家？梁修杰，如果我和前任单独在一起一夜，你会受得了吗？！"我像连珠炮似的发问。

"颜颜生病了，我只是在照顾她。"梁修杰的声音比我的还大。

"照顾她？"我冷笑，"她是夏家的大小姐，生病了有家庭医生，再不济也有司机送她去医院。你梁修杰是扮演什么角色？医生？司机？还是男朋友？"

梁修杰被我的一席话说得一时接不上，我笑了笑继续说："是了，夏大小姐的病真是特别，特别到要你去买避孕套来给她治病。我倒想问问你了，你给她治的什么病？欲求不满吗？"

梁修杰瞪圆了眼睛，大概是没想到我为什么会知道，他的呼吸沉重起来，最后咬牙切齿地说："你让开，我要走了。"

我死死地抓住梁修杰的袖子："你今天不说清楚别想走！"

梁修杰冷笑了一声："余笙，这些年你果然没变，还是跟以前一样的不要脸。给我放手！"

心像被大石击碎了一般，梁修杰居然觉得我不要脸……我爱他，所以我不要脸？我主动告白，所以我不要脸？

敢情这几年的夫妻感情在他眼里，居然是我余笙一个人的独角戏？

梁修杰甩开了我的手，大步流星地往外走。

我看着他的背影冷冷地说："梁修杰，我们结婚的那天你说了什么？你还记得吗？想想我们现在拥有的一切，我们得到的所有，你有资格和我谈分开吗？"

背着光，我强忍着："分开可以呀，你把你欠我的都还给我再说分开。"

梁修杰顿住了身形，最后还是什么都没说就离开了。

我环顾这个我珍惜了多年的家，顿时悲从中来，捏着手心里的那团纸趴在枕头上泣不成声。

几乎一夜未眠，工作的时候居然没觉得很疲倦，我想我快成女金刚了。忙活了一上午，总算有空坐下来好好吃顿午餐，这是这两天来，我吃过最像样的一顿饭。

梁修杰还是没有找我吃午饭。

也是，话都说成那样了，怎么可能在一起吃午饭？这会儿他大概还在心疼那个所谓生病的夏颜颜吧。想到夏颜颜这三个字，心里又是一阵痛。

强压住情绪，我回到办公室，却看到了一个让我意外的人——我婆婆！

婆婆是个老实本分的人，在我办公室里也只是靠着沙发一角坐着，见到我来连忙起身说："丫头，修杰人呢？"

"妈，您过来怎么也不给我打个电话，我好去接您。"

婆婆一生多苦，早年丧夫，留下两个孩子。大儿子胎里不足，二十未满就去世了，剩下一个就是我老公梁修杰。

原本梁修杰是打定主意要接婆婆与我们同住的，可被我拒绝后，他就没有再提。

虽然我拒绝婆婆同住，但是经常和梁修杰一起去看望婆婆，婆婆每个月的生活费也是我按时打过去，从不曾忘记。

婆婆脸色看上去不太好，她说："也没什么，我就是觉得最近有些不舒服，想去医院看看。"

我让婆婆坐下，拿起电话给梁修杰打过去。那头响了半天，无人接听。连续拨了三个电话，还是毫无回应。我交代了助理小悦下午的事项后，就请假独自带着婆婆去市立医院。

婆婆是个平时不喊疼不喊痛的农村妇人，她如果说不舒服，那就肯定真的不舒服了。路上我问婆婆哪里难受，婆婆说："就是觉得胸口像压了块大石头，睡觉喘不过气来。"

到了市立医院，一连串的检查做好，拿到婆婆的检查结果给医生看时，他的话却像一盆冷水从头浇下："应该是肺部肿瘤。"

我差点没站稳，医生下面的话几乎没听清了，只是按照医生说的领了一堆单子，交了一堆钱，然后带着婆婆继续检查。

好在医生跟我说结果的时候，婆婆并不在。见我又拿了发票，婆婆心疼钱，说："医生怎么说？没大问题就不看了，我也烦吃药。"

稳定好情绪，我说："没事的，既然来了就好好看一看，总归是让自己放心嘛。"

说完，我送婆婆去检查，然后在外面我翻开手机又给梁修杰打了电话，还是无人接听，心里一阵烦躁。

我又打了梁修杰办公室的电话，平时我是不会打这个电话的。可今天接电话的是助理，他告诉我梁修杰请假了。

我把电话又打回了家里，还是一无所获。

梁修杰啊梁修杰，夏颜颜的魅力就这么大？让你可以不回家、不工作、不接老婆电话！

婆婆的情况刻不容缓，我在医院没有能用得上的人脉，想了想我把电话打给了唐诀。唐家在S市的人脉不可谓不广，找他应该能帮得上忙。

"喂？"唐诀的声音出奇的稳重。

我深吸一口气："唐诀，你在市立医院有认识的人吗？我需要帮忙。"

"你怎么了？受伤了？怎么会在医院？"连续三个问题，唐诀把刚才的稳重丢到了一边。

"不是我不是我，"听着唐诀的关心，我突然心里一酸："是我婆婆。"

唐诀办事的效率极快，很快婆婆就从市立医院转到了肿瘤专科医院。在这里，唐诀给我引荐了医生。婆婆的住院手续也办得很顺利，刚刚从医生手里拿到住院单，这边唐诀就安排好了床位。我进去一看，还是单人房间。

"有些检查明天才能做,你也不要太担心。"说着,唐诀看了看我的脸,问:"梁修杰呢?"

"联系不上。"我靠在病房外走廊的墙边,全身无力。安顿好了婆婆,我这会儿才觉得万分疲惫,只想一头倒进被窝,痛痛快快地睡上一觉。

可是梁修杰不在这儿,我又不能把婆婆一个人丢在医院。

唐诀嘲讽地笑了:"余笙,你怎么不拿出对付我的那个彪悍劲呢?这是梁修杰他自己的母亲,他人在哪儿,不管不问吗?"

我低下头:"别问我。"

"他是你老公,不问你问谁?问夏颜颜吗?"

这个唐诀说话带刀子,一刀一刀戳得我心口生疼。谁对爱人狠得下心?我对梁修杰就是我爱得多,所以我输得多。

我有气无力:"对,问夏颜颜。"

唐诀二话不说拿起手机,只听他说:"把夏颜颜的电话给我。"

我愣住了,过于疲惫导致我大脑运转有些失灵,我就这么傻傻地两眼有些不聚焦地看着唐诀把电话打给了夏颜颜。

"夏颜颜,我是唐诀。你给我听好,告诉梁修杰,他老妈在肿瘤医院住院部十楼,如果他自认是儿子的话就赶紧过来。"唐诀这人说话办事还真是利索。

他收起手机,冲我点头:"他应该会来。"

我突然害怕起来,我怕梁修杰不来,我更怕他来。如果他来,说明和夏颜颜在一起的可能性很大,他是故意不接我电话的。

没过半小时,只见梁修杰慌慌张张地从走廊的另一头快步走过来了。看到他身影的一瞬间,我赶紧深吸一口气,揉了揉鼻尖。

他一眼就看到了我,小跑几步来到我面前问:"我妈人呢?到底出什么事了?"

我将检查报告递给他:"可能是肺癌,具体的还要等活检。"

梁修杰脸色瞬间白了,从我手中接过报告,他越看脸色越差,最后眼圈一红竟然无话可说。

我叹气:"你既然来了陪你妈说说话吧,我还没告诉她真实情况。你知道的,你妈要知道是这样的病,肯定不会治。"

梁修杰喘着粗气,看得出来他在努力调整情绪。我心有酸楚,也不打算现在问了。我说:"我先回去了。"

唐诀立马见缝插针:"我送你。"

梁修杰问:"去哪?"

"我要回家。"我又对唐诀说:"今天谢谢你,我不要你送,我开车

019

劫后余笙。

来的。"

梁修杰说："你不留在这里？"

看他一脸诧异，我努力挤出一个笑容："你昨天陪了她一夜，我等了你一夜，我现在想回去睡觉，你能批准吗？"

唐诀的眼神立刻凌厉起来，他看着梁修杰一言不发。梁修杰也瞪着我，大概是没想到我在唐诀这个外人面前说得那么直白。

"那就这样……"我再也待不下去了，转头就走。

走到住院部楼下，夏颜颜那辆宝蓝色的宝马静静地停在不远处，刺痛了我的双眼。

我看着夏颜颜优雅地打开车门，她就站在那里，我看着她，她也看着我。夏颜颜微微眯起双眼，傍晚的余晖落下，笼罩着她明艳的脸显得格外美丽。

夏颜颜问："回去了？"

我没有回答，只是看着她："你想要做什么？"

夏颜颜闭起眼睛，深吸一口气："余笙，这么多年了，你还是老样子。"

她睁开眼睛："还是和以前一样，冲动、高傲、对任何事都不屑于低头。哪怕这件事里有你爱的人，你还是选择你的自尊。"

我眼底微涩："你以为你很了解我？"

夏颜颜浅浅一笑："不。可我了解梁修杰。"

她歪着脑袋，一派天真的样子："有时候我很好奇，为什么你这么没有女人味，他还是对你放不下呢？可见，你们也是有感情的，这点我不得不承认。"

看着夏颜颜那张熟悉的脸，我的心底涌上了一股难言的愤怒，我怒极反笑："夏颜颜，你也是老样子，想得到什么从来都是不择手段。"

夏颜颜刚想说什么，突然她看向我身后，表情顿时古怪起来。

我下意识地回头一看，只见唐诀背着光站在我身后，他的脸阴沉："你不回去睡觉在这里跟她废什么话？"

他越过我，向前走去："我开你车送你回去，你别疲劳驾驶路上出事，再让我去捞你，多麻烦。"

夏颜颜连忙喊："唐总！"

唐诀眼神冰冷，像是根本没看到夏颜颜这个人，冲我吼了句："愣着干吗？！"

第二章　他爱不爱你，你自己最清楚

坐在副驾驶的位置上，我看着窗外不断飞驰而过的景色，脑袋里却一片迷茫。正是傍晚时分，华灯初上，S市的街道上灯火点点，看上去格外美丽。熙熙攘攘的人群将寂寞的街道填满，城市开始川流不息。

我和梁修杰的住所买在S市最繁华的地段，为了这套房子，我花了很多心血和精力，只是为了和梁修杰能有一间真正属于自己的小窝。

我拒绝了父母的帮助，没日没夜地工作，还瞒着梁修杰去动用了自己曾经的人脉，将他弄到现在的公司就职。

就在我觉得一切柳暗花明的时候，夏颜颜杀了个回马枪，让我措手不及。

我看着坐在我旁边的男人，他眼睛极黑，暗藏着精芒，算不上很帅，但是极有味道。这是S市屈指可数的钻石级单身汉啊，居然现在在为我开车。这样想着，原本阴云密布的心情，居然透出了一丝笑意。

唐诀察觉到我弯起的嘴角："笑什么？你傻了啊？"

困意袭来，我强撑着："要是真傻了就好了。"

他也笑起来："胡说八道。"

看着唐诀的唇，我突然想起他的那个吻，顿时不自在了起来，看着前面已经驶入了小区，我连忙说："就到这里吧。"说着，我就准备解开安全带下车。

唐诀无奈："这是你的车，好歹让我帮你开到停车位吧。"

我大窘，怎么迷迷糊糊地忘了这茬："是，谢谢你。"

真是奇了怪了，难得我和唐诀之间能这样和平地对话，可是越这样，我的不自在就越明显。

终于到了停车位，我都不敢看他的眼睛，低头快速说："今天谢谢你了，改天我请你吃饭。"

转身下车的瞬间，唐诀拉住了我的手腕，他的掌心温热，带着淡淡的霸道，我的心瞬间狂跳起来。回头对上他的黑眸，只听唐诀说："如果他待你不真心，你也不必这样对他。"

隐隐约约能察觉到唐诀的异样，我直视着他的眼睛："不管真心不真心，我和他到底是夫妻，他可以不忠，但是我不会。并不是我蠢，这只是我做人的原则。"

说完，我试图挣脱唐诀的手，谁知他却收紧力道不容我离开："他爱你吗？"

面对这个问题，我迟疑了。

如果没有夏颜颜的再次出现，我想我会直接回答：是的，他爱我。

就像我以为的，我和梁修杰之间不是火热得如胶似漆，但绝对是细水长流，是爱情最好的方式。

但，目前看来，一切只是我以为而已。

见我不回答，唐诀又问："你觉得他爱你吗？"

"这又跟你有什么关系？！"我瞬间觉得这样逼问的唐诀十分让人讨厌。

唐诀的眼里闪过一丝痛苦，他却松开手："他爱不爱你，你自己最清楚。"

我顿时尴尬得无地自容，这几天梁修杰的态度，我怎么能斩钉截铁地说他是爱我的？唐诀的话，让我连自欺欺人都做不到。我逃也似的下了车，从唐诀手里拿过车钥匙，连再见都不想说扭头就走。

就快要走进大楼里的时候，唐诀的声音从身后远远地飘来："记得你说过的。"

我心一下子被拎了起来，又听唐诀慢悠悠地说："你要请我吃饭。"

我的脸瞬间烧红："放心，不会赖的。"

我连澡都没劲洗，直接扑上床，一直睡到第二天正午才醒。手机早已经是静音，打开一看，上面全是公司的电话。我翻翻，没有梁修杰的名字，自嘲地笑了。

起床一看，发现厨房里站着系着围裙的梁修杰，他在手忙脚乱地煮东西。见我起来，他居然有些愧疚的样子："看你睡得熟，没叫你。"

这一句话，让我的心瞬间软了下来："你在煮什么？"

"煮粥，然后还想煲点汤。"梁修杰有些疲惫，眼下全是青黑色，看上去也是熬了一夜。

我有些心疼："妈一个人在医院？"

梁修杰点头："我打算请个护工看一下，不然只有我们俩忙不过来。"

我走过去接过梁修杰手中的汤勺："我来吧。"

谁知梁修杰来了句："早让妈跟我们一起住就没那么多事了。"

我忍了忍，没有开口，我不想难得与梁修杰缓和的时刻，还要说这些来添堵。

锅里的鸡汤炖着，还煮着营养粥，梁修杰是花了心思的。别看梁修杰家境不富裕，可从小到大，婆婆就没让他做过事，一直是娇惯着养大。直到婚后，梁修杰才学着出入厨房，但也是极少数。在他的概念里，厨房是女人的地盘。

我从冰箱里找出食材，又炒了两个菜，和梁修杰简单吃了午饭。这是几天以来，我和梁修杰第一次面对面地坐下来吃饭。

我们都没有说话，只是他时不时抬头看我，欲言又止。

我吃完放下筷子："你在家休息吧，今天我请假去照顾妈。"

梁修杰看着我："这几天，对不起，是我不好。"

我指尖微凉，两只手在桌下握拳，心头却在颤抖，我故作平淡："我能理解，只是……我不想再有这样的事发生了。"

梁修杰连忙点头："不会了，我也是……一时放不开从前。不过你放心，我没有做对不起你的事。"

咬了咬下唇，我笑笑："我相信你。"

梁修杰如释重负，松了口气："还好有你。"

是啊，还好有你。

也许我和梁修杰之间永远都没有像他和夏颜颜那样的热情，可夫妻就是夫妻，打折骨头还连着筋，说要分开哪里有那么容易。只要有事，夫妻就会连成一条心，无论什么人都无法插一脚进来。

婆婆的手术安排在下周，唐诀帮了大忙，可我却一直没空请他吃饭。我跟公司请了半天假，都是上午去报到忙活，下午就赶往医院。

一连几天，我不仅没看到唐诀，也没看到夏颜颜。生活似乎重新回到了它应该在的轨道上，继续不急不缓地前行着。

转眼，就到了婆婆手术的这一天，我和梁修杰都请了假守在手术室门外。他紧张得坐立难安，直直地看着手术室上方的灯。

我什么也没说，走过去握紧了他的手。

梁修杰深深地看了我一眼，也紧紧握住了我的手。我拉着他坐了下来，只觉得他的掌心全是汗。

后来我常常想，这大概是我和梁修杰结婚以来，心贴得最近的一次了。

婆婆的手术整整做了九个小时，从手术室出来之后就进了重症加强护理病房观察，直到婆婆醒了才能转回普通病房。

婆婆在医院里住了大半个月，我和梁修杰之间的关系仿佛也慢慢修复，每天就这样忙忙碌碌地在公司和医院之间来回奔波，虽然累却很踏实。

婆婆出院后直接住在我家，方便后续治疗和检查。梁修杰对于我的主动很宽慰,他时不时会说:"还是媳妇好。"

我之前不同意婆婆和我们同住,只是为了避免不必要的摩擦,而现在是婆婆需要我们的照顾,怎能拒之门外?

我远在国外的父母听说了我婆婆的病情,也是三天两头地打电话,倒让梁修杰一时受宠若惊了起来。

安顿好了婆婆,我对梁修杰说:"现在婆婆出了院,我们也轻松一些,你别老是请假了,家里总要有人赚钱呀。"

我知道梁修杰其实也火烧眉毛,他的工作正在上升期,拼搏了几年他也不想半途而废。于是,在婆婆出院后不久,梁修杰恢复了正常工作时间。

平时家里专门请了阿姨来照顾,我也放心不少。可是有时候,生活就是这样让你难以顺心。

我坐在办公桌前,无暇想这些家长里短了。梁修杰现在的薪水比我多一些,我们两人加起来一个月也不过两万左右,扣掉房贷七千元,每个月给婆婆八百元的生活费,剩下的一万多还能有些结余。

这次婆婆看病的钱都是我们出的,现在再加上一个保姆的工资,生活压力一下子加重。

梁修杰不可能不清楚我们现在的状况,我揉揉眉心,只觉得这段时间特别累,心里憋了很多话,却找不到人去说。

处理完手头上要紧的工作,眼看着已经快中午了,梁修杰打电话约我吃午饭。我到餐厅的时候,他已经点好了菜,我坐下来一看,都是梁修杰自己喜欢吃的。

没吃几口,梁修杰开口了:"有件事想跟你说一下。"

"什么事?"

"公司准备派我去城北那里的分部做负责人,如果干得好,等于升职。"梁修杰看了我一眼,没有继续说。

我懂他的意思,如果干得好就是升职,如果干得不好就等同下放。这是一次机遇,梁修杰想拼一拼。

可是城北离市中心有三四十公里,我担忧道:"那你每天上下班怎么办?"

梁修杰说:"公司在那边有员工宿舍,我怕你不同意,所以想跟你商量一下。"他说完带着充满希望的眼神看着我。

我夹了一筷子菜:"那就去呗,多难得的机会啊。现在咱们家开销也大,这是好事。"

梁修杰松了口气,连连点头:"我也是这么打算的,以后咱们还得有孩子,得为了以后着想,再说了我每周都会回家,我也不放心家里。"

看着梁修杰如释重负的脸,不知道为什么,我的心开始惴惴不安了起来。

梁修杰的转职手续办得很快,我们开始了周末夫妻的模式。对于梁修杰的工作调动,婆婆是很有意见的,在她看来男人不回家那还叫什么家。但是婆婆拗不过梁修杰,最后还是妥协了。

还好婆婆的身体趋于稳定,除了每天抱怨刀口疼之外,没有其他的异样。

这天是周五,我开完会提前下班回家。刚推开家门,就看见保姆阿姨慌慌张张地从我的房间出来,见到是我她大惊失色:"梁太太,这么早回来啦?"

我皱眉看她:"嗯,你在干什么?"

阿姨镇定了下来:"没什么,就是打扫。我听到开门声,以为是小偷。这不……还没到你下班的时间嘛。"

这个说法也说得过去,可我总觉得哪里很奇怪。走进房间看了看,发现房间确实被打扫了,好像也没有翻动的痕迹。

一扭头,却看见她拿着抹布站在房间门口,一脸不自然地笑着说:"您晚上想吃什么?"

阿姨这个反应真的很古怪,她在家里的工作就是照顾病人的起居,更不会主动问我想吃什么的。无事献殷勤,没有好事。我笑笑:"随便吧,麻烦你了。"

"不麻烦不麻烦。"阿姨仔细看了看我的脸,这才离开。

也许是我多心了……我深深叹了口气,拿出了手机,上面多了一条消息。

唐诀:你准备什么时候请我吃饭?

我一愣,这段时间忙婆婆的病,我已经把唐诀这个人给忘到脑后了,今天突然来了这么一条信息,倒让我尴尬起来。

婆婆生病这件事唐诀帮了大忙,请他吃饭是应该的。只是,我不愿单独请他吃饭,好在今天是周五,梁修杰回来。

我快速地打了个电话给梁修杰,向他说明了请唐诀吃饭的事,梁修杰在电话那头沉默了一会儿说:"我晚上过去,你订地方吧。"

我知道梁修杰其实一直不喜唐诀,唐诀出身唐家,是含着金汤匙出生的天之骄子,又和我关系熟稔,梁修杰总会带着几句酸。

我订好了餐厅,是唐诀最喜欢吃的川菜。

劫后余笙.

　　唐诀到得很准时,看着他眉间淡淡的疲倦,我没来由地心头一跳。唐诀冲我点点头:"点菜吧。"
　　梁修杰将菜单推给唐诀:"今天你是客人。"
　　唐诀也没和梁修杰客气,拿起菜单点了起来。等菜上来之后,我顿时如坐针毡。满满一桌子的菜,都是我喜欢吃的。
　　梁修杰肯定也发现了,他的脸色铁青:"唐总这是什么意思?"
　　唐诀微笑:"没什么意思,吃饭而已,不是吗?"
　　一顿饭我如同嚼蜡,完全不知道是什么滋味,我们三个人诡异地没有说一句话,梁修杰一直在喝闷酒。直到吃完饭,目送着唐诀离开,梁修杰这才说:"你和他以后不准有来往。"
　　我皱眉却没有反驳,我知道梁修杰现在心情不好。
　　回到家已经快十点,客厅的灯都熄了。梁修杰拽过我的手,直接把我拖进了房间,没等我开口他就将我摔在了床上,一下扑了过来!
　　他的吻如同狂风暴雨袭来,手死死地扣住我的手腕,我竟半点无法挣脱。
　　"梁修杰!"
　　听见我喊他的名字,他的动作停了下来,呼吸间带着酒气,双眼通红。
　　"余笙,你不准再见他!"
　　我冷笑:"梁修杰,你这是什么意思?"
　　梁修杰却不回答:"你不准再去见他!"
　　"见谁? 唐诀?"我实在不懂梁修杰的反常。
　　梁修杰喘着气:"别以为我不知道,你别以为我不知道。唐诀那个小子对你没安好心,不然他是什么身份,怎么可能纡尊降贵来帮我们?!"
　　我气急:"梁修杰! 你能不能不要疑神疑鬼? 什么叫没安好心?"
　　梁修杰松开了我的手,一屁股坐在地上笑了起来:"上次在医院里,你知道他跟我说什么吗?"
　　我的心一下紧了:"说什么?"
　　梁修杰抬眼看着我,眼里一片红色,但任凭我怎么问,他都不再开口了,反反复复只说一句话:"答应我,以后不准去和他见面。"
　　我还没回答,门外响起了敲门声,是婆婆:"修杰,你们还没睡吵什么呢?"
　　我连忙说:"没什么,他喝了点酒,说醉话呢。这就睡了。"门外的婆婆嘟囔了两句早点睡,这才转身回房间。
　　再转头看梁修杰,却发现他不知道何时已经翻身趴在床上,无论我怎么喊他都像睡着了一般。

我摸了摸他耳边的发,像自言自语似的说:"我答应你。"

我答应梁修杰不再和唐诀见面,为了老公舍弃朋友,这是我余笙做出的选择。哪怕这个朋友与我青梅竹马,哪怕这个朋友对我有过很多帮助。

我以为,这纷纷扰扰的一切会在我答应了之后峰回路转,但实际上这只是新的噩梦的开篇……

我和梁修杰仿佛回到了从前的日子,除了家里多了婆婆和一个保姆,其他的与平常无异。梁修杰的工作很忙,薪水也跟着水涨船高。

然而就这样过了一个多月,这天我在办公室里接到了阿姨的电话。

她语气慌慌张张:"梁太太你赶紧回来,你婆婆她刚才咳血了!吓死我了,这可怎么办啊?"

我赶紧安抚她:"别着急,我现在就回去。"

婆婆发病来得突然,我一点准备都没有,镇定下来将老人送入了之前的医院,又找到婆婆的主治医生。可没承想我还没开口,人家就说:"唐先生嘱咐过,你放心。"

刹那间,我的耳朵像火烧一样。

自从那天和唐诀吃饭以后,我就把唐诀的一切联系方式拉黑了。他给我打过电话,全都被拦截。打到第四个电话的时候,他就再也没有联系过我。不知道为什么,我不太愿意去看黑名单里的拦截记录,总有淡淡的愧疚萦绕在心间。

婆婆住院了,开始了新一轮的治疗。情况不乐观,婆婆的脸色很差,医生说有转移的迹象,听得我心里直发慌。

婆婆入院后的第三天,梁修杰风尘仆仆地从城北回来。正好是周四,他连着周末请了两天假。在病房外的走廊,他从医生办公室出来,看了我一眼没有开口。

入夜时分,婆婆已经睡下,我正准备换班回去。梁修杰突然起身说:"我送你到楼下。"

还是住院部的花台旁,梁修杰对我说:"夏颜颜认识一个这方面的专家,我想可以给妈转院去那里看。"

短短的一句话,仿佛在我心海里翻搅着,我说:"你决定了?"

梁修杰点燃一支烟:"嗯。"

朦胧的路灯下,我看不清他的脸,我知道这不是商量,这是通知。有婆婆的病挡在前面,即便橄榄枝是夏颜颜抛出来的,我又有什么理由什么资格去拒绝?

027

"好。"我轻轻地说。

梁修杰看着我,又吸了一口烟:"回去的时候小心一点。"

我点点头转身向停车的地方走去,刚走几步我突然下意识地转身,就看见梁修杰熄灭了香烟拿出了手机,边打边向住院大楼里走去。

几乎没有多想,我快步追上去想要听到他说些什么,可眼前却只有那扇被关上的玻璃大门。

何必呢?余笙……就算梁修杰要给夏颜颜打电话,也是为了他母亲的病啊!你在纠结什么?在担心什么?

我赶紧逃走,心慌得七上八下。

回到家,又看见阿姨从我的房间出来,见到我她只是撇了撇嘴:"梁先生留院了?"

"嗯。"我实在累得慌,已经无心去想她为什么会从我的房间出来这件事。

保姆阿姨看了我一眼,又说:"不知道你怎么想的,男人在外面赚钱,你连后方都管不好,还要男人守夜,难怪你们夫妻感情不好。"

听到这话,我心里警铃大作:"你什么意思?"

阿姨神色慌张:"我、我就是说说嘛,我也是过来人。"

我一口恶气实在咽不下去:"那是他妈,他守夜是天经地义的!还有,以后不要进我的房间。"我撂下这句话没管她的表情,直接回了房间。

我躺在床上静了静,起身四处检查,没有发现其他的异样。这个阿姨被我撞见出入我的房间已经不是第一次了,那我没撞见的时候还不知道多肆无忌惮。

这个阿姨是家政公司向我推荐的金牌帮佣,有照顾病人的经验。做了这么久,除了那点多管闲事的毛病之外,她确实让人无可挑剔。

可她到底想做什么?

这个疑问在我心里越来越大,我决定从明天开始出门的时候把房间上锁。

夏颜颜来得很快,第二天她就出现在婆婆的病房里。我进去的时候,她正在和我婆婆说话。

她穿着一身深蜜色的套装连衣裙,衬托出格外白皙的皮肤,正是初夏的季节,这一身真是说不出的淡雅。

淡雅?我在心中冷笑。

夏颜颜可最不喜欢淡雅了,她的人生哲学里,从来只要明艳绝伦。淡雅是什么?淡雅就是无能,就是不敢出彩!夏颜颜不会容许自己不出彩,所以在人群里，她总是最耀眼的那一个。

可现在穿得如此淡雅，原因只有一个，那就是给梁修杰的母亲留下好印象。

夏颜颜冲我微微一笑，她的旁边坐着梁修杰，两人印在我眼里却那样的刺眼。

她说："我今天就会办好那里的手续，你下午的时候带阿姨过来。"

梁修杰点点头，熬了一夜的他看上去只是多了些疲倦，脸上全是对夏颜颜的信任和寄托："你真是帮了大忙了。"

夏颜颜转过脸背对着我婆婆，然后眼角一挑，说不出的风情："都是老同学了，别见外。"

婆婆却感动得不行，不停地在说："好闺女，谢谢你。"

正说着，家里的阿姨拎着保温盒送饭来了，看见夏颜颜她吃了一惊："咦？"

我立马捕捉到了什么，问："你们认识？"

阿姨赶忙干笑几声："哪里会认识，我看到这么漂亮的小姐，以为走错病房了……"

夏颜颜垂下眼睑，收住了眼底的神色，我倒一时看不出什么。

在夏颜颜的帮助下，下午的时候梁修杰就办好了转院。夏颜颜推荐的是她家夏氏集团旗下的私立医院，因为设备先进高端，薪资异常丰厚，所以请来了不少国内著名的医生。医院刚落成的时候，就在 S 市里引起了不小的震动。

病房里的设施也比先前的医院要高档不少，婆婆睡在病床上，眼睛一直打量着四周："这哪里像是病房，比皇宫还漂亮。"

夏颜颜掩着口笑出来："阿姨您真会夸。"

婆婆笑眯眯："夏小姐这么漂亮又这么好心，不知道以后谁有这个福能娶了你。"

夏颜颜将耳边的鬓发捋到耳后，带着略微的伤感笑了笑，并没有说话。而这个笑容落在了梁修杰的眼里，居然叫他一时愣住，没能移开眼神。

病房里的气氛很好，好得让我觉得自己很多余，我连忙边说边转身离开："我去看看还有什么东西忘记没有。"

回眸的瞬间，我和夏颜颜的目光撞在了一起，她冲我勾起嘴角，我不甘示弱："修杰，别让夏小姐站着呀，人家是客人。"

梁修杰还沉浸在夏颜颜给他的回忆里，冷不丁听我这么一说，赶忙站起来招呼："你坐你坐，真是不好意思。"

我回给夏颜颜微笑，随手关上了门。

从这一天起，夏颜颜几乎每天都会去医院探病，这样的热情周到，让梁修杰的态度变得更加暧昧不清。其实我知道，在医院里梁修杰没有机会和夏颜颜真的发生什么，但两人之间的眼神就足够折磨我了。

夏颜颜的欲语还休配上梁修杰的默默不语，我就是想说什么，也得顾着婆婆的病。最让我觉得奇怪的，还有保姆阿姨的热情。不对！应该说是殷勤了，这样的殷勤让我无端生出了一种不安。

我打定主意，赶紧找到新的保姆，将这个阿姨给换掉。

婆婆的治疗方案很快确定了，夏颜颜准备动用医院里最先进的技术，对此梁修杰感激不尽。

可夏颜颜却面带难色地说："一切设备都可以先给阿姨用，医生也是最好的，但治疗经费方面，我也没办法插手太多。"

梁修杰自然明白，他点头："已经麻烦你很多了，钱的问题我们自己想办法。"

话是这样说，可梁修杰把方案告诉我的时候，我也倒抽了一口凉气。整个治疗方案的第一个环节就需要四十万之多，这还只是第一步。全部方案如果顺利进行，少说也要百万以上了。

我和梁修杰再怎么努力工作，也无法在短时间内筹齐这么多钱！

夏颜颜貌似好心地多说了一句："小笙，这治疗费用对于修杰可能有点困难，但是对于你应该不是什么大问题。"

是了，夏颜颜当然会这么说。因为曾几何时，我余家和夏家在S市并驾齐驱，所以才有了当初娃娃亲的一说。

梁修杰看着我，眼神里充满希望。而我抿紧了双唇，说："我来想办法。"

夜里，我守在婆婆的病床旁，心中早已一团乱麻。

这是夏颜颜给我挖的坑，我明知道是坑，我也不得不去跳。婆婆的病是真的，治疗费用也是真的，梁修杰虽然不清楚我家从前的风光，但在一起这么久，他多少有些耳闻。

百万的治疗费用……这对当年的余家来说，真的不算什么。

可现实多残酷，如今已不是当年。

就算短期凑不到百万，也得先凑够第一阶段的治疗费用，四十万！我去哪里找这么多钱？难道真要卖掉父母给我留的祖产吗？

我看向窗外，夜色深深，我却半点倦意都没有。

突然，手机微微振动，我打开一看是个陌生号码发来的短信，上面写着：明天晚上，M酒吧，我可以帮你解决你的难题。

这……是谁？

梁修杰一早就过来了，他的脸色不太好，看样子也是为了治疗经费的事愁了一夜。我就是看不得他难受，连忙低头摩挲着手指。

给婆婆吃了早饭后医生查房，随后叫了梁修杰出去，我等在病房外没来由地一阵焦虑。

没过一会儿，梁修杰回来了，他说："你最快能什么时候筹到钱？我妈的情况不好再等了。"

我看着他的眼睛，里面有不安有期盼，顿觉肩上沉了几分："我……我会尽快。"

梁修杰显然不满意我这个回答："多快？"

我咬了咬下唇："就这两天。"

梁修杰突然伸手揽住我的后脖，与我四目相对："小笙，你是爱我的，对不对？"

"嗯，我当然爱你。"我盯着他的眼睛，心里却想起了那天唐诀问我的话。

他爱不爱你，你自己最清楚……想到这句话，心里透骨的凉。

梁修杰松开了手："还好有你。"

又是这句还好有你……我已经顾不上感动了，只是点头："你放心，我会想办法的。"

梁修杰换了我回家休息，我躺在床上翻来覆去地无法入眠。真要为了婆婆去动父母给我的祖产，我还真做不到，可眼前超出我能力范围的治疗经费又该怎么办？总不能叫我现在就去买彩票吧？

也不知过了多久，我才昏昏沉沉地睡去。做了好多梦，醒来的时候却不记得梦见了什么，只觉得头疼欲裂。

看看时间，已经下午了，手机有两条信息。

一条来自梁修杰：钱的事有眉目了吗？

一条来自昨天夜里那个陌生的号码：想好了吗？

这个人是谁？我狐疑地回了一条信息：你是？

对方回得很快：你来了不就知道了？

我知道M酒吧，表面上看那和普通的夜场没什么差别，也就是里面的美女更多，质量更高。但M酒吧还有个别名，叫财富会所。别看这个别名有够俗，却是形容得十分到位。S市但凡有头有脸的人物，都有M酒吧的钻石级会员。

劫后余笙

　　M酒吧的三楼,就是专供这些纨绔子弟消遣的地方。我曾经也跟着唐诀去过几次,然而风格不搭,我不是混这里的料,唐诀渐渐地也就没带我来过。后来家道中落,这样的地方更是与我无缘了。
　　我看着这人的信息静静地发着呆,见我没有回复,对方又发了一条信息:M酒吧三楼,晚上十点,等你。
　　我不由得颤抖,会是谁呢?
　　我又看了一眼梁修杰的信息,终于咬牙回复:我晚上不去医院了,我去想办法筹钱。
　　晚上十点,正是灯红酒绿的夜生活开始的黄金时间。我没有装扮,只是穿着一件白衬衫和长裤直接去了M酒吧。
　　酒吧门口的服务生看见我这身有些诧异,上来问:"小姐找人吗?"
　　是了,穿成这样不会是来玩的。我点头:"我要去三楼,有人约了。"
　　服务生接了内线电话问了几句后,问我:"是余小姐吗?楼上请。"
　　踏上黑色的楼梯,每一步都让我忐忑,跟着服务生来到一间包厢门前,他敲敲门推开:"您好,余小姐到了。"
　　里面一片寂静,越过服务生看去,我一眼就看到了坐在最里面的唐诀。但他只是扫了我一眼,很快转移了视线。
　　静静地看了一圈,基本都是从前的熟人,我一下竟然吃不准是谁邀的我。
　　我走了进去,坐得离我最近的一个男人笑道:"余家的落魄千金来了,M酒吧的三楼是不是让你格外难以忘记?"
　　我瞥了他一眼,这人是夏颜颜的朋友,我也认识。姓吴,单名一个天字。
　　我心里评价:纨绔子弟。
　　"是你给我发的信息?"我向来不喜欢拐弯抹角。
　　吴天摊手:"是啊,我想你了。听说你遇到了点麻烦,需要帮忙吗?"
　　我眯着眼睛:"你有什么条件?"
　　吴天看了看四周,周围人的脸上都带着嘲弄的神情,他大笑起来:"陪我睡一夜,你家里要用的钱我替你摆平。"
　　瞬间包厢里炸成一团,他们嘲笑着应和,一副小人得志的模样。
　　见我不说话,吴天又说:"你说你一个嫁过人的,又不是什么黄花闺女,五十万睡一夜够多了吧!如果后期再要钱,可以再来求我睡你。"
　　周围的笑声更甚,羞愤交加的我拿起桌边的一瓶酒砸了过去。吴天躲得快,只听啪的一声,酒瓶砸在了吴天身后的墙上,落了一沙发的玻璃碴子。

女人的尖叫声四起,吴天气急败坏地跳起来:"你这女人是不是有毛病?!"

事到如今,我再看不明白就是纯傻子了。

我冷笑:"吴天,我和夏颜颜混这里的时候,你还只是她身边的一条狗。她叫你睡我,你就睡?这么多年了,没想到你还是只会趴着摇尾巴。"

吴天边骂边要冲过来:"你这不要脸的女人,老子肯睡你是看得起你!"对面的吴天被周围人拉着,场面一时失控。

我拿起第二个酒瓶毫不示弱:"来呀!看我不废了你。"

原本在看戏的唐诀突然慢悠悠地开口了:"你这样哪有半分上流人士的样子?"这话不是对我说的,是对吴天说的。

吴天见说话的是唐诀,气焰立马蔫了一半:"唐哥,你是不知道,我好心帮她,她居然这么不识抬举。"

唐诀晃了晃手中的酒杯:"你们太吵了,要打架出去打。"

这样冷淡的唐诀,我是第一次看见。往日在我面前的唐诀,除了霸道毒舌,哪里有这样冷淡的时候?

旁边人赶忙打圆场:"是啊是啊,今天也是唐总难得来一次,不要搞得这么不愉快。"

吴天看了一眼我砸的酒,顿时坏笑起来:"唐总发话了,我今天就给你个面子。不过,东西是你砸的你赔钱,这点道理不用我说吧?"

没等我说话,唐诀又说:"她砸的,我替她赔。"

我看了一眼地上的酒瓶,心知价格不菲,唐诀这话让我走也不是留也不是。他的目光没有在看我,但我却从背脊生起了一股凉意。

唐诀起身:"我回去了,你们慢慢玩。"

经过我身边的时候,唐诀拉过我的胳膊带着我走,一直拽到酒吧大门口才松开。我一路低头,没敢说话。

唐诀深吸一口气:"余笙,你胆子够大的,过河拆桥啊!拉黑我,你有种!"

"我又不是男人,我没种。"我下意识怼了一句,刚说出口就知道坏菜了。

唐诀闷笑了几声后沉默,过了一会儿才说:"我听说梁修杰带着他家老太太转院了,去了夏颜颜家的医院。"

"嗯。"我点头。

唐诀看着我:"你缺钱。"这是陈述句,不是疑问句,我听得很明白。

"嗯。"心里五味杂陈,我无法否定。

劫后余笙

唐诀反问:"夏小姐既然这么有情有义,为什么没有提出借钱给他?这点钱,对于夏小姐来说就九牛一毛而已。"

我知道,当然是九牛一毛。但梁修杰不会向夏颜颜开口的,他怎么能向自己心中的女神开口呢?梁修杰是那样要面子的人。

"我自己的事我自己会想办法的,今天谢谢你。"我想起对梁修杰的承诺,只想快点离开唐诀身边。

唐诀点点头,为我拦了辆出租车:"你回去吧,这里不要再来了。"他看着我,眼里流露出我看不懂的神情,他又说:"如果实在过不去,可以来找我。"

心口的酸涩越来越明显,我不敢再待下去,匆忙地说了句:"谢谢。"就坐进了车里。

事到如今,我很明白,这是夏颜颜给我下的套。转院是她建议的,治疗方案是她推荐的,吴天更是她指使的。

就像她说的那样,她太了解我了。我不会答应吴天的要求,也不会去向唐诀求助,我能做的就是卖掉父母给我留的一部分祖产。

这是个套,可我不得不钻进去。坐在车里,想起临走前唐诀的话,我泪流满面。

至少在十五年之前,我还是和夏颜颜齐名的集团千金。尤其是我很小的时候,唐家都不曾被我父母看在眼里。我没有夏颜颜的眼高于顶,但骨子里却有要命的倔强。

家族企业破产后,父母原打算带着我离开这里远居海外,可我拒绝了。就像冥冥之中注定了一般,我又回到了S市,我遇见了梁修杰。

唐诀的父亲唐云山曾经说过我,小丫头片子一个,倒是有几分傲骨。

傲骨?傲骨有什么用呢?

公司破产的时候,我还是个刚刚步入青春期的少女,胸脯上都没四两肉。小说里写的遇见霸道总裁,然后拯救家族企业的桥段我根本玩不起来。因为,总裁不会要我这样前后不分的小丫头片子。

我考上S市的大学后,父母就按照他们原先计划好的出国,他们将S市两套公寓和四间门面转给了我。

这是他们唯一剩下的东西了!

父母也叮嘱过,无论以后我和谁在一起,这些祖产都只能留给我的孩子,也就是他们的外孙。我明白,这是父母给我最后的保障,所以梁修杰一直都不知道这些财产的存在。

从M酒吧回家后,我盘算了一夜,决定卖掉一套小点的公寓。因为公寓所处的地段很好,可以卖到可观的价钱,我卖便宜一些只要现钱交易,这样一来婆婆后续治疗的费用也有了着落。

我刚把房子挂在中介委托没两个小时,中介公司就来了电话,说一个买家很满意房子,想要明天就交易。我吓了一跳,没想到这么快就有了买家。大概是我挂的价格要比市价便宜三分之一,又是繁华地段,谁买谁赚到。

仿佛心有灵犀一般,我这边刚约好了明天交易的时间地点,梁修杰就把电话打了进来。

"你那边怎么样了?"梁修杰的语气听起来有些急。

我顿了顿:"明天就能拿到钱。"

梁修杰喜出望外:"太好了!"随后他又问:"你问谁借了?"

我赶忙说:"我用我自己的名义贷款的……托了朋友帮忙,明天钱就能到账。"无关信任,只是在这个节骨眼上,我不想再去解释这些房产从何而来。

为了梁修杰,我可以卖掉一套房子给婆婆看病。

梁修杰显然很高兴:"难为你了,等过了这段时间,我们一起还。"

我原以为听到梁修杰这句话,我就会心满意足,可内心莫名酸涩,居然流下泪来。

我说:"好。"

第二天,我只身一人去和中介以及买家见面,短短一上午的时间就办理好了过户手续,中介更开心,这恐怕是他接过最快最顺利的一单生意了。

看着卡里被打入的钱款,我给梁修杰打去了电话:"钱到了。"

梁修杰赶忙说:"汇到我卡里,我现在就去跟医生确定治疗的时间,你今天就在家里休息一下吧,不用过来了。"

我先转了四十万给梁修杰,这是婆婆第一阶段需要的治疗费用。收好银行的单据,我打算返回家中取些东西,再去医院看望婆婆。梁修杰说是让我休息,可我也不能连着两天不去医院探望。

谁知,当我推开家门的时候,却听见保姆不知在跟谁打电话。

"是,我知道的。她就是这样的人。"

"今天钱就应该到了,你为他们这一家子操心,人家还不当一回事,两天都没去医院了。"

"哎……也是这梁先生没福气……"

"她现在把房门给锁了,我进不去呀!"

我伸手敲了敲房门,保姆吓了一跳,回头看到是我,脸突然一下就白了。

劫后余笙。

"你……在和谁打电话呢?"我若有所思地问。

她赶忙挂断了电话,讪笑道:"没、没谁,就是一个远方亲戚,问我现在工作情况的。"

我冷着脸看她:"噢,我拿些东西去医院了。"说完,我没有动,只是看着她。

保姆坐也不是站也不是,半天没找着自己的舌头,好一会儿才说:"你要拿什么东西?我准备点饭菜跟你一起过去吧。"

我笑笑:"好啊。"

我又问:"阿姨,你刚才是在跟夏颜颜小姐打电话吗?"

她的笑容僵在了脸上,眼珠子都直了。

第三章 离婚，是一场伤筋动骨的战役

我又笑笑："你那么紧张干什么？"

她微微喘着："没、没什么。"

我听到厨房有动静，指着问："你炖了什么？好香。"

"是排骨汤。"

"那你还是留在家里看着锅吧，跟我去了医院，这汤该怎么办？"我冷冷地看着她。

阿姨这才找准了方向，说："是啊是啊，我都忘了，我还炖着汤呢。梁太太你先过去，我等会儿炖好了就送过去。"

我点头："那你小心点。"

说着，我转身盯紧了她，"炖完这锅汤，你明天就不必来了。"

坐在车里，我沉默了许久才开着车往医院的方向驶去。我的心很乱，我不知道前方还有什么在等着我，那种不安开始越来越明显。

夏颜颜家的医院在市郊附近，开车需要半小时左右才能到。我有些心烦意乱，车开得很慢，差不多四十多分钟才到达。

病房里，婆婆并不在。我看了一眼今日的治疗安排，估摸着婆婆应该是被梁修杰带去做检查了。

我拿起地上的热水瓶想要去换新鲜的热水，拎着水瓶刚走到开水间的门口，突然看见前面走廊尽头的安全通道里，有两个身影缠绵在一起。

隔着模糊的玻璃看不清是谁，我心里好笑，心想这是在医院都这么情难自禁。

我走进了开水间，里面的热水还没有烧开。反正婆婆还没回来，我乐意等一等。正等着，突然听见安全通道的门响了，有两个脚步声一前一后地走过来。我扭头看向开水间的门外，只见梁修杰和夏颜颜相携而过。

我愣在了原地，像被人打了一巴掌，几乎无法呼吸！他们脚步轻快，根本没有看到在开水间里的我。

我刚才看到了什么？是他们吗？还是别人？

我为什么没有推门进去看一眼呢？

我的头一阵抽痛，突然回想起早上的时候签字卖房子的场景。心底一个声音越来越大，震得我心口生疼。

值得吗？余笙，为了这样的男人值得吗？？

我抱着双臂蹲了下来，我不想哭的，可是眼泪却抑制不住地流下来。哭什么？余笙，不是还没有确定刚才的两人就是梁修杰和夏颜颜吗？

也许他们只是从安全通道里出来，也许他们只是路过，你都没有看到他们牵手，你怎么可以这样？

情绪宣泄，我无法控制，那么多的也许都抵不过心底早就笃定的答案。好一会儿，我才稳定了情绪，灌满了开水回到病房。

婆婆已经回来了，床边坐着梁修杰，旁边的沙发上坐着夏颜颜。

看到我，梁修杰有些吃惊："你怎么来了？"他很快又看到我手上的开水瓶，脸色变得古怪起来。

我淡淡地说："这层的开水间没开水了，我刚去楼下打了一瓶上来。"

梁修杰松了口气："我不是叫你在家里休息吗？"

我给婆婆倒了杯水："不过来看看我不放心。"

婆婆连忙说："丫头，你就不要忙了，你还要工作，我这个病要是看不好就不用看了。"

梁修杰有些急切地打断："妈，你说什么呢？！这不是换了医院吗？肯定会好的，你放心吧。"

我没有去看梁修杰，只是盯着坐在沙发上的夏颜颜。

她今天是一身紫蓝色的长裙，长长的头发微卷着盘在脑后，露出纤长白皙的脖颈。她化着精致的妆容，只是唇上的颜色已经褪了不少，还有微微晕染的痕迹。

这是刚刚激情留下的痕迹吧。

我冷冷地看向梁修杰。

他不敢直视我的眼睛，只是跟婆婆有一搭没一搭地聊着。

夏颜颜好像知道我在看什么，她拿出身边的小包，取出一支唇膏和一面化妆镜补起妆来。然后她用精心补好的唇微微一笑，洁白的贝齿露出标准的八颗，她笑着说："我有事先走了，阿姨祝您早日康复，我明天再来看您。"

夏颜颜站起来，又对我说："小笙，正好我们一起走吧，你也回去休息，这里修杰一个人就够了。"

她语气里的熟稔听着叫人恶心，我不甘示弱："好啊。"

电梯门口只有我和她，我心情很乱，并不想和她说话。

夏颜颜心情很好，在等电梯的时候居然轻声哼起歌来，她突然停下来说："你看到了吧？"

我闭上眼睛，努力让自己平静："看到什么？"

夏颜颜呵呵一笑："你看到了，我对你太了解了，你瞒不过我的。怎么样？是不是很心痛？"

我呼吸急促了起来，夏颜颜又说："我要是你就趁早撤了，反正你们还没有孩子，再说了……"

夏颜颜的声音拉长，她凑到我的耳边轻声道："他本来就是我的，是你抢走了他，现在还给我也是理所应当。"

我睁开眼睛看着夏颜颜："有本事你就来抢，小雪说得对，你的千金风范也不过如此。"

夏颜颜脸色一黑："余笙，你还以为你是当年的大小姐吗？我的千金风范如此，那你呢？你连千金都不是！"

"叮咚"一声，电梯门开了，我率先一步走进去，按下地下一层的按钮然后面对着夏颜颜说："是不是千金对我来说根本不算什么，就算我放弃了他，你也只是他的二婚罢了。"

夏颜颜没想到我会如此直接，没等她反应过来，电梯门已经关上。我一个人看着对面自己扭曲的倒影，眼前一片模糊。

夏颜颜回来了！这是真的回来了，她要回到梁修杰的身边！

那我呢？我要怎么做？我能抓住什么？我看着自己的掌心，心里早已慌不择路。

如果当初自己没有一意孤行，非梁修杰不可，是不是今天就不会有这样的事发生？执念而已，可是执念到如今，夏颜颜归来，我只觉得可笑的是自己。

我余笙不是傻瓜，做这么多事、忍这么多委屈，无非就是一个爱字。我是爱梁修杰，这些年的冲动眷恋早已化成了入骨的相思，想要完全拔除，谈何容易？！

可是，如果梁修杰不爱我，或者利用我的爱来羞辱我，那我余笙也不是软柿子！

夏颜颜已经表明了她的来意，恐怕我找来的那个保姆早跟她沆瀣一气。我就是要离婚成全她和梁修杰，也要让这两个人脱层皮。

和来时不同，回去的路上我把车开得飞快，在下高架桥的时候，一辆闯红灯的车自西向东朝我撞了过来。

只听砰的一声巨响，我只顾着踩刹车，一时间天旋地转！好容易停了下来，我趴在方向盘上只觉得头晕得很，再看旁边副驾驶的车门已经被撞得面目全非。

劫后余笙.

我打开车门走了下来，拿起手机报警，远远地看着那辆肇事车辆上也下来了一个人，他拍拍袖口一脸的不耐。

等他走近一看，这不是夏颜颜的狗腿吴天吗？

吴天看见是我也愣了一下："你故意的吧？"

我冷笑："我故意算好你会闯红灯？那我还会被你撞上？我要是有这个本事早就去摆摊算卦了。"

吴天摸摸鼻子讨了个没趣，然后拿出手机对着我的车和他的车一阵猛拍。

"你干吗？"我问。

吴天抬了抬眉毛："发群发朋友圈。"

我真是对这个不学无术的纨绔子弟无语了，只得别开脸去乖乖地等交警来处理。谁知道和交警一起到的，还有另一个不速之客。

唐诀来了！

唐诀的车稳稳地停在了我的旁边，他从车里走出大步流星地来到我面前，然后上上下下地打量了一番说："没撞傻吧？"

我狐疑地看着他："你从哪冒出来的？"

唐诀卡壳："我正好在这附近有事。"

"然后呢？别告诉我你只是路过。"买彩票也没这么巧的。

"我看到他发的朋友圈……看到是你的车。"唐诀又看了看我，"所以过来看看。"

又是朋友圈！我想到夏颜颜之前发的，心里很是不爽，口气很冲地问："对了，你也有夏颜颜的好友对吧？你怎么加的她？"

唐诀没想到我会把话题转到这个上面，他木着一张脸说："我已经删了，是之前商业圈里加的，我看到照片才知道是她。"

"谁信啊！"我扭过脸去积极配合交警同志的调查。

等一切处理妥当，我的车也被拖走维修，我回头一看身后的唐诀还没走，只是他的车已经被司机开走了，空留他一人。

"你还在这里干什么？"我说，"我没事了。"

唐诀指着马路另一边说："那里有个中医院。"

"干吗？"

"我觉得还是要带你去检查一下，本来已经够笨的了，不能再被撞得更傻。"唐诀一脸欠揍的表情。

可是不知道为什么，看着他这张脸我却莫名觉得温暖起来。我第一次没有回怼唐诀，乖顺地点点头："可是检查费……"

"你放心,吴天那小子跑不掉的,肯定叫他出。"唐诀冲我抬了抬下巴,"走吧。"

我和唐诀在路上走着,我们之间始终保持着二十公分的距离,唐诀没有想要靠近,我也害怕靠近。就这样一直走到了中医院的门口,唐诀突然问我:"你的麻烦解决了吗?"

我心道,之前的麻烦已经不是麻烦了,现在的麻烦才是大问题。当着唐诀,我不愿将今天发生的事一一道出,我点头:"解决了。"

想起唐诀替我赔的那瓶酒,我又仓促地说了句:"谢谢。"

唐诀闷声笑了:"谢我什么?我又没帮你解决。"

我抬头看着他的侧脸,猛然发现这个一直与我吵架对嘴的唐诀,已经长成了男人的模样。这是我第一次站在女人的角度去看他,一时间竟然没能挪开眼。

他突然看着我,笑道:"怎么?本大爷太帅了,都把你看呆了吗?"

我脸一红:"狗屁!别给自己贴金!"

看着他走在我前面的背影,我心底有种难言的感情在流动。是啊,你是没有帮我解决什么,但你没有因为我的疏远而真的离开,作为朋友你已经做得够好了。而我,却愧不敢当。

眼下我不能再犹豫再心软,对于婆婆我自认问心无愧,卖掉一套祖产给婆婆治病这是我心甘情愿的。可我的付出,绝对不能被人如此践踏!

夏颜颜,你不是觉得你很了解我吗?你为什么没能想到,我也是很了解你的呢?既然你已经捅破这层纸,来而不往非礼也!

进了医院,这花钱就如流水一般。很快婆婆第一阶段的治疗结束了,四十万被花得一分不剩,但紧接着后期治疗的费用表又摆在了我和梁修杰的面前。

梁修杰皱着眉:"先要再凑一些,剩下的我再想办法。"

我面无表情地说:"我那里还有一些,先拿过来垫上吧。"

梁修杰顿时很感动地拉着我的手,我不着痕迹地避开:"这段时间就多累你在医院了,眼下我也不能丢了工作,你妈后面的治疗还要钱。"

梁修杰脸色一顿:"我也没时间呀……"

"我们再找一个保姆来,我下班了也能来替一会儿。"我看着梁修杰说:"现在我们手头这么紧张,给保姆发的工资又不是让她来消遣的。"

梁修杰张了张嘴,大概是想说几句却找不到突破口。

我很快又打了一笔钱给梁修杰,作为婆婆接下来后期治疗的费用之一。见我打钱没有拖沓的意思,梁修杰也就没再开口。

"我明天开始要出差,这次外出办公关系到我涨工资,"我看着梁修杰,"现在我们是特殊时期,家里的收入能多一点是一点。"

梁修杰点点头:"你去吧,这几天就交给我吧。"

我心里冷笑,梁修杰凑过来问:"你这次要去多久啊?"

我回到房间收拾行李,他也跟着进来,我说:"快的话一周,慢的话十天。"

梁修杰不知道的是,我早已做好了准备,出差是真的,可我要找到他和夏颜颜在一起的确切证据才是我此行的目的!

第二天一大早,我前往机场,和助理小悦会合。梁修杰很少见地要求亲自送我,我没有拒绝。也许这是我和梁修杰撕破脸之前最后一次和平相处了。

小悦笑着说:"余姐,你老公可真体贴你呢!好男人。"

受到夸奖的梁修杰点头微笑,一如往日的斯文,我看在眼里只觉得莫名地讽刺。梁修杰估计要亲眼看到我登机才能放心离去,我暗自苦笑,这一次请君入瓮,说不定真能抓条大鱼。

飞机上我戴着眼罩想睡一会儿,因为这几天的费神安排导致晚上的睡眠质量奇差,几乎到了每小时就会醒的地步。

刚合眼没多久,身边的小悦就惊喜地推了推我:"余姐余姐!唐诀先生也在。"

唐诀?我狐疑,唐诀那厮怎么可能在经济舱?他一般都会坐头等舱,再不济也得是商务舱。我扯开眼罩,一入眼就是唐诀带着坏笑的脸,他说:"好巧。"

巧个鬼!我瞪了他一眼:"你怎么在这?"

"出差啊。"他说着翻起了报纸。

"我是问你为什么会在经济舱……"我没好气地说。

唐诀点头:"这个嘛……票卖光了。"

信你就有鬼了!唐诀这人从来都是高傲自负,衣食住行没有一处不要精致不要讲究的,怎么可能因为没票坐经济舱?

唐诀见我盯着他,他笑笑:"怎么?我不能坐?"

我干笑:"可以可以。"毕竟出门在外,我不想和唐诀有口舌之争。

我重新戴上眼罩休息,等下了飞机入住酒店的时候,我又遇见了唐诀,他还是笑着继续说:"好巧。"

"你不是非五星级酒店不住的吗?最差也得要四星的,怎么跑这里来了?"我脱口而出地问。

唐诀一身风衣格外挺拔，站在这里就像个衣架子，惹得前台妹子一阵脸红。他说："其他酒店客满了。"

听他这么一本正经地胡说八道，我也是无语了，我摊手："你开心就好。"

所以当我发现唐诀的房间在我对面时，我已无力吐槽了，唐诀又是笑眯眯地说："哎呀，真的好巧！"

我翻了个白眼："只告诉你，别来妨碍我！"说完我"咣"一声关上了大门。

这次出差的目的是帮助子公司创办新刊物，主打面向的人群为年轻女性，暂定为半月刊。因为敲不定首期主题，加上这里的主笔编不给力，公司就下达了外援任务。原本我不用亲自来，但为了给夏颜颜和梁修杰创造机会，我还是毛遂自荐地来了。

其实帮助他们敲定主题并不难，事先我早已准备了各方面的资料。只要日程顺利，不消三天就可以搞定。

梁修杰生性谨慎，夏颜颜也不是好糊弄的对象，所以假装出差是肯定瞒不住的。只有他们确定了我不在S市，梁修杰才有胆子和夏颜颜发生些什么。

我翻着手头资料胡思乱想着，心里既是忐忑又是害怕。我怕梁修杰不上钩，我更怕他上钩。如果真如我所料，那我的人生岂不是真的要翻天覆地？

我连着几下深呼吸，总算暂时摒弃了脑子里的杂念，一心一意地忙工作。和我一路好巧的唐诀同志也是神龙见首不见尾，也许真的是巧合吧……

很快，工作的三天过去了，我在子公司的会议室里确定了首期主打的主题以及风格和版面，与他们的主笔做了交流，留下了相当详细的资料后，我终于可以回程了。

助理小悦见我在收拾行装，有些不解："余姐，他们安排的温泉你不去啦？"

能提前完成工作助理小悦很开心，这样她就有时间多休息几天，何况还有子公司安排的各种消遣项目，等于就是一次简单的度假了。

我叹口气："我家里有事，我婆婆病了我得先回去。没事的，你在这里好好玩吧，机会难得呢。"

助理小悦有些失望，我看了她一眼，笑道："我有件事嘱咐你，如果有人打电话到房间来问我，就说我在开会知道吗？"

小悦似懂非懂地点点头："我知道了，余姐你放心吧。"

我点头："千万记得，拜托你了。"

劫后余笙。

拎着行李箱关上房门,我深深看一眼对面唐诀所在的房间,然后头也不回地直奔归程。

我搭了当天最后一班飞机赶到S市,此时已经深夜时分,我坐着出租车一路往市中心赶去。突然一个激灵,我对司机说:"不用去市中心了。"然后我报出了婆婆住院的地址,决定先去那里看看。

我不是什么完美的圣人,也没有圣母附体,去医院并不是想看婆婆的情况,而是赌梁修杰的一个孝心。我始终认为再了解一个人,你也不可能面面俱到,所以来医院只是中庸的选择。

婆婆的病房在八楼,原本我打算乘电梯上去,结果现在已经过了探视的时间,这个计划被临时放弃。我只让司机把车停在了视觉死角处,这里没有路灯,隐蔽得很。

司机师傅见我如此小心翼翼,他问道:"你这是来看病人的吧?为什么不进去?"

我驴头不对马嘴地反问:"师傅,夜间包你车能便宜点吗?"

司机很机灵:"可以啊可以啊,我们就算时间好了,你要包多久?"

我说:"我具体也不知道,反正肯定不会亏了你,放心。"

正说着,只见夏颜颜那辆宝蓝色的车从住院部的停车场里出来,我赶忙说:"师傅,帮我跟着那辆车,不要太近。"

司机师傅比我还兴奋:"好咧!"

他们要去哪呢?我一路跟着一路想着。夏颜颜的这辆车还是她出国那年,她老爸买给她的礼物,当时就价格不菲,夏颜颜走哪都开着它,十分的惹人艳羡。我也牢牢记住了她的车牌号,那是夏颜颜的生日。

司机师傅看起来很老到,跟得不紧不慢,没有让前面的夏颜颜有任何怀疑。终于,车离开了高架,往我熟悉的方向和道路驶去。我的心从这一刻开始拧紧了,睁大眼睛不敢错过一丝一毫。

终于,夏颜颜的车停在了我们家小区的门口,车门打开,梁修杰从上面下来。

而这辆宝蓝色的座驾并没有离开的意思,十几分钟后梁修杰的身影从小区门口出现,转身又上了夏颜颜的车。

司机问我:"还继续跟吗?"

我肯定地说:"跟!"

终于,夏颜颜的车又拐进了医院,看样子,夏颜颜是送梁修杰回家拿东西而已。今天第一次跟梢,一无所获。

我让司机把我送到了洪辰雪的住处,然后付了钱,司机还乐呵呵地给我一张名片,说:"要是还有需要,打我电话。"名片上写着:热心司机,随叫随到。

多么会做生意的司机大哥啊!我连连点头:"一定一定。"

我顶着熊猫眼敲开了洪辰雪家的大门,洪辰雪没穿胸罩,一身雪白的睡裙挂在胸口,还露出半个肩膀,见到是我她破口大骂:"有病啊!深更半夜不睡觉,瞎串门!"

我啧啧两声夸道:"毕业这么多年,你一点没变。"

洪辰雪赶忙捂住胸口把我拉了进去:"你什么情况??"

"我饿了,我能不能吃饱了再说?"从上飞机到现在我滴水未进,什么东西都没吃,就是怕在盯梢的时候要上厕所,所以干脆辟谷,啥也没吃。

洪辰雪真是新世纪的好室友,她给我下了香喷喷的一碗面,还加了个荷包蛋。我狼吞虎咽地吃完,然后给她讲了个大概。

洪辰雪还没听完就嚷道:"你怎么没推门进去扇她丫的?"

我苦笑:"我那会儿也没想到门后面的人是他俩啊,我还想够奔放啊,在医院里公开亲热……"

洪辰雪坐在我身边,问:"那你打算怎么办?"

我喝了口水:"继续盯,我就不信他俩忍得住。"

我自己的车不能开,所以洪辰雪为我租来了一辆车,方便我去盯梢。我拒绝了洪辰雪要求同行的强烈要求,这种事还是我自己一个人来。

洪辰雪再三叮嘱:"那你有情况一定要第一个通知我!"

"好好好,你放心,一定。"我也再三保证。

这是我回来的第二个白天,之前一无所获。梁修杰看样子是请了几天假,每天除了医院就是回家,但都是夏颜颜亲自接送,不可谓不周到。我没有选择进入医院,那里可是夏颜颜自己的地盘,太容易暴露行踪。

期间梁修杰也给我打过几个电话,我并没有一一全接,而是选择性地没有接,过了一会儿再打过去,表示我还在工作,比较忙,没有听到。

这天傍晚的时候,我坐在车里啃面包,突然助理小悦的电话打来了,她说:"余姐,刚才有人打电话到房间里来找你,我说你在开会还没回来。"

我的心咚咚地狂跳,鱼上钩了!

"噢,男的女的?"我故作镇定地问。

"是一个男人,我让他打你手机了。"助理小悦老老实实地说。

我按捺住心情:"好,我知道了,多谢了。"

是男人找我,那多半就是梁修杰。如果是旁人完全可以打我手机,不需要打电话到酒店房间来这么麻烦。

劫后余生。

很快,我的手机响起,是梁修杰!我故意拖延了一会儿才接通,我压低了声音:"喂?怎么了?我在开会呢。"

梁修杰赶忙说:"都晚饭点了还没忙完吗?我就是打个电话问问你。"

我说:"我想快点弄完回去啊,不然怎么会加班?"

"那你先忙,记得吃饭啊。"电话那头是梁修杰的关心,可切断电话的我却没有感觉到半分温暖。

我明白,这两通电话是试探。是梁修杰在试探我是不是在开会,还有没有在出差……他试探我的目的很简单,那就是他今天晚上肯定有行动。

我抱着手机,突然再也吃不下手里的面包,鼻子一酸伤心得不能自已。梁修杰啊梁修杰,我和你为什么会变成这样,不过是同床异梦了,是吗?因为那个人是夏颜颜了,是吗?

老天爷真是残酷,它根本没给我更多缓冲情绪的时间,眼泪还挂在下巴上,我又看见夏颜颜的车从我眼前出现,几乎没有多想,我开着车跟了上去。

可原本很顺畅的路程,在今天这时刻变得异常拥堵,还没有下高架桥,我就发现我跟丢了,我看不到夏颜颜的车了。

我茫然地将车开着,一路毫无目的地四处张望,一无所获。我居然在最重要的时刻一无所获!一脚踩了刹车,我自顾自地伏在方向盘上放声大哭。

也不知哭了多久,只觉得脑袋涨得生疼,耳边有人在敲我的车窗,我抬眼一看,居然是阴魂不散的唐诀!

唐诀看见是我也很讶异,他冲我动了动手指,示意我开门。我赶忙抽了张纸抹了一把脸,这才打开车窗:"干吗?"

唐诀看着我,半晌来了句:"哭得好丑。"

我大吼:"我又没请你看!"

唐诀摊手:"你要是没停在我的停车位上,我也不会来找你。"说着他笑笑,"真是好巧。"

我从车窗外面打量了一下,这才发现不知什么时候我把车开到一栋写字楼附近,我没好气地说:"你说是你的车位就是你的?"

唐诀无奈:"好吧,那我去叫这里的管理。"

见他拿起手机,我连忙说:"我走还不行吗?!"

唐诀转身:"行。"

可是世事难料,屋漏偏逢连夜雨,当我正准备发动的时候,这车不听使唤了。

唐诀不依不饶地守在车门外,还十分热情地来了句:"要帮忙吗?"

越着急越不如意,听着唐诀貌似关怀实则嘲讽的问句,我终于再也忍不住,继续趴在方向盘上大哭。人跟丢了不说,车也坏了,还遇到唐诀这么一个黑心的。人生真是惨到无法言喻!

唐诀被我吓坏了,他手从车窗伸进来打开车门把我拽了出来:"哭什么哭?你要开不走,我车位借你。"

我哭:"可是车坏了……"车是租的啊,坏了不要紧,关键是我跟丢了梁修杰和夏颜颜,想到这里我更难过了,眼泪像断了线的珠子往下掉。

唐诀瞪着我:"车也借你。"

我顶着哭红了的眼睛看着他:"行。"

唐诀在开车,他气呼呼的,我坐在他旁边一声不吭。

他说:"余笙,你是不是傻?我早告诉你要小心那个夏颜颜,你就是这么小心的?"

他骂我:"余笙,你真是傻透了,还拿钱给他妈治病?你怎么不干脆给他买个棺材算了,现在墓地的价格也很贵的。"

我低头无法搭腔,只晓得揉手指,等唐诀骂了一会儿,我才开口:"我跟丢了他们,现在怎么办?"

唐诀把他的手机丢给我,说:"看着,有消息来了告诉我。"

我手忙脚乱地点开:"有密码,看不了。"

唐诀突然不自然了起来,他紧了紧喉咙:"密码0804。"

我指尖一颤,0804……这不是我的生日吗?我不敢再开口,唐诀也没有再说话,我们俩就诡异地保持这种难得的沉默,直到我手中唐诀的手机亮起,有短信来了。

我点着0804打开,念道:"宾至,6809。"

唐诀点头:"就是那里了。"

我手心微凉,我不知道唐诀什么时候让人查的,也没心情感叹他雷厉风行的办事效率。此时此刻,我的脑海里只有"宾至,6809"这几个字。

宾至酒店,是S市颇有名气的大酒店,这家酒店的特色就是情侣高档服务,里面的一切都是围绕着情侣主题设计的。曾经,我也想和梁修杰去,但那令人咂舌的房间价格让梁修杰直接拒绝,所以我一直未能得偿所愿。

我苦笑了一下:"去吧。"

是啊,去吧!都到这一步了,还犹豫什么呢?这不是我想装作若无其事就可以云淡风轻地就此翻过,夏颜颜怎么可能容我装傻?

唐诀的手想要伸过来握住我的手,被我躲开了,我说:"谢谢你。"

看着略带尴尬表情的唐诀,我低下头又说了句:"好好开车。"

劫后余笙。

　　从这里到宾至酒店并不算远，此时此刻天已经晚了，暮色笼罩着这座城市，我的心忽上忽下，纠结万分。
　　终于，唐诀的车停在了宾至酒店的露天停车处，我刚要开车门下去，唐诀拦住了我："你可想好了？"
　　我茫然地看着他："什么？"
　　"你打算和他离婚了？"唐诀紧紧皱着眉。
　　"我不知道……"我是真的不知道。高傲如我，也在年少不经事的时候说过，如果以后爱人背叛我，我是肯定要分开的，决不眷恋！
　　真是年轻，多么狂妄的话啊。
　　只有走到我现在这一步，我才发现真要说出离婚好难！梁修杰如果背叛我了，我要离婚吗？不不不，我应该问的是，梁修杰和夏颜颜如果重修旧好，还会跟我维持婚姻吗？
　　见我傻傻的，唐诀叹气："你变得一点都不像你了，以前的余笙不会这样软弱。"
　　眼眶一热，我快速地用手背抹去："现在的我也不会软弱，我是余笙，从来都没变过。"
　　我只是陷入了爱情，我只是被一个叫梁修杰的男人迷住了双眼，我没有软弱，我还是我！不管是曾经的余家大小姐，还是现在的平淡小主编，我从没怕过！
　　我打开车门下去，唐诀在身后问我："要我陪你去吗？"
　　"不用。"晚风迎面吹来，拂起几缕我的头发，我说："谢谢，我自己可以的。"
　　宾至酒店的大门，就像一个人生的新入口，我不知道那扇标记6809号码的门后是洪水还是猛兽。默数着电梯的数字，我的心在不住地颤抖。
　　酒店走廊上铺着柔软华丽的地毯，每一步踩上去都让我觉得如步云端，是那样的没有真实感。一步步，我终于走到了6809房间的门前。走廊里空无一人，我甚至能听见自己的呼吸声。
　　大酒店的隔音效果真是不错，我站在门口好一会儿，门里面竟然一点声音都没有。我鼓足勇气连按几下门铃，然后等着开门，我甚至在想我是先给夏颜颜一个巴掌还是先给梁修杰一记耳光呢？
　　可是门没有动静……而就在这时，不远处的电梯响了，有两人说话的声音传来。
　　"我还是觉得那个红豆沙馅的好吃呢，像以前你买给我吃的那个味儿。"这是夏颜颜在说话。

"你喜欢,咱们以后再去买。"如此宠溺的语气,我难以相信这是从梁修杰嘴里说出来的话。

我转头,看见了揽着夏颜颜腰的他,他另一只手正点着夏颜颜的俏鼻,脸上带着浓得化不开的甜蜜。

他们没想到会看见我,梁修杰吓得松开了搂着夏颜颜的手,夏颜颜脸色一变,但很快稳住了。

我只觉得头重得很,但强迫自己抬头,我笑着说:"回来了?要不要我们进去聊聊?"

我指着6809号的房门,微微一笑:"房卡应该在你身上吧。"我看着梁修杰,"我们进去聊聊吧,我觉得我们现在有必要好好坐下来谈一谈。"

梁修杰的脸白了,赶忙语无伦次地解释:"小笙,你听我说,不是你看到的那样。"

我看着夏颜颜:"你觉得呢?夏大小姐?"

夏颜颜咬紧了下唇:"好啊,聊就聊。"

我冷笑:"夏颜颜,我想你搞错了,我不是要跟你聊,我是要跟我的丈夫聊。我说的我们,从来都不包含你。"

夏颜颜根本没想到我会这样说,她一张脸几乎狰狞:"余笙!别太得意。"

我没看她,只是冲着梁修杰展开掌心:"房卡呢?"

梁修杰腿都快软了:"小笙,有什么话咱们回去说吧,这里不是谈话的地方。"

我的心在流血:"你说这里不是谈话的地方,那这里是什么地方?啊……"我故意歪着头,"这里是和夏颜颜滚床单的地方。"

梁修杰急得汗都下来了,我看着他不依不饶:"梁修杰,你知道我的个性的,如果你今天不开门进去,我们好好聊。那我明天就拿着扩音喇叭去夏氏集团,好好宣扬一下他们大小姐的光荣事迹。比如,和有妇之夫开房间,肯定很多人想听。"

夏颜颜怒道:"你有什么证据?你以为有人会信你?"

我耸肩:"证据嘛,我刚才是没有,不过我现在有了。"我晃了晃手里的手机,然后放进贴身的口袋里,"录音功能。"我说完露出"你懂的"的笑容。

"无耻!"夏颜颜上前几步,想要动手抢。

我快速地躲开:"夏小姐,我奉劝你。趁我还能保持理智,把房卡交出来。不然,我现在就在这里闹,凭我们两家的渊源和在这里的名声,明天头版头条你肯定跑不了。"

梁修杰怒道:"余笙!"

我不甘示弱:"开门,然后进去,别逼我。"

梁修杰终于在我的狠戾下妥协,他颤颤抖抖地掏出房卡打开房门,我一把将他拽了进去,然后随手将夏颜颜关在了门外。

一进屋,我就看见夏颜颜的车钥匙放在桌上。真是天助我也,我还觉得我一人对付不了两个,怕夏颜颜趁机跑了,现在她想跑也得顾忌。

我走过去,趁梁修杰没注意将夏颜颜的车钥匙捏在了手心里,然后在房间里打量了起来。这是一间很漂亮很有情调的房间,装修华丽考究,对得起宾至酒店开出的价格。

我选择在床边坐了下来,深深吸了一口这满室的玫瑰花香:"好香。"

梁修杰在离我足有两米远的地方,他靠着桌子没有说话也没有看我。

我笑笑:"修杰,这里的房价多少钱一晚?"

梁修杰没想到我开口第一句却是问这个,他愣了一下,说:"问这个干吗?"然后他后知后觉又像连珠弹似的问:"你怎么会在这里?你不是在出差开会吗?你骗我?!"

我没有理会他,继续说:"二千八百八十八元一晚,你和夏颜颜谁付的钱?"

梁修杰脸色刷白:"她付的钱……"

我话锋一转:"所以,那天在安全通道里接吻的也是你们俩,对吧?"

听我没头没尾这么一说,梁修杰的表情迷糊:"什么时候?"

我无奈笑道:"次数多到记不清了吗?"我看着他:"梁修杰,你不是说过你没有做对不起我的事吗?现在你怎么解释?"

梁修杰也看着我,他的眼里一片红色:"是她主动的……我、我拒绝不了……"

听到这样一句话,我真不知是该为自己可怜还是为夏颜颜叹气。我以前怎么没有发现梁修杰是这样没有担当的男人呢?还是为爱一叶障目?

我突然觉得唐诀说得对,余笙,你是不是傻?

"这样的话,你对她说过吗?"我的声音很平淡,几乎没有情绪的流露,"我想这样的话,你应该对夏颜颜也说。"

说着,我起身打开门,门外的夏颜颜果然还没走。

见我开门,夏颜颜冲了进去拉起梁修杰的手,说:"我们走,不用跟她在这里多费口舌。"

我笑笑:"梁修杰,你不打算跟她说吗?"

梁修杰如何敢说？他连面对我都没有勇气！

我没有拦着夏颜颜拖走梁修杰，事实就是梁修杰也是半推半就地跟她去了，我看着两人的背影消失在电梯口，然后走到窗户边，等待梁修杰和夏颜颜出现。

夏颜颜的车很明显，从楼上看去也能一眼就看到。他们很快出现在酒店楼下，没一会儿，夏颜颜在翻来覆去地找车钥匙。

我捏紧了手里的钥匙，看着楼下的两人开始争吵开始推搡，夏颜颜的脾气说一不二，今天被我这么羞辱，说出来的话肯定不好听。我看不见梁修杰的表情，但是能猜到他现在的感受。

看一眼手里的钥匙，我看准楼下，将车钥匙丢了出去。只听清脆的一声"啪嗒"，夏颜颜和梁修杰都吓了一跳，下意识地朝楼上看，我冲他俩挥了挥手。

我准备离开这个6809房间，环顾四周，在桌上的一捧玫瑰花里发现了一张精致的卡片。卡片的底色是夏颜颜最喜欢的蓝色，上面用遒劲有力的钢笔字写着：颜颜，爱你。

这笔迹我认得。当年在大学里，梁修杰就是以这样一笔好字赢得了才子的名号。

颜颜……爱你……

我瞬间觉得无地自容，这6809房间像是一只长着血盆大口的猛兽，几乎要将我连骨带皮吞噬而尽。我没有勇气再待下去，慌不择路地向外面跑去。

跑出宾至酒店的大门时，我远远地看见还在纠缠的二人，梁修杰和夏颜颜！

见到我出来，梁修杰想要过来，好像有什么话要跟我说。我心念一动，心底那一抹可耻的软弱又流露了出来。或许，梁修杰还没有和夏颜颜发生什么……或许，一切还有挽回的余地。

梁修杰终于还是走了过来，他看着我说："你把颜颜的钥匙摔坏了，现在车开不了。"

我几乎要仰天大笑，为了我刚才可耻的心软。我不动声色看着他："那你想要我怎么办？赔吗？"

赶过来的夏颜颜听到，立马说："当然要赔！你摔坏的，你不赔就别想走。"

"那照你这么说，我的老公被你弄脏了，你是不是也应该赔我呢？"我盯着夏颜颜。

夏颜颜果不其然被激怒了："余笙，你搞清楚！他根本不爱你，当初不是你硬要跟他在一起，他也不会答应的！"

我心底泛起了无边的绝望，依旧强撑着："是吗？那我们在一起这么多年，他有无数次的机会可以离开，又为什么要跟我结婚呢？结婚也是我强迫他的吗？"我说着，看向梁修杰的眼睛。

可是这个男人，却躲开了我的眼睛。

我咬牙："夏颜颜，你要我赔你车钥匙，你先赔我一个干净的老公。"

夏颜颜怒道："做梦！"

唐诀的声音慢悠悠地从身后传来："做梦也不赔你，你想怎么着吧？"

他一直走到我旁边，然后继续说："你可真没用，脏了的老公丢掉就是了，还捡起来干吗？捡破烂这事，夏小姐最喜欢做了，你应该成人之美。"

梁修杰在看到唐诀的瞬间，表情怒了，他死死地盯着我："你不是答应过我，以后不会再和他见面的吗？你自己也是骗子。"

梁修杰的质疑，让我全身从骨髓里透着寒，我强忍着眼泪："是，我们都是骗子，还有什么好说的呢？我成人之美，我成全你们。"

我转身离开，这个地方这两个人，我是再也不想看见。

唐诀说的成人之美，在我听来更像是一种讽刺。讽刺我最美好的年华，讽刺我识人不清，可是我余笙不会后悔。

在唐诀的车里，我痛痛快快地哭了一场，抬眼从车窗看去，突然发现此时此刻在这偌大的城市里，居然没有我能够立足的地方。

头顶上突然一片温热，那是唐诀的大手在揉我的头发，就像小时候那样，他难得哄了我一句："好了，别哭了。"

"唐诀……我要怎么回家？"

情绪失控后的结果就是我昏睡得不省人事。连续几天绷紧的神经，终于在答案揭晓的那一刻断开了弦。压抑的失望、委屈、难过像决堤的潮水一样，瞬间将我吞没。只依稀记得，睡着之前有人像小时候那样摸着我的头发，耳边还有他的轻声安慰。

我醒来了，盯着华丽的天花板看了半天。我不想动，也不想去想这里是哪里，全身细胞懒懒的，叫嚣着继续睡吧，继续沉沦！

抓奸是抓了，那两人确实有一腿了。那么，接下来我该怎么办？

离婚吗？

想起这个词我突然浑身发抖，扯过被子将自己整个裹了进去。

夏颜颜说得对，她是名副其实的千金小姐。而我呢？即便是在余家鼎盛的时候，我也不过是家里的一块招牌。一块用于社交、稳定地位的招牌。只是我这个招牌比不上夏颜颜那样绚烂夺目,过于傲气的性格也不是很讨人喜欢。

所以,当我家落魄的时候我没能帮上忙,并不仅仅因为自欺欺人的理由:那时候年纪小。

因为和我同龄的夏颜颜,在那时候已经是一家女百家求。

躺在床上窝了半天,脑海里的回忆都浮浮沉沉地翻了上来。越想越觉得气闷,我探出头来,眼前是唐诀放大的脸。

我吓了一跳,下意识地退后:"你干吗?!"

唐诀没有表情:"起来吃东西,你都睡了多久了?"

"我手机呢?"我问。

唐诀说:"没电了,现在已经快下午两点了。"

我意识到这里是唐诀的公寓,脸一下通红:"抱歉,耽误你工作了。"

唐诀平时不住在老宅,为了处理公事方便,他基本都住在市中心这里的单人公寓里。唐诀点点头:"午餐在楼下,你自己起来吃,我要去公司了。"

他停顿了一下,又说:"……丁萧给你打过电话,我没接。"

丁萧……又是记忆里的名字,我低头:"谢谢,我知道了。"

唐诀离开,我打量了一下房间,看来是客房的样子。我身上还穿着昨天的衣服,睡了一夜衣服皱皱巴巴的。床边有一双拖鞋,明显是女士款。

客房的卫生间里摆放着一套全新的洗漱用品,我仔细一看居然是我常用的那个牌子,毛巾也是女士款的粉色。奇怪……唐诀家的客房还分男女用的?

唐诀的单人公寓也大得不像话,在这样的地段拥有一套两百平的豪华复式,我心道真奢侈。我简单洗了个澡,把自己全身上下拾掇干净,走到楼下的餐厅看见餐桌上我的手机正在充电。走过去开机,顿时跳出一连串的短信和未接来电。

大部分来自梁修杰,可有两条却来自丁萧。一条是未接来电,一条是短信。

短信上写着:我是丁萧,明天下午三点回S市。收信时间是今天早上九点。

丁萧……为什么偏偏在这个时候回来?在我最焦头烂额最狼狈的时候,他居然要回来了。

桌上的午餐还带着温热,我却无心仔细品尝,满脑子都是梁修杰还有丁萧的名字。

是了,丁萧是我没有血缘关系的大哥,而他的母亲丁慧兰,是我的

053

继母。

没有其他豪门恩怨那样狗血,其实我和继母的关系很好,我亲生母亲在我很小的时候就过世了。她过世后两年,我父亲才和继母丁慧兰结婚。继母生性温柔,我也一直喊她妈妈,而丁萧就是那时候和我相识的。

丁萧大我六岁,与我不同的是,他和唐诀是同样的人。抛开家世来看,他们一样的出色,无论是能力还是外貌。

可以说,过去的那些年里,丁萧一直作为余家的门面存在,父亲很喜欢他。

我和丁萧的关系没有像和唐诀那样针锋相对,反而保持一种奇异的默契——互不干扰。某种程度上来说,我有些抗拒和这位哥哥接触,更不喜欢给他看到自己如此狼狈的阶段。

吃完饭,我将厨房收拾干净,家里还有一堆烂摊子等我收拾,我没空想丁萧,先得把眼前的事情解决。

说曹操曹操到,正想着怎么处理的时候,梁修杰的电话又打了进来。看着手机上跳动的名字,心里一阵抽疼。

"喂?"我努力克制着情绪。

"出来谈谈吧……"

我知道,有些事情必须要去面对,逃避是没用的。可我不想现在就去,我需要时间调整,需要时间去理清思路。

我说:"可以,明天吧。"

梁修杰沉默了几秒,问:"你现在在哪?"

"反正不在家。"我心窒息一般,快速挂断了电话。

我不能住在唐诀这里,可我也不想回去那个家,左思右想后,我决定先回去拿些衣物住出去。打定主意,我就给唐诀留了张字条离开了。

还没到家,洪辰雪的电话却先到了:"你个死女人!车被你开到哪里去了?还有,你的事怎么样了?"

对了,车!那车是洪辰雪用她的名字帮我借的。我顿时头大,赶紧求饶:"我给忘了……抱的歉抱歉。"

给洪辰雪说了车的大概方位,她又是一顿狂批:"你昨天晚上就抓到为什么没喊我?!"

"事出突然,太多意外了。"我声音透着无力。

"那你记得,有需要一定要给我电话,我去帮你。"洪辰雪终于缓和了态度,没好气地丢了一句。

还好,我还不算孤家寡人,起码还有朋友愿意帮我。

回到小区,我感慨万分。出差之前,我还和梁修杰像一对模范夫妻那般;短短几天,我再看这里竟然是满心的悲凉。

家中无人,我松了口气,起码现在我不想和梁修杰纠缠。走进房间,我开始收拾自己的衣物。我估摸着天气转暖,便打开最里面的衣柜想找些初夏时节穿的衣服。谁知打开抽屉翻了翻,居然翻出一个我意想不到的东西。

这是……一支录音笔!

我清楚地记得,房间里的东西都是我收拾的,梁修杰从不过问。那么这支录音笔又是从哪里来的?这最里面的抽屉紧靠着我的床,我顿时感到一阵寒意。

就在这时,家里的大门响了。

之前的保姆笑边说:"快进来快进来,家里这几天她都没收拾乱糟糟的,你别介意啊。"

这个阿姨居然走的时候偷偷配了我家的钥匙。

门外一个温柔的声音说道:"没事的,我又不是没来过,别客气了。"是夏颜颜!可她说的是什么意思?

那两人显然没留意到我的存在,我听到她们在客厅里坐下,那个保姆还忙前忙后地给她倒茶切水果,宛如一派女主人的样子。

突然,夏颜颜说:"那个东西你拿出来了没有?"

我下意识地藏好手里的录音笔,悄然无声地拖着我的小包躲进了大衣柜,藏在厚厚的一排挂着的衣服后面。

我没听见下面的对话,但如我所料,很快一个脚步声走了过来。心跳加快,我往衣柜的深处缩了缩。

只听旁边的抽屉被拉动,有人翻了翻,然后保姆喊道:"奇怪,我明明藏在这里的呀!"

随后夏颜颜也跟了进来,问:"你确定不是被她拿走了?"

"她出差去了,根本没回来,她走的时候我还检查的,明明还在的呀。"这声音懊恼得很。

看来她说的人就是我了,我努力克制住情绪,继续听下去。

夏颜颜说:"算了,也不是什么大事,那玩意有密码,拿走了也没关系。"

居然有密码?!我一时居然摸不准夏颜颜想要做什么。如果只是让我和梁修杰离婚,她没必要放这个录音笔吧。

直到确定这两人离开,我才从衣柜里钻出来,早已一身是汗。我没有逗留,快速地从保险柜里拿出我的存折、房产证和各种证件,开着车离开了我曾经称之为家的地方。

夏颜颜究竟想做什么？

我没来由地觉得不对劲，她要的只是从我身边抢走梁修杰吗？恐怕没有这么简单……我在公司附近找了一家酒店办了入住手续，看着夏颜颜的录音笔我有些着急，我没有密码，但我现在迫切想知道这里面有什么，她们究竟从什么时候开始录的？

突然我想起之前那个保姆多次进入我的房间，会不会是那时候就开始了？

我一个人坐在酒店的床上想着对策，最后将电话打给了唐诀。

"你终于把我从黑名单里移除了，真是可喜可贺。"唐诀不痛不痒地说着。

我大窘："不说这个，我找你有更重要的事，你会破译录音笔的密码吗？"

唐诀的回答永远让人满意："可以。"

然后他又说："不过你得请我吃饭。"

我还没来得及答应，他又补了句："在我家，你做给我吃。"

这厮，蹬鼻子上脸的功夫越来越纯熟了。我有求于人，不得不低头："行。"

"事先说好，做得不好吃，你的事我可不帮。"

我咬牙切齿："好！"

唐诀没有点菜，但是却要求不低，我现在哪里有空想做菜？直接从超市买了些菜，然后开车去了唐诀的公寓楼下。

刚停好车，唐诀的信息就到了，简洁明了的两个字：上来。

有求于人，没办法！我麻利地拎着两袋菜匆匆奔上了电梯，唐诀家的大门敞着，仿佛在说：欢迎光临。

一进门，就看见唐诀坐在沙发上的背影，他慢悠悠地说："关上门，旁边有你的拖鞋，你最好快一点，我有点饿了。"

我一眼就看见我之前离开时穿的拖鞋，唐诀说的那句你的拖鞋倒让我生出几分不自在，我说："很快，你要是饿了就吃零食。"

唐诀沉默了，半天没理我。

我开始在厨房里洗菜淘米，把买来的菜一一分好，最后花了半小时的时间弄出了极其家常的两菜一汤。

"怎么样？够快吧？"我系着围裙，站在餐桌边把录音笔递给唐诀，"好了，你该帮我搞定这个了。"

谁知这厮抬头看了我一眼，捧起碗筷来了句："你就弄了这些菜？"他一脸嫌弃。

桌上摆着西红柿炒蛋、海带炒肉丝，还有一碗蘑菇青菜豆腐汤。

"这些菜怎么了？有荤有素有菌菇有豆制品，你说哪样没有？"我没好气地说。

唐诀仔细看了一遍，认真地说："没有海鲜。"

我也认真地说："海带不是海鲜？"

唐诀抬头看着我，好半天他才夹起一筷子海带："你说得有理。"

我坐在餐桌旁耐着性子等他开吃，唐诀不愧是出身名门，吃饭的姿势很是好看，举手投足间既自然又优雅。我看了一会儿，竟然看痴了。

唐诀笑了："你不吃吗？"

他说着起身盛了一碗饭放在我面前，又拿了一双筷子给我："吃吧，有些事情要吃饱了才有力气做。"

我默默地拿起筷子和唐诀一起吃饭，心里生起一股奇妙的感觉。能和唐诀这样平静地坐下来吃饭，还真是第一次。以往在一起吃饭，都是在餐厅大伙聚餐，极少有我和他单独一起的。这样面对面，倒让我有些紧张。

唐诀吃完了，他放下碗筷："不错，就是淡了点。你可以啊，这几年洗手作羹汤还不算毫无长进。"

我快速喝完汤："那是……"

唐诀哼笑了一声："我可不是在夸你。"

见唐诀吃完了，我又把旁边的录音笔往他那里推了推，唐诀微笑："先放着，我去把碗洗了。"

唐诀的动作很娴熟，很难想象他这样一个人会自己做家事，相比较梁修杰，现在的唐诀倒是有几分家庭煮夫的样子。

把一切收拾干净，唐诀这才坐下来拿起那支录音笔，他拿在手里仔细端详了一会儿，说："这是夏颜颜的。"

"你怎么知道？"我真是好奇了，这家伙怎么跟神棍似的。

唐诀嘴角一弯："因为这是他们家上个季度出的新产品，有给我送过试用装。"

还有这样的？我赶忙问："密码能解开吗？"

唐诀笑笑："别人的不好说，夏颜颜的应该可以。"说着，他轻轻输入了几个数字。

第一次失败，第二次失败。

唐诀了然，快速地输入了第三次，只听几声电子音响起，密码解开了！

我狐疑地看着他:"你是不是跟夏颜颜也有一腿?对她这么了解的。"

唐诀显然被我气到了,脸色发青:"你以为我是梁修杰那个白痴啊?也就你这么没眼光看上他了!"他想了想,又说:"笨蛋。"

好吧,这句是骂我的。

唐诀又快速地设置了新的密码,他告诉我:"新密码,84729,记住了吗?"

84729?前面两个是我的生日,后面的是唐诀的生日……我顿时不知道说什么好,只是点头不说话。

我突然想到,难怪我和唐诀两个人见面就要吵架,我们两个都是狮子座,谁也不让谁……骄傲到骨子里,看来天生不对盘。

我想着乱七八糟关于唐诀的事,有些走神。唐诀看看我似有心事地问:"你和梁修杰,你打算离婚了吗?"

又是这个问题……这不是唐诀第一次这么问我了,我沉默了一会儿:"看情况。"事实就是我也不知道现在该不该离婚,我总觉得还有什么我没抓住,心里没底。

唐诀皱眉:"如果……我是说如果,他有更多你不知道的事,对你来说不好的事,你还会继续看情况吗?"

我心念一动:"你什么意思?你是不是知道些什么?"

唐诀突然靠近抬起我的下巴,我能感觉到他迎面而来浓烈的男性气息,几乎要把我灌醉。一时间,我竟然没有想要推开他,就这样看着他的眼睛。他的眼睛很黑,像如墨的夜,眼底有暗暗流动的被压抑的情绪。我看不懂……唐诀这是在悲伤吗?

他的唇几乎要碰到我的,我一下警觉起来!这样危险的距离,让我想起了那天在茶水间的那个吻。

我脸红得不像话,刚想推开他,唐诀却松手了,他掩藏住眼底的情绪说:"梁修杰不适合你,你这次一定要想清楚。"

又是这句话……

恍惚间,我仿佛回到了和梁修杰打算结婚的时候。那时候的唐诀并不在国内,而是被他父亲唐云山送出国深造了,这一去就是数年。

所以我和梁修杰在一起的时候他并不知道,我打算和梁修杰结婚的消息传出,他才急匆匆赶回来。那一天是个盛夏,一年之中S市最热的时刻。

唐诀风尘仆仆出现在我面前,他的脸上还带着薄薄的汗,也是这样对我说:"梁修杰不适合你,你一定要想清楚。"

为什么会这样?我好像触碰到了一些我之前一直忽略的东西。

第三章 <<< 离婚,是一场伤筋动骨的战役

"我……"

我刚想说什么,唐诀却打断了我的话:"听完了早点休息,我就不留你了。"

是我会错意了吗?直到我坐在车里,我还是没能从唐诀的眼神里缓过劲来。唐诀他……是不是对我有别的心思?

胡思乱想间,看到手里的录音笔,我才觉得自己可笑。余笙啊余笙,你想什么呢?你眼下有工夫想这个吗?简直可笑!

摒弃脑海中纷乱的想法,我开着车回到酒店,打开那支录音笔的内容开始听了起来。都是一些我和梁修杰的家长里短,有吵架的,也有温声细语的,夏颜颜要听这个干什么?

听了一大堆后,突然模模糊糊地听见梁修杰和夏颜颜的声音,看来夏颜颜所言非虚,她今天不是第一次来我家。

听着听着,里面的声音开始清晰起来,看样子两人是进到了房间里。他们的对话很甜蜜,听得我全身发麻,很快我听见了男人的喘息声以及夏颜颜娇媚的呻吟。我的手克制不住地抖了起来,梁修杰,你居然把夏颜颜带进我们的房间里,和她上床。你可真是对得起我,真是会演戏啊!

我几乎要咬破自己的唇,心里的恨慢慢地越来越明显。这一场肮脏的听觉盛宴,我一秒不落地全部听完,人已经跌坐在了床边,泣不成声。

而更让我惊心的却在后面!

梁修杰和夏颜颜办完了事,只听夏颜颜问:"你知道她有多少财产吗?就这么信任她?她说了是贷款借的钱,你还真信啊?"

梁修杰说:"反正她也出钱给我妈看病了,不用在意钱是从哪里来的吧。"

夏颜颜娇嗔道:"你个傻瓜,她家里以前是能和我家平起平坐的。瘦死的骆驼比马大,现在拿出来的只是区区四十万,你也信?"

梁修杰说:"那怎么办?就是真有,那也是她婚前的财产,和我没有关系的。"

夏颜颜娇笑:"这不是天赐给你的机会吗?医院是我家的,说多少钱还不是由我?她那么爱你,会不拿出来?"

听到这里,我心底涌起了绝望。原来,梁修杰早就知道我曾经的家世。原来他所图的不过是我手上所剩无几的祖产。可笑的是,我还卖掉了其中之一给他的母亲看病,何其讽刺?

当录音笔里的内容全部听完后,我早已全身无力……我要怎么办?就这么离婚吗?

劫后余笙．

不，太不值得了，我必须要拿回属于我的！我不能坐以待毙，不能再沉浸在悲伤里！

我将自己从头到脚洗了个干净，收拾好一切，然后给梁修杰发了条短信：明天上午十点，我在蓝色等你。

蓝色咖啡，是曾经我和梁修杰最喜欢去的地方。他对那里的咖啡赞不绝口，一直颇为推崇。

梁修杰回得很快：好。

我坐下来抹着晚霜，镜子里的我还是很年轻，虽然没有夏颜颜那样明艳绝伦的容貌，但我也算清艳秀美，只是个性的问题，让我看上去比夏颜颜要气质凌厉许多。

我以为，爱一个人就是要展露自己最真的性情，这才是真正的爱人，真正的夫妻。

可梁修杰爱的始终是夏颜颜……我又算得上什么呢？梁修杰，我从未强迫过你，你若当初有一个字的不愿意，我都不会选择和你继续。为什么你要与我在一起，还要这样背叛我？！

第二天是个出色的晴天，心情复杂的我，居然难得睡了个好觉，这是个好兆头。起身洗漱换衣，我仿佛回到了以前的生活。

我不用早起做早餐，不用担心时间不够耽误上班，更不用讨好梁修杰的口味去研究他喜欢的食物。

我挑了一件藕荷色的长裙，外面加了一件墨绿色的针织衫。我皮肤很白，绿色很能衬托出这个优点。将长发洗干净吹出简单自然的弧度，又化了点淡妆。

我看着自己的倒影，自言自语："梁修杰，我们走着瞧。"

蓝色咖啡厅里还是一派悠闲，我没有选择外面的露天座椅，而是挑了一个靠窗的双人座坐下，等梁修杰来。

我很清楚，梁修杰此番来不是来跟我谈离婚的。如果夏颜颜一开始就布好局，怎会让我这么轻易就逃脱。

很快，十点了。梁修杰的身影出现了。他看见了我，我却没有看他。

他坐在我面前，我这才看着他，梁修杰的眼里快速地滑过一抹惊艳。我开口问："还是跟以前一样吗？加奶加糖？"

梁修杰一愣："好。"

我的语气里更多的是疏离，但却透着一丝丝不舍。哭了一夜的眼睛带着微微的红肿，很适合我现在应该有的状态。

咖啡上来了，可爱的杯子还是我和梁修杰都喜欢的样子。我苦笑："这里倒是一点没变,只可惜我和你已经变了。"

梁修杰有些慌乱地看着我,他的眼里有愧疚和不安,我竟分不出是真情还是假意。如果没有那支录音笔,也许我会真的相信他也很难过。

"小笙……对不起。"梁修杰低下头,他的脸上带着懊悔。

我忍住眼泪:"别说对不起,你说说你想怎么样吧。"

"我……"梁修杰一时语塞。

"想离婚吗?"我开门见山,"你那么放不下她,也许我们离婚才是最好的。"

梁修杰更加慌了,他连声说:"不不不,我从没有想过要离婚,真的,你相信我!"

相信你?你让我拿什么相信你?瞬间我又想起昨夜听到的一切,巨大的羞辱感笼罩了我,我眼圈一红,眼泪夺眶而出。藏在桌下的双手,却因为愤怒而紧握成拳。

见我这样,梁修杰又说:"我更加放不下的人是你,我不想离婚,我不会再跟她有来往了。"

我抬头死死地看着他:"你要我怎么相信你?你之前也是说你没有做过对不起我的事。结果呢?你却跟她去开房!"

梁修杰辩解:"那是我一时鬼迷心窍,真的什么都还没发生。因为我妈生病这事,她帮了不少,加上她主动,我就我就……唉……"他说着说着突然抱着头,一脸痛苦。

梁修杰啊梁修杰,我怎么以前没发现你这么会演呢?都到这个地步了,还死咬着没和夏颜颜发生什么。

我在心底冷笑:"真的?你真的没和夏颜颜上过床?"

梁修杰摸了摸耳朵,说:"真的,真的只是一时鬼迷心窍……"又是这个动作,梁修杰,你在心虚什么?

我深深叹气:"可我现在还不能完全原谅你。"

梁修杰看着我:"没关系,我可以等。"

我也看着他:"我接下来一段时间会搬出来住,我们彼此冷静一下,再想想以后的路要怎么走。"

梁修杰很失望,但是很快表情就舒展开来。他以为这次能劝动我。可是他也知道,我这样性格的人能不立时三刻就去办离婚就算有转机,事情可以挽回。他肯定把这一切归功于我太爱他,我舍不得他。

我又说:"医院那里,我暂时也不想去。如果不离婚,我也不想让你妈看出来我们之间弄成这样……"

劫后余笙。

梁修杰听到开头还有些异议，听到最后他立马点头："我理解，我知道，都是我的错。可是能不能不要分居？"

"我需要时间静一静。"我露出真诚的目光看着他，"也想看看你是不是真的能放下她，也许我不在你身边，你才能真的看清你需要谁，你爱的是谁。"

梁修杰终于点头："……好。"

我勉强扯出一个笑容："我想回去拿点东西，你陪我吗？"

梁修杰连连点头："那是咱们家，我陪你，我陪你。"

开着车，一路无言。但是我能感觉出来，梁修杰好像松了口气。他害怕我跟他现在就提离婚，也明白如果我坚持，他根本撑不过一个月。

不想跟我离婚，恐怕是目的还没有达到，所以不想就此收手吧。

很快，我和梁修杰到了家。我拿出一只化妆包，让梁修杰帮我把卫生间里的化妆品装一些，而我则来到房间里，将夏颜颜的那支录音笔放在了第二个抽屉里。

里面的内容我已经全部拷贝删除，又设置了新的密码，你们喜欢偷听，那我就将计就计。我装作无意地翻出第二个抽屉，梁修杰正好拿着装好的化妆包走进来，见我在翻抽屉，他的脸上流露出一丝惊慌。

我没有漏看，只是假装没注意，突然我说："咦？这是什么？"我拿着刚刚放进去的录音笔问梁修杰。

梁修杰慌张得很，但他很快镇定下来："好像是上次公司发的奖励，我就顺手丢在那里了。"

我"噢"了一声没有细问，把录音笔递给他："那你放好吧。"

我看着梁修杰将录音笔放在了床头柜里，他不敢有太多其他的动作，心虚的人就是如此。我心里评价着，然后拿着两只小包准备离开。

梁修杰一直送我到门口，然后面带不舍地说："我等你回来，你一定要回来。"

我强忍着恶心，微微苦笑："但愿我能回来。"

回酒店的路上，我一直在想，为什么我和梁修杰会走到今天这样？是我哪里做错了吗？是我一开始强求了太多？

也许都不是，也许这只是给我的一个考验……事到如今，我也只能这样安慰自己了。

拿着东西我回到酒店，早上起来没吃饭，去了咖啡厅也只喝了一杯咖啡，这会儿开始觉得胃疼。我哪也不想去，只叫了份外卖填饱肚子。

我还没想好下一步具体要怎么做，起码不能让那两个人这么痛快地离开。对于梁修杰,我心里还是有眷恋,毕竟五年多的感情,不是一下说断就断的。正是因为有感情,所以我才更恨他。夏颜颜怎么样我无所谓,可作为我的枕边人,竟然害我如此,实在叫我难以释怀。

我吃饱了肚子躺在酒店的床上琢磨着,完全忘记了时间,房间里静悄悄的,突如其来的电话铃声吓了我一跳。

拿起来一看,手机屏幕上跳着丁萧的大名。

坏了!我怎么把他给忘了?!他昨天的信息好像是说今天下午三点到?是让我给他接机不成??

我慌忙接起来:"喂?哥……"

丁萧的声音清冷,旁边乱糟糟的感觉,看样子还在机场:"你在哪?"

"我、我在家啊。"我不好说自己在酒店吧。

丁萧也没多问:"晚上咱们聚一次,吃个饭。就订在望月山庄,你看怎么样?"

乖乖!丁萧大哥,你可真是大手笔,一来就是望月山庄,妹妹我正好心情不佳,趁机大吃一顿也好。

"好。"不管我和丁萧如何有距离,吃个饭还是必须的。

丁萧也痛快,说:"我睡一会儿调时差,晚上八点望月山庄见。"听他订的时间,我立马庆幸我中午吃饭的时间晚,应该可以撑到八点。

丁萧为人细致,是不折不扣的处女座,细节方面有时候龟毛得让人觉得可怕。我深深地觉得,这也许就是他多年单身的原因之一。换我也不愿意跟一个强迫癌晚期患者过一辈子,哪怕这个患者长得人模人样。

我知道丁萧不喜欢人迟到,所以我提前十分钟就到了望月山庄。看着这里气派的大门,想想自己上一次来的时候还是在初中了,不由得一阵唏嘘,感叹世事无常,光阴似箭。

丁萧十分准时,他看见我满意地点点头:"走吧。"

和丁萧吃饭注定了气氛不会很轻松,他点了不少我喜欢吃的菜,而我呢像小时候一样坐在离他一米远的旁边,老老实实地等他点完。

他点完菜看见我,不由得皱起眉:"我有那么可怕?"

"什么?"我一时没搞懂他什么意思。

望月山庄的菜上得很快,没等一会儿,桌子上就被丰盛的菜肴摆满了。我看着食指大动,但还没忘记以前的规矩,拿着筷子吃得端庄。

吃着吃着,丁萧却开口说起另外一件事了:"如果在这里不开心,不如跟我回爸妈身边去。"

"嗯?"什么意思?我有些心里堵,"挺开心的啊。"

丁萧看着我:"是吗?那你老公人呢?为什么没有一起来?"

我卡壳了。丁萧说得对啊。如果我和梁修杰没有这些事发生,晚上大舅子请吃饭,怎么可能只有我一个人来呢?

"他忙。"我挑着虾肉,吃得心不在焉。

"他忙什么?"强迫癌晚期患者不依不饶。

忙着外遇忙着谋财,就差没忙着害命了。可这些我不能说,我低下头:"他妈生病了,他要在医院。"

"哦,我们吃完了去看看。"丁萧说着又给我夹了一块鱼,"多吃些,你喜欢的。"

大舅子要去医院探望,我似乎也找不到理由拒绝,闷闷地吃完饭,丁萧开着我的车载我,一路来到了婆婆住院的医院。

我看着这扇大门,实在有些不想进去,可丁萧却打开车门说:"走吧,还没过探视的时间。"

因为丁萧要来医院,所以刚才吃饭吃得很快,这会儿才九点多一点,婆婆还不一定睡觉了。丁萧这是催我快点了,我硬着头皮下了车,领着丁萧坐上了电梯。

夜晚的住院大楼安静得很,只有仪器发出的滴答声和护士来回走路的声音,来到婆婆的病房门口,我轻轻打开门。里面梁修杰正在陪婆婆说话,看见是我,他脸上惊喜了一下,随后他就看见了跟在我身后的丁萧。

梁修杰和丁萧没怎么打过交道,只在我们结婚的时候见过一次。丁萧自带的冷气功能和龟毛属性,梁修杰只觉得不好相处。反正当时觉得这个大舅子不常回国,也就无所谓了。

这会儿看到丁萧,梁修杰很诧异,我说:"我哥想来看看。"

比起梁修杰的不自然,婆婆倒是开心得很,她说:"丫头啊,你出差回来啦?可辛苦了,不用这么赶地来医院看我的。"

她又看着丁萧:"好孩子好孩子,这么麻烦地来看我,快请坐。"

丁萧什么也没买,但他直接,所以拿出一个信封递给我婆婆,说:"不麻烦,这是家父的心意。请您原谅他不能回国来探望。"

我估摸了一下那信封的厚度,这个探望金可不少。我心里有些不爽,脸上却不能露出分毫,见婆婆要推辞,我忙说:"您就收着吧。您不收,我爸该难过了。"

婆婆只得收着,但是看丁萧的表情却越来越慈爱。我一阵难受,觉得差点演不下去。丁萧不善言辞,只坐了会儿就起来告别,我能看出梁修杰也松了口气,真不知道他慌什么。

送丁萧回酒店的路上,我闷闷地不想说话,丁萧却来了句:"你是回家还是回酒店?"

我吃惊:"你怎么知道?"

丁萧依旧面不改色:"你什么情况我都知道,不然你以为我为什么回来?"他看了我一眼,"还不是怕你被人欺负,这里又没家人在。"

我一下情绪难控,鼻子酸得很,想想这几天真是哭得比我过去几年都要多。

丁萧继续说:"你有什么想法尽管告诉我。"

我苦笑着说:"还能怎么想……"

有些事情从来都由不得我,我想要的我去努力了,却发现到头来只是一场笑话,我又能如何?

我歪着头看向丁萧:"你派人盯着我?为什么?"

丁萧随着父母出国,按常理来说,S市的事他鞭长莫及。他又怎么会知道得这么及时?除了他派人盯我之外,我再也想不出其他原因。

他倒是没否认,还一脸理所当然:"没人盯着你,爸妈怎么放心?"

我一心慌:"他们都知道了?"

丁萧却道:"我还没告诉他们。"还好还好,当初执意和梁修杰结婚的人是我,我可不想如此狼狈的现状被长辈们知道。

丁萧又说:"你这样,我也没脸开口告诉他们啊。"

我一开始真以为丁萧是特地为了我才回国的,后来的聊天里,我才发现是我想多了,他只是单纯地因为公事而来,只不过和我最近这些鸡飞狗跳的事凑了个巧。他知道我最近家里事情多,加上一个归来的夏颜颜,丁萧这么聪明的人不会猜不到发生了什么。

生活仿佛陷入了一潭死水中,毫无生气。我恢复了正常的工作,唯一让我头疼的是平时上班也能看见梁修杰。

他似乎为了营造夫妻关系良好的氛围,一连几天都约我吃午饭,原本这是我和他之间小小的相聚,现在却变成折磨我的桥段。

我并不想现在整天面对他,连喘口气的机会都没有。

这天中午,我正琢磨着怎么开口拒绝以后的午餐约会,坐在对面的梁修杰率先说道:"小笙,你很喜欢孩子吧?等我妈的情况好一点,我们要个孩子吧。"

我微愣,之前和梁修杰一直在备孕状态,因为夏颜颜出现之后,一切都停滞。当然,我也催过他,只是当时的梁修杰支支吾吾地拒绝了。

我抚了抚头发:"怎么想起这个了?"

我心尖微微颤抖,因为梁修杰的话突然提醒了我,我的月事本来应该在上次出差的时候就来的,却到现在未见动静。

前段时间一心扑在梁修杰和夏颜颜的那些破事上,这个倒被我给忘了,算算到今天,已经延迟差不多一星期了!

不会吧?不会这么倒霉吧?

我一直觉得要孩子也要看时间和环境,所以我和梁修杰结婚三年,等一切稳定了才把要孩子这项工作提上日程。可眼下的情况,怎么看都不是要孩子的好时机。前有虎,后有狼,我要怎么办?

无心再与梁修杰周旋,我借口工作忙匆匆结束了午餐。下午下班的时候,我提前十分钟离开,跑了一趟一楼的药房买了一支验孕棒。

在酒店的卫生间里,我紧张地在心中默念着:不要是两道杠!不要是两道杠!

这个节骨眼上,我真的一点也不希望有个孩子。

我深吸了一口气,努力让自己保持镇定。我们之前备孕那么久都没有动静,总不至于现在突然就有了吧?

这样想着,我低头朝验孕棒上看去……

这个节骨眼上,我真的一点也不希望有个孩子。

只见验孕棒上……

两道杠!

我浑身一震,验孕棒直接掉到了地上。

怎么办?

我居然怀孕了……

我心乱如麻地回到房间,心如死灰地坐到床上。

这个孩子来得太突然了,完全出乎我的意料。我要怎么办?留下这个孩子吗?那我和梁修杰要如何相处呢?他和夏颜颜能断掉吗?我和他的生活还能回到原来的轨道吗?

我环抱自己,完全不知道下面该如何继续走。原本打定主意要梁修杰和夏颜颜付出代价的雄心壮志,在这一刻土崩瓦解。

我不由得摸了摸还很平坦的腹部,那里已经躺着一个小生命了,而我的生活竟然一团糟,我要怎么办?

心慌意乱地翻着通讯录,我再三犹豫下把电话打给了洪辰雪,我简单说了一下自己的情况,想让她陪我再去趟医院。

洪辰雪惊讶:"你有了?那姓梁的?"

我无力:"嗯。"

听到这个消息,她也没辙了,半天也没说出有用的建议,我和她约好今天下午去医院再查一次。

工作日的妇科人也不少,等了差不多两小时,我终于拿到医生的检查报告,上面清楚地写着:早孕五周。

疯了!我几乎要被巨大的无力感给压垮。要怎么办?

这事我不能告诉丁萧,更不能和唐诀说,我也不想现在就通知梁修杰。我要怎么办?这几天的事真是一出接一出,我已经不知道这是命运给我开的玩笑,还是上天给我的试炼。

我独来独往的几天,反反复复想了很久,终于艰难地做了个决定。为了肚子里的孩子,打算再和梁修杰坦白地聊最后一次。

我跟梁修杰约时间,让他来我住的酒店,我有话想对他说。梁修杰很开心,这是这几天我第一次主动邀请他。

下午三点半,梁修杰准时敲响我的房门:"小笙。"他第一次用这样的表情看我,我打开门让他进来。

"你坐那边。"我示意他坐在离我最远的一张单人座上。

梁修杰有些尴尬地坐下:"小笙……我们的事你想得怎么样了?"见我不说话,他又试探地问了句:"你……能原谅我吗?"

我低下头:"在这之前,我想先问你一件事,你必须如实回答。"

梁修杰赶忙点头:"你问吧,我一定说。"

"你……为什么要把夏颜颜带回我们家?"我抬眼看着梁修杰,"为什么要和她上床?"

梁修杰的眼睛瞪大了,嘴唇有些颤抖着说不出话来,他在惊恐,他可能不明白为什么我会知道。

我说:"你记得你刚刚跟我保证过的,你一定会说。我只想问你为什么。"

梁修杰慌乱得很,完全不知道怎么跟我解释。

我又说:"这个问题你如果回答不上来的话,那我再问你一个问题,夏颜颜是不是教你图谋我家的财产?"

听到这个问题,梁修杰的脸色白得不像话,嘟囔着问:"你、你为什么会知道?"

我心寒无比:"我本来想过,让你和夏颜颜付出代价,我才会离开。但是……"我终究是心软了,面对梁修杰我尚有一丝不舍,何况现在还来了一个我梦寐以求的孩子。

也许,这是老天爷在告诉我,我和梁修杰缘分未了。

我沉默了，梁修杰的眼眶微红，他说："一开始，我也没有想过要和她重修旧好。只是她当年离我而去，我总觉得要让她知道，离开我后悔的人是她。后来，因为工作的关系，我和她又见面了……"

梁修杰顿住了，又说："后来，真的是她先主动的！"他突然抬头看我，"她说你一直在瞒着我你们家的财产的事，说你待我不真……"

我终于没忍住，大声笑起来："我待你不真？梁修杰你摸着你自己的良心好好想想，我们一无所有的时候我是怎么做的？现在的一切，你居然也认为我待你不真?！没错，我手上是有我父母留给我的一些财产，那又如何？那也有我哥哥的一部分！就因为这个我没告诉你，就是我待你不真？"

心痛到不能自已，我控制不住自己的情绪说道："那你婚前的时候替你家背的债又怎么说？我有说半个不字吗？还不是和你一起还了这笔钱?！"

原本我是不想翻这些旧账的，可是我的隐忍和付出，在别人看来居然丝毫不值。

梁修杰终于低下头去，满口只会道歉："对不起、对不起……"

我早已泪流满面，只觉得胸口一阵憋闷的恶心，我快速地说："我今天叫你来，只有三件事。你能答应就答应，不能的话我们就好聚好散。我们夫妻一场，我对得起你。"

他也落泪："你说，我都答应！多少我都答应！"

我抹一把脸，从包里拿出医院的检查报告甩给他，说："你听好，第一我怀孕了，孩子要不要取决于你。"

我还没说完，梁修杰拿着那张纸一脸惊喜，脸上的泪痕还在，眼里却发出火热的光彩："要，要，我怎么会不要？"

我冷笑："你想要？也不是你现在这个要法。第二，之前的保姆我辞退了，家里的门锁给我换掉，从明天起这个家我说了算！这个保姆是夏颜颜的人，那支录音笔也是她的杰作吧？你们三个真当我是傻子呢！"

梁修杰又是保证："我明天就换门锁，这是我们不对。"

"第三，你和夏颜颜必须断干净，再被我发现，我们只有离婚一条路，孩子我也不会给你！"我说得斩钉截铁。

梁修杰连连点头："我会的，你放心！"

放心？我拿什么放心？就凭他一张嘴说说而已吗？我余笙不是这样好糊弄的！

我今天的情绪波动很大，我稍稍缓了缓情绪："光说没有用，你明天和我一起去。"

梁修杰没反应过来，张口问："去哪？"

第三章 <<< 离婚,是一场伤筋动骨的战役

"夏氏集团。"

能收拾住夏颜颜的,只有她父亲夏宗成。

夏宗成是现在夏氏集团的掌舵者,坐拥整个夏氏集团的他,对夏颜颜的要求从一开始就很高。夏颜颜必须是S市名媛里最耀眼的存在,必须是首屈一指的大家千金,显然夏颜颜也做到了。

夏宗成嘴上不说,但心里因夏颜颜这个独女很是骄傲。

这一切,我都知道。

临到夏氏集团的楼下,梁修杰越来越忐忑不安,但他始终没有提出回去,这让我稍稍宽慰了些许。像夏宗成那种级别的大老板,不是现在的我想见就能见到的,没有预约估计前台都不会放我们进去。而时隔这么久,我也早已没有夏宗成的任何联系方式。

果不其然,我们没有预约,夏氏的前台很尽责地没有放我们进去。

这样也好,我和梁修杰就等在夏氏的一楼大厅里。没等一会儿,只见夏宗成领着几人大步流星地从外面进来,见到我他的双眼眯起。

我向前一步,带着得体的笑:"夏叔叔,好久不见了。"

夏宗成礼貌地笑笑:"小笙啊,你来找颜颜的吗?"父辈们都是这样,总是一厢情愿地认为晚辈们都是亲热友善的好朋友。

"不,我是来找您的。"

夏宗成的办公室在集团里的最顶层,他一个人独占一层,充分享有这里独有的空间和风景。梁修杰是第一次和夏宗成打交道,他有些紧张,我却镇定许多。

"你想喝什么?茶还是咖啡?"夏宗成已经五十多了,看上去保养得当,风采依然。

"夏叔叔,不用客气的。"我微笑,"其实我今天来,是有个不情之请。"

夏宗成坐在椅子上,与我隔着一张宽大的办公桌:"什么事你说吧。"

我能感觉到身旁的梁修杰呼吸加速了,我带着淡然的口吻说:"请您约束好自己的女儿,不要让她再来破坏我的家庭。"

夏宗成的脸色一下变得铁青,眼里透着危险:"小笙,你知道你在说什么吗?"

"没有证据的话,我是不会贸然来到这里的。"我抬着头,毫不畏惧:"这是我作为一个晚辈的请求,还希望您能谅解我的无礼。"

夏宗成低头思索了一会儿,然后按下了内线电话,说了一句:"来我办公室一趟。"

很快夏颜颜出现在门口,她今天一套灰色的职业装,显出商场女强人的

069

干练。她推门而入:"爸爸,你找我?"

她看见我和梁修杰,脸上顿时精彩起来:"你们怎么会在这?"

夏宗成眉间紧锁:"颜颜,你和小笙的丈夫是什么关系?"

夏颜颜咬紧下唇说:"只是同学关系。"

我笑道:"夏颜颜,怎么敢做不敢当呢?不光是同学关系吧。"

夏颜颜脸上带着怒意:"你想怎么样?!"

夏宗成在旁说:"虽然你是晚辈,但我的女儿也是不容许人污蔑的!"

面对夏宗成这样的老狐狸,我怎么可能不有备而来?我拿出手机播放了存在里面的录音原件,我截取了一部分,就是夏颜颜和梁修杰上床的那一部分。

这暧昧而又刺耳的声音回荡在夏宗成的办公室里,夏颜颜的脸涨成了猪肝色,夏宗成也是一脸难以置信。

"夏叔叔,您女儿的声音,我想您应该认得。"我冷冷地说。

夏宗成恼羞成怒,他快速走到夏颜颜身边,扬手就是一记狠狠的耳光!打得夏颜颜白净的小脸立刻不对称了起来,她显然被打蒙了,捂着脸两眼无神。

他喘着气,被气得不轻,扭头看我的眼神也并不友好:"这样余小姐可满意了?"

称呼的改变代表夏宗成是真的生气了,我道:"还有一件事,我想夏小姐必须得清楚。"我回头看着梁修杰。

梁修杰终于站在了夏颜颜的面前,夏颜颜的眼睛有了神采,涌出泪花:"修杰……"

梁修杰梗着脖子,一字一句地说:"夏小姐,我有话对你说。"

听到梁修杰对她的称呼,夏颜颜有些吃惊:"你叫我什么?"

"请你以后不要再来找我了,我和你的感情早已经结束。之前的种种,都是我一时糊涂,我并不爱你,希望你自重。"梁修杰终于说了出来。

夏颜颜瞪圆了眼睛:"你知道你在说什么吗?"

梁修杰说完,却再也没有勇气看着夏颜颜。我看在眼里,凉在心里:"我丈夫说得很清楚,夏小姐应该听得很明白。"

"你骗人!你骗人!"夏颜颜突然癫狂起来。

夏宗成又是一记耳光,打得夏颜颜几乎站不稳,嘴角都有了血丝。他吼道:"你是我夏宗成的女儿,别像个市井泼妇似的!"

夏宗成的脸色极其难看,他看着我的眼神像是丛林里的恶狼:"如果余小姐说完了,可否请你离开。"

第三章 <<< 离婚,是一场伤筋动骨的战役

我挺直了背:"可以。"说着,我拔掉手机里的内存卡,笑着放在夏宗成的办公桌上:"我想这个还是给您保留比较好。"

说完,我和梁修杰离开了夏宗成的办公室,一直走出夏氏集团,梁修杰才有些气急败坏地说:"你这样不是得罪了夏总吗?"

我瞥了他一眼:"怕什么?"

梁修杰怎么会知道我的用心,只有这样夏宗成才会连我和梁修杰一起记恨,就算以后梁修杰和夏颜颜再有什么瓜葛,他也绝对不会入得了夏宗成的眼!

从夏宗成办公室离开的那天起,我就从酒店搬回了家里,家里的门锁换了,比之前看起来干净很多。

再次回到这个家,感觉已经大不如前,我躺在床上摸着腹部,心里暗暗发誓:宝宝,妈妈一定会保护你,把家里一切不好的因素都祛除!等你来我身边。

很快,梁修杰把我怀孕了的消息告诉了婆婆。这是婆婆病中最开心的事了,我看着她抑制不住的笑脸,心里流淌着酸涩。表面上看,我们好像还是和从前一样的一家人,其实暗里有些东西已经再也回不去了。

从那天起,夏颜颜就再也没有来过医院,婆婆有时候也会问起,梁修杰只是笑着打马虎眼岔开了话题。

婆婆的治疗进入下一阶段,很快梁修杰的手上就收到了第二份治疗方案以及治疗费用,他看到这个咬紧了牙关:"为什么这么多钱?"

主治医生头也没抬:"这是你们一开始选的方案,后期治疗的费用就是这么多,方案不同费用不同。"

我问:"可以换治疗方案吗?"

主治医生推了推眼镜:"你们想好了就可以换,不过治疗效果要打折扣,而且费用也要十万左右。"

十万……现在别说十万,五万梁修杰都拿不出来。

梁修杰一下无言,作为一个孝子,他无法做出这个决定,而医院给出的治疗方案还需要近三十万的费用。走出医生办公室,他看着我说:"小笙,能不能……"

我摇摇头:"之前的费用就是我卖掉属于我的房产才有的,我现在也没办法了。"

听我这样说,梁修杰苦恼地抱头,我叹气:"要不就转院吧?"

梁修杰闷声不语,我拍了拍他的肩:"你好好考虑一下。"

不要怪我无情,现在的情况我是无论如何都做不到再卖祖产给婆婆看病

劫后余笙

了。梁修杰之前的出轨，已经消费了我大部分的感情，除了叹息我没有别的办法。

眼看着生活似乎渐渐回到过去，可生活注定了不会让我太顺心。这一天我到公司，却得到了一个意外的消息，我被公司辞退了。

办公室外，助理小悦慌成一团，而里面我桌上的东西已经被收好放在一个盒子里。老总的话仿佛还在我耳边回响，他还算有点良心，多赔给我一年的薪水，无奈地说："谁让你得罪了不应该得罪的人，我这也是没办法，我也不想让你走的。"

不应该得罪的人吗？除了一个夏宗成，还会有谁有这样大的能耐？

即便这丢人的事是他闺女夏颜颜做的，我那样不给面子地直接去他办公室，夏宗成肯定怀恨在心。我现在又在孕期被辞退，再想很快找到好工作真是难上加难。

我抱起盒子从这个我工作了四年的地方离开，助理小悦到底是个刚出社会的女孩子，一个劲地抹眼泪。

我笑笑安慰她："我正好也怀孕了，想休息休息。"

离开了公司所在的大楼没走几步远，路边停着唐诀的车，他从车窗里看向我，然后说："上车，我送你回去。"

我坐上唐诀的车，心里奇怪他怎么好像什么都知道，但我始终没有问出口。

反而是唐诀先开口："你……怎么样了？"

我看了眼放在膝盖上的盒子："还能怎么样？回家休息呗。"

唐诀清了清嗓子："你和他呢？"

听见唐诀这样问，我浑身无力。当初的余笙是多么骄傲的一个人，对于爱情向来是宁为玉碎不为瓦全，如今却因为肚子里的孩子妥协了一切。

我无能为力地耸耸肩："我怀孕了……唐诀。"

唐诀墨色的眼里飞快地闪过一抹痛苦，他一反常态地说："去打掉，这个孩子不能留！"

"为什么？"我吃惊地看着他。就是洪辰雪知道我怀孕，她的意见也是尊重我的选择，为什么唐诀的反应如此奇怪？

"这个孩子你不能留！"唐诀的眼里透着愤怒，"听我的，去打掉。哪怕你现在不和他离婚，这个孩子也不可以要！"

我愤怒："凭什么不能要？就算我要和他离婚，这个孩子我也要定了！"

唐诀抿紧双唇，半晌才说："随便你。"这三个字透着咬牙切齿、满满恨铁不成钢的意思。

车里的气氛一时降到冰点,唐诀又说:"你以为你知道全部了吗?白痴!"

什么意思?我狐疑地看着唐诀:"你指的是什么?"

唐诀在压抑自己的情绪,直到把我送到小区门口他也没再说一句话,只是在我进家门后收到了他的一条信息,内容是一个邮箱还有一串密码。唐诀还附了一句话:有空去看。

可我终究没能有空去看,还没从失业的沮丧里走出来,梁修杰又带回来一个不好的消息——婆婆病危!

"怎么会突然病危了呢?"之前不是还很稳定的吗?我大为不解,顾不上箱子里的东西,赶忙打车去了医院。

本来梁修杰是打算今天给婆婆转院的,谁料居然出现了这样的突发情况!紧赶慢赶地来到医院,只看见慌成一团的梁修杰,我忙问:"妈呢?"

"刚刚缓过来……"梁修杰面色很差。

我看了一眼气氛紧张的病房里,婆婆躺在床上紧闭着双眼,看不出前几天的精神,整个人像苍老了十岁,一下子枯萎了。

"怎么会这样?"我不安了起来。

第四章 人生如戏，全凭演技

梁修杰突然抓住我的手："小笙，我求你，求求你！你有钱吗？拿出来救救我妈吧！我求求你了……"说着说着，他竟然跪在地上泣不成声。

我又要命地心软起来，心里五味杂陈，说不出的难过。眼前这个男人是我曾经那样掏心掏肺爱着的人啊！他毁了我对这段婚姻最美好的期待，在一片废墟上想要重建信任谈何容易？而一砖一瓦尚未垒砌，现在又是这样一个局面。

现在的我和他，根本无法承受起这样的重创。在医院的走廊里，梁修杰抱着我默默地哭着，他先是说求求你，然后又说对不起。

听着梁修杰在我耳边的喃喃自语，之前的一切像电影回放一样从我的脑海里泛起，顿时心如刀绞一般。

早知今日，又何必当初？

"我有多少就会拿出来多少……你别这样，先救婆婆的命要紧。"我终于下定决心说道。

就算当时的我能够预知后来发生的事，可能我还是会做出这样的选择。然而事与愿违，我卡里能取出来的钱也不够治疗费用的三分之一，剩下的钱根本无法立刻取出，世界上的事就是这样容不得人有半点的后悔。

两天后，婆婆还是去世了。

梁修杰生生瘦了一圈，他守在病床边，像被掏空了灵魂一样，全身上下只有眼睛是红的。耳边回响着他的哭声，我也禁不住流下泪来。

婆婆是个好人，却一生坎坷劳碌，好不容易等孩子成家了也没享过几天福。我看着梁修杰，不知道如何去安慰他。

手刚要碰到他时，他冷冷地避开："别碰我。"

我心口一窒，我知道梁修杰这是在怪我，怪我没能第一时间将钱全部取出。他盲目相信着，只要那天我能凑到全部的治疗费用，婆婆就不会走了。

我还能说什么？我点点头："我知道你难过，你一个人静静吧。"

还在S市逗留的丁萧得到消息，也赶来了医院。他皱眉看我："你是孕妇，还是避开一下比较好。"

倒是没想到我这个便宜哥哥还会避讳这些，我叹口气："不用了，老太太生前待我不错,不用在意这个。"

梁修杰坚持老太太要从家里出殡,这个节骨眼上,我也不好拒绝,于是又从医院安排好了车,将老太太送回了家里。

丁萧一直跟着我,见状又说:"这两天你住我那里吧,你有着身孕,这家里这样不太方便。"

梁修杰听到了,他看了一眼我的肚子,说:"你听你大哥的吧,别住家里,有什么事白天过来就行了。"

他的眼神古怪得可怕,我一时莫名担忧,跟着丁萧回到他公司安排的公寓里,他将次卧收拾出来给我住。

丁萧摸摸我的头发:"别想了,生老病死是常事,想开了就好。"

除了想开,还能怎么样?只是我担忧的不是这个,我感激地看了看丁萧,我说:"嗯,我会的。"

梁修杰主张大办了婆婆的丧事,我们甚至还去了婆婆的老家,终于将老人送走,入土为安了。这几天,梁修杰憔悴了很多,他还是一直不愿与我主动说话。从乡下回来的时候,他却让我再住丁萧那里一晚,他要把家里收拾一下。

在丁萧那里,我度过了最忐忑难安的一夜。第二天一大早,我拒绝丁萧送我,自己打了车回去。

谁知,我拿出钥匙开门时,却发现大门纹丝不动!

谁来告诉我,这是什么情况?

我傻站在门口,呆了半天。口袋里的手机振动都没发现,好半天才反应过来掏出手机一看,上面是一条来自梁修杰的长长的短信。

他说:也许是我的错,我不可以怪你没有全力帮我。我以为我们是夫妻,结果事实是那样打脸。家里的门锁我换了,我想我们还是分开吧。孩子你要生就生,不想生就打掉吧……我现在不欠你什么了,我只想一个人待一段时间。回来的时候,我会找你。

我的大脑一片空白,开始不停地拨打梁修杰的手机。

关机!关机!我又气又伤心,只想把不知道此时此刻在何地的梁修杰拽出来,拽到面前好好地问问他!

我慌不择路地跑到楼下,又打车去梁修杰的公司,得到的消息居然是他请了年假。因为家中母亲去世,公司的领导很爽快就给批了假。

年假十五天,他会去哪里?我茫然地看着大街上来来往往的车流,一瞬间头疼得厉害。怎么会变成现在这样?

我浑浑噩噩地走着,最后来到了洪辰雪的住处,我不想告诉丁萧,我只劫后余笙。

能来这里。我的样子把洪辰雪吓坏了,她把我塞进沙发,又给了我一杯热乎乎的牛奶。

"什么情况你这是?"我家里的事,洪辰雪也知道,她颇为不解:"你婆婆的丧事不是办完了吗?"

我断断续续地说了梁修杰的事,洪辰雪的暴脾气又发动了:"他几个意思啊?之前你出的钱他敢情都没看到?选择性无视啊?!现在又要分开又是换门锁的,什么情况?那房子又不是他一个人买的,他凭什么换门锁啊?你别傻,现在就找个开锁的去把家里的门锁给换掉,什么玩意!"

我苦笑:"换掉又如何?那也只是房子,不是家了。"

洪辰雪怒了:"不是家那也是房子!你看你现在这样,无家可归的,还是房子重要吧?!"

她的那句无家可归戳到了我的痛处,顿时泪如雨下,慌得她赶忙又道歉,好一会儿我才稳定了情绪。自从怀孕以来,我的情绪变得很波动,尤其是最近一段时间发生的事,比我以往二十多年经历的加起来还要多。

我躺在沙发上,和洪辰雪有一句没一句地聊着。

突然我想起了唐诀那天给我的邮箱,便问洪辰雪借了电脑,我想看看唐诀准备给我看些什么。邮箱下面有唐诀给的密码,我很容易就登录进去。

邮箱里面有历史记录,上面的邮件都有编号,我随便挑出一封点开。里面是一张照片,照片里的是夏颜颜。右下角的时间显示的是两年前,夏颜颜的怀里还抱着一个婴儿。看照片里的场景,这不是在国内。

唐诀给我看这个干什么?

我又点开了一封,里面还是一张照片,只不过这回照片里的是一张住院的记录。我大致地看了一遍,内容应该是夏颜颜住院的费用。看到下面,我有些惊讶,这居然是生产的费用!夏颜颜在国外生了孩子?

谁的?我的脑海里立马跳出了梁修杰的名字,但我很快又否定了。夏颜颜生孩子的时间是在两年前,算上怀孕的时间,那会儿我和梁修杰正在新婚期,不可能是他。

再往上翻,都是一些夏颜颜抱着孩子在国外生活的照片。我狐疑起来,这孩子该不会是唐诀的吧。

也不对,如果是唐诀的,他给我看干什么?

想来想去没个头绪,身旁的洪辰雪反而问我:"梁修杰既然不在家,又请了这么长时间的假,那肯定是出远门了,你想过他和谁一起去吗?"

他要么一个人,如果要有人和他一起……我脱口而出:"夏颜颜?"

可我怎么求证呢?洪辰雪笑着看我,然后拿起手机说:"这是我新办的卡,把夏颜颜电话给我。"

洪辰雪拨通了夏颜颜的电话,过了一会儿对方接通了,我不由得凑近些,想听得更清楚。

洪辰雪捏着嗓子说:"您好夏小姐,我是乐途旅行的小张,我想问一下您对之前咨询的旅行日程还有兴趣吗?我们这里有组团,现在报名可以享受优惠。"

我惊奇地看着洪辰雪,只听夏颜颜在电话那头说:"不用了,我已经在外地了。"夏颜颜电话挂断的瞬间,我突然听到一声熟悉的咳嗽声。

这是……梁修杰?!

洪辰雪也听到了,只是她不敢确定:"你听到了,你确定吗?"

我将头埋进抱枕里,闷声回答:"我不知道,我想睡一会儿。"眼泪再次夺眶而出。

我不想说话,也不知道要说些什么,脑袋一片昏沉,对什么都打不起精神,我只想睡觉,最好能把这一切烦心恼人的事情都抛到脑后。

也不知道过了多久,我才迷迷糊糊地睁开眼睛,眼前一片雪亮,有一张熟悉的脸黑着,看见我醒了,他没好气地说:"你可醒了,我还以为你就此升仙了。"

是唐诀这个王八蛋!

我刚想反驳,张了张嘴悲哀地发现嗓子哑了。

洪辰雪凑了过来:"你可醒了,吓死我了,大半夜的发高烧说胡话。"

我……发烧了?我倒是没什么感觉,只是觉得身体重得很。我不能说话,只能用眼神询问洪辰雪。洪辰雪领会:"我搬不动你,正好他打你电话,我就说了。然后,我们一起把你送到医院了。"

我头一偏,看见自己正在挂水,连忙想问孩子怎么样。谁知道,唐诀又说:"赶紧休息,别眨眼睛打暗号了。"

大概是知道我急,他又补了句:"放心,医生说了应该没事。"

我心里一松,没事就好。

唐诀留洪辰雪照顾我,自己转身就走了。他走了也好,不然像个瘟神似的杵在那里,让我感觉压力山大。

洪辰雪凑到我耳边嘀咕:"他就是咱们海大之前的那个唐学长吧?好酷啊!他抱你的样子帅呆了!"

我立马红了脸,好在在发热,应该也不怎么看得出来。我瞪了洪辰雪一眼,合上眼睛休息。脑子里还是纷乱一片,想的全是梁修杰和夏颜颜两个人的事。

劫后余笙。

就这样半睡半醒的不知道过了多久，唐诀又回来了！他手里还拎着一只保温盒，他细心地打开盒子盛了一碗还在冒着热气的白粥，然后捧着碗坐在我的旁边。

原来，他刚才离开是回去煮粥了吗？

"来，张嘴。"唐诀板着脸，手里的粥却温热。

这一幕在我此后很久很久的人生里，都是无比温暖的存在。这是第一次，我感受到唐诀外露的温柔，是那么温暖。

此时此刻，我却可悲地想起和梁修杰在一起的日日夜夜，这鲜明的对比下，让我生出了几分愧对自己的感慨。

我以为我和梁修杰之间的平淡，才是爱情最好的方式。可梁修杰用行动告诉我，他还是更向往自己所爱，哪怕我和他在一起的时间已经远超过夏颜颜，哪怕我已经和他结婚，哪怕我已经有了他的孩子……

不爱就是不爱了，没有那么多理由。就算他因为种种牵绊暂时停住脚步，最终那颗不爱的心还是会插上翅膀远走高飞，就像梁修杰现在这样。

眼前又模糊起来，唐诀的手却没有移开的迹象，他坚持道："来，张嘴，你需要吃点东西。"

我求救似的看向旁边，可旁边早已经没有洪辰雪的影子。唐诀道："我让她回去了，你好了以后暂时住我那吧。"

我确实无家可归了，嗓子哑了也无法很好地表达我的意思。唐诀又说："你住你的，我回老宅。"

我坚持坐起来，要自己喝，唐诀皱眉："你知道你哪里最让人讨厌吗？就是这股不知道从哪冒出来的拗劲。"

是啊，我这么让人讨厌，难怪梁修杰会和夏颜颜重修旧好，难怪他会说要分开。

人性真的是懦弱到可怕，原本我以为就算是他提出的离婚我也不会伤心太多。显然我高估了我自己，心口一阵阵像被钝刀磨开，那些尚未全部结痂的伤口带着鲜血重见天日，我竟是一点办法也没有。

我喝着粥，眼泪却自顾自地落下，落在满是热气的碗里，尝起来居然毫无滋味。

唐诀有些慌了："……其实，你也没那么令人讨厌。"他这样说，"至少我不讨厌你的拗脾气。"

听着他自相矛盾的话，我实在觉得可笑，拿着勺子笑了起来，然后无声地说了他：傻瓜。

病房里只能听见唐诀一个人的声音，但此刻我却比之前任何时候都要安心。粥喝完了，我也下定了决心，既然一开始便是强求的缘分，放手也罢。

想开了这些，心思反而轻松了不少。第二天起来的时候，我已经能正常说话了。唐诀通知了丁萧，所以我一睁开眼就看见了脸色不快的大哥。

丁萧很生气，虽然他的表情看上去只是比平时严肃了一些而已，我讪讪地笑着："哥哥……"

他道："那个家伙的事我来处理，你先把自己的身体养好。"说着丁萧盯着我的腹部看了一会儿，"你如果想要留着，爸妈那边由我来说。"

当初是我坚持要与梁修杰结婚，父母并不看好我这个决定，所以今天走到这一步，从心底来说，我有些不敢面对爸妈。

有丁萧这样讲，我苦笑："谢谢哥……"

我没有了老公，没有了婚姻，但我还可以拥有自己的宝宝。可上天有时候偏偏喜欢跟你开玩笑，在丁萧走后不久，我发现我开始出血。医生检查后给出的诊断是有先兆流产的趋势，要求卧床静养。

好吧，静养……因为医生这个诊断，唐诀让我在医院里继续住着，不准我出院。

我笑道："正好啊，反正我现在无家可归了，有个单人病房住着也不错。"

唐诀狠狠瞪了我一眼："就知道嘴贫。"

我看着唐诀，他这几天来回地从公司到医院，甚至有几次都是带着电脑过来处理公事。他很忙，他不像我。

作为一个朋友，他做到这个份上，连丁萧都自愧不如。

这会儿唐诀又坐在离我不远的地方办公，看着他认真的样子，我突然说："唐诀，现在看你还蛮帅的。"

他把视线从电脑屏幕移到我身上，然后用像看见外星人一样的口气对我说："那是以前你瞎。"

我无语……好吧，好像这才是我和唐诀之间正确的打开方式。

在医院里我过上了猪一般的生活，每天除了上厕所不准下床，吃喝都窝在被子里完成，还要定时定量吃医生给安排的保胎药。一连数日都是这样，我几乎都快长绿毛了。旁边的唐诀还是不依不饶地认真督察，他一脸严肃，像是要完成重要工程一般，一丝不苟。

说来也奇怪，想通以后，我反而不怎么去想梁修杰和夏颜颜的事了。我现在只想着，梁修杰能早点回来，我不想我和他之间的事情还这么拖着，早点解决也能早日解脱。

这天是我住院的第九天，洪辰雪来的时候给我带了一张都市早报，她挤眉弄眼地说："看看，有好玩的。"

报纸的头版头条上赫然写着：唐夏两家翻脸?！唐家撤资，夏氏集团何去何从？

这是什么意思？我仔细看了看，边看边想这些记者写得太不靠谱了，连唐晓和夏颜颜私订终身这样的鬼话都能编得出来。想想要是夏颜颜成为唐诀的大嫂，那景象肯定别有一番趣味，我翻着报纸看得心情格外畅快。

洪辰雪笑道："怎么样？这消息是不是大快人心？"

"谁知道有几分真？"我摊手。

这些哗众取宠的报纸专门盯着城市里的名门八卦，这些写的东西加了多少水分就难说了。光是唐晓和夏颜颜的胡诌就足够吸引人眼球，话说回来，如果夏颜颜真的跟唐晓有什么，夏宗成早就乐开花，巴不得两人成就好事呢！

洪辰雪笑眯眯："我觉得是真的，不信咱们走着瞧。"

我不知道的是，新闻刚登报，消息就传遍了S市的大街小巷。所以，今天的唐诀似乎格外的忙，只来看看我吃了顿午饭就匆匆离开。他不在这里也好，省得像看犯人似的看着我。

吃饱喝足，又吃了保胎药后，我正准备看会儿书。这是我强烈要求下，唐诀给我安排的娱乐活动。病床的柜子上堆着两三本小说，有两本甚至塑封都没拆，这是唐诀新买的。

这些书的内容也很让我无语，什么《论女人的幸福》，什么《爱情向左，婚姻向右》，什么《离婚女人》……我真想说，唐诀你够了！

刚翻开书页没多久，手机响了，熟悉的铃声让我眼皮一跳。是梁修杰！这几天住院，我甚至没能来得及改掉之前给梁修杰设置的专属铃声。

看来，他是提前回来了。

我没有立刻接，只把手机握在手里，心思却飞到了九霄云外。我要怎么跟他说？

梁修杰似乎想立刻跟我来个了断，见我没有反应，他又继续打。直到第三次亮起的时候，我才稳了稳心神按下通话："喂？"

梁修杰怒道："余笙，我真没想到你会是这样的女人！你要害死颜颜，你才甘心吗？"

这突如其来的斥责听得我莫名其妙："梁修杰，你是不是和夏颜颜出去玩的时候撞坏脑袋了？说的这些是什么意思？完全听不懂。"

梁修杰喘着粗气："我就知道你和那个姓唐的小子有问题，他替你出头是吧？想要搞垮夏家是吧？你们想得可真美！"

我冷笑:"既然是唐诀要搞垮夏家,你找他去呀!没他电话吗?我可以免费给你。"

梁修杰什么时候被我这样冷嘲热讽过?他在电话那头气得不行:"你有能耐了啊!你以为攀上了唐诀的高枝就能就此高枕无忧吗?我告诉你,你不过是个和我结过婚的二婚女人,唐家那个老爷子会让你进门吗?做你的春秋大梦吧!"

我立马反唇相讥:"同样的话也送给你,梁修杰,你想做夏家的女婿,也要看你有没有这个能耐。想吃软包子?你也不怕磕掉你自己的大牙!"

我原以为这几天的沉淀是真的让我放下了,可现在看来还远远没有,我高估了自己。哪有那么容易说放下就能放下的呢?那些真心付出的岁月毕竟不是梦,而是真实的日日夜夜。

不知什么时候,我对梁修杰的感情已经融入了血液,想要抽离必是蚀骨般的疼痛。好容易稳定的情绪,就在刚才一瞬间化为乌有。

我低头看着手中的手机,梁修杰还在不停地打着我的电话。看来这次夏颜颜是真的遇上麻烦了。

思虑良久,我再次接起电话:"喂?还有什么事吗?"

梁修杰这回带着哭腔:"算我求你……余笙,你救救颜颜吧,我求你。"

让我去救夏颜颜?那么谁来救我呢?谁来救那些我错付的青春呢?我心酸无比,委屈的情绪像绵延不断的海浪,一下下拍打在我的心口。

这是梁修杰第二次求我,第一次是为了婆婆,第二次是为了夏颜颜……这算不算他生命里最重要的两个女人?那我呢?我又该将自己放在何处?

"梁修杰,我只问你一句话。"我带着颤抖,小腹隐隐作痛起来:"我和夏颜颜你爱谁?我要听真话,如果你说假话,我是不会帮你的。"

他沉默了。

周围静得仿佛能听到自己的心跳声,我只要一个答案,一个能让我彻底放手的答案。

良久之后,我听见了梁修杰的回答:"对不起……我心里一直有颜颜。"

他的话音刚落,我脑中的一根弦"啪"地断开,这是我一直害怕的答案。如今听在耳中,仿佛震得整个人都颤抖。

"好。"

是真话就好,我眼眶一热,这大概是我最后一次为梁修杰落泪了。我说:"你想我怎么救夏颜颜?"

梁修杰沉默了,却说:"对不起,小笙,我……"

"你想我怎么做?不要矫情了,直接说吧。"我淡淡地说,"这算是最后一件我为你做的事吧。你不用求我，毕竟我们现在还是夫妻。"

说到最后，我自己都无法控制住无声的大笑。夫妻，这个看起来多么美好的词啊！用在我和梁修杰身上，却无比的可笑和讽刺。

梁修杰半晌才说："是我对不住你……"

"别说这些没用的了。说吧，要我怎么做？"我擦干脸上的泪痕。

"你和唐诀关系好，能不能求求他？"梁修杰道。

求唐诀？这倒是个好主意，亏得梁修杰想得出来。明明不久之前，他还很激动地不准我和唐诀见面，那时候我曾以为梁修杰是爱我的。可现在，他为了夏颜颜，要我去求唐诀。

我咬紧下唇，说："好，不过能不能成，我不保证。"

梁修杰连声说："好好……"

我又说："我也有个条件，这件事结束后，我们去把离婚手续办了。还有，家里的房子归我。"我不是圣母，最后关头还是要为自己多考虑些实际的问题。

梁修杰哽咽了："……好。"

很多年后，我和梁修杰再次遇见时，早已是物是人非。他隔着那条街远远地看着我，不曾离开不曾走近，而我却转身离去。不知道那时候的梁修杰究竟在想什么，眼里为什么会有我看不懂的情绪……只是现在的我还不知道，我只在犯愁，该如何跟唐诀提起。

好在他今天很忙，到晚上的时候都没能来医院看我，只派了人给我送了晚餐。他没来也好，我现在还没想好要怎么说。

打开手机联网，我这才发现夏家的消息已经闹得满城风雨。有内部消息称，是唐家有高层决定断绝和夏家的合作，这才导致了夏家的困境。

这个人八成是唐诀吧……这样想着，我心里很不是滋味。

第二天，新一轮的检查报告出来了，我身体恢复得不错，随时可以出院了！这真是个万分好的消息，再在这里待下去，我非得憋出毛病来不可。

在我的强烈要求下，唐诀来给我办了出院手续，直接将我送到了他住的公寓里。

唐诀说："你先在这里休息，等我忙完了再说。"

"唐诀，"我突然伸手拉着他的衣角说："我有话要对你说……"

唐诀轻轻挑眉："什么事？"

"昨天我看到报纸了……"我低头说，"夏家的事是你做的吗？"

唐诀从鼻子里哼了一声："是，我只是看他们不顺眼，再说了我手上有更好的合作对象，不必一定要跟我不喜欢的对象合作吧。"

我咬咬牙抬眼看他:"……只是这样而已?只是取消合作?"

我心里明白,就算夏氏集团再怎么依赖与唐家的合作,也不可能因为合作取消就这么快地一败涂地,一定是唐诀还有后手。

唐诀笑了:"你倒是了解我。没错,取消合作只是一部分,我还让其他原本有计划与他们合作的公司都撤走了。你说那个夏老头这会儿的脸色会是什么样?"

我鼓起勇气说:"……唐诀,能不能请你就此收手?"

唐诀眯起眼睛,眼神里透着危险:"什么意思?"

"我……你可以不跟夏家合作,但是能不能请你不要逼夏家太紧?"我无法真叫唐诀完全收手,只要稍微给夏氏集团喘口气,也算我答应梁修杰的事完成了。

唐诀怒道:"是不是梁修杰来找过你了?余笙,你到底知不知道我为什么会这么做?还不是为了你!"

他的声音回荡在四周,震得我耳膜一阵阵地嗡鸣,我不敢抬头看他。

唐诀一把扣住我的下巴,逼迫我与他对视:"你想帮他?"

不,我不是真的想帮他。我只是想彻底了断自己对梁修杰的眷恋,只有疼到深处连根拔起,才能完全摒弃从前,才能继续我以后的路。可这些话,我能和唐诀说吗?

我下巴被扣得生疼,我说:"我答应了他。"

唐诀的眼里全是痛苦:"你就这么爱他?爱到完全没有自我?你可知道……"说着说着,唐诀的语气低沉,他没有选择再继续说下去,只是松开了手。

他闭上眼,再睁开的时候已经是一片冰冷:"你想帮他可以,做我唐诀的女人就行。"

"你……说什么?"我呆呆地看着他。

"你不是爱梁修杰爱到无法自拔吗?为了他什么事你都能做吗?"唐诀嘲讽道:"我的条件很简单,你做我的女人。"

我已经傻了,完全无法反应,只是叫着他的名字:"唐诀……"

唐诀有些癫狂,他脸上带着邪魅的笑:"怎么样?能答应吗?"

我心口疼得几乎无法喘息,面对梁修杰的背叛,我都没这样难过。见我不说话,唐诀冷冷道:"我就当你答应了,给你三天时间,好好休息。三天后,看你表现。"

说完唐诀砰的一声关上门离去,偌大的客厅里只有我一人……无边的孤独涌上,我蹲坐下来,抱着膝心痛到无言以对。

劫后余笙。

对,就应该是这样。

答应了梁修杰的事办到,我就可以心无牵挂地彻底离开,我会离开这里,离开这个让我感到无限绝望的地方……

三天后,唐诀来接我了。他丢给我一只小巧的白色行李箱,说:"跟我走。"

"去哪?"我拖着行李箱跟上去。

唐诀回头,我发现他眼底有淡淡的青黑,看来这几天也是没有休息好的样子。他说:"温泉小镇。"

居然是温泉小镇……这是从前高中的时候,我最想去的地方。

唐诀开车带着我,一路上我们都没有说话,车里流动着唐诀最爱的钢琴曲,我们默默无言倒没显得很突兀。

两个小时之后,我和唐诀抵达了温泉小镇。这是一座已经颇具历史的小城,以天然的温泉闻名于世,每当到旅游旺季的时候,这里的游客总是络绎不绝。唐诀挑的这个时间,恰巧是淡季,小镇上安静得很,颇有一股温馨恬静的味道,让人心生安定。

唐诀领着我来到他订好的酒店,风格独特的房间布置让我眼前一亮,可当我看见房间里那张大大的圆形床的时候,我愣了一下。

"只有一间房间?"我问。

唐诀换了身轻便的衣服:"你忘记你答应我的事了?"

我猛然想起三天前唐诀的话,要我做他的女人。脸一下子烧红了起来,我手足无措。

唐诀倒若无其事:"好了,我带你出去逛逛。"

唐诀走在我前面,我跟在他身后半米远的地方,活像唐少爷身边的小丫鬟。我低头看着脚下古朴的青砖,没料到唐诀停住了脚步,我一头撞进了他的怀里。唐诀搂着我的腰,眼底是淡淡的笑意:"没想到你这么热情。"

我恼羞不已:"谁热情了?!唐诀你给我松开手!"

唐诀看着我张牙舞爪好一会儿才松开搂着我的大手,然后他伸手捏了捏我的鼻子:"这才像你。"

这样宠溺的语气,这样亲密的举止,我摸了摸被他捏过的地方,心里多了几分莫名的喜悦。

我们算是和好了吗?

唐诀走在前面,见我没有跟上,伸手过来:"走。"

唐诀的手是那样熟悉,仿佛带着我渴望的温暖,是我一直渴望却终究没能得到的温暖。我握住了他的手,唐诀握得更紧了,"带你去吃饭。"他这样说。

这大概是和唐诀认识这么久以来,最亲密的行为了。我们像情侣一样牵着手,他带着我逛遍整个小镇,带着我吃那些没吃过的小吃。

我从没想过,这样的温暖,居然会是唐诀带给我。仿佛几天前的争吵不复存在,我身边有他,他身边有我,不用去想以后,只要这近在咫尺的温暖。

夜幕降临了,我和唐诀回到了房间,当我洗完澡躺在床上的时候却无比清醒了,直到唐诀躺在我身边我才意识到这样不对。

我和唐诀睡在一起?!

唐诀翻了个身,伸手将我拥入怀里,下巴轻轻搁在我的头顶:"睡吧,别胡思乱想。"

话是这么说,可我怎么睡得着?很快,我身边的唐诀呼吸绵长缓慢了起来,而我却越发清醒。我想挣脱唐诀的怀抱,努力了几次皆以失败告终。

最后,我还是没能抵挡住睡意,靠在唐诀温热的胸口沉沉地睡去。这一夜,我睡得很沉,几乎没有做梦。这和我之前的状态完全不一样,我好像是真的渐渐放开了,整个人像是漂浮在温暖的大海之上,只想放松地睡去,什么也不想。

这一觉我睡了足足十个小时,第二天早上九点才醒。身边的唐诀已经不在床上,我松了口气起来洗漱。

唐诀早已穿戴整齐坐在房间外面的沙发上看新闻,见我收拾好出来,他慢悠悠地说:"等你吃早饭,可是要把本少爷给饿坏了。还好没带你去看日出,不然计划铁定泡汤。"

那个毒舌的唐诀又回来了。我怒视他:"走吧,不是要去吃早餐吗?把你饿死了,岂不是我的罪过了。"

唐诀笑笑:"吃完早餐,陪我去一个地方。"

小镇的早餐不是很精致,但是口味鲜美,分量尤其充足,我饱饱地吃了一顿。唐诀带着我向小镇的另一边走去,那里连着山,有一条人工建造的小路。

"这是要去哪里?"看着四周郁郁葱葱的树林,有种犹如置身森林的奇妙感。

唐诀说:"有个故交,去见见。"

小路的尽头是一栋古色古香的建筑,它的外表一半被爬山虎占领,远远地看去就像一座绿色的塔楼,十分有格调。

门口正在扫地的人见到唐诀,笑着迎了过来:"小唐少爷来了,真是劫后余笙。

稀客。"

　　唐诀谦逊有礼地笑着："张奶奶，您这么说就是折煞小辈了。"

　　被称作张奶奶的老夫人约莫六十的年纪，仪态十分优雅，看上去亲切又温柔。她看到我，又笑道："你这是带女朋友来了？"

　　唐诀也不否认，只是问："张爷爷在家吗？"

　　张奶奶点头："你还害羞了。在的在的，你说过要带一个高手过来，他早就等着了。"

　　高手？我狐疑地看着唐诀："我？"

　　唐诀刮了一下我的鼻子："是，但愿你别太丢人就行。"

　　走进屋子一看，这里的摆设也极为讲究，从茶几到地板，到处都是一尘不染，看得出主人家是个十分注重生活品质的人。

　　从房间里面传来声音："来了就进来吧，杵在那里干什么？"这声音中气十足，唐诀领着我往里面走去。

　　里面是一间书房模样的房间，房间里有一个老头，他坐在一盘围棋前缓缓抬起头："小唐，你带来的高手就是这个小丫头片子？"

　　这老头戴着眼镜，眼里透着锐光盯着我，我连忙点头："您好。"我不知道怎么称呼才是对的，索性只用尊称问了好。

　　"来，"老头冲我招招手，"陪我下一盘。"

　　下棋？这已经是我多年不曾碰过的东西了。早年我还在父母身边的时候，经常会陪父亲下棋，而唐诀从来都是我的手下败将。

　　我这会儿算是领会到"高手"是什么意思了……看了一眼身边的唐诀，他冲我抬了抬下巴，还来了句："加油，把这个老头杀得片甲不留。"

　　我大窘，只得硬着头皮上了。长久没有对弈，第一盘我输得很快，占黑子都输了十几目，简直惨不忍睹。

　　"再来。"我不服气。

　　老头饶有兴致："好！"

　　就这样，一直下到日落时分，我和老头下了四盘棋，直到张奶奶和唐诀忍不住进来打断，才算结束。

　　张奶奶佯装生气："老头子都这么大岁数了都没个数，都几点了？你不要吃饭，客人也不吃吗？"

　　老头满意地伸了伸懒腰："不错，下得痛快！"

　　唐诀问："几输几赢？"

　　老头指着棋盘："我虽然表面上能赢，可这小丫头从一开始布棋就忽悠我，为的就是死守着她的西南角，我无法攻破，所以最后一局不输不赢。厉害，我老头子服了！"

我也是累得不行，下棋可真是劳心劳神，这会儿早已满头是汗，我无力地笑着说："还是您厉害，我只不过班门弄斧。"

老头起身："小姑娘不必自谦，能从短短几盘棋里迅速成长，最后达到这样的效果已经很了不起了。"

这老头很开心，又留了我和唐诀吃晚饭，对方盛情难却，我和唐诀吃完晚饭都快九点半了。下山的时候，张奶奶给了我们一支手电筒。山路倒是平稳，可没有路灯，有一支手电筒确实方便得多。

我已经累得不行，走路的速度也慢很多。突然，唐诀快步走到我前面，然后蹲了下来，说："来，我背你。"

见我没反应，他语气不佳："怎么？还要我用八抬大轿抬你啊？看你走得那个慢，不知道的人还以为你是乌龟精显灵呢！"

呸！你才乌龟呢！你才显灵呢！你要背，我就压死你。

我攀上了唐诀的背，他将手电筒给我拿着，然后稳稳地背着我向山下走去。唐诀的背很温暖，透着淡淡的让我心动的味道，但更多的是能让我安心的感觉，只觉得这黑漆漆一片的山路也不那么可怕难行了。

"你……究竟是怎么想的？"唐诀终于还是问了。

这一次我没有再隐瞒，我说："我回去就会和他离婚了，这样拖着对我对他都不好。心都不在的人了，我强留着又有什么用呢？"

唐诀不能理解，他问："那你为什么要帮他？不放过夏家不是很好？"

我将脸靠在他的背上，感受这来之不易的温暖："你不觉得，放过了夏家才是对他最严厉的惩罚吗？再说，我并没有让你完全放过夏家……只是让夏颜颜喘口气。"

唐诀闷声笑了起来："你还是和小时候一样啊，坏起来真是叫人防不胜防。"

"我还坏？我都不知道多天真了……所以才会走到今天这一步。"我的声音低落下来。

唐诀将我向上托了托："那你以后怎么办？孩子打算生下来吗？"

对了，我还有孩子。

我笑笑："是啊，既然我和这个孩子有缘，那就留着吧。反正以后我也不打算再结婚了。"

这是我的心里话，这也是我在变相地拒绝唐诀。事情到了今天这一步，我再看不出来唐诀对我什么心思，那我就真是个二百五了。可我不能成为唐诀的绊脚石，他是唐家的希望，唐云山也一定不会让他和我这样的女人在一劫后余笙。

起……

唐诀半天没有说话,他的步伐加快了,我都能听到他微微喘气的急促声。走到小镇边缘的时候,他突然开口轻声地问:"如果,我说我愿意照顾你接下来的人生,你会答应吗?"

我怎么忘了?唐诀和我是一样的人啊,我这样拒绝,他就会放手吗?

我附在他的耳边也轻声地说:"不会。"

我能感觉到唐诀身形绷直了,他憋着一口气继续背着我往前走,我说:"放我下来,我自己可以走,现在不是山路了。"

唐诀却坚持:"不。"

这大概是我和他第一次如此亲密,也是最后一次了吧。我闭上眼睛,任由心底的情绪翻涌,我紧紧搂着他的脖子,突然希望这条路永远不会到头。

回到房间,唐诀扳过我的脸直直地吻了下来。唐诀带着霸道和生气,将我的唇咬得生疼。

不可以!我们不可以这样!

我用力挣脱唐诀的怀抱,想要离开。唐诀却扣住了我的双手,男人的力气比我想象的还要大,他埋头下去,我一阵战栗。

"唐诀!"我的声音带着沉浸在情欲里的沙哑,"我不要这样!"

唐诀终于停止了动作,他看着我,眼底是一片火热和淡淡的悲伤,他说:"我以为你懂得,我对你的心。"

我赶紧收拾好衣服,低着头:"我们不可以这样。"

唐诀沉默许久:"我去洗澡,你先睡吧。"

那一天,唐诀冲凉冲了很久。第二天一大早,他就和我踏上了返回S市的归途。

而人生的另一个噩梦,正式向我拉开了帷幕。

唐诀说到做到,回S市的第二天,夏氏集团终于解除了危机,只是他们失去了唐家这个合作伙伴,损失惨重。

我给梁修杰打了电话,约他民政局见,我要去办离婚手续。梁修杰没有拒绝,这也是他希望的吧,早点结束也好。

民政局见面的这一天,我特地穿上了一件白色的连衣裙,仔细地打扮了一番。结婚的那天穿白婚纱,离婚的这天也要穿件白色的,这叫首尾呼应。

拿着我的证件赶到民政局,梁修杰已经坐在那里等我了,他的旁边是夏颜颜。看见这两人,我有些无语。梁修杰也是脸都不要了,和我办离婚,还得带着小三。

不过我想开了,怎么样都随便他们,趁早解脱就行。

第四章 人生如戏，全凭演技

我冲梁修杰点点头："走吧。"

办离婚的地方在二楼，我率先走了上去，梁修杰和夏颜颜紧随其后。我们提交了离婚协议书，以及各种证件，工作人员平淡地问了句："你们想好了吗？"

身边的梁修杰沉默，我轻声说："想好了。"

工作人员见梁修杰不回答，又问了他一句："想好了吗？"

夏颜颜使劲扯了一把梁修杰的胳膊，梁修杰仿佛大梦初醒一般，说："想、想好了。"

我们一一签字，然后我看着工作人员在我和梁修杰的结婚证上盖上了无效的印章，又给我们发了离婚证。很快，原本象征着结合的结婚证换成了离婚证，我拿在手里居然觉得心底一阵轻松。

我笑笑："再见。"说完，我转身就走。

刚走到楼梯口的时候，身后的夏颜颜追了上来，她质问道："余笙，你是故意的吧？你故意让唐诀为难我家，故意让我不好过！"

我看着她，短短几天，原本那个活泼明艳的夏颜颜似乎变了，变成了一个眉目狰狞的女人，完全没有半点昔日的美好。看着她这样，我更加相信相由心生这句老话了。

"我故意为之的只有一件事，那就是那天在你父亲办公室揭穿你插足我家庭的事。"我微微歪着头好奇地问她："我怎么知道你们夏氏和唐诀有什么过节？这个问题你应该问你自己吧。"

我不提还好，一提当初的事，夏颜颜更加气急败坏："你说跟你没关系就没关系了？跟你没关系，唐诀会这么听你的话？你说收手就收手？还是你早就和唐诀有一腿吧？还只管往别人身上泼脏水，我看你肚子里的孩子还指不定是谁的！"

我面色一凛："夏颜颜，不要自己破了就看谁都不纯洁！你自己喜欢做这样的事，以为别人都跟你一样吗？你要点脸吧！"

赶过来的梁修杰正好听见夏颜颜的话，他下意识地看了一眼我的腹部，眼里闪着不明的光。

我心里觉得可笑，说："你放心，我生的孩子只是我自己的，跟你还有你未来的老公没有任何关系。"

梁修杰一听我的话，整个人都呆住了，他看着我张了张嘴再没能说出一句。看着这个男人，我此刻内心再无任何波澜。

我转身就走，真的不想跟这两个人再扯上什么瓜葛。我刚踏出一步，身后的夏颜颜怒吼一声："余笙，你给我去死吧！"

劫后余笙。

我只觉得背后被狠狠一撞,身体失去平衡,直接从楼梯上滚了下去!我浑身都疼,小腹更是尖锐地一阵阵往下坠起来,双腿间一热,有什么热乎乎的东西涌了出来。

第五章　那年豆蔻

依稀记得是十三岁那年，我对唐诀的怒意上升到了一个临界点。我是怎么也想不到，一个十五岁的男孩子会让人讨厌至此。

他会带着一脸不屑然后用欠揍的语气说："你就是余家的那个小丫头？也不怎么样嘛！"

那时候的唐诀刚刚上初三，满脸青涩，却有挡不住的俊秀，经常惹得学校里一群女孩子为他尖叫。其实严格来说，唐家就数唐诀长得最差了，他上面还有个大他四岁的哥哥唐晓，那才是真正的人间尤物。每次去唐家的时候，我都会盯着唐晓看半天，后来他出去念大学了，这个福利就没有了，为此我还惋惜了好久。

每当我偷偷看唐晓的时候，唐诀就会在旁边嘲讽我："看什么看，那不是你配得上的。"

我"呸"了一声："你喜欢你大哥也没用啊，你是他弟弟。"

天可怜见，那时候的我就是这么污。纯情少年唐诀显然没有我这么厚的脸皮，他一张白净的俊脸涨得通红："不知羞。"

看漂亮的事物是人的本能，谁叫你长得不如你大哥？我在心里说。

事实证明了，有时候人不能太嚣张，你往往在自己最得意的时候就会遭遇最尴尬的局面。那年暑假的一天，我跟着父母去唐家做客，难得有机会看唐晓，我乐坏了。正在我偷看得起劲时，另一边不知从哪冒出来的唐诀却红着脸拉着我的袖子，把我往旁边拽。

"你干吗？"我不解。

唐诀只晓得把我往卫生间拽，然后他站在卫生间门外关上门，支支吾吾了半天只说了一句话："你裤子脏了。"

那时候的我根本不理解这是什么意思，可当我看见裤子上一摊血红时，脸红得比唐诀还厉害。

这可怎么办？我一下慌了手脚。

刚刚步入青春期的我多少知道这是什么，但是谁能告诉我，为什么这种有特殊意义的事要发生在唐家？为什么又好死不死地被唐诀看见了？我那天居然还穿的是一条白色的裤子！我坐在厕所里，想死的心都有了……

劫后余笙。

父母还在楼上和唐诀老爸谈事,我总不能就穿着这样的裤子上去喊他们吧?可我也不能一直躲在卫生间里呀。真是左右为难,丢人丢大了。

我就这么在卫生间里呆坐了差不多有一堂课的时间,脑袋都快想痛了,还是没有一个能彻底解决的办法。

门外的唐诀又回来了,他敲敲门:"你开下,我有东西给你。"

我闷着不吭声,实在不想看见唐诀的脸。

唐诀又等了一会儿,见我不开门,他说:"那我丢门口,你快点拿进去,你爸妈快下楼了。"他说完丢下了什么东西,然后转身离开。

我迟疑了两分钟,起身打开门。门外是一只紫色的袋子,我拿进来打开一看,是一条新买的连衣裙,还有一包姨妈巾……

天知道那个年纪的唐诀是怎么买到的。连衣裙的款式明显不是我这个年纪能穿的,而且偏大。我也顾不上这些细节了,手忙脚乱地脱下脏衣服,又穿上裙子,然后换好姨妈巾。刚刚做好这一切,就听见楼上传来的脚步声。

我把脏衣服和用剩下的姨妈巾塞进那只紫色的袋子里拎着,假装镇定地从卫生间出来。

后来还是免不了被父母询问,因为这样的举动实在太奇怪了,我和唐诀在一起经常吵架拌嘴,怎么会突然收下他买的裙子呢?

那几天,唐家大哥唐晓看我的眼神都带着好奇,经常看看我,又看看唐诀。

按理来说,我应该感谢唐诀。可那时候正处在青春叛逆期的我,想到的只有一点,那就是最狼狈不堪的样子被唐诀看见了,简直可以用痛恨来形容当时的心情。

小腹一阵阵的疼痛,全身笼罩着一层寒意,下身一片狼藉的血红,我被推上救护车时看见了唐诀的脸。

他怎么会在这?

我以为那是唯一一次被唐诀看见的尴尬和无助,却没想过,今天还会有一次。

他的额上急出了汗,完全没有往日的冷静:"小笙,小笙,你别怕。"

我怕?我勉强说了句:"我疼……"然后车门就关上了,我看不见唐诀了,心一下子空荡荡的。

如果你要我回忆起这一段,那更多的都是片段般的记忆,场面太混乱了,我连那始作俑者都忘在了脑后,想的全是我会不会死。

好吧,人在危难的时刻总是想着自己……

撕心裂肺的疼很快席卷了全身,我没办法想更多,全身的精力都在用来抵御这从没有经历过的疼痛，很快我已经全身是汗。

孩子是保不住了……我这样想着，瞬间心底的悲凉蔓延，痛得人万念俱灰。

还好那一年过后，唐诀就升上了高中，与我不在一所学校。不用天天面对他，我顿觉轻松不少。

那时候的唐家已经渐渐在S市崭露头角，跟着水涨船高的还有唐诀在学校的人气。高中里的少男少女们，和我这样初中部的小屁孩完全是两个档次，中考就像一道分水岭，把步入成熟的唐诀和尚且傻乎乎的我区分了开来。

再次见到唐诀，是他高一时期的第一个寒假。半年多不见，唐诀的个子长高了不少，已经高出我一个头，我得微微仰着头看他，这样的感觉让我很不爽。他的黑眸盯着我，却紧闭双唇没有说话，脸上已经有了以后的冷漠。

像我们这样家世的孩子，经常会因为父母的聚会而聚在一起，那一次也是一样。不光有我，还有夏颜颜。三五个孩子的年纪都差距不大，唐诀显然是里面最显眼的。

父母还在酒桌上推杯换盏地吃饭谈事，我们几个人已经离开了包厢，他们说要去看电影。而我不愿和唐诀走在一起，落在了队伍的最后面。

本来我就没有夏颜颜那样耀眼，落在后面也无人察觉。虽然同为中学生，夏颜颜看起来要比我受欢迎多了，她那张明艳的脸刚刚展开少女的模样，青涩但纤细的身段很有女孩的纤弱感，即便是在冬天，她也穿着适合自己的裙子，看起来是那样美好。

而我呢？一头软软的微卷的短发，除了一双大眼睛出彩之外，我看上去和普通的中学生没什么两样。他们说，完全不像那个余家的女儿。

我翻了个白眼："有人规定余家的女儿一定得是什么样儿吗？"

大家哄笑着，一边的夏颜颜笑得得体又温柔："小笙就是这么可爱。"

是啊，那时候我和夏颜颜的关系还是朋友，虽然只是一般朋友，那也勉强算得上关系还行。

我一不留神对上唐诀的眼睛，他的眼里带着笑意，脸上还是冷着，就那样看着我。我瞬间想起了夏天在他家的囧事，于是瞪了他一眼。

他立马说："哪里可爱了？小毛孩子。"

我毫不示弱："像你似的，瘦猴一个。"

那会儿的唐诀光长个没长膘，所以显得整个人偏瘦，被我这么一说他却勾起一个微笑，笑得我低下头不敢再看他。

时光荏苒，仿佛我和唐诀的相处就从那时候起固定了模式。虽然见面不多，但是每一次见都会吵架，再不济也得是互相怼，从没有温柔相待的时候。

我即将升入初三的那年，唐诀却一反常态地要每天跟着我去学校，然后再每天看着我放学，直到我安全回家。我不明白他为什么要这么做，强烈抗议无果后，我也就听之任之了。

早晨一出家门没多久，唐诀就会跟着我，不远不近的距离，恰巧到他看得见我，而我又不能找茬。

唐诀那会儿都快高二了，每天都有晚自习，但他依旧用晚饭时间来送我回家。脸皮薄的我那段时间没少被打趣，所以有天下午学校活动，我就请了假没有去。在书店泡了半天，快到晚饭的时候才想起来回家。

刚到小区里的时候，就看见唐诀气急败坏地走过来，一见是我他怒道："你跑哪里去了?!"

我被吓得不轻，下意识地回答："去看书了……"

唐诀松了口气，然后一双漆黑如夜的眼睛看着我，良久才说："你为什么还是这么不懂事?"

好像就是那一天，我的家里开始天翻地覆，短短一年多的时间，余家就衰落了。其间我经历了中考，刚刚步入高中不到两个月，父亲变卖了家产，只留了S市一小部分的祖业，然后他们带着我和丁萧离开了这里，离开了我生活了十几年的S市。原本他们是打算出国的，却因为我的坚持留了下来。

那时候的我是因为什么那么坚持呢？难道真的是为了和梁修杰遇见吗？如果那时候我跟随父母出国，就不会有后来的事了。

只可惜千金难买早知道。我还是留了下来，在高考的那一年回到了S市，再次遇见了夏颜颜以及改变我人生的梁修杰。

我也不知道昏睡了多久，完全分不清现在身在何处。只觉得脑袋昏沉得很，全身无力，小腹隐隐作疼，疼得我不敢轻易动弹。终于有护士来问："你有家属在外面吗?"

家属？我第一时间想起了梁修杰，心底呵呵了一声。转念间唐诀的脸浮现在眼前，我用尽全身力气才说了两个字："唐诀。"

再次醒来，一眼就看见了医院白色的天花板，我口干得厉害，唯一觉得舒服的是肚子没有那么疼了。

"要喝水吗？"耳边是丁萧的声音，我眨眨眼睛看着他。

丁萧眉间紧锁，给我倒了杯水，塞我手里："你简直胡来！离婚这么大的事，你都不跟家里说一下的吗?!"

我喝了口水，总算拯救了一下快要冒烟的嗓子，就在这时唐诀阔步走了进来，他向丁萧点点头。没料到他来，我刚想问出口的话硬生生地憋了回去。唐诀手上有一个保温盒，他仔细地打开放好，然后扶我坐起来。

面前摆着的是半碗米饭和一份炖得看不清内容物的汤，闻起来味道很香。

唐诀说："你先吃饱，有力气了咱们再说。"

我确实也饿了，拿着勺子一口一口地吃着。眼前一花，心里一直想问的问题也没敢开口。我快吃完的时候，终于问："那个……我的……"

唐诀在一旁回："孩子没保住。"

我心口一震！唐诀啊唐诀，你叫我说你什么好！你就不会温柔一点，婉转一点地说？虽然心里早有预料，可当真的面对的时候，还是让我难以接受。你的回答让我这一刻如此难过，我真不知道是该谢你还是骂你。

"知道了。"我抹了一把脸，平复了一下情绪，拿起勺子继续吃剩下的饭。

病房里两个大男人看着我吃饭，我们都很有默契地没有说话。等我吃完了，唐诀过来收拾好，他转头看我："有些事，等你身体好了再问。"

唐诀真好像是我肚子里的蛔虫，连我想要问什么他都知道。唐诀来得快去得也快，他拎着空空的食盒直接回了公司。说真的，他来给我送饭我觉得是大材小用。

大概是身体太虚弱了，我吃完了没多久又想睡，我叫丁萧先回去，反正现在也不需要打点滴。见我想休息，丁萧替我弄好被角，又叮嘱了好多，这才离开。

这一觉不知道睡了多久，反正我醒来的时候天都黑了。病房里就我一个，能看见从走廊透进来微弱的光。

病房的门打开了，走进来一个人，我眯起眼睛半坐起来。

这人走到我床对面的沙发上坐了下来，然后他说："身体好些了吗？余小姐。"

是夏宗成！

我警觉起来："夏叔叔怎么会来？"

夏宗成没有回答我的问题："颜颜给你添麻烦了，我在这里跟你说声对不起。"这话的意思是他已经知道这一切都是夏颜颜故意推我导致的？

夏宗成是只老狐狸，他看似是在道歉，但是从眼神到态度并没有任何谦逊。

我看着他："道歉这种事，应该由当事人来说比较有诚意吧。况且，我觉得这件事已经不是道歉能够解决的了。"

"你的医药费我会出,这是应该的。然后,我还会给你一笔补偿金。听说你为了你婆婆卖掉了你父亲给你的一套房产,我替你将它买回来。"夏宗成不紧不慢地说着。

我听到这里算是明白了,夏宗成是想私了。

那套房产当初我是以便宜的价格卖掉的,如果夏宗成替我买回,我也不算亏。可心里到底是不服气,我笑笑:"夏总您多虑了,当初为婆婆看病是我自愿的。就算现在我已经离婚,这钱我也没想过要追回。"

夏宗成的眼睛暗了下来,他盯着我看了很久,说:"你跟你父亲一样,脾气倔强,自己认定的事情总是一意孤行。如果不是这样,你们余家无论如何也不会走到今天这个地步。"

"我和我父亲怎样不劳挂心,还请夏总回去告诉令千金,既然做得出就不要怪我容不下。"我毫不示弱。

夏宗成沉默着,过了一会儿他站了起来:"我告诉你一个秘密,关于当年你们家为什么会没落的秘密。"

我皱眉:"你是想用这个秘密换夏颜颜?"

"我的女儿再怎么任性嚣张,那也是我夏家的人。"夏宗成看着我,说:"不要以为守在你身边的都是好人,你还太年轻。"

夜幕彻底落下,病房里静悄悄的,夏宗成走了有一会儿了,而我的心却久久不能平静。脑海里一直回响着夏宗成的话,他说:"唐家的崛起和你们余家的没落有非比寻常的关系。"

这话是什么意思?

我想得头疼,看向床头柜子上的支票,那是夏宗成离开时留下的。上面的金额和我卖掉的那套房子差不多,看来夏宗成是打定主意我会接受他的话了。

我是被夏颜颜推下去的,她害我如此,我怎么可能就此轻轻揭过。可夏宗成的那句话却渐渐在我心里占了上风,当年究竟发生了什么?为什么父亲会执意要离开?唐家和我家又是怎么一回事?

我正想着,唐诀来了,他走到我身边伸手摸了摸我的额头:"怎么坐起来了?"

那一年的海大来了个风头正劲的夏颜颜,那一年闻名海大的唐诀亲自来车站接我。说实话,他没去国外镀金我蛮惊讶的。像他这样需要继承家族事业的人,不出去喝口洋墨水都说不过去。

我高中时离开S市后,并没有和唐诀断开联系,关系反而比之前更紧密了。虽然我们无论是见面还是网聊依然火药味十足,但在心底唐诀是我最好最好的朋友,这点不会改变。

我拖着行李出站,老远就看见唐诀挺拔的身姿,他比我离开S市时的样子更加成熟了。将近三年未见,唐诀的变化似乎比我想象的还要大。

记忆里,他皱着眉接过我手里的行李箱说:"你怎么还是这个样子?个子没长,还是那么平。"

我瞪着他:"你看起来长了很多嘛!经验丰富老到,怎么?有女朋友了?"

唐诀眉眼一弯:"都是些庸脂俗粉。"好吧好吧,庸脂俗粉入不了你唐大少爷的眼。

一直到入学,唐诀都对我照顾有加,那种照顾带着哥哥的温暖,带着朋友的距离。曾经有段时间,舍友也打趣过我,问我是不是拿下了海大第一帅。

凭良心说,唐诀的脸并不是帅到惨绝人寰,但他身上那种上位者的风度,走到哪里都必然是人群中的焦点。

可能是我从小和唐诀认识,那时候的我并不能很好地欣赏唐诀的风采,所以我疯狂暗恋上了一个人——梁修杰。

后来的唐诀曾经无数次说,如果他当时知道我的想法,他是无论如何不会选择听从家里的安排出国的。

可惜没有如果,那一年,唐诀还是走了,他只说了句:"好好发育。"然后头也不回地登上了飞机,这一去就是几年的光阴。

这几年的时间,把我和唐诀之间的距离拉得很远,远到他回来的时候,我已经要和梁修杰结婚了。不知道为什么……我下意识地没有告诉唐诀我这几年的感情轨迹,唐诀也没有问。也许,有时候命运就是这样,总会让你遇见不该遇见的,然后错过身边最美好的。

窗外的灯光亮起,我看着眼前的唐诀,一言不发。他又问:"怎么了?"

我垂下眼睑,摇摇头,我不想去问唐诀什么。因为夏宗成的话就去质疑唐家,这对唐诀不公平。

他突然拉着我的手,手背上传来属于他的温热:"我知道,孩子的事情你很难过……"天可怜见,这是我认识唐诀这么久以来,他第一次走温情路线,想要安慰我。

我看着他,摇摇头。说真心话,一开始发现怀孕就是在很复杂的情况下,对于要不要这个孩子,我心底一直是犹豫不决的,但是我犹豫,也不代表孩子就可以用这样的方式离开。对此,我不会原谅夏颜颜和梁修杰。

我正胡思乱想着,突然,唐诀附在我耳边说:"和我结婚吧。"

什么？我猛然抬眼看他，唐诀疯了吧！

他又看着我的眼睛，然后一字一句地说："和我结婚吧，我来照顾你。"

我张了张嘴："唐诀，你在说什么胡话？"

唐诀稳稳地说："我从来没有像这一刻这样清醒，我只后悔当年我为什么没能冲动，没能带你离开他。如果当年我带你离开他，也许今天这一切就不会发生，你也不会受伤。"

"唐诀……"我已经震惊得无法说出其他的话，只晓得喊他的名字。

"余笙，和我结婚，做我的唐太太。"唐诀又重复了一遍。

他说的每一个字仿佛都带着灼热的烫，一下一下敲打着我的心，在上面强硬地留下痕迹，叫我无法磨灭也不能无视。

我咬牙："你父亲是不会答应的。"唐云山那样的人，怎么可能容许一个离过婚的女人成为他的儿媳妇？

唐诀微笑："余笙，你可以拿这个理由骗别人，但是骗不了我。对于你而言，只有想不想做，没有其他人的看法。你之所以不敢答应我，是因为你不爱我。"

要说这世界上最了解我的人还是唐诀……是啊，当初我那样爱梁修杰，所以不顾一切嫁给他，如今我不敢答应唐诀，只是因为不爱他，真的是这样吗？

我看着唐诀，他的眼里有隐隐流动的悲伤。我脑海里夏宗成的那句话再次浮现，也许唐诀的求婚是个机会……

不行，我怎么能因为夏宗成的话就通过结婚去接近唐家？

我长叹："别这样，我们不适合，已经错过了太多了。你知道的，我说的是实话。"我顿了下，"也许当年的余笙是会那样爱一个人的，但现在的我不会。已经用错了方式，我不会再错第二次。"

他听完我的话，笑着摸摸我的头发："我就知道你会这么说，好好养着吧，等身体好了再考虑怎么回答我。"

唐诀说着起身倒水，收拾床褥，看样子他今天要睡在这里了，他洗完澡，一身清爽地睡在我旁边的沙发上，然后轻声说："晚安，小笙。"

"晚安，唐诀。"

在唐诀的照顾下，我恢复得很快，一个月后就已经活蹦乱跳的了。我一直住在唐诀的公寓里，眼下好了，我也不能再住去了。手上还有夏宗成给的一笔钱，我打算取出来买个小房子给自己。还得找个工作，真的是好忙好忙。

生活拐了个弯，向全新的方向重新起航。丁萧也办完了国内的事要回去了，我托丁萧将我离婚的事暂时隐瞒，我现在的状态不适合告诉家人。起码也要等我功成名就，才能衣锦还乡啊！

唐诀听我吐槽，没好气地来了句："指望你衣锦还乡？还不如趁早嫁给我当唐太太呢。"

我嘿嘿一笑，没有搭腔。

这些天唐诀一直在陪我看房子，美其名曰：怕我被骗。看他忙前忙后的积极性，我不由得想起那天去送丁萧的场景。

两个大男人在机场握手，久久不能分开，其中一个说："我妹妹就拜托你了。"另一个说："你放心吧，有我在。"

看得我在旁边一阵尴尬，要说丁萧也是从小时候就认识唐诀的，我可从没想过这两个人还能有英雄惜英雄的感慨情怀。

我想着想着笑出声，唐诀敲了我脑门一下："认真点，找不到住的地方再住回我那儿去。"我可不想再住在唐诀那儿了，俗话说得好："金窝银窝，不如自己的狗窝。"

关于我摔下楼梯的事，唐诀也问了，但我只说是自己不小心。事已至此，再说我也没有证据，收了夏宗成的贿赂，总得瞒上一段时间吧。

我和唐诀看来看去，终于敲定了一套全新的二居室，开发商精装修，可以拎包入住，而且离唐诀的公寓很近，只隔了差不多三百米的距离。全款买下，还省下一笔装修的钱，想想真是美翻了。

带着有新家的好心情去找工作也出奇地顺利，很快，我被一家名叫朝语的公司录取了。试用期一个月后顺利转正，此时正是一年中最热的时候。

烈日炎炎也挡不住我的好心情，因为今天是发薪水的日子。

看着卡里被刷新的余额，我开心得不能自已，正是何以解忧，唯有暴富啊！好吧，也不算暴富，但是足够让我保持好心情到下班了。

快下班的时候，唐诀给我发了条信息：晚上我有个酒会，缺个女伴。

唐诀说话真是难得用上欲拒还迎的情调，我笑笑回复：我没礼服。

他好像等着我这么说，几乎一秒就回：我买好了，送到你家。

原来在这等着我呢，我心里好笑：行！能陪唐少爷是我的荣幸。

唐诀很嘚瑟：嗯哼。

对于女式礼服，唐诀向来比我有研究，毕竟我离开这个圈子也有将近十年了，但当我看见那件礼服时还是被它的美丽震惊了。礼服是简约的长裙样式，配上奢华的布料，配套的鞋子则是暗紫色的鎏金设计，配合流云般的图案，还有一条仿佛蕴含了星光的项链。

这一套看上去就要不少钱。不过，我是不会煞风景嫌它贵的，因为唐诀

劫后余笙

要出入的酒会必然富贵云集。女伴太寒酸，只会丢唐诀的脸。

穿戴整齐后，我又理了理头发，虽然我不像夏颜颜那样熟稔，但长久的熏陶也让我耳濡目染，我很清楚这样的衣服要配什么风格的发型。

简单地将头发挽起，束起一个优雅而又慵懒的发尾，这样刚刚好。

大概是医院待久了，我反而比之前白了很多，这套衣服又衬得人肌肤雪白如玉，唐诀看到我时眼睛一亮，然后又不满地说："这背后露得太多了。"

我无语，大哥，这不是您挑的衣服吗？

挽着唐诀的胳膊，我和他一起进入久违的社交场所。和其他一进场就丢开女伴的男人不同，唐诀走哪都带着我，我想独自避开都被他拒绝了。我狠狠地瞪着他："你想干吗？"

唐诀已经喝了一些酒，他回眸坏笑，轻声贴在我耳边说："想。"

真是要命了！这家伙从哪里学的？我顿时脸红起来，趁人不注意重重地掐了他胳膊一下。终于，他被几个人约去一个会议室谈事，这让我被他一直拖着不能走的情况得以缓解。我松了口气，漫步到摆放点心和香槟的休息区坐下来歇会儿。

脚上的鞋子足足有十公分高，好久不这样穿，这会儿脚丫疼得不行。我坐在沙发上，还是得保持应有的仪态，一番感慨后只希望这场酒会能快点结束。

这么想着，事就来了。

我眼前一暗，有人挡住了灯光，抬眼一看，正是夏颜颜。

她脸上带着微笑，眼底却是恨意："好久不见了，小笙。"

我是真没想到夏颜颜的脸皮会厚成这样，这样的场景装不认识不就好了，为什么非得跑到我面前来刷存在感？叫我这个已经委曲求全地收了你父亲贿赂的人，情何以堪？

我拨了一下头发，拿起一杯香槟浅酌一口："夏小姐麻烦让一让，你挡着光了。"

夏颜颜脸色微变，但很快她就挽起身边男人的手，然后浅笑嫣然："小笙，我们就要结婚了，你会来参加婚礼的，对吗？"

我这才看见，眼前这个一身正装，满脸尴尬的男人居然是梁修杰。

我摇着头笑笑，站起身，因为鞋跟的缘故，我比夏颜颜高出了半个头，我笑着："真是恭喜了，不过我记得我结婚的时候，夏小姐好像也没随礼吧？既然我们没有人情往来，我也不用去参加。"

这番话气得夏颜颜脸色都变了，她压低了声音："余笙，别以为穿这身你就能混进这个圈子，你们余家已经被淘汰出局了，你没资格站在这里！"

我眼神一冷，刚想说什么，身后传来唐诀的声音："这位小姐说话小心，别闪了舌头，她是我唐诀的太太，没资格站在这里吗？"

唐诀的声音带着能吸引人的魔力，此话一出，全场哗然！

夏颜颜没想到唐诀会这么说，脸色一阵青白："唐诀哥哥，你说笑的吧……"

"我唐诀从来不说笑。还有，我也没你这个妹妹，别随便攀关系。"唐诀拉过我的手，不由分说地把我护在他身后。

旁边的梁修杰也是一脸震惊，可这里没有他说话的地方，张口结舌愣是一个字也说不出来。

唐诀笑笑："今天的酒会是唐家宴请，不懂规矩的客人我唐诀可不欢迎。"

夏颜颜从没被这么打脸，她咬紧下唇："是唐叔邀请我的。"

"我爸是我爸，我是我。"唐诀重复了一遍，"可能夏小姐耳朵不太行，我再说一遍，不懂规矩的客人我唐诀可不欢迎。"

是了，他说的是他自己不欢迎，并没有说唐家。真是把夏颜颜给坑惨了，这位S市的名媛什么时候吃过这样的亏，她站在原地不知是走是留，周围的宾客都在窃窃私语。这一切，唐诀都不以为意，他径直牵着我的手离开了这里。

外面早已是月朗星稀，一片晴朗的夜景。我心情大好："唐诀，我第一次发现你毒舌属性也蛮好的，看把夏颜颜气得都说不出话来了。"

唐诀解开衣服的领口："你是觉得不气你，所以蛮好的吧？"

这家伙，一点好话都不能给。

我今天心情好，不跟他计较，我笑笑："反正今天开心，我原谅你了。"

唐诀看着我，一双眼睛竟比这满天星辰还要璀璨，他笑着说："你开心就好。"

他继续牵着我的手往前走，我这时才发现我们紧紧纠缠在一起的十指，瞬间不自在起来。唐诀像是没有注意到，自顾自地往前。

"你要带我去哪？"我赶紧找话题。

唐诀步伐轻快："带你去吃晚饭。"

晚饭？对了，进入酒会到现在我只吃了两块点心，而唐诀应该也没能好好吃饭。可是这黑灯瞎火的，又不是在闹市区，而是在别墅区，去哪里吃饭？

仿佛知道我心所想，唐诀笑眯眯地说："秘密。"

一直走到小区的最外围，这里居然有一间古朴的房子，门口的招牌只是一块粗陋的木板，上面用笔写着：难吃得不得了。

真是个怪名字……我皱眉。

"进来吧。"唐诀推门而入。

眼前一亮，里面满室烛光，融融暖意格外温馨。一张木质的小桌子上摆着几盘菜，中间还有一个插着蜡烛的蛋糕！

"这是……"我惊讶极了。

唐诀为我拉开椅子，然后自己坐在了我的对面，细心地倒上酒："生日快乐，笨蛋。"

今天是——我的生日？！

我居然忘记了！我很快反应过来，那么不久之前不是唐诀的生日吗？可是……我却完全没有放在心上。

我低下头："对不起啊……你的生日我给忘了。"

唐诀不在乎地耸肩："没关系啊，你一会儿补偿我就好了。"

"怎么补偿你？"切一块最大的蛋糕给你吗？

唐诀笑着："你吹蜡烛许愿的时候，就许'我今年一定要嫁给唐诀'这个愿望，就算补偿我了。"

我大窘："胡说八道。"

"来吧，吹蜡烛，许愿。"

对面的唐诀在催我，他似笑非笑的眸子里尽是我看不懂的情愫。罢了罢了，就当是童年的游戏，许个这样的愿望哄哄他吧。

我说："我希望我今年一定要嫁给唐诀。"然后没等唐诀反应过来，我一下吹灭了蛋糕上的蜡烛。

黑暗中，唐诀的声音很无奈："余笙小朋友，你难道不知道许愿的时候不能说出来吗？说出来就不灵了。"

我装傻："不知道。"

蛋糕的味道一如既往的迷人，好像那青葱岁月的痕迹不曾有半点流失，仿佛还是那个蛋糕，还是那个生日，我身边还有这个人。

他叫唐诀，他从我有记忆开始就一直陪着我，虽然每年的生日他都来参加，但是送的礼物我却一件也记不清了。

我后来问过唐诀："你陪我过那么多生日，居然一件礼物也不送，你羞不羞？"

唐诀却更没好气地说："我每年都送了，只是你每次看都不看。"

想起这些，我笑了，对面的唐诀不解："笑什么？"

我抹了他一脸奶油："笑好笑的事。"

唐诀不甘示弱,也抹了我一脸,然后义正词严地教育我:"这是拿来吃的,不是拿来玩的。"

由衷的开心,我对唐诀说:"虽然晚了点,也祝你生日快乐。"

烛光下的唐诀仿佛是老相册里最值得回味的一角,他带着他独有的风格,在我原本已经破碎不堪的天空里画下浓墨重彩的一笔。

生日过后的第二天,唐晓找到了我。

多年后再见唐晓,我心里已经没有年少时的悸动和着迷了,虽然他看上去还是那么引人注目。唐晓见我笑眯眯的,说:"我们家老爷子想见见你。"

老爷子?唐云山?

我心道这唐家的消息果然传得快,昨天晚上酒会上的小风波也能引起唐云山的注意。我说:"找我有事?我好像已经很久没有去过你们家了。"

唐晓微笑:"但是你经常去我弟弟那儿。"

唐晓这么一说,我顿时尴尬得脸红起来:"那只是借住,借住。"

如果说唐诀是个一天到晚黑着脸的冷面阎王,那眼前这个唐晓就是个笑颜如花的好好先生。可我不认为唐晓真的是表面上看起来这么平易近人,毕竟在唐诀接手唐家在S市的产业之前,代表唐家出面的人一直是唐晓。

"我记得,你小的时候经常去我家呢。"唐晓走到身边,"现在也只是请你去叙叙旧,别的没什么,你别怕。"我和唐云山有什么旧可以叙的?难道一起吐槽小时候的唐诀吗?

唐晓啊唐晓,有没有人说你像只会微笑的大尾巴狼,还会摇尾巴的那种?

唐云山有请,我也不好拒绝,硬着头皮坐上唐晓的车。我问:"唐诀也会去吗?"

唐晓还是带着人畜无害的笑容:"你去了就知道了。"

我无语,这话不等于没说吗?

唐家的老宅还是从前的样子,只是前几年翻新过,保养得不错。从外面看去,好像和从前并没什么不同。宅院里种着郁郁葱葱的花,它们争先恐后地开着,看上去格外鲜活。

我已经有将近十年没有来过这里了,仔细看看,这里的布置换了很多,但依稀还是从前的样子,看来唐家的人还挺恋旧。

唐晓带着我上了二楼,这是我从来没有踏足的地方,一直走到一扇古色古香的大门前,唐晓停了下来,边打开门边说:"进去吧,我爸在等你。"

房间里靠着窗户坐着的人,正是唐云山!

他见我来,向唐晓点点头,我身后的大门被关上,顿时无形的压力扑面劫后余笙。

而来。

唐云山的年纪比我父亲大一轮，眼前这个在S市叱咤风云的人物已经初显疲态，他鬓发两边染上了灰白，眼角还有抹不平的皱纹。唐云山理了理桌上的东西，说："让你见笑了，这里太乱，你坐吧。"

"谢谢唐伯伯，"我以最标准的淑女姿态轻轻合着裙角坐下，"您说笑了，如果您这里算得上乱的话，那我的桌子岂不是不能见人了？"

唐云山笑了起来："你还是跟以前一样，很会说话。"

我惊讶的是他态度很和蔼，完全不像一个长辈。唐云山的眉目生得极好，哪怕是现在都能看出他年轻时必然是位出众的美男子。我仔细一看，这才发现唐家两兄弟还是唐晓长得更像父亲一些，唐诀说不定长得像他母亲。

想到这里，我突然想起好像记忆中并没有唐家夫人的印象。

我含笑微微低头："不知道唐伯伯今天找我来有什么事吗？"

其实我多少猜到唐云山的用意，我已经不是当年那个余家的大小姐了，条件只能算得上一个中产。唐诀昨天晚上那番言论，一定被唐云山知道了。我猜唐云山八成是想敲打敲打我，让我不要自不量力地高攀。

短短一句话的工夫，我已经脑补出各种桥段。

唐云山却笑笑："你父亲近来可好？"

"父亲很好，多谢唐伯伯关心。"

"我与你父亲也有近十年没有见面了，时间过得真快啊。"唐云山感慨着。

我心里狐疑，难道找我来就是为了和我在这里讨论我老爸？怎么看都觉得奇怪。我脸上依然带着得体的笑容："是啊，可惜我父亲已经出国了，不然也能常常来与您聚一聚。"

唐云山看着我："那你母亲呢？"

我母亲？是指的我的继母丁慧兰吧，毕竟我的生母和唐云山并不曾有过交情。

"我父母都在国外，他们都很好。"我淡淡地说。

唐晓说他爸找我是为了叙旧，现在看来还真是叙旧。唐云山和我断断续续地聊着，聊的内容大部分都是从前的事。

只是我感到奇怪，他似乎很关心我继母的情况，每个话题都会谈到她。

我的继母丁慧兰是个典型小家碧玉式的女人，乍一见也许不会为她惊艳，但是时间一长你就会发现你的目光只会追随着她。她身上那种温婉如玉的气质，就像一盆高洁的兰花，让你沉醉不已，真的是人如其名。

我爸经常说，你能学到你兰姨的一半，这半生也是够用了。即便我已经喊了继母为妈妈,可我爸私下里还是会这么称呼她。

就这样聊了半天,很快到了晚饭时间,唐云山留我用饭,我没有拒绝。抽空去趟洗手间的工夫,唐诀给我打了电话问我在哪儿。

"我在你家呢。"我说。

"在哪儿?"唐诀第一时间没能听明白,"你不是把钥匙还给我了吗?难不成你自己又偷偷配了一把?"

"我是说,我在你家老宅,你爸要留我吃晚饭呢。"我简单地说明。

唐诀在电话那头来了句:"什么?!"

唐家的晚餐不算很丰盛,但是温馨味十足,常阿姨是一直服务唐家的帮佣,做得一手好菜。今天能再次吃到,我感慨着这样来一趟也不亏。

唐云山坐在我旁边,唐晓则在我对面,一顿饭吃得很满足。我以为唐诀很快会来,但一直到吃完饭,他都没有出现。

吃完晚饭,唐云山让唐晓送我回去,走到门口时他说:"其实,我今天找你来想谈谈你和阿诀的事,不过现在看来已经没必要了。"

我回头看着这位看着我长大的长辈,我说:"我和唐诀其实并不像他说的那样。"

"我知道。"唐云山点点头,"我的儿子,我了解。"

这话说的啥意思?我一头雾水。这是表示他知道唐诀在单相思?这口气也不对啊。

我坐上唐晓的车,一路回到市区,在快要到家的时候我说:"就在前面停车吧,我想散散步再回去。"

唐晓见这里已经是市区中心位置,便停车与我告别:"路上小心,再见。"

S市的夏天永远是这么热闹,现在时间还早,路上到处都是行人。我沿着路边逛着,拐进了街边的小花园,想从这里抄近路回去。

小花园里人不多,光影从树丛里穿过,显得格外静谧。

突然有人从我身后扯住了我的胳膊,没来得及反应,我只觉得头部剧烈一疼,顿时意识全无……

清醒的时候,我眼前一片黑,有人把我的眼睛蒙上了,还堵上了我的嘴,手脚也被捆了个结实。我后脑一直在隐隐作痛,只觉得头发那里黏糊糊的,心里一下害怕起来,我不会就这样失血过多挂了吧?我还不想死呢!

想想真是流年不利,这一年我怎么这么倒霉?碰上的这都是什么事?我估计这倒霉的程度堪比战争年代的难民了,身体刚好又遇上了绑架,简直匪夷所思!

劫后余笙。

绑我干什么呢？我家已经不是当年的余家，我现在充其量也就是个中产。我也没得罪什么人啊！难道是夏颜颜？她胆子会有这么大？我想来想去没个头绪，就在这时不远处有开门的声音，然后走进来几个人。

我赶忙装死躺着一动不动，凝神听着四周的一切。

一个男人说："这女人怎么弄？"说着他用脚踩着我的大腿推了推，"身材还不错嘛，小姐那头怎么说？"

另一个说："暂时别动她，等小姐来了再说。"

第三个人说："小姐什么时候来？"

第二个说话的那人回："等风头过去吧，放心好了，这里安全得很，不会有人发现的。"

小姐？好了，基本可以确定主谋是个女人。那会是谁呢？我屏住呼吸静静等了好一会，这几个人才离开。听着大门被锁上的声音，我的心沉到了谷底。不管怎么说，先要看到这里是什么地方才好决定下一步怎么做。

我扭动的时候发现左手也疼得很，费了好大力气总算坐了起来，疼得我直喘气。他们将我的手捆在身后，我只能屈膝坐着，用膝盖一点一点蹭开蒙在眼睛上的东西。想着简单，做起来太难了。我应该感谢自己今天穿的不是裙子，是条长裤。

脖子几乎都快累断了，我才蹭开右边的一点点，透过这条小缝我朝四周看了看。这是哪？四周黑漆漆的一片，几乎伸手不见五指，周围听不见任何车辆经过的声音。往高处看，只有一扇高高的窗户，有几丝光线从那里透进来。

我初步判断，这是个仓库，除此之外我再没能得到其他有用的信息。我随身的小包也不知道去哪了，估计手机也不在身边。

心底涌起了一股绝望，手脚上的绳子我是解不开了，蒙眼睛的东西也不能完全弄掉，就算我现在能喊，估计这荒郊野岭的地方喊破喉咙也没人听见。

要怎么办？

我突然冷静下来，既然没办法脱困，不如现在养点精力。我挪到一面墙边靠着，周围全是蚊子在围着我飞，咬得全身痒得不行。

实在是太累了，我终于没能坚持住还是睡着了。在这种地方，我也不能睡得很踏实，做了好多乱七八糟的梦。脑袋正浑浑噩噩的时候，突然耳边一声巨响，我被惊醒了。

容不得反应，我身边突然走来了许多人，我被拽着胳膊架了起来。我努力要从那道细缝里看清来人是谁，可是我只能看到他们穿着黑色的衣服，再想看清脸就不行了。

我被架出了仓库,一直被带到一处空旷的地方,然后他们解开我手上的绳子。其中一人说:"这次是小姐心好放了你,你最好警醒着点,别惹不该惹的人。再有下一次,你就没那么好运气了!"

说完,他把我往前一推,因为我脚上的绳子没有解开,根本站不稳,下巴着地摔得生疼,还好身下是一片烂泥,不然更疼。

我连忙扯开蒙住眼睛的黑布,挣扎着爬起来解掉绳子站起身,此时我身后早已空无一人,只有一片两米多高的芦苇荡在我眼前晃着它们白色的花蕊。环顾四周,这是一个大湖边,耳边只有偶尔几声鸟叫,闻不到半点人烟。

我衣服上沾满了烂泥,手腕脚踝处都是被绳子捆绑过留下的伤痕。我没别的方向可以选,咬咬牙向芦苇荡深处走去。

也不知道走了多久,终于走出了那一大片的芦苇荡,我远远地看见在我左前方有一栋废弃的仓库,那估计就是关我的地方了。

我走到仓库门口,只见大门开着,里面静悄悄的,只有一些废旧的工具和叉车。我得进去看看,说不定能找到我的手机。

我鼓足勇气进去,在里面翻找了许久。突然我眼前一亮,在一个不起眼的角落里,有一个墨绿色的女式皮包,那是我的。

打开皮包翻出手机,我满怀希望地点开,这里信号好差,我刚想打电话求救时,手机没电了!我看着屏幕一暗,然后全黑,心都凉透了。

这下要怎么办?

我发誓我要是能平安回去,我一定去S市最大的庙宇,然后捐好多香火钱,烧烧香翻翻运,这简直太倒霉了!

我知道自己不能坐以待毙,看着这个天色应该是中午的时候,如果没办法打电话,那就试试附近有没有公路吧。

我忍着疼,一步步继续往前走,此时我早已没有方向感,完全凭直觉的往前走。走了不知多久,总算看到了一条公路。

谢天谢地!我激动得几乎要落泪,有路就肯定会有车,有车就肯定会有人!

事实证明是我想得太乐观了,有公路不假,但是这路上的车子少得可怜。我那么努力地招手,就是没有一辆停下来。不愿意载我,告诉我这里是哪也行啊。好过我一个蒙头瞎子乱转悠的强啊!

沿着路往前走,直到快要天黑时,我才看见前方有交警设的检查岗。

幺幺零!亲人啊……

劫后余笙。

我快步往前小跑了过去,就在这时,一个站在交警身边的男人转过脸对着我,是唐诀!

他的眼里立刻迸发出狂喜的神采,向我快步走来。我一个踉跄,直接栽进了他的怀里,一身脏兮兮把他干净的白衬衫都弄黑了。

"唐诀……"我以为我会昏倒,但实际没有。可能是最近遭遇的事情太多,神经已经大条。

"你可急死我了。"他完全不顾我浑身的脏,一把将我揽在怀里搂得很紧。

靠着唐诀坚实的胸膛,我这才放声大哭:"有人绑架我,报警报警!"

唐诀的手摸到我的头发,我叫了起来:"好疼!"后脑处的伤还没处理,我没半路上挂掉,真是老天保佑。

唐诀黑着脸带我去了医院,医生给我清洗了伤口,然后上药包扎。我龇牙咧嘴疼得直哼哼,唐诀倒没有再毒舌,只是紧紧握着我的手,好像要替我分担一部分痛苦。

医生说:"只是皮外伤,连缝针都不用的。"

我不相信:"你确定吗?我被打晕了过去的。"

医生又说:"不放心可以照个片子。"

在医院一番折腾后,我总算放心了,身体没问题就好,身体才是革命的本钱呀!唐诀牵着我的手坚持要送我去他家老宅,他说:"你是在你家附近被袭击的,说明那里不安全。"

我无言以对,唐诀说的很有道理,可我还在扭捏。唐诀又说:"你是我未婚妻,住在那里合情合理。"

看着唐诀的眼睛,我突然一句完整的拒绝都说不出来,只任由他牵着我坐上车。因为我失踪,唐诀报了案,明天我还得去做个笔录。

回到唐家的时候,已经夜色深深,精神紧绷的我洗干净了全身,换了件衣服后,没多久就睡了过去。早上起来才发现我穿的是唐诀的睡衣,墨蓝色的棉质睡衣下摆一直挂在我的大腿上。

我要怎么出去呢?

卫生间里,我昨天换下来的衣服已经被拿出去洗了,我穿什么?

正想着,唐诀拿着一包衣服进来,我吓得跳进被窝里瞪着他。唐诀面不改色:"换上,我们走。"

从警局出来,我随手买了一份报刊亭的新闻来看。我主要是想看看我有没有上报纸,毕竟在闹市区被绑架,怎么也得算有爆点吧!翻来翻去没看到,反而看到了内页里的八卦新闻,我指着上面的图对唐诀说:"这是你呀!"

唐诀脸黑得不行:"这种新闻少儿不宜。"

我再仔细看,原来是写唐诀和李小曼的绯闻。

这个李小曼我也有所耳闻,她应该也是大家出身的女孩子,却投身了演艺圈,拍过几部反响不错的电视剧,这会儿正是蒸蒸日上。

我看着唐诀坏笑了一下:"绯闻哟。"

唐诀不自然地清了清嗓子:"乱写的。"

因为我出了被绑架的事,唐诀开始每天接送我上下班,然后将我送到唐家老宅,他才安心。时间一长,我就表示抗议了,唐家老宅远在S市的郊区,这里的别墅是很高大上啦,但是太过偏僻。每天除了上班,我就得在这里发呆度日,实在是百无聊赖。

这天,唐诀又将我送回唐家老宅。刚下车,我一眼就看见一位身材婀娜的妙龄女郎站在路边,她一身绿色,看上去格外清爽可人。

"阿诀,你回来了。"女子弯起眉眼,十分娇俏。

唐诀却淡淡的:"你有什么事吗?"

女子的眼里一阵落寞:"没事就不能来找你吗?"

我仔细看了看,这妹子不是那个李小曼吗?我瞥了唐诀一眼:"人家来找你的。"

唐诀回瞪我:"先进去,我马上来。"

我心里有些不舒服,向老宅的里面走去,唐诀又叫住我,将他的手提包递给我:"给我带上去。"

旁边的李小曼看见这一幕,眼神黯淡了下去:"这是……"

唐诀没给她问我的机会,说:"关于投资的问题,我想我之前已经说过了……"

我还想再听多一点,可拐进了老宅里,外面的声音就几乎听不到了。我只看见李小曼一开始笑着,然后带着难过,最后含着眼泪和唐诀再见。

唐诀走进来,眼底全是笑意:"看够了吗?"

我摇摇头:"她真人比电视上的还要好看呢。"

唐诀却批评我:"什么审美?!"

因为我住在这里,唐诀也开始天天回家,虽然唐云山不说,但我能感觉到这个六十多岁的唐家老爷子很开心,饭量都比我刚来的时候多了一半。

唐晓也对我表示歉意,他说如果那天他坚持送我到楼下,也许就不会出现这样的事了。

我说:"没有一辈子防贼的道理,就算你送我到楼下,他们也可能在楼劫后余笙。

梯间动手；就算你送我进家门，他们说不定还能爬窗户。"

我的伤已经好了，可那天的事却始终没能抓到凶手，每当想起这个我都惴惴不安。黑暗中，仿佛有我看不见的手在推动这一切。

绵绵雨夜，被雷声惊醒时，我才发觉，这是在唐诀的家里，这是他的身边。

我原以为李小曼的出现只是昙花一现，但很快这个想法就被推翻了，只要我和唐诀能够单独在一起的时候，她总会冒出来。

而唐诀的态度也变得十分奇怪，他总是看着李小曼，眼里若有似无带着莫名的探究。每当看到他这个表情，我心里暗自一阵酸涩。

我是怎么了？我是在在意唐诀吗？我在吃醋？

我独自沉默了许久。

是啊，我现在和唐诀是什么关系呢？他是向我求过婚，可我并没有答应他。我突然警醒，原来从婚姻的牢笼里走出来，我是真的把唐诀当成了手里的救命稻草。我开始依赖他，开始习惯他，甚至开始心里有他……

我问自己，我是真的做好准备接受唐诀的感情了吗？

答案是无解，我心依然一片茫然。

我还是决定从唐诀家里搬出去，只是我不想让他现在就知道，所以我开始一点一点地收拾东西。面对李小曼的时候，我也尽量平和心态，争取做到视而不见。虽然每次看见她围着唐诀打转的时候，心里还是蔓延出了一丝难过。

这天在咖啡厅，李小曼一身简单的白色上衣配牛仔的热裤，整个人看上去活泼而又可爱。她笑着对唐诀说："我在这里拍外景，陪我逛逛呗。"

唐诀没有说话，反而看着我。他的目光锐利，我低下头喝着手里的咖啡，不敢直视他。

李小曼却笑意盈盈地说："可以借他一会儿吗，余小姐？"

我看着她，她的眼里多了一丝不屑和挑衅，很好地隐藏在她的笑容之下。她笑了，露出洁白的牙齿，看上去天真无邪得很。

心头一紧，我若无其事："随便他。"

唐诀只是看着我，半响对李小曼说："走吧。"

看着两人远去的背影，我站在原地良久没有任何动作，直到手里的咖啡变冷，直到夕阳就快要落下。一阵晚风吹来，我还是没看到唐诀归来的身影。

我长叹，再也没能掩饰住内心的难过。此时此刻我才发觉，原来唐诀已经在我心里占据了一个举足轻重的位置了。我不愿看见他被抢走，甚至想要独占他。

这是喜欢吗?

我曾经以那么浓烈的爱去包容梁修杰,可那些经验放在唐诀面前显得多么幼稚可笑。唐诀不是梁修杰,他会毒舌地和我互怼,也会温柔体贴地轻声软语。他只求过婚,却没有向我正式告白过。

我苦笑,余笙醒醒吧,都这么一把年纪了,经历过婚姻的大风大浪,还在奢求一个小小的告白吗?

独自回到唐宅,我越发坐立难安,唐诀还没有回来。没有唐诀的唐宅,在我看来更像个让我如坐针毡的牢笼。在这里,我没有任何立足之地。

看不到唐诀的身影,我心凉一片,拎起早就收拾好的行李,我打开房门。门外站着一个人,吓了我一跳。

他身上带着些许酒气,暗光下我只能从他的轮廓分辨出他是谁。

"唐诀!?"他不是没有回家吗?我回来的时候特地去过他房间,外面也没看见他的车。

昏暗中,唐诀眼睛却很亮,他看见我手里的行李箱一把夺过丢在一边,然后将我推入房间,随手关上了房门。

"唐诀……"我有些害怕。

"为什么?"他问我。

"我、我只是想老是住在这里不太好,这毕竟不是我家。"我低头轻声说。

唐诀的声音淡淡的:"那怎么样才能算是你家?明天我们去领证,这样可以了吗?"

我眼泪一下涌出:"唐诀,你为什么总是这样?"

唐诀突然怒道:"你是白痴吗?我为你这么多年,你就当真一点都不知道?!"

我也生气了:"我什么都不知道!你总是说结婚结婚的,谁知道你什么意思?"擦了一把脸,我看着他,"我不是小女孩了,我受过伤,我遭遇过背叛,我离过婚,你那一套对我没用。"

唐诀也看着我,过了一会儿他说:"我就问你,你明天愿不愿意和我去领证。"

我难以置信地看着唐诀,这货是白痴吗?还是喝酒喝多了,耍酒疯说胡话?

见我不回答,唐诀哼笑了一声:"你果然是个胆小鬼,只不过是被一个不值得爱的人伤害,你就变得这么畏首畏尾。"

111

我咬紧牙："好啊，唐诀！你可别后悔，领证就领证！"

唐诀大手向我面前展开，说："户口本身份证拿来，明天别想临阵脱逃。"

脑袋一热，我立马从包里拿出这两样放在唐诀的手心里。直到唐诀离开房间，我才冷静下来，天呐！我刚才说了什么？

明天要跟唐诀去领证？我想我是疯了……

一夜无眠，早上我顶着一对熊猫眼出现在餐桌边。一旁的唐诀早就春风满面，唐云山和唐晓看看他又看看我，两人默契地一言不发。

唐诀耍起小孩子脾气，说："你们为什么不问我为何这么开心？"

我在旁边偷偷翻了个白眼，你当别人也是小孩子，你叫问就问啊。

谁知，唐晓笑着问："你为什么这么开心？"

还真是一家人，我无语。

唐诀满足地吃完嘴里的面包，说："今天我要跟小笙去领证。"

第六章 道高一尺，魔高一丈

我手里的筷子差点没拿稳，忐忑不安地看向唐云山。这位唐家老头子似乎早有准备，完全没有半点慌张，只是慢慢地喝了口粥，说："那你是下班了去，还是吃了早餐就去？"

"吃了早餐吧，等下班万一赶不上呢？"唐诀吃得很欢，回答得更欢。

我在一旁喝着牛奶，脑袋早已乱成一锅粥。我现在就是想逃也很难了，两样安身立命最重要的证件都在唐诀那里。我暗自恨道，昨天晚上陪唐诀抽什么风啊！

唐诀很快吃完了早餐，在一旁盯着我慢吞吞地吃，我硬着头皮吃下最后一口粥。唐诀不由分说地拉着我走出大门，他把车开得很快，全身上下散发着一种很开心的情绪，我原本犹豫不安的心也很神奇地渐渐平稳了下来。

到了民政局，拿出证件，我和唐诀分别签字。拿笔的手有些颤抖，心更是忽上忽下地跳得厉害，唐诀凑到我耳边说："你小心点，别写错了名字。"

我都能感觉到他说话间的热气扑在我的耳朵上，惹得我指尖一抖："哎，你别靠那么近。"

签完字，又去拍了照，和唐诀一起念了誓言，终于我们拿到了两本崭新的红本本。我翻看着手里属于自己的那一份，照片上的唐诀笑得如此欢快。

他是真的很开心……

唐诀很兴奋，拉着我的手走出民政局的大楼，边走边说："下面就是筹办婚礼了！对了，还要通知你爸妈还有丁萧。"

见他有些开心得语无伦次，我突然说："唐诀，你可不可以答应我一个条件。"

唐诀询问地看着我，我说："我们能不能缓一阵子再办婚礼？"

兴奋的表情在唐诀脸上凝固了，他想了想还是答应了我："好。"

不是我故意给唐诀泼冷水，而是我觉得我和他这么冲动就领证了，我已经是无所谓了，可我不能害了唐诀。没有办婚礼，一切都是隐秘的，如果唐诀以后后悔也有补救的机会。

和早上出门时的开心不同，我和唐诀回来的时候，唐诀明显有点情绪不高。唐晓打趣说："怎么了？今天民政局没上班吗？奇怪，又不是周末，怎

劫后余笙

么会没上班呢?"

唐诀没好气道:"领过了。"

然后他牵着我的手走上了二楼,把我的东西都搬进了他的房间。我先洗完澡躺在了床上,心脏像小鹿乱撞一般。这不是第一次和唐诀睡在一起了,可是这次我们是名副其实的夫妻。

唐诀洗完了,他头发湿漉漉的,穿着一身睡衣,眼睛因为湿润而格外明亮。他拿着毛巾擦了擦头发,然后坐在我的脚边。

我看着他,有些紧张。作为一个成年人,我清楚地知道并认同夫妻之间有完成啪啪啪的义务,可一想到今天就要和唐诀怎么样,我紧张得不行。

唐诀没有理会我,他抱起我的一只脚,伸手替我揉了起来。

我立马紧张地问:"你在干什么?"

"我看你下班的时候走路很累的样子,帮你揉揉。"唐诀轻声说。

听到这话,心里一阵暖流涌起。是的,今天的工作特别忙,我踩着一双高跟鞋跑上跑下,一双脚早已累得疲惫不堪,连带着小腿都在疼。

没想到,唐诀居然注意到了。

他的手带着男人特有的温度,一下下揉得我舒服极了,白天累积的疲倦仿佛被一扫而空。我躺着看着他的背影,有种难言的感觉。

我和唐诀领证了啊……怎么这么不真实呢?

是那个我从小就认识的唐诀吗?兜兜转转十几年了,没想到最后在他身边安顿。我突然很想过去抱着他,但我忍住了,伸手用被子蒙住头。

唐诀给我揉了一会儿,然后关灯钻进了被窝,伸手从我背后抱着,将我搂进了他的怀里。他没有说话,我的耳边只能感觉到他渐渐轻柔的呼吸,带着唐诀身上特有的味道,一点一点将我包围。

领证的第一夜,我们什么也没做,躺在床上抱着,睡了个彻底。

早上起来的时候,唐诀吻了吻我的耳边说:"我想好了,下周我们搬回市区,过我们的二人世界。"

我脸一红:"好。"其实我也想搬走,这里毕竟是唐家的老宅,还有唐诀的老爸和唐晓住着,总觉得不自在。

唐诀办事向来是雷厉风行的,很快唐家另外两个人就得到了通知,唐云山没有表现出不乐意,反而是唐晓有些怨念。

已经决定了要搬回去,肯定是住唐诀的那套房子,反正够大住得下。我把新买的公寓租了出去,每个月多了一笔收入,也算不错。

不过唐诀的公寓里全是单调的黑色、灰色和白色,最多再来个灰蓝色。这样的色调,我很不喜欢。这个周末,我拉着唐诀上街买布置家里的东西。

唐诀很乐意，他一直牵着我的手。小到桌布花瓶，大到梳妆台，他都一一亲自过问，买单的人是他，最后敲定的人是我。很快这些东西被运到了家里，我和唐诀亲自动手布置，这下这套房子总算有点烟火气息了。

我看着家里的东西，说："再去买点小玩意吧，卫生间里用的。"我特别喜欢充满生活情调的创意小家居物品，而唐诀则是一贯倾向于简单实用。

不过他笑着说："好，顺便我们去吃晚饭。"

在家居店里逛了好久，我们订了一堆小玩意，约好明天送货上门。然后唐诀拉着我去吃饭，逛了一天我实在是饿坏了，便和唐诀挑了一家面店坐下来吃拉面。

这里不是什么高档的餐厅，因为是周末，旁边的情侣很多，我和唐诀吃得很开心，此时此刻我也真的有点重建新家庭的真实感。

正吃着，突然旁边站了一个人，她惊讶着说："阿诀哥哥，你怎么吃这个呀？"

我抬头一看，这个戴着大墨镜、几乎遮去一半脸的女子正是李小曼！

我心里奇怪，她不是混演艺圈的嘛？不去拍戏，怎么有这么多时间闲逛？我低下头喝了口面汤。反正不是找我的，我不开口。

唐诀看着我，然后微微皱了一下眉，说："我们这里是情侣座，你要是想吃去别的位置吧。"

唐诀显然是故意忽略了李小曼话里的意思，李小曼尴尬起来："你喜欢就好……毕竟你平时也不怎么吃，尝尝鲜嘛。"她说着还意有所指地看了看我。

她说的尝鲜是指的我？我心里好笑。我和唐诀都认识这么久了，早就不鲜了，能不嫌就不错了。

唐诀吃完了，用纸优雅地擦了擦嘴角："李小姐，你站着不累吗？你是公众人物，稍微注意一点形象。我还不想让我哥签了你之后，亏得太惨。"

李小曼的脸色一下变了，她的眼睛藏在墨镜后面看不出什么表情，但是她的敌意却很明显。到底不是青涩的小丫头，李小曼很快调整好了情绪，说："是我打扰了，看见老朋友有些激动。那——下次再见吧。"

看着李小曼离去，我酸酸地说："老朋友？有多老？"

唐诀伸手捏了一下我的鼻子："没有你老。"

"你说谁老啊？"我立马反驳。

唐诀后来告诉我，这个李小曼是他出国留学的时候在同乡会里认识的。因为远在他乡，这样的关系更容易发展朋友。但后来，唐诀发现李小曼似乎对自己有不一样的感情，唐诀选择了渐渐远离，最后归国的时候也没告诉李劫后余笙。

小曼。

我撇了下嘴角："那她是怎么知道你家在哪的？"

唐诀却笑着问我："你是不是在吃醋？"

老实说，到我这个年纪再把吃醋这样的状态随便挂在脸上，有点为老不尊的尴尬感。唐诀这么问，我只回了他一个白眼。

生活开始重新扬帆，虽然眼下我不确定和唐诀能走多远，可我确定的是现在的状态我很满意。既然我和唐诀牵手了，那我就要努力走下去。

唐诀的工作注定了他会很忙，家里刚刚布置完没两天，他就和唐晓一起出差了，唐氏集团只有一个唐云山坐镇。

唐诀走之前说过，他这次去最多一周就会回来，目的地在离S市将近一千公里的帝都，主要是去参加今年的青年企业家峰会。如果遇到有合作意向的公司，还能为唐氏集团带来新的机遇。总之是打名号在先，寻求合作在后的活动，对于企业来说这样的盛事自然多多益善。

这回唐家两兄弟一起去，也说明了他们对这次峰会的重视。

唐诀已经离开五天了，这期间他只有晚上睡觉前才有空给我打电话说一声晚安，因为唐家兄弟俩都不在，所以我自觉地开始每天回唐家老宅，陪老爷子唐云山吃晚餐。

这天，唐云山不在家，到了傍晚时分才来电说了临时有应酬，我只得和常妈一起用晚餐。吃了晚饭，我独自在唐诀的房间里待着，实在无聊就起身去了书房想找些书来看。

唐家二楼有一间书房与唐云山办公的地方隔开，我不会进入老爷子的私人禁地，只是在这间书房里晃了晃。突然，我在书架上看到了一本书，书名是《兰心》，是一本诗集。

这本书莫名让我觉得眼熟，抽出来一看，发现这本诗集的封面处用钢笔画了两个圈，歪歪扭扭地写着"苑心"二字，只是因为时间久了，这两个字的颜色已经褪了不少。看着这两个字，我脑海里的回忆像打开了开关的水闸，一下汹涌而出。

如果我没有记错，这本名叫《兰心》的诗集应该一开始是在我家中的，因为封面上这两个歪扭的字，正是出自年幼的我之手！

犹记得那一年我拿着父亲的笔在这本诗集上写下了母亲的名字——苑心。那会儿我才刚刚学会写这两个字，便在家中每一本书上都试着写。但父亲却因为我在这本诗集上写了字而大发雷霆，如今记起来都十分清晰。

虽然如今我对母亲已经几乎没什么印象了，但家里的照片中只要有她的身影，那么照片的背后肯定会留下母亲的名字。

那是父亲的笔迹，而母亲的全名就叫做宋苑心。

我翻开了这本诗集，里面的诗在今天的我读起来颇具现代风，文笔清新并不华丽，却在字里行间透着写诗人给予的美好和期望。

与其说是一本诗集，倒不如说是一本日常感想的随笔。我翻到一半时，书中夹着的一张老照片掉了出来。

这张有些泛黄的照片里并肩站着两个人，捡起来一看，我居然都认识。照片上的两个笑颜如花的年轻女子，一个是我的母亲宋苑心，另一个则是我的继母丁慧兰。

"兰心……"我默念着诗集的名字，翻到封底看了看，发现封底一片空白。没有标价也没有出版社的编码，只有一朵兰花的抽象标志，端端正正地落在封底的正中央。

这说明了一点，这本诗集不是市面上出版发行，可以自由购买的，而是个人委托印刷出的珍藏小册。

为什么这样一本诗集会出现在唐家呢？这诗集叫《兰心》，是不是就是取自我母亲和继母的名字？

我突然想起那天唐云山问起我继母时的场景，按说从关系上来看，唐云山应该是与我父亲关系更好，应该是通过认识我父亲才认识了我继母丁慧兰。一般情况下，他不会单独过问我继母的情况，可那一天他却不止一次地提到她。

难不成，唐云山是一开始认识丁慧兰，而后才认识了我父亲？可新的问题来了，从诗集里藏着的旧照片来看，显然我继母和我母亲是很早之前就相识的。可能不仅仅是相识，她们的关系应该非常要好。

我看着手里的照片，心里有点乱，莫名其妙又想起了那天夏宗成对我说的话，他说：唐家的崛起和你们余家的没落有非比寻常的关系。

这其中究竟是有什么样的曾经呢？

我突然很想问问父亲或者唐云山，思来想去后，我还是压下了这样的想法。轻轻放回了诗集，我回到房间。

此时夜已经很深了，唐云山还是没有回来，我躺在床上迷迷糊糊地睡着了，时不时梦到儿时的自己。就这样，睡了不知多久，我猛然睁眼时，早已天色大亮。

整个唐家老宅静悄悄的，我心下不安，快速洗漱完下楼，却没有看见唐云山的踪影。楼下厨房里，常妈已经在弄早餐了。

我又折回楼上，敲了敲唐云山的房门："爸……你起来了吗？"

回答我的是一片安静，我轻轻扭动门把打开了门，房间里还是一片整齐劫后余笙。

的模样，唐云山没有回来。

我猛然想起，昨天晚上唐诀也没有给我电话！我赶忙拿出手机拨通唐诀的手机，那头响了半天却无人接听。

还没起来吗？我连打了两个都没有回应。

我匆匆吃完了早饭，打算绕道去唐氏集团看看。开着车，快到市中心时，我一眼看见了露天电视大屏幕上滚动的新闻：唐氏集团总裁唐云山昨夜突发心脏病！现在唐氏旗下医院救治！

唐云山？心脏病？我的心一下揪紧，快速地思索后我还是把车开向了唐氏集团。

唐氏集团里一片混乱，老爷子唐云山病倒了，两位副总都不在，就连前台接电话都手忙脚乱。我径直走进唐氏集团的办公区，只见里面一个年约四十的男人在说："把手头上的工作都交接好，等会儿会有人来处理。交接好了的，就可以去办离职了。"

这人话刚说完，办公区里一片哗然，此时旁边一人开口道："有什么不服的？可以去和人事说，公司到底是姓唐，难道老总想裁员还得听你们的不成？"

这人看上去比刚才那男人年长，目光里透着锐利，一脸不好相处的样子。这人我好像在哪见过，仔细一想有答案了。这不是多年前与唐家分家的唐云海吗？

唐云海是唐云山同父异母的弟弟，也是唐晓唐诀两兄弟的亲叔叔，当年唐家崛起没多久，唐云海就吵着要分家。那会儿闹得满城风雨，我也见过他几次。我父亲曾经提起过，唐云海此人贪心不小、能力欠缺，如果当年唐家掌舵的是他，那么就不会有今天的唐家。

唐云海叫嚣着说："你们利索点，早早地拿了补偿走人，晚了就没这么好说话了。"底下的员工纷纷抗议着，唐云海置若罔闻。

只见从唐云海身边又站出来一个人，她娇笑的模样不是夏颜颜又是谁？！

夏颜颜微笑着："唐叔叔，别生气，现在唐氏只靠您做主了。"她说着又对员工说道："唐氏现在面临危机，如果不到万不得已也不愿这么突然地裁员，你们都是唐氏的员工，应该多体谅。"

我冷笑，唐云山才刚住院，唐晓唐诀只是出差，这在夏颜颜的嘴里就变成唐氏危机了。

我实在听不下去，说："夏小姐的手未免伸得太长了吧？这是唐家的事，请问你是唐家什么人？"

夏颜颜一见是我，一点不胆怯，只是看着身边的唐云海，唐云海道：

"这是我的干女儿夏颜颜,你又是什么人?唐家的事什么时候轮到一个陌生人置喙?"

"噢,干女儿。"我慢慢走到夏颜颜面前,"我居然不知道唐家多了个女儿,看来我公公是没把你这个干侄女当回事了。"

夏颜颜皱眉:"余笙,你别以为唐诀说你是唐太太,你就是唐太太了。唐家的大门不是这么好进的,唐诀到现在有说要娶你吗?你们办婚礼了吗?"

我笑笑:"是呢,你说得没错,我们是没有办婚礼呢。因为领证太匆忙,还没安排好。怎么?夏小姐是急着要吃喜酒了?"

夏颜颜面色一僵,唐云海在一旁眯起眼睛:"我侄儿和你结婚?我怎么会没收到消息?"

夏颜颜立马笑道:"是啊,别不是出来骗人的。要知道现在想攀富贵的女人可不少呢!"

我直视着唐云海:"唐叔叔,如果我没有记错的话,早在多年前您和我公公唐云山就已经分道扬镳了。因为唐氏企业的股份问题,你被唐家赶出门,我相信您不会不记得吧?"

没等唐云海喘气,我继续说:"所以,我们家办不办喜事也不会有人通知您。再说了,我公公也就是您亲哥哥那年过寿,您不也没出现在S市吗?怎么今天我公公病了,您来得比谁都快呢?"

唐云海被我一连串的发话憋得脸色都红了,他怒道:"你是从哪里来的丫头片子?敢管我们唐家的事?"

我点头:"说得不错,那么您又凭什么站在这里要解雇我唐氏的员工呢?"我顿了顿,笑起来,"您有任职书吗?是公司的股东吗?还是,我公公临时授权给您了?啊,说起来,您去过医院看过我公公了吗?"

唐云海怒极:"就凭我姓唐,难道不能管吗?这唐氏又不是他一个人的!"

我沉下脸:"不好意思,唐氏就是我公公这一脉的,与他人没半毛钱关系。你想解雇员工?拿出你的凭证来!"

我笑着嘲讽道:"你姓唐?唐伯虎还姓唐呢!"

唐云海瞠目结舌说不出一句话来,简直傻了眼。

我又大声说:"公司的保安呢?以后看见这些人给我打回去,不准他们迈进唐氏集团的大门一步!"

夏颜颜怒道:"余笙,你凭什么?"

我笑道:"凭我是唐太太,怎么?要看结婚证吗?"

夏颜颜傻在原地,她没想到我会这么说吧。看来我长久地隐藏锋芒已经

119

劫后余笙。

让这些人忘记了我的本性，我余笙从来就是不肯吃亏的主。唯一能让我心甘情愿吃亏的，只有一个原因，那就是对方是我爱的人。

"保安，把他们赶出去。"我慢悠悠地说。

保安立马回神，和几个不甘被辞退又性子冲的员工一起，将唐云海和夏颜颜等人推出了唐氏的办公区。

唐云海气得直跳脚："你给我等着啊！臭女人，你看我以后怎么收拾你！这么目无尊长，你还是不是人了?!"

我冷眼看着他们离去，然后安抚好办公区的员工，又叮嘱了保安前台，找了几个能主事的人暂时控场。看来我先来这里是正确的，眼下的风波暂息，我得去趟医院。

去医院的路上，我又尝试联系唐诀，他的手机居然关机了。再打唐晓的电话，一样也是关机。

如果他们真的出事了，新闻肯定早就爆出来了，所以不应该是出事，那会是什么情况？我百思无解，很快将车开到了唐氏旗下的医院。

唐云山就在这里！

医院门口都是记者，我此时很庆幸和唐诀还没办婚礼，不然这个架势我是肯定挤不进去的。唐云山在顶层的贵宾病房里，病房外被隔离得很安静。去病房之前，我绕到主治医生那里了解情况，得知并无大碍这才去病房探望。

在门口的护士站登记后，那位小护士狐疑地看了我一眼："你是家属吗？"然后自言自语："奇怪，又是一个唐家儿媳。唐家兄弟都结婚了吗？"

我点头，一时没听明白她话里的意思。

等我走进病房才了然，只见病床旁边坐着一个女孩，她听见开门声回头，居然是李小曼！

唐云山躺在病床上看样子还没清醒，李小曼抹了抹眼角，轻声说："唐伯伯，你要快点好起来，不然阿诀会担心的。"

我冷眼看着她，只见她眼下微微泛着青黑，俨然在这里守了一夜。李小曼起身对我点点头："阿诀哥哥没在，唐伯伯身边总得有人。"

我没有说话，只是轻轻点头："谢谢。"

李小曼脸色一白："这是我应该的，不用谢。"

好一句应该的！李小曼此时眼眶里含着泪，却始终没有落下，一副心疼的模样。如果我是一般男人，肯定会拜倒在她的石榴裙下，不愧是冉冉升起的影视圈新星，有两把刷子。

李小曼拎着包离开，我守在唐云山身边，手里握着手机，生怕会错过唐诀与我的联络。唐诀不在,我一定要守住唐家,这是为了唐诀。

唐家已然是S市商界的庞然大物,如今这个庞然大物突然群龙无首,身边多少人虎视眈眈都想分一杯羹。也许当年我余家也是这样,只可惜那会儿我没有力挽狂澜的能力,只能眼睁睁地看着家中没落。

我一个人发着呆,突然手机响起,我一看,是唐诀!

又惊又喜又带着一点生气,我赶忙快步走出病房,按下通话:"唐诀,你在哪?"

可是唐诀那边的信号似乎很有问题,断断续续我只听到了一句:"我很快回来。"电话就断了,再打过去就是信号不通的提示。

好不容易盼来的电话,就这样结束了。我强按下心底的不安,一直守到医院的护工来我才离开。

第二天一大早,我还没到医院就看见了早报上的内容:当红小花李小曼与唐家少爷早已成婚!医院秘探公公唐云山!

下面的配图居然是昨天李小曼离开医院时的景象,只见她抹着眼角,一副伤心的模样,被那些狗仔们拍了个正着。

"真会演呀……"我看着报纸自言自语。

其实对我来说像李小曼这样演戏是再简单不过的事了,从小耳濡目染,但却不屑一顾。要知道夏颜颜是其中的高手,我不明白的是明明一眼就能看穿的把戏,男人们却趋之若鹜似的痴迷。

到了医院,李小曼还在,楼底下的狗仔们跟打了鸡血似的依旧围观。要不是因为医院禁止他们入内,只怕是病房外都是他们的身影了。

也是,昨天李小曼匆匆离去,没有留下只言片语,今天的报道还得加紧。当红偶像明星和S市炙手可热的钻石级单身汉,狗仔为了这两位的娱乐版头条不可谓不拼,为了奖金嘛,我也能理解。

下了车信步走向住院部的大门,这时几名记者迅速围了上来,叽叽喳喳地问:"请问您也是来探望唐总裁吗?您知道李小曼小姐和唐家的关系吗?您知道现在唐诀先生在哪吗?"

这些娱记真是疯了,我笑笑说:"我只是来看我公公的。"没得到意想中的答案,他们纷纷离开,让出了一条道。

我可没撒谎,我只是换了个方式来说而已。

病房里,唐云山已经醒了,坐在病床上休息。他对面是李小曼,她正笑眯眯地说着话:"唐伯伯真是说笑了,我父亲和您也是旧相识,我来看望您是应该的。"

唐云山笑着点头:"劳烦了。"他一扭头看见我来,脸上的表情并无劫后余笙。

波澜。

唐云山的回答显然没能让李小曼满意，但她也不好直接开口要求，唐云山问我："联系到唐诀了吗？"

我摇头："今天没有。"

有李小曼这个外人在，我不想说太多关于唐家的事。唐云山混迹商界多年，当然能听出我的言下之意。今天没有，那就说明昨天有联系到。

唐云山深深吸口气："一会儿等医生来了，我要出院。"

这个唐家说一不二的大家长就是这样果断，我立马反驳："不行，您还不能出院。等唐诀他们回来，您还接受手术治疗。"

唐云山看着我，他的胸口起伏着："我现在必须出院。"

"不可以出院，我作为家属不会同意您出院的。"我一字一句地说。

李小曼插嘴："余小姐，你这样对长辈说话，是不是很没教养？"她的圆眼睛里透着不屑。

我扫了她一眼，并没有直接搭理她，而是对唐云山说："公司那边我先去顶几天，撑到唐诀他们回来应该没问题。这个节骨眼上，您的身体比一切都重要。"

唐云山盯着我的眼睛，我毫不畏惧，没有挪开视线。

唐云山突然嘴角一弯："那你去吧，记得你说过的，我要唐氏稳稳当当地等到他们回来。"

我挺直了背："好。"

我看向旁边的李小曼："既然李小姐家中与我们唐家是世交，那么这几天就劳烦李小姐多担待了，我请的护工到底不是自己人，你帮我多看着些，有劳了。"

李小曼脸色变了，嘴巴动了动只能应下。

其实这是唐家自己的医院，谁脑子不灵光会对顶级上司伺候不周呢？只是对付李小曼这样的人，我可不喜欢手软。她不是喜欢用娱记造势吗？想用舆论将她和唐诀凑成一对？想得也太美了。想要卖乖巧贴心的未来唐家儿媳人设，不付出点怎么像样呢？

我笑着又说："我会告诉唐诀，这些天是李小姐在医院帮了大忙的。"

李小曼的脸色更好看了，只是看着我，笑得僵硬："不用这么客气。"

"那如此，我就不客气了。"我也回以微笑。

我在唐云山面前说了会顶住唐氏，可说起来容易，做起来就不简单了。唐氏集团这样一个大公司，每天来往业务和金融交涉多到数不清，我一个离开这个圈子这么久的人，想要在短短几天内将其运转熟练，是几乎不可能的。

当初唐诀回来的时候,也是从公司中层做起,慢慢地才手握公司大权。唐晓也联系不上,他的子公司我顾不上,只能先丢一边。

想要插手唐氏集团的内务,就必须要熟悉唐氏集团里现在接手的大单和各个部门的负责人。有了唐云山的首肯,很快,我可以自由出入总裁办公室了。在唐诀的办公桌里,我找到我要的材料。唐诀的柜子上有特制的密码,我想了想输入了我和他的生日,果然正确!

唐诀的抽屉里还安安稳稳地放着一只紫色的盒子,我看到心里吃惊,这居然是当年他出国之前我送给他的礼物——一根女里女气的四叶草链子。

我当初为什么会挑这么一份看上去根本没用心的礼物呢?难怪唐诀从来没戴过,可我没想到他居然保留到现在。

手指轻轻摸了摸礼盒磨砂的表面,我心里流过温暖。唐诀,我定不负你对我这样的用心。为了你,我也要在这几天撑起唐氏集团!

整整一天的时间,我都在办公室里看这些基本的资料,我甚至没有时间去好好吃顿饭。在下午下班之前,我总算对目前的情况有个初步的了解。

放下手里的资料,我揉着太阳穴思考。

正想着对策,门外秘书小刘敲门:"那个……夏小姐来了,说是关于生产链他们公司还有异议。"

"哪个夏小姐?"我喝了一口咖啡。

"就是夏家的夏颜颜小姐。"小刘说。

呵呵,居然是夏颜颜。我冷笑一下:"请她进来吧。"

很快,夏颜颜进来了,她手里拿着一包文件袋,身后跟着梁修杰,一脸嚣张地笑着:"我们又见面了,余笙。"

"我并不是很想见你,"我放下手中的杯子,很快收好桌上的材料,"不过你既然主动要求,我得听听为什么你要见我。我时间很宝贵,你最好长话短说。"

梁修杰的目光从一进门就开始游离,他不敢直视我,有段日子不见了,他清减了许多。我只是看了看他,惊讶地发现此时此刻面对梁修杰,我的心居然没有任何波动。

没有爱,也没有恨。

夏颜颜眉间锁起:"余小姐好大的派头,别人不知道还以为这家公司换姓了呢。"

我抬眼一脸看白痴的表情:"我说了,我时间宝贵,请夏小姐长话短说,如果你只是为了说废话,那请你离开。"

劫后余笙。

"你！"夏颜颜面对我已经没了当初的温柔镇定，情绪不稳是她的大忌。

梁修杰却在此时接话了："我们是为了之前的合作方案而来的，现在那条生产链我们要求分红比例重调。"

我摊手："凭什么？"

夏颜颜怒道："就凭现在这条生产链给你们带来的利益早就不是当初签合同时预估的价值！"

我看着夏颜颜，微笑："夏小姐，枉费你留学，喝了几年洋墨水。这白纸黑字签好的合同，岂是说改就改的？你们夏家都是这样做生意的吗？"

夏颜颜冷笑："余笙，我们明人不说暗话，这条生产链从技术到员工已经被我们夏家垄断了，你代表的唐家只不过是表面上司。我们今天来是给唐家面子，不是给你余笙面子，你要搞清楚！我只说一次，我要分红比从之前的五五分提高到三七分。"

三七？我给你个田七！脸真大，也好意思说出口。

我笑笑："夏小姐，我需要提醒你一下，虽然这条生产链已经被你们夏家垄断了，但是你别忘了你们用的原料还是唐家出面搞定的。这样吧，也不要三七分的比例了，这条生产链的分红你们夏家都吞了吧。"

夏颜颜听我这话，露出一个满意的笑容，我没等她笑完继续说："不过，唐家给你们搞定的原料来源，我们要在原基础上提升80%的价格。"

原料提价80%？在利润只有30%的今天，就算分红全给夏家，夏家也绝对会亏本！

夏颜颜的笑容僵在脸上，我又说："羊毛出在羊身上，这个道理夏小姐应该懂。怎么样？接受我的提议吗？我这个人是不是很好说话？"

她顿时气得七窍生烟："你信不信我让这条生产链停止作业？！"

我无所谓地耸耸肩："你高兴就好。但是作为合作方，我必须要提醒你。合同里写得清清楚楚，如果乙方有故意导致生产链无法运转的行为，你们将面临巨额的赔偿。"

我特别强调了巨额这两个字，听得夏颜颜脸颊上的肉都颤抖了起来。

夏颜颜自然知道这个赔偿的价格是多少，是当年全部分红的五倍，这要是真的赔起来夏家可要狠狠掉块肉。

这毕竟是唐氏留给夏家最后一个合作案了，之前唐诀报复夏颜颜时可没有少让他们伤筋动骨。

更何况在商界，诚信是最重要的因素，为了防止出尔反尔等不定因素出现，往往这类合同的赔偿金都高得吓人。

夏颜颜好一会儿才磕磕巴巴地说："真是好笑，你说是故意导致就是故

第六章 <<< 道高一尺,魔高一丈

意的吗?"

我笑笑:"真是不凑巧呢,和夏小姐做生意我向来不放心,所以你们进来的时候我开了办公室里的有声监控。我们刚才交谈的每一句话,都有记录。"

梁修杰听到这里突然抬眼看着我,他大概是没想到我会做得这样滴水不漏吧。他见我云淡风轻的样子,伸手扯了扯夏颜颜的衣袖:"不如今天我们就回去吧。"

夏颜颜怒极,反手一记耳光打在梁修杰的脸上:"本小姐做事,要你在旁边啰唆?!没用的东西!"

她这一巴掌打得尤其响,梁修杰半张脸都肿了起来,他一脸难以置信的表情看着夏颜颜。眼前的夏颜颜哪里还是他记忆里那个拥有明艳笑容、生性活泼、善解人意的女子呢?

我冷冷看着这一幕,这才是夏颜颜的本性,那些美好的外包装下隐藏着她最真实的一面。她与我一样争强好胜,佀是却比我不择手段,奈何当初的梁修杰并不明白。他以为他见到的海大校花,就是他人生里最美好的存在。

夏颜颜也愣住了,她看了看自己的手,很快调整了情绪:"余笙,再怎么样这里是唐氏集团,你凭什么坐在这里和我谈?"

"夏小姐,容我提醒你。首先,不是我要和你谈,是你自己送上门来的。其次,真要论凭什么夏家也轮不到你吧。"我翻了翻手中的资料,将备份合同挑了出来:"如果我没看错的话,上面签字的是你父亲夏宗成。如果对我的意见不满意,你可以让夏宗成亲自来和我谈。"

夏颜颜咬牙切齿:"和我爸谈?你也配?"

我不搭理她,按下了内线电话:"小刘,我事情谈完了,麻烦你找两个保安把办公室里的两个人给请出去。"

大概是昨天被保安赶出去的记忆太深刻了,夏颜颜怒极:"余笙,你不要后悔。"说完,她踩着高跟鞋快步离开。

而梁修杰捂着脸低着头看不清表情,我淡淡地问:"你不走吗?要我请你出去?"

梁修杰看着我,他的眼里满是复杂的情绪,我看不懂也不想去研究。他突然问:"你早就知道她是这样的人,是不是?"

我顿时觉得好笑:"她是你的枕边人,你这话怎么问我呢?"

夏颜颜在门口喊道:"梁修杰!你不走,难道想留下来和她叙旧情吗?!"

目送两人离开,我没时间去顾及夏家的小动作,我看了看唐诀留下的资料,发现他在各个部门的负责人名单上有特别的记号。

劫后余笙。

　　有几个单独被圈出来的名字,只是用笔的颜色不同。这是唐诀的习惯,那么这些被圈出来的名字代表了什么意思呢?

　　我咬牙继续翻了翻目前集团下在跟进的几个大单,说实在的,如果不是今天恶补这些合同内容,刚才夏颜颜进来我真会不知所措。如果当着谈判的对象四处翻合同内容,这明显就落了下风,更何况这个人还是夏颜颜。

　　我仔仔细细地又研究了一遍唐诀留下的资料,最后敲定这些被圈出来的名字代表了两个意思,一种是可以信任的自己人,一种则是内线。

　　那么问题来了,这些人是谁的内线呢?

　　看着窗外已经深沉的夜色,我知道我也该休息了,回家之前我去了一趟医院,李小曼已经离开了。我把今天的事和唐云山简单说了说,说到内线名单时,我停顿了一下:"我不知道哪些人我能信能用。"

　　唐云山缓缓说了几个人的名字,都在唐诀资料里圈出来的名单之内。我心里有了底,和唐云山告别后回了唐家老宅。

　　常妈早就煮了晚餐,热了又热这才等到了我。我饱饱地吃了一大碗,停下来的间隙还是试着与唐诀联系,只是依然一无所获。浏览了一遍新闻后,我也疲惫不堪,倒床就睡。

　　第二天一大早,我带着常妈给我准备的餐盒开着车来到了公司。为了这几天能安心处理唐氏集团的事,我给自己请了一周的假,还在早起吃饭的时间抽空给丁萧打了电话请教。毕竟对于商界,他比我了解得多。如果丁萧这时候能在,我可能会轻松很多。

　　今天注定了不是一个太平的日子,我刚到办公室就收到了一条新鲜热乎的消息:董事会要求召开临时股东会议,决策集团下一步的新计划。

　　看到这个我简直呵呵了,唐云山父子三人拥有唐氏集团最多的股份,这三个大股东不在,我不明白这些人开临时股东会议想干吗?

　　唐云山是病了,又不是真死了。

　　就算唐家兄弟现在联系不上,也不代表他们是待宰的羔羊吧?

　　我一不是要职人员,二不是股东,他们如果真的想要借此机会有什么小动作,我该怎么办?坐在办公室里愁了半天,正想着怎么处理,这时来了个不速之客。

　　我看见他,眼睛一亮,这不是唐云海吗?借着他的手,倒是可以把这个什么临时股东会议往后推一推。

　　唐云海信步走进来,见到是我他哼了一声:"小唐诀找的媳妇可厉害,居然敢把叔叔从家里的公司赶走。"

　　我眼珠一转,不卑不亢地笑了:"那是我初来乍到,又不了解情况。再说了,那天您身边跟着夏家的小姐,我以为——"我拉长了语调。

唐云海这人最好大喜功,喜欢被人捧,见我语气放缓他眼睛一瞪:"夏家小姐怎么了?我就算带着秋家小姐冬家小姐,那我也是姓唐!"

他很快又说:"昨天颜颜来找过你吧?你为什么没有同意更改那个合同的分红比?"

我看着他,心里顿时明白了,这个唐云海八成是给夏家收买了,不然怎么会胳膊肘往外拐呢?这个更改分红比多么吃亏的事,他也忙前忙后如此积极,还有脸说自己姓唐。

我赶忙笑笑:"不是我不同意呀,而是我一不占职位,二不是股东。这已经签好的合同,我何德何能可以更改呢?"我料到这个唐云海不敢告诉唐云山,于是又说:"我公公只是暂时将公事交给我,不能这点小事也要麻烦他出面吧。"

唐云海赶忙点头:"你知道就好。"

我继续说:"我本来也想昨天就改的,结果呢,今天就被通知了要召开临时股东会议。您要想改了,估计是没戏了。"

"什么股东会议?"唐云海向来是个不问公司大事的主,从来就喜欢伸手问家里要钱,跟他说这个他不得跳起来。

"就是,他们有权利决定您要办的事。"我加了一句。

唐云海怒了:"他们是唐家什么人?我还是唐云山亲弟弟呢,办个事都这么难!?"

鱼上钩了!见状我无奈地摊手:"我都没资格去参加的,我又不姓唐。"

唐云海两眼一瞪,问道:"那个什么临时股东会议在哪里开?"

我指点:"就在楼下的会议室,最大的那一间。"

老实说,唐云山和唐云海虽然是兄弟,可本质有极大的不同。

唐云海为人自私自利,自命不凡又鼠目寸光,当初唐家刚刚崛起时,他就吵着要分家,无非就是想从唐云山手里分走唐氏股权。只可惜,唐云海没什么本事,这个计划当年就落空了。他从小虽然长在唐家,却是个不折不扣的私生子,这是当年大家心照不宣的秘密。

在唐云海的意识里,没有他的股权没关系,但这唐氏是唐老爷子一手建立,在唐云山手上发扬光大,就应该有他唐云海的一份。

你要问凭什么?就凭他是唐家的直系之一。

我让秘书小刘跟着唐云海下楼去会议室,我不方便出面,也没有这个理由出现,我不在唐云海才能发挥作用。

在办公室里,我处理着手头最要紧的事务。一小时不到的工夫,秘书小劫后余笙。

刘慌慌张张进来汇报:"不好了,股东会议里打起来了!您快去看看吧。"

心头微喜,可以啊唐云海,战斗力比我想的还要厉害。

还没走到会议室,只见唐云海已经大大咧咧地摔门出来,边走边嚣张地说:"有这家公司的时候还没有你们这些人呢,现在倒好,趁着我唐家没人你们就想开会拿主意了?呸!告诉你们,门都没有!"

那些自命显贵的股东哪里见过这样不要脸的骂街,顿时会议室里乱成了一团。

太好了!这场股东会议算是开不下去了。

走进去试图安抚众人的情绪,我不出意外地看见了他们正在讨论的幻灯片内容。

没想到,他们居然想趁着唐家无人的时候,合并掉唐氏旗下的子公司!

虽然唐氏集团的主体实权都握在唐家父子三人的手里,可是唐氏旗下的子公司那多了去了,光是唐晓主办的子公司就有三四个。虽然这些子公司挂着唐氏的牌子,但实际上背后真正说话的人各有其主,其中盘根错节甚是复杂得很。

更重要的是,他们想合并的居然是"风唐"与"逸唐"两家子公司。

我心中一惊。逸唐是哪家子公司我不清楚,但是风唐的大名我早有耳闻。

这是唐晓一手创办的新公司,跟唐家其他分公司不同,风唐的主打业务是影视娱乐,简单来说就是唐晓试水自己成立的一家兼容艺人培养和电影制作的子公司。

之前那位李小曼,就是唐晓今年刚签下捧红的艺人。

风唐虽然挂着唐家的牌子,却实打实是唐晓一人所有。他们怎么可以擅自做主合并?

我垂下眼睑,当作没发现端倪的模样,这场不欢而散的股东会议正式收尾。

我又花了点时间打发走了唐云海,正坐下来处理一些手头的事情,秘书小刘敲敲门进来问:"有一封请柬,是给您的。"

请柬?倒真是稀奇了。

知道我在唐氏的人不多,居然还有人能把请柬送到这里来。从信封里拿出来的是一封雪白印着银灰色暗纹的卡片,我打开一看,上面写着:诚邀您今晚来参加我孙女的生日会,李巍。

李巍!

说实话,这个名字让我吃惊不小。我有多久没有接触到这个名字了?那还是当初唐家未起，我余家尚在的时候。李、余、夏三家鼎立盘踞S市的商界，谁又能不知道李巍的大名呢？

只是比起李巍的商业神话，他的急流勇退更让人津津乐道。也不知是因为看到我余家的落败，还是真的大彻大悟。总之当年李巍让出了集团董事的位子，如今在S市的上流圈里是个传奇的存在。

这样的人怎么会给我发请柬？

我沉思片刻明白了，这不是发给我的，是发给唐家的。正确地说，是发给唐诀的。李巍的面子不能不给，可我要怎么去？

我快速地处理今天的事情后去了一趟医院，我要问问唐云山的意思。

唐云山说："去吧，你代表唐诀，也是代表我们唐家。我书房的抽屉里有个木质的盒子，把那个当作礼物带去。还有，让家里的司机送你去，回来也方便。"

我心下了然。如果这请柬是以李家孙女的名义发出来的，那么以唐家如今的地位可以不用亲自去，备上一份礼物足矣。可这请柬是李巍发的，唐家不好不给面子。现在唐诀和唐晓都不在，唐云山又在医院，只能我去了。

匆匆回家换了一身简单的西装小礼服，将头发卷好，化了点淡妆。这几天的忙碌让我气色看上去有些苍白，我又挑了一支颜色明亮的唇膏涂上。准备好一切，拿好礼物，我这才出门。

司机老严服务于唐家已经超过二十年，他与唐云山曾经如影随形，可以说是半个唐云山的影子。如今他也快到天命之年，与唐云山不同，老严始终是笑眯眯的样子，十分和气。

老严自然是知道请柬上地址所在，他熟门熟路地开车，我问了他一句："严叔，你一会儿也进去吧？不然多无聊。"

老严依旧笑眯眯："不无聊，您去了好好玩，我等您出来。"果然是跟着唐云山的人，老严说话滴水不漏。

李家设宴的地方还是在私宅，毕竟能收到李巍发出的请柬的人不多，又是高门大户的千金办生日宴，更重要的是——这个千金可是当红影星李小曼，自然私密性更多一些。

很快，老严就将车稳稳地停在了李家门外。下车时，我就看见附近已经停了不少豪车，看样子都是来赴宴的。

我理了理头发，拿着请柬信步入内。

李家家里的布置低调却处处彰显女孩的清新可爱，露天的宴会场从餐点到灯光，不可谓不用心。我感慨着李巍的大手笔，这算是给他家这个孙女助力，好让她顺利造势。

劫后余笙。

我随处逛着，看着三三两两的人群，不由得又想起唐诀。已经有两天没有消息了，我心里还是担忧得很。

心里一阵愧疚，兜兜转转这么久，才发现唐诀是一直站在我身边的那个人。一瞬间，心潮涌动，无比思念。

手机振动了两下，我赶忙拿出来，是来自唐诀的语音消息！

点开第一条消息，他说："我没事了，明天就应该能到家。"

第二条消息，他又说："我很想你。"

再看手机上，有三个唐诀的未接电话，应该是刚才进会场的时候没有留意到。我心里懊恼着，但又止不住地开心。

我轻声回他："好好休息，等你回来。"

想了想，我又说："我也想你。"

好心情真的能治愈一切，我顿时觉得身体上的疲惫都一扫而空。

正高兴着，突然身后一个声音喊我："余小姐也来了，真是稀客。"

我回头看去，只见灯光荧荧处一个身穿白色礼裙的女孩浅笑着，她的脸上带着淡淡的红晕，格外的娇俏迷人。

"是你呀。"我也笑着，"生日快乐，李小姐。"

李小曼垂下眼睑，几秒后又抬眼："谢谢。"

只见她胸前戴着的那枚名为"瑰色女王"的钻石吊坠，迎着灯光熠熠生辉。

瑰色女王，是当初李巍拍下来送给儿子儿媳新婚的礼物，价值连城。只要在这个圈子里混过的人，有谁没听过瑰色女王的名号？

那一枚硕大的粉色钻石闪耀着它与众不同的光彩，映着李小曼的笑容，确实让她成为了今天独一无二的主角。

李小曼眼波转了转："就余小姐一人吗？"

我笑道："是啊，我们家阿诀还在出差呢，我代表我们唐家来的。"

听到我的话，李小曼的神情一凛，很快又舒展开："这样呀……"

我刚准备说话，只见旁边两个人影走了过来，其中一个正是夏颜颜："这不是落魄千金余小姐吗？怎么今天也能来？收到请柬了吗？"

自从那天在办公室里和夏颜颜彻底撕破脸，她对我的气焰是一直高居不下的嚣张。夏颜颜一身紫色的修身长裙，勾勒出她美好的曲线，而她旁边则是梁修杰。

我不打算搭理这两位，原本想直接拿礼物出来交给李小曼，现在也打消了主意，还是等会儿再给吧，或者直接代表唐云山给李小曼的爷爷李巍好了。

我冲李小曼点头示意:"先失陪了。"转身准备离去。

夏颜颜没料到我直接把她当空气,怒道:"余笙,这就是你的礼仪吗?你就是这么和人打招呼的吗?"

这个夏颜颜真有意思,知道和我斗嘴根本赢不了,还是喜欢嘴上逞能。我转头:"啊,是夏小姐呀,抱歉。我以为刚才那么无礼的人是谁呢,看来是我听错了,怎么会是夏小姐。"

我与今天现场来的女宾不同,我穿的西装小礼服是长裤,一身的飒爽。

夏颜颜气急:"我只不过替曼儿问一下,别好好的生日会混进来一些不三不四的人。"

李小曼在一旁端起手中的高脚杯,一脸坐山观虎斗的笑意,我怎能让她如意呢?

话锋一转,我说:"我以为李老亲自邀请的生日宴,应该是万无一失的,看来是我想错了。"

夏颜颜的表情顿时精彩极了,李小曼也埋怨地看了她一眼,出来打圆场说:"好了,都不要站着了,一会儿得去切蛋糕了,我们走吧。"

看着走在我前面的两人,我沉思着。

李小曼自小出国,所以S市的名媛圈里,一直都是只闻其人不见其身。李小曼归国后最大的动静就是投身演艺圈,成了现在当红的偶像明星,再加上一个李家千金的身份,这个李小曼可谓风头大盛。

区区一个夏颜颜,根本不是她的对手。

我故意放慢脚步,等前面两人走远,跟着这两位小姐,我都没心情享受宴会的乐趣了。我绕到自助餐桌附近,拿起盘子想要挑一些餐点来垫垫肚子。

我正挑着,身边又来了一个人,我下意识抬眼看,那人发出了"咦"的一声:"小丫头,是你呀?"

眼前的老头一身干净朴素的白色长衫,正笑眯眯地看着我。这不是那一次唐诀带我去温泉小镇时,拜访过的张老吗?我还与他下过几盘棋呢!

我惊喜地笑道:"是您啊,您怎么会在这?"

张老还是戴着他那副眼镜,只是和上次不同,这一回他眼里锐利的锋芒减弱了许多,脸上还满是笑容,平添了几分温和。

他说:"我的一个老朋友力邀我来,说是他小孙女的生日会。我老了,这些都是年轻人才来的。拗不过他,我只能来捧个场。"

这个李巍还真是花心思下血本,虽然我还不知道张老的真实身份,但是从唐诀的态度和今天李巍的邀请来看,这个张老绝对不是等闲之辈。

劫后余笙

他又说:"什么时候有空,我们再下几盘,不知道你进步了没有啊?"

我讪笑着:"再进步也很难赢您呀。"

"这可不好说,对弈本来就是讲究过程。只有这样,你才能真的成长。"张老端着盘子说着。

我点头,不得不承认张老的话很对。

正说着,旁边一个衣着讲究的男人走过来,附在张老耳边说了几句。张老转头问我:"我要去见见我那位老朋友,你要不要同去?"

张老说的老朋友应该就是李巍了,正好我也要将礼物送出去,于是放下手里的东西:"好。"

李宅比起唐家要大很多,里面的装修颇具现代风,看来也是迎合了李家年轻一辈人的想法。

我跟着张老,走进了李宅的大厅内,原来里面早已围了一些人,看上去都是李家的亲朋至友。

李小曼也在,她正坐在一位老者的身边,满脸都是甜甜的笑容。

一见我来,她嘴角向下弯了弯,然后起身迎过来:"没想到张爷爷也来了,只是我一个小小的生日会,您能来我实在太开心了。"

张老笑笑:"曼丫头,生日快乐。这是张爷爷给你的礼物,千万不要嫌弃呀。"说着,他掏出一只木质的盒子,我看到心里微微吃惊,这个盒子不是和我公公唐云山要我带来的那份礼物一样吗?

李小曼惊道:"您能来我已经很荣幸了,您还为我准备了礼物,真是……"她开始喜极而泣,大眼睛里透着泪光,感动的表情十分到位。

李小曼说着并未上前接过礼物,她看了一眼身后的老者,那老者说:"既然是你张爷爷送的,你就收下吧。"

旁边宾客打趣道:"对啊,今天寿星最大,收下吧。"

李小曼这才带着羞意收下,打开盒子,里面静静地躺着一只白玉镯子,上面还有浮雕的花纹,甚是精美。

众人发出赞叹,这样质地制工的镯子别说市面上罕有,就连他们自家的私藏都不一定胜过。

李小曼眼里放光:"多谢张爷爷,这礼物太贵重了!"

张老点头:"你喜欢就好。"

大家都在围着李小曼看镯子,李小曼身后的那位老者却把目光对准了我,他问:"这位小姐看着有些面生,又有些熟悉……你是哪家的千金?"

没等我回答,只见夏颜颜从人群中挤出来说:"她是那个余家的余笙呀,李爷爷,您不记得没关系。毕竟余家现在早就不在了。"

夏颜颜的表情带着鄙视，我根本不想搭理她，温婉地笑了笑："您好，李巍先生，我是余笙。"

我没有称呼他为爷爷，这大概是我小小的不忿吧。

李巍点头："我见过你，在你很小的时候。"然后他停顿了一会儿，又说："我记得，我没有给你家发过请柬。"

李巍这话音刚落，旁边有不少女眷轻笑起来，甚至有人说："该不是混进来的吧？离开我们这个圈子太久了，所以想进来长长见识。"

我不动声色地笑了："我是代表唐家来的。"

听我这么说，李小曼的眉间蹙起，虽然她的嘴角还挂着笑容，但她的眼神早已冷下来。

李巍意味深长地"噢"了一声，我双手奉上那只木质的盒子给李小曼，说："生日快乐，李小姐。"

大家显然注意到我手里的盒子与张老刚才拿出来的一模一样，张老也露出若有所思的神情。李小曼迟疑了一下，还是伸手接过。

"这是我们给你的生日礼物，希望你会喜欢。"我柔声说。

李小曼当着众人的面打开了盒子，里面赫然也躺着一只白玉镯子，与张老刚才送的那只居然一模一样。

原来这镯子是一对的！

虽然之前我有了心理准备，但看到的时候还是觉得很惊讶，没想到唐云山送的礼物居然与张老送的一样。

李小曼戴上这一对精美的白玉镯子，衬着她一双纤手格外美丽，到底是罕有的宝贝，李小曼终于露出了笑容。

张老笑起来："我与唐云山还真是心有灵犀啊！"

李巍也笑起来："你们两个呀……倒让我这话没办法说下去了。"

我心念一动，总觉得这李巍有话要说，只是被我和张老的这两份礼物给打乱了计划。

张老轻叹："这是孩子们自己的事了，现在时代不同了，你就省省心在家享福吧。"

李巍深深看了我一眼，终于开口问："我能请问余小姐，你代表唐家来，是唐云山授意的吗？"

我知道他其实是想问我和唐家的关系，毕竟与唐诀领证了却还没有办婚礼，我们身边也只有亲人才知道。我点点头说："是。"

唐云山生病入院，这两天这么多新闻铺天盖地，李巍不可能不知道。李巍知道唐云山住院，那应该也知道李小曼和唐家的绯闻了。看李巍的态度，劫后余笙。

应该是表面不反对，暗地里支持。

也是，如果能让自己的孙女和如今在S市炙手可热的唐家搭上关系，是我也乐见其成。

那么这样一来，我就成为李巍的眼中钉。这样一想，没来由地背后一凉。再看李巍，发觉他眼底隐隐藏着危光。

众人夸赞了李小曼的玉镯，好话几乎要堆满了屋子，李小曼始终涨红了脸娇笑着，满是害羞。

等众人一起往露天会场走去时，我也起身告辞，张老突然拉住我说："一会儿你吃了蛋糕回去吧，小唐不在这里，你一个人不太好。"

这话说得我瞬间有些心慌，我点点头，跟在众人身后出去外面的露天会场。夜风乍起，吹得李小曼的纱裙翩翩，在月色下看起来，宛如仙子一样美好。我看着她开心地点蜡烛许愿，又将蛋糕一一切好分下去给宾客。

我也分到了一块，蛋糕上的糖霜散发着甜美的气味，我拿起小勺尝了一口。正吃着，突然看见前方不远处的树后面，夏颜颜和梁修杰似乎在争吵。

夏颜颜的刘海散开，她时不时要将头发拂在耳后，她的双颊涨红用手指戳着梁修杰的胸口，梁修杰却一脸痛苦，脸色铁青。

在人来人往的席间，远远看这一出，就像有意思的哑剧。梁修杰突然抬头，他的目光穿过阻碍最后落在了我身上。

那目光里有痛苦、委屈和不甘，更多的居然是羞愤，夏颜颜也转脸过来看着我，她咬紧了下唇，眼里却满是算计。

这个地方我是不能再待了，心里的不安越来越大，我不由得想起那天晚归被绑走的情形。我果断放下还没吃完的蛋糕向门口走去，谁知还没走两步，一阵头晕目眩，我好容易才稳住脚步。

李小曼的声音却在此时响起："余小姐这么匆忙是要回去了吗？"她踩着高跟鞋从我后面走来，停在了我的面前。

我咬破舌尖，用疼痛来使自己清醒一点："是的，时间不早了，我要先回去了。"

李小曼轻声笑起来："那我让梁先生送送你吧，我听说他曾经是你的爱人。现在他在夏家日子可不好过呢，你攀上了唐家，怎么也得顾及一下往日的夫妻情分吧。"

说着，梁修杰从旁边过来试图揽住我的肩。

我大步让开，狠狠瞪了一眼梁修杰，然后怒道："李小姐你是不是萝卜干吃多了？瞎操的哪门子心？有这个闲工夫插手这些，不如去想想怎么拍好你的戏！"

第六章 <<< 道高一尺，魔高一丈

"至于你，我没想到你会堕落成这样。"我瞪了一眼梁修杰，一边打电话通知老严，一边快步向大门走去。

这不同寻常的晕眩，让我胸口一阵恶心，身后有脚步声追了上来，梁修杰的声音在说："小笙，你帮帮我！"

帮你？我转身对着梁修杰就是一脚，他发出痛苦的叫声。

我飞奔出李宅的大门，门外老严已经将车停在了门口，见我出来他打开车后门。我一下钻进车内，老严替我关上了车门。

从昏暗的车窗看去，李小曼的身影伫立在那里，我已经有些意识迷糊，根本看不清她的表情。

老严问："您没事吧？"

我咬着舌尖："……没事，快回去吧。"

想用我和梁修杰的关系来说明我和他纠缠不清？李小曼的心思不可谓不毒！如果李巍默许李小曼攀上唐家，那么我的存在必然是个阻碍。

就这么迫不及待地想除掉我？

身体难受得不行，极度不适下，我开始默念唐诀的名字：唐诀，唐诀……

我用尽全部的意志力去抵挡这种不适，事到如今我心里很清楚，这是李小曼给我下了药！这李家人的动作可真是快啊！敢在自己的生日宴上动这样的手脚！

不过也是，如果我真的出事，谁也不会怪到李家的头上，毕竟这是李小曼的生日宴，哪个会这样给自己的生日添堵呢？

老严将车开到唐家老宅时，我已经出了一身大汗，和老严说了句我有点喝多了，然后强撑着回到房间。

关上门，我努力脱掉外套，然后一下瘫坐在床边，全身脱力。

就这样不知道昏迷了多久，等我再次清醒的时候房间依旧一片黑暗。我努力想要站起来，手脚却一个劲地颤抖，好容易抓住手机看了一眼时间，发现才过去了一小时不到。脑袋的沉重感稍稍好些，这时小腹下突然窜起了一股难言的异样，直通四肢百骸，我忍了半天还是发出一声呻吟。

我瞬间警觉，这是什么药？

一开始我以为是迷药，现在看来还有媚药的成分。全身开始变得滚烫，刚刚才清醒一点的脑袋这会儿又开始不听使唤了。我努力往房间里的卫生间走去，这短短的几米距离，简直要了我的老命。

艰难地打开花洒，凉水迎头浇下，这才稍稍缓解我身体里的燥热。

渐渐地，身体适应了这种水温，我就这么穿着衣服泡在全是冷水的浴缸

135

劫后余生．

里，想着一会儿天亮了要怎么办。

正水深火热的时候，突然我好像听见了开门声，没等我大脑反应过来，卫生间的门也被打开，一个身影来到我身边，他失控的声音说："你在干什么？"

"唐、唐诀……"我努力睁开眼睛，眼前居然真的是唐诀！

虽然他一身风尘仆仆，脸也消瘦了一些，可这是我的唐诀！我向他伸出手："唐诀……"

唐诀大步一迈，双手从我的腋下穿过，想要将我从浴缸里抱出来。

唐诀将湿淋淋的我从浴缸里抱出来，开始动手解我衬衫的扣子，他想给我换衣服。他说："怎么了？怎么把自己泡在冷水里？"

他说话的时候呼吸吹拂在我脸上，我大脑几乎要转不过来。哪里还有心情去跟他解释？

我抬眼看着唐诀，我和他领证到现在还是保持着纯洁的男女关系，没有越雷池一步。一是我想准备好了婚礼再说，二是当时我们确实都很忙。我可没想过我和唐诀的第一次，居然是在这样的情况下。

唐诀还在问："哪不舒服？发烧了吗？我送你去医院！"

我一把抓住他的衣襟："不去医院……"然后不由分说地对着他的唇吻了上去！

直到我和他都已经微喘，唐诀才放开我："你今天去什么地方了？"

我贪婪地还想靠近唐诀："……李小曼过生日，她爷爷发了请柬。"

我做了一个悠长的梦，我梦到了那年的夏天，我在唐家来了初潮，唐诀给我买裙子的场景。梦里他的脸如少年，而我的心却克制不住地颤抖。我像一个旁观者，看着梦里还是年少时的我们吵架拌嘴，还有唐诀当时那不经意的温柔。

好多好多我和唐诀的片段交织着，竟让我有了一种莫名其妙的心安。突然我醒了，因为我觉得我的胸口被什么压着很难受，掀开被子一看，居然是唐诀的手！

轻轻地挪开他的狼爪子，我忍着腰酸背痛爬起来找出干净衣服钻进卫生间。

床上的唐诀已经坐了起来，露出大块小麦色的肌肤，他说："你洗澡干吗不叫我？"

我则驴头不对马嘴地问："你怎么昨天夜里就回来了？"

唐诀坏笑着："说吧，昨晚到底怎么回事？"

我愣了愣："我怀疑是李小曼……"

唐诀又问:"还有谁去了?"

还有……夏颜颜和梁修杰。可不知道为什么我总是不想在唐诀面前提起梁修杰,我摇了摇头:"其他人我不认识……对了,我还遇见了上次在小镇下过棋的张老。他送给李小曼的礼物和爸让我送去的礼物竟然一样,凑齐了是一对玉镯。"

唐诀眯了眯眼睛,随后笑道:"原来如此。"

后来唐诀才告诉我,他这次和唐晓出差算是一场乌龙,原本好好的青年企业家峰会非得最后搞了个聚会。这个聚会还不在市里,要去一个私人的小岛。因为种种意外,岛上信号全无,唐诀一时无法回来也没办法与我及时联系。

我松了口气,总之唐诀没事就好。

我们一起吃了一顿简单的早餐,我还看见了一脸菜色的大哥唐晓。吃饭的工夫我简单说了这两天公司的情况,唐诀却伸手摸了摸我的头发:"一会儿一起接老头子出院。"

唐云山是真的在医院里待不住了,见到我和唐诀去,他第一反应居然不是关心离家多日的儿子,而是来了句:"再在这里住下去,我没病也得有病了!"

唐云山坚持不肯继续住院,我和唐诀也没办法劝服,只得带他做完检查后,开了一堆药物和保健品回家了。

公司里唐晓先去顶着,我总算能松口气了。和唐诀一起送了唐云山回家,刚安顿好,唐云山来了句:"你们打算什么时候办婚礼?"

我下意识地看了唐诀一眼,唐诀笑得如沐春风:"我想就下个月吧,秋高气爽,天气也不错。"

唐云山点头,又对我说:"我与你父母也好久不见了,这次倒是可以聚聚了。"

我心里慌了一下,连忙笑着点头:"是。"我还没有把我和唐诀领证的事告诉家里……看来这事得加快进程了。

唐诀的归来宣告着唐氏集团面临一次从上到下的大洗牌,很多这次蠢蠢欲动的人都被拔除,股东们也老实了许多。

我正准备回到自己的工作岗位时,唐诀拦住我说:"不如你辞职来唐氏吧。"

"我去那里干吗?"我还一头雾水。

唐诀笑眯眯:"来当老板娘呀!"

我被唐诀闹了个大红脸,唐诀认真说:"其实是大哥想让你去帮帮他,劫后余笙。

你知道的现在公司事情多,他那边的子公司又刚刚起步顾不过来,你去带带他们的新人。"

去风唐?我带新人?不怕被我带到沟里去吗?

唐诀板起脸:"其实我也不想让你去的,要知道你一直沉迷于大哥的美色,我怕你把持不住。"

我重重地在唐诀的腰间掐了一把:"只不过是小时候多看了几眼,你看你计较的!"

唐诀连连求饶:"我错了,我错了。"

我笑着问:"让我辞职去风唐?行呀,不知道大哥会给我什么职务呢?太低的我可不要。"

唐诀飞快地在我脸上吻了一下:"那是自然,太低了咱们不要。"

最后,等我到风唐的时候迎接我的是一间副总的办公室,我懂了,唐晓这是让我空降。空降的好处就是直接位居高职,坏处就是容易被架空。尤其是我这样的,对娱乐公司的运转只晓得皮毛的人。

唐晓对我要求也不高,只说让我看着新人的训练以及负责各种通告的接收。我总结了一下,这不就是经纪人?于是挂着副总名号的我做着公司总经纪人的活,就这么上任了。

在这里我不得不说唐诀同志体力惊人,就在唐氏这么忙的时候,他都不忘每天晚上来一番不可言说之事,导致我每天起来都觉得腰酸得很,他倒是一脸轻松地去公司了。

我来风唐已有一个礼拜,因为之前做过娱乐时尚杂志的主编,我多少了解这行的规矩,细心地研究几天后,也大致心里有数了。

这天在办公室里,李小曼的经纪人桃子直接闯了进来,问:"余总,我想知道为什么我们小曼的电视访问被取消了。"

我挑眉:"什么电视访问?"

桃子是风唐刚成立时,唐晓花大价钱从别处挖来的金牌经纪人,我不能在明面上得罪她。见她脸色不好,我又说:"啊,是那个电视台的特别采访吗?"

桃子说:"没错,台本都给我们了,说换就换这像话吗?"

我心里其实恨得不行,上次李小曼的生日会上她给我下药的事,我和她彼此都心知肚明。我是想给她点教训,但绝对不会在工作上,毕竟她是风唐旗下目前正处在上升期的女艺人。

我笑笑:"我忘了通知你们了吗?因为金韶导演这周要过来选角,我们公司推荐了李小曼去试镜,正好和电视台的采访冲突。我是这么想的,电视

138

采访什么时候都能有，但是金导演的电影不是任何时候都能赶得上的吧。"

桃子一扫之前的不满："那倒是，这个消息瞒得这么紧，怎么连我都不知道呢？"

我赶忙打圆场："金导演的电影试镜每个演员都想去，所以在公司内还没有公开。"

桃子满意了："那行，有具体的资料吗？"

"我一会儿发到你邮箱。"总算送走了这位大神，没等我消停又一个人推门而入。

对方让了让身形，从后面拉出一个小姑娘来，然后对我说："这是……啊，新人，我跟唐总打过招呼了，您给安排一下。"

我这才想起早上出门的时候接到唐晓的电话，是有这么一回事，我看了一眼女孩，点头："我知道了。"

资料上显示，这女孩才刚刚二十岁，大学都还没毕业。学校倒是科班出身，只是女孩性格似乎很羞怯，端庄地站着并没有直视我。

女孩名叫关真尧，送她来的人还给起了个艺名叫山雪。

我又仔细观察了女孩，严格来说女孩的相貌在路人标准里是个美女，可要放在美人如云的演艺圈里，这样的容貌也就中上。不过关真尧的眉眼生得很好，眼睛很亮还透着一股少女独有的媚气，而她的鼻子又带着英挺。是个十分有辨识度的好苗子。

我问她："你是想用艺名出道？"

关真尧摇摇头："本名就好。"

我想也是，本来就是正规电影学院的学生，又不是半路出家，根本用不上艺名。看着关真尧，我从前老本行的毛病又犯了，心里总在琢磨她适合的风格。

没办法，时尚杂志的主编都有这毛病。

大笔一挥，我递给关真尧两张条子说："明天给我你的课程表，这个月开始专修仪态课程。"

关真尧有些困惑："不是要面试金韶导演的电影吗？"见我不说话，她又不好意思地补了一句："公司里的人是这么跟我说的……"

我在心底叹气："首先，金导演的戏不是想上就能上的，现在公司刚刚起步，所有资源都先集中在一两个人身上，为的就是打出公司的形象和口碑。就算你去试镜，你觉得你和李小曼之间相比，又有多少胜算呢？"

关真尧吃了一惊，她低下头："我知道了。"

见她面带郁郁之色，我又说："你现在的任务是让自己更好，我会让人劫后余笙。

给你制定适合你的路线,想演戏是好事,但是你需要时间沉淀。"一炮而红的神话不是没有,又有多少人一炮而红后转眼籍籍无名、无人问津。

送走了关真尧,我这才发现唐晓根本没给我多余的经纪人来带关真尧。关真尧是名不见经传的新人,很多经纪人根本不愿意带。

好了,事实就是这个新人妹子现在成了我手下的第一员大将,如果不是整个风唐无人敢接,她也不会轮到我手里。

没办法,我只能暂时自己先揽起这个活。

工作上的事让我忙碌不已,可真正让我觉得困扰的却是唐诀的态度。这几天,唐诀越来越奇怪,他总是静静地看着我,眼神里透着我看不懂的哀伤。

我问他:"你这是怎么了?"

唐诀只说:"没什么。"

唐云山的身体好了一些后,我和唐诀开始回自己在市区的小家住。原来在唐家老宅的时候有唐云山和唐晓两人,我和唐诀之间的微妙气氛还不是很明显。但是一回到这里,我越发感觉到唐诀的改变。

以前是我俩经常互相损,现在却是我问他答,我们俩的对话经常是这样的:

我:今天公司忙吗?

他:不忙。

我:你不问问我忙吗?

他:你忙吗?

这样的对话来了几遍之后我就没耐性了,这是怎么了?我和唐诀是哪里出问题了?我好容易鼓起能够重新开始的勇气,在不冷不热的唐诀面前,又开始面临瓦解。

我不敢看唐诀的眼睛,我只能他冷我更冷,我甚至不明白为什么会这样。或许,我和唐诀的结婚本身就是命运与我开的另一个玩笑。

工作了一整天,回到家里却是两个不愿交流的人,这套房子对于二人世界原本就显得空间富余,如今更加空空荡荡。我似乎只能听见自己的呼吸声,我想要伸手拉住他,但心底的那股害怕和自卑又紧紧地拽住我。

只有夜幕降临,我与他相拥而眠,这样孤单的彷徨才能好一些。

这一天,唐诀将我拥得很紧,半睡半醒间,我好像听见他说:"我该拿你怎么办才好?"

一早醒来的时候,唐诀已经出门上班了,桌上是他准备好的早餐。

我叹气,带着郁闷的情绪吃完了早餐,然后勉强打起精神去工作。好在唐晓并没有真的把我一个人丢在这里,接手关真尧后没几天,他派的外援总算到了。将风唐的其他杂事交给外援,我就一心负责关真尧的培养了。

有时候培养艺人就像自己种菜种瓜一样,你得给她晒太阳还得给她淋雨,给她支架也得给她裁剪,捕捉到她身上独一无二的气质,然后在你手上将这种气质挖掘并升华到极致。

我很喜欢这样的感觉,关真尧也确实是个好苗子。经过最开始的接触状态后,关真尧也开始步入正轨。

转眼到了这周的最后一天,也就是金韶导演为电影试镜的日子了。我通知关真尧和李小曼一起去,关真尧很开心,李小曼却不乐意了,她拉长了脸,眼底都是冷漠。

好在她的经纪人桃子很上道,这样难得的机会,即便知道选不上,也得去露个脸刷下存在感,这不仅仅是艺人自己,更关乎公司的形象。

老实说,李小曼长得不错,但是她的气质太过娇俏甜美,从形象上来说戏路不宽,如果后期她的演技能够弥补这一缺憾那倒另说,就现在看来李小曼如果再不突破自己,离过气不远了。

所以眼下我再怎么看李小曼不爽,也希望她能顺利拿到这个角色,把人气撑起一段时间,好让风唐度过这一段青黄不接的尴尬时候。

金韶是目前国内炙手可热的大导演,他的电影捧出了好几位影帝影后级的人物,捧红的小花更是多。所以能在这位导演的电影里露个脸,哪怕只有一句台词,也胜过拍十部快餐剧。

我带着关真尧、李小曼还有桃子抵达试镜会场的时候,这里已经排了很多人了。即便是李小曼这样颇具人气的艺人,现在也只能试镜一个配角,主角是不用想的。

带着艺人排队拿了号牌,李小曼和关真尧都拿到了试镜用的一页剧本,上面共有六段不同的戏,看样子是无差别选角了。

金韶这次的电影是一部仙侠主题的电影,正反女配角一共四位,原本李小曼是要试镜其中一个角色。可到了试镜才发现,人家根本没有按照角色给试镜,而是直接考戏。

也就是六段戏,你都得表现,然后根据你表现的情况给分角色。

这样打破常规的试镜让在场的很多艺人都慌了手脚,桃子直接把李小曼拉走,看来是准备给她临时培训了。

关真尧身边只有我,我是时尚杂志出身的,拍拍硬照还能帮上忙,这拍戏嘛……那就隔行如隔山了。

关真尧反倒是很轻松,大概是知道自己一个名不见经传的小角色不会有结果，索性没什么心理负担，只是在一旁认真地看剧本。

我也松了口气，靠在一边静静地想自己的事情，一闲下来就会想唐诀，这好像已经成为习惯。

拿出手机，翻到唐诀的名字看了半天，最后还是默默地收起。我很想他，虽然我们每天都在一起入眠，可我还是很想他。想之前的唐诀，想回到我们无话不谈的时候。

想着想着，突然伤感起来，鼻子一酸。我赶紧眨了眨眼睛，让即将失控的眼泪退回。

就在这时，手机响了，是唐诀的信息！

我手指颤抖着，连开了几次手机解锁都失败，好容易打开看到信息，上面只有一句话：过几天晚上有应酬，你和我去吗？

没有说想念，没有其他的，只是一句邀约，又是关于应酬的邀约……我心凉了半截。我放下手机，连回复的勇气都没了。

我就这样胡思乱想了好一会儿，终于排到关真尧去试镜了，我站在场外等她出来。

正等着，突然身后有人问："你是这个小姑娘的经纪人？"

我下意识地回头，眼前是个四十岁不到的男人，一身儒雅笑容温暖。我问："你问的是刚刚进去的那个女孩？"

他点头："是。"

我摇摇头，然后觉得解释太麻烦，又点头："算是吧。"

这男人只是笑笑："是个好苗子，你眼光不错。"

我心里呵呵了，这就是被人塞给我，然后没人接手，才有现在的误会啊。我正好心情不是很好，直接说："好不好的现在又看不出来，能在这个圈子混出头的有几个不是好苗子？"

大概是我这样自损艺人的经纪人很少见吧，他有些惊奇，频频点头："你说得倒有几分道理，要不要带着这个小姑娘来我这里？"

原来是挖墙脚的，我礼貌地笑笑："我这里还没做满一个月呢，频繁跳槽不是我的风格。"

他的笑容放大了："频繁跳槽确实不好。"

正说着，先进去试镜的李小曼出来了，她看着我一脸的昂扬得意。只是匆匆和我点头示意，然后就和桃子搭车先回去了。

看来试镜的结果不错啊，看她一脸意气风发的。

过了一会儿，关真尧也出来了，她有些颓败，我上前安慰了几句，转身再看身后时才发现，刚才那个奇怪的男人不见了。

关真尧说自己失误了好几个地方,到底还是年轻了,没有什么经验。虽然错过大导演的电影很可惜,不过有这样的经历也算不虚此行了。

我坐在车上,又看了眼手机期待唐诀还有其他的消息进来,然而还是一片失望,我就带着这样的情绪回到家。

今天是周日,唐诀应该在休息,可早上我出门的时候,他就不在家了。我犹豫着拿出钥匙开门,一进家门扑面而来就是阵阵酒气。只见客厅的沙发上,唐诀正睡在上面,他的衣服皱着,看起来状态很差的样子。

现在还是白天……唐诀从哪里喝的酒?

我走近一看这才发现,沙发旁边倒了三四个空酒瓶,看来唐诀是在家里把自己喝得烂醉了。我一阵心疼,伸手拍拍他的脸:"唐诀,别睡在这里,你怎么喝了这么多?有什么不开心的事你和我说呀!"

这几天的郁闷和担忧,在这一刻都化作了担心,我从没看过唐诀失控的样子,他现在的样子让我心都慌了。

唐诀迷糊着,还是没有反应。他不能睡在这里,我得给他弄到床上去。可想着很简单,做起来就没这么容易了。唐诀足足比我高出大半个头,体重更是比我重出起码三袋大米的重量,这样一个壮年男人,我要怎么把他挪到二楼的房间里去?

显然是不可能的,我赶紧把楼下的客房收拾了一下,铺好被子放好枕头,然后出去给唐诀脱掉外衣。用尽全身的力气,才把他从沙发上拖起来扛在肩上。

他搭在我肩膀处,脑袋还在晃悠,我几乎是连拖带拽费了吃奶的劲才把他拖到了客房里的床上。

短短几米的距离,我已经全身是汗,从手到胳膊早已没了力气。我坐在床边刚想喘口气,突然唐诀从我身后大手一揽,我就滚进了他的怀里,他把我压在身下,用胳膊撑着脸,醉眼迷离的样子。

我吓了一跳:"唐诀,你醒了?我去给你煮醒酒汤。"

唐诀突然舔了舔自己的唇,这动作看在我的眼里格外充满了诱惑感,我命令自己挪开视线,伸手抵着他的胸膛:"你太重了……我、我被压得难受。"

唐诀根本没听我的话,直接掰开我的手,重重地对着我的唇压了上来!一时间,风卷残云般地豪夺,我品尝着他舌尖上的酒意,几乎自己也要醉了一般。

突然,唇上微微一痛,唐诀这厮咬我!

可我挣脱不开他的控制,只能发出"呜呜"的声音,听着不像是反抗,倒更多像是猫咪满足时发出的叫声。

唐诀先是轻轻咬着我的唇瓣，而后渐渐放松用牙齿磨了磨，最后温柔地吸吮着探入他的舌尖。我被他这一出出的攻势搞得头晕目眩，身体也开始有了反应。

就在这时，唐诀突然放开我的唇，来到我的耳边，张口就把我的耳垂含在嘴里舔了舔，我几乎被这刺激得浑身细胞都在叫嚣，手上却偏偏没力气。

唐诀附在我的耳边说道："你这个小坏蛋，居然骗我。"

"我骗你什么了？"我一说话，发现声音都变得绵软沙哑起来。

唐诀的手从我的衣服下摆伸进去，一路攀上我的柔软，他说："你说那天晚上你没遇到其他人的。"

那天晚上？我迷糊的脑袋在这一刻无比灵光。他说的是那个参加李小曼生日会的晚上！我隐瞒了遇见夏颜颜和梁修杰的事！

我刚想辩解，谁知这家伙已经迫不及待地掀起我的上衣，把衣服全部推高，露出整个光洁的上身。然后唐诀俯下头埋在那里，我伸手抓住了他的头发："你都是跟谁学的这些？"

唐诀却惩罚似的轻轻捏了一下："我不喜欢你瞒着我，遇见了一些人又怎么样？我以为你在我面前是可以完全放开内心的。"

我微微吃痛，眼圈一热。原来这几天的冷淡和失落皆是因为这个，要我怎么说呢？在我看来也许一点都不重要的事，在唐诀眼里居然这样重要。

"我只是不想和你提起他们，"我抬起一只胳膊挡住眼睛，"我觉得他们恶心。"

唐诀拿开我的手，他的眼里黑白分明，早已没有半点醉意："那我也想知道，你的全部，我都想知道。"

我早已身心颤抖："好。"

直到很多年以后，我才能明白唐诀此时的感受，一个他守护了多年也放在心里多年的女人，却在他不经意时离开，命运将他们分开，几乎是此生无缘。他能再次抓住，怎么可能像我这样看得开？

这一夜的缠绵，比起那天没有了那么多的火热，只是让我觉得我和唐诀的心更加贴近了。

纵欲的后果就是我俩第二天都迟到了，还是饿着肚子迟到的！可是唐诀依然春风得意，他开车送我去了风唐，然后再不慌不忙地绕回唐氏总部。

我抱着三明治就着办公室里的速溶咖啡吃得很香，果然肚子饿了吃什么都好吃，没几口我就干掉了两只三明治，觉得浑身是劲。

我错过了周一的例会，只得看会后的记录来处理事情，好在这周的安排都延续上一周，只有金韶导演的那场试镜结果还没有出来。

忙忙碌碌，很快就到了中午，外面的助理电话进来，说是星源的经理来了，想跟我谈谈。

"星源的经理？"我自言自语。心想这人真奇怪，赶着饭点来拜访，不是摆明了让人请吃饭吗？

至于星源这家公司我也有所耳闻，这是S市最大的娱乐公司，旗下产业涉及娱乐圈的各个领域。当初我还在时尚杂志做主编的时候，就没少跟他们打交道。不得不说，他们在这个行业里是首屈一指的龙头。

等我见到这位星源的经理时，有些惊讶："是你呀！"

他也微微惊愕，然后笑道："年纪轻轻就成了公司副总，真是了不起。"这人就是昨天在试镜会场有过一面之缘的那个男人。

原来他是星源的经理……不过很奇怪的是，我的直觉告诉我，这人不仅仅是表面上看起来这么简单。

我笑着伸出右手："再见就是缘分。你好，我是余笙。"

他握紧我的手，手掌里透着温凉："韩叙，你好。"

"走吧，我请你吃饭。"

韩叙摊手："对不起，我来得不巧了，真没注意时间。"

"没关系，吃饭的时候才更好能谈公事。"我笑着领着韩叙来到一楼的一家主打特色私房菜的中餐店。

我让韩叙点了菜，等菜上齐后，韩叙终于说到了他来的主题："我是有这样的想法，那天看到你带的那个小姑娘，我觉得跟我们公司的两个女孩风格很搭。"他说着看到了我怀疑的表情，又赶忙说："你别误会，我不是要挖墙脚。"

我夹起一筷菜放进嘴里："嗯，你说。"

韩叙总算表达清楚意思了，原来星源最近在搞一个全新的企划，就是网罗各个公司的新人，并不鼓励他们跳槽，而是气质相合的艺人组成团体，来进行包装。

是个新颖而大胆的点子！

在这之前组合或者团体行动的艺人都是隶属于同一家公司，这样方便管理，也能争取利益最大化。可无论方案如何完美，每年还是会有沧海遗珠被其他公司收走。星源这个计划如果顺利实施的话，无疑是将其他公司的能力联合起来，一起把艺人推向更高的位置。

只是，利益驱使下结合在一起，最后蛋糕做大了又该怎么分呢？

我不免有些心动更有点担忧："是个让人耳目一新的方案，不过……"

韩叙看来是知道我心里的想法，他说："艺人以团体打造出人气后，依劫后余笙。

然可以以个人的名义接通告，这部分由其经纪公司完全掌握，可以放心。"

这样一来，就把以后从团体单飞的负面影响降低到了最小。团体人气上升的同时，也提升个人的影响力，这就要看艺人自己的气质和公司包装了。说来说去，就是星源占好，大家也不亏，是个好买卖。

我很感兴趣，只是还得跟唐晓商量，于是我说："你的提议很有趣，我想我可以跟我们唐总说说，听听他的意思。"

韩叙依旧笑眯眯："余小姐果然是聪明人。"

和韩叙吃过了午饭，各自告别。回到办公室又忙活了一下午，快下班的时候唐诀电话来了："我亲爱的唐太太，你是不是忘记了晚上要陪我去应酬的事了？"

我一拍脑门："抱歉，忙忘了，我这就回家。"

唐诀在电话那头笑呵呵："下楼来吧，我在楼下了。"

提前二十分钟下班，我今天算是公司里迟到早退第一人了，仗着脸皮厚我从公司大步流星地离开。唐诀果真已经在楼下等着了，我坐上副驾驶，他带着我直接去了商城买了衣服又简单弄了头发。

我对着镜子补了补妆，还不错，气色很好！

唐诀用手刮了一下我的鼻子："不错，挺滋润。"

我怪嗔地瞪了他一眼："老板，认真开车。"

唐诀这次要带我去的是一场慈善拍卖会，云集了S市各路人才、精英以及土豪，我笑着问唐诀："你是算人才、精英还是土豪？"

唐诀笑笑："三者合一。"

我与他十指紧扣，笑得开心："脸皮真厚。"

我与唐诀入座在二楼的包厢里，能坐在这里的包厢中的皆是S市有头有脸的人物。我刚坐下，唐诀指着对面的一间隔着黑纱的包厢说："那是李家的位置，今天来的是李小曼。"

我有些纳闷，为什么好好的提到李小曼？在公司里有时候会遇见已经不得已，我可不想下了班还要跟她再见面。

大约是察觉到我的不快，唐诀伸手握住了我的手："好好看，会很好玩。"

这场慈善拍卖会有些特殊，在场包厢里的贵宾必须每人出一件物品参与拍卖，拍得的价位高出底价的部分，将用于S市的儿童慈善事业。可以说，这是一场名流打响名声赚取人气的聚会。

我轻声问唐诀："你带了什么东西去拍卖？"

唐诀保持神秘："你到时候就知道了。"

很快会场的灯光暗了一些,只有拍卖主场的灯光聚拢,所有人的目光都注视着那里。第一件拍品呈上来了,根据保密原则,将不会透露贡献拍品者的身份。也就是说,拍品所有者也可以参与竞价。

我顿时觉得有意思起来,仔细端详着第一件拍品。这是一套古典的茶具,保存得四角齐全,听主持人介绍这宝贝已经有几百年的历史了,不折不扣的古董。

我对这个没什么兴趣,纯旁观。唐诀也没有竞价的意思,很快这一套茶具就被我们对面包厢里的人拍走了。

第二件拍品一样也是落入了李小曼的手里,我心想,今天李小曼看来是必得出风头了。

李小曼连入三件拍品,在场上引起一阵轰动,主持人也笑道:"看来我们21号包厢的客人非常支持慈善事业呢。"

第四件拍品上来了,这是一款精美的白玉吊坠,从拍卖给的图文说明上,我清楚地看到这个吊坠上的花纹似乎跟李小曼生日那天收到的那对镯子是一套的。

我吃惊地看着唐诀,他则一脸坏笑:"游戏开始了。"

要说我认识唐诀这么久以来,除去刚刚和他开始的婚姻生活之外,之前他给我的印象都是毒舌、腹黑、面瘫脸。

整张脸最喜欢的表情就是面无表情,面对我的时候还加上假笑、嘲笑和白眼。除了一双会说话的眼睛,我真不知道这个自带冷气的家伙当初是怎么得到海大第一校草的美名的。

说真的,我认真反思过。我觉得这么多年我没有从爱情的角度发掘唐诀,跟他自己的打开方式有密不可分的关系。

毕竟,在情窦初开的少女时代,妹子们都喜欢温暖阳光型的男孩。我也不例外。

看着唐诀带着坏笑的侧脸,他的黑眸闪着隐隐的锐光,我很清楚那可不是代表了友善。果不其然,这件物品令在场很多人瞩目。

主持人笑眯眯地说:"四号藏品,和田玉丝花翠珠吊坠,起拍价五百万。"

主持人的声音刚落,李小曼所在的21号包厢就发出了竞价,八百万!可在场的宾客又不是没有见过世面的土包子,对这样一件精美的瑰宝,人人争先恐后地出价。

很快,价格已经被叫到了三千万!我看了一眼旁边的唐诀,他依旧没有动静。

劫后余笙。

　　李小曼显然不愿意失手，她又再次出价：四千万！看来她是想一次提价，让在场的其他人都放弃与她争的念头。

　　果然，这个价格叫出来后，场上原本与李小曼竞价的人都迟疑了。这件玉器确实精妙绝伦，市面上的价格也在两千万左右浮动，出到四千万已经比原有的价格多出了一倍！也难怪其他人都打算放弃了。

　　主持人很兴奋，这是开场以来第一件超过四千万的拍品，他大声地喊："四千万一次，四千万两次。"

　　就在这时，唐诀按下了旁边的竞价按钮，飞快地输入了一个数字。

　　主持人激动地说："我们七号包厢的客人出价八千万！八千万！"

　　八千万！我瞪着眼睛看唐诀："你疯啦？你喜欢这个？"

　　唐诀笑着摇摇头："李小曼肯定会要的。"

　　场上一片哗然，似乎都在等21号包厢的客人接下来叫价。可能是因为价格跳得太多，李小曼迟迟没有动静。

　　主持人还在感慨21号包厢的客人要与这件宝贝失之交臂的时候，李小曼最后叫价了！

　　一亿！

　　一件两千万的首饰拍出了一亿！

　　唐诀满意地点头，耐心地听着主持人数完，最后一锤定音。李小曼终于花一亿得到了这件和田玉丝花翠珠吊坠，我真不知道是该为她喝彩还是为她吐血了。

　　"你怎么知道李小曼一定会要这个？"我好奇极了，"万一她收手了呢？你不是白白花了那么多钱？"

　　唐诀快速地捏了一下我的脸："买到了就你戴着呗，咱们家还是你戴漂亮。"

　　从他嘴里说的咱们家就像带了灼热的烫，暖得我心头阵阵异样。

　　这时候我还不知道唐诀这货的腹黑已经到了登峰造极的程度，简单来说，就是一肚子坏水。

　　拍卖会继续进行，只是李小曼消停了，一直到结束她都没有再次竞价。我觉得应该是她今天预算的钱花光了，所以没办法继续了。

　　唐诀最后看中了一瓶珍藏多年的葡萄酒，花了二十万拍到手。他对我说："等会儿我们回家开这个庆祝。"

　　庆祝？庆祝什么呢？我还是没想明白。

　　拍卖会圆满结束了，最后的环节是公布今天竞拍成功嘉宾的名单，以及贡献藏品者的名字。按照竞拍的价格逐一排下，那件和田玉丝花翠珠吊坠毫无疑问,高居榜首。

而大屏幕上显示出来的名字,真叫我乐了。

和田玉丝花翠珠吊坠,拍卖人:李小曼,拍卖保留价:两千万人民币。竞买人:李小曼,成交价:一亿人民币。慈善捐助金额:八千万人民币。

到这里我算是看懂这次拍卖的规则了,拍卖人贡献物品,提供保留的底价,在竞拍的时候超出保留价格的部分,将作为慈善资金捐出,而保留价格则给拍卖人。

原来这个吊坠是李小曼自己拿出来的,难怪她千方百计要收回了,只是这个代价出得太大了,被唐诀插了一手,价格直接翻了五倍!

包厢的黑纱收起,21号包厢里的李小曼一眼就看到了对面的我们,她的眼神惊愕不已,随后她像是明白了什么,咬紧了下唇恨恨地看着我。

我凑到唐诀耳边说:"你可真坏啊,一下就把李小曼的全盘计划给打乱了,还让她的荷包出了那么多血。"

这时,有服务人员拿来了唐诀竞拍得到的那瓶酒,唐诀收好盒子,牵起我的手:"这才好玩呀,想要博名声又不想花钱,哪有那么便宜的事?"

宾客们集中到了大厅里,李小曼站在台上致辞,她的表情带着微笑,目光却冷得很。底下一片掌声,都在赞美这位李家的大小姐,可她的笑容却始终僵硬。

拍卖会终于结束了,我心情大好。即便晚上还没来得及吃饭,也抵挡不住此刻我的雀跃。我和唐诀刚走到地下一层停车场,身后李小曼就冲了过来。

李小曼一把扯住唐诀的衣袖:"阿诀,你怎么能这样?!"

唐诀冷着脸,眼里带着嫌弃,毫不犹豫地挣脱开李小曼的手:"李大小姐,说话就好好说,不要动手动脚的。"

李小曼早已哭得梨花带雨,她红着眼,气得不行:"唐诀!你为什么插手?你知不知道这样会害惨我的!我回去怎么跟我爷爷交代?!"

唐诀露出一个冷笑:"怎么交代那是你自己的事,跑来问我做什么?这是拍卖会,李大小姐要是没搞懂游戏规则就出来竞价,那我劝你还是回去多带点钱再出来玩。"

李小曼眼睛一瞪转向我:"都是你的主意是不是?余笙,你好毒啊,不声不响就让我损失了八千万,你赔我!"

我也是无奈了:"李小姐,如果真的这么宝贝那件饰品,你就不该拿出来竞拍。"

李小曼还想说什么,唐诀突然挡在我面前,对她说:"李小姐的手段很高明,唐某佩服。不过,说到毒恐怕不及李小姐吧。你一而再再而三地为难劫后余笙。

我太太,找人绑架她,还有你生日宴上的事!真以为我什么都不知道吗?如果你再有下一次,就不是让你损失八千万这么简单了。"

李小曼的表情僵在脸上,眼神里全是难以置信,娇嫩的双唇张了张:"阿诀哥哥,你在说什么?"

唐诀的声音里透着危险:"说什么你自己清楚,这次我看在你爷爷的分上给你个面子,八千万买一个教训,很值。"

我听在耳里已经震惊万分,李小曼生日宴上的事我并没有与唐诀细说。一是觉得不好意思,二是没有确凿的证据在手。

其实我也能猜到李小曼那天的计划,肯定是给我下药在先,然后梁修杰照顾我在后。那药里还有媚药的成分,多半是要利用梁修杰直接坏我的名声。

又是在李家千金的生日宴,又是和前夫纠缠不清。如果真被李小曼得逞的话,别说我和唐诀的婚事要黄,估计到时候整个S市都将没有我的容身之处。

这确实是唐诀的处事风格,这样的事我们没有证据,想直接向李家问责,根本无从下手。这事我也是憋了好久,我虽然不爱吃亏,可也不是冒进的傻子,冒冒失失地跑去李家,只会平白给别人闲话的机会。

原本我想一人承担,却没想到唐诀早已有了安排。

李小曼一张俏脸苍白着,再也说不出一句话来,就这么傻傻地站在原地。

我和唐诀开车离开的时候,她还站在那里,我忍不住说:"她不会想不开吧?"明天要是头版头条出现当红明星李小曼自杀的爆料,那风唐可要经受不小的冲击了。

唐诀笑出声:"你想什么呢?李小曼能混到今天,肯定不是表面上看起来的纯真少女,你少替她担心了。"

心里突然暖到极致,我看着车窗外,这一刻只觉得身心皆是温柔。

唐诀说:"是不是特别感动?"

嘴角忍不住地上扬,我转头看着他:"感动什么?"

唐诀伸手揉了揉我的头发:"你个没良心的。"

唐诀对我的好,终于在此刻有了深刻的体会。什么是爱呢?大概这就是爱吧!

跟他比起来,我过去的那些年月所谓的爱,是那样的可笑和肤浅。我曾经以为那就是爱,可事实告诉我那不是。

那瓶价值二十万的红酒被我和唐诀当成晚餐的点睛之笔,一顿饭的工夫就喝完了,淡淡的酒香仿佛还萦绕在唇齿之间,我眼里却只剩下唐诀的眉眼。

第七章 翻手云，覆手雨

一直迟疑的心仿佛在这一刻又开始跳动，我突然想起年少时唐诀与我说的一个冷笑话。于是我说："呐，你还记得初三的时候，你班上那个叫周小青的妹子吗？"

唐诀专注地看着我，半晌才说："你刚才叫我什么？"

我微愣，一时没明白唐诀的意思："什么？"

唐诀伸手点着我的鼻尖，他笑着说："来，叫声老公来听听。"

我脸红起来："叫什么老公啊？！"

唐诀一脸受伤："我不是你老公？我们昨天晚上还在——"

我脸皮热热地涨起来，在桌下狠狠踩了他一脚："闭嘴！"

想想也真是很有趣，当初我向梁修杰告白的勇气怎么都无法拿到唐诀的面前再来一次，可这时候的我却比当初要轻松快乐得多。

这是为什么呢？难道爱一个人还有不一样的方式吗？

如果说唐诀的求婚是让我在人生低谷时期看见的一丝光明，那么后来赌气一般的领证就是我与唐诀彼此正式纠缠的开端。我放任了这种可能性的开始，也得接受我的身心将被他一一侵蚀。

我问自己，我爱唐诀吗？

现在的我，还不能很肯定地给出这个答案，但是我很清楚，我在唐诀给的温暖里逐渐沉沦却心甘情愿。

那天拍卖会之后，李小曼就很少出现在我的视线范围内了。

她平时有通告要跑，还有戏要拍，隔三差五的不在 S 市内，时间一长我倒也没留意这个人。让我再次想起李小曼，是因为之前金韶导演的电影试镜，原本等一周没有下文的话，几乎可以判定是落选了。

去试镜的人那么多，剧组不可能一一通知。关真尧没选上在意料之中，她本人也没什么情绪上的波动，依旧每天课余来公司参加新人培训。

但是李小曼落选，就让她有些无所适从了。

凭良心讲，我还是希望李小曼能通过试镜，现在整个风唐的资源都押在她的身上，李小曼出道也快两年了，如果错过金韶导演的这次电影，再等下一次最少也得三五年之后了。李小曼现在不过二十三四岁，三五年之后也是劫后余笙。

奔三了，转型没做好的话，等于前途无量。

我不由得想起韩叙的提议，我向唐晓询问过他的想法，唐晓显然不在意，他现在的全部心思都在唐氏集团的总公司那里。他直接和我说："这样的事，你看着办就好。"

我甚至有些怀疑唐晓派来的外援也只是参与风唐的人员管理，真正艺人方面的发掘他们根本不愿插手。

所以，唐晓大哥，你这家子公司是玩票性质的吗？

就在我踌躇要不要接受韩叙的邀请时，一个天大的惊喜从天而降，金韶导演所在的剧组给我打了电话，通知关真尧再次试镜！

我高兴坏了，虽然电话里对方没有给出明确的答案，但是能再次试镜，也就意味着有了下一步的可能。

关真尧自己也很吃惊，几乎算得上是又惊又喜，我带着关真尧在约定的那天去试镜了，这一回拿到的试镜剧本是明确的配角，我看了一眼——是个只有两场戏，台词不足二十句的女配角。

不过以关真尧目前的资历，能在大导演大制作的电影里露个脸都是千金难求。陪关真尧对戏的时候我才发现，她能拿到这个角色并不是因为她演技有多成熟，而是因为这几乎可以算是她本色出演。从人设到性格，都很符合现在关真尧的状态。

在场外等候关真尧的时候，我又遇见了韩叙。他冲我点头示意："你的艺人很不错。"

看来他也是陪艺人来试镜的，我想想觉得很可笑。我和韩叙，一个挂着副总的头衔，一个带着经理的身份，却都在干着经纪人的活。

我礼貌地笑："过奖了，运气而已。"

韩叙走得近了些，他身上飘散着淡淡的男士香水味："运气也是实力的一部分，要知道这个圈子里多少人浮浮沉沉的，想在大银幕混个脸熟，却至今都一无所成。"

我不反驳韩叙的观点，运气确实是实力的一部分，芸芸众生里，唯独一人被选中，这样的运气再加上先天的条件与后天的努力，想不红都很难。

更不要说，先天条件优秀的苗子很多，努力的人更多，但是缺的就是这样一点运气。

韩叙见我点头，又笑着说："能遇到这样的艺人也是我们的运气。"

这人真有意思，我抬眼看着他："现在说这个太早了，试镜的结果还没出来，合同一天不签，一切都是未知。"

韩叙却露出一排白牙，笑得很阳光："今天肯定会有结果的，你放心。"

他的笑容带着不一样的热度，和唐诀不同，他像个自带光源的小太阳，让我从心底生出一股想要远离的畏惧。

就像韩叙说的那样，关真尧从试镜会场出来之后，就有剧组的人给我们拿来一纸合约。怀着激动的心情，我仔细看了看，片酬都是浮云了，像关真尧这样级别的新人能倒贴上金韶导演的戏都是谢天谢地了。

签了合同之后，我的心带着安定的雀跃，李小曼没入选，反而是关真尧中了，人生可谓处处是惊喜。

合同签过之后，剧组才将真正的剧本送到关真尧的手里，关真尧一脸希冀地看着我说："余姐，你跟我一起对戏吧。"

这小丫头自从知道自己能上金韶的戏之后，对我的态度从尊敬一下升格为亲密了。

我心道，你让我给你搞定时尚硬照还行，让我这个门外汉给你对戏？不是浪费时间是什么？

可眼下风唐又没有出众的电影方面的导师，光靠关真尧从学校学到的那点皮毛根本不够。我脑中灵光一闪，再次想起了韩叙那天跟我说的提议。

晚上休息的时候，我问了唐诀的意思。我趴在唐诀的胸口，他躺在床上搂着我的腰，这姿态要有多亲密就有多亲密。

唐诀听完我的担忧，他说："韩叙这个人我听说过，唐晓当初建立风唐就是为了能跟他一较高下。"

能得唐晓重视的人，怎么会在星源还只是区区一个经理？我有些不敢相信："不会吧，他看上去很一般呀。"想了想，我又补了一句："也就气质还很不错，挺儒雅的。"

对了，曾经的梁修杰也很儒雅，但是韩叙身上的儒雅与梁修杰却不同。韩叙的身上带着的是那种自信、收敛着张狂的儒雅，所以让他整个人看上去十分引人注目。

唐诀笑着用手点了点我的唇："你呀，不知道他这个人的经历，也难怪你会这样想。"

唐诀说："韩叙是现在星源老总的私生子，这是大家都心知肚明的秘闻。他这个人很聪明，他知道自己能力出众，但是却甘于平凡，他说过在什么位置上不重要，重要的是他能在这个位置上做出什么成绩来。"

"所以……到现在他也只是个经理。你的意思我懂了。"我玩着唐诀衬衫领口的纽扣，"就是扮猪吃老虎呗。"

唐诀大手伸到我的腰下挠了几下，我赶紧求饶："唐大侠饶命！"

唐诀贴在我的耳边吻了吻说："我是采花盗，才不是什么大侠。"

劫后余笙。

　　事实再次证明了，男女之间的力气有天壤之别，唐诀可以用一只手控制我，另一只手快速地脱掉我的衣服，然后进行不可明说之事。我对此带着抗拒，却又每每沉沦。
　　唐诀的意思我懂，他觉得韩叙值得合作，只是看我有没有这个胆量了。毕竟，第一个吃螃蟹的人是勇敢的。
　　第二天，我带着满满诚意找到韩叙，提出与他合作的意向。
　　韩叙有些意外："你是第一个同意我这个想法的人，真让我佩服。"
　　我笑笑："没办法，我们风唐暂时缺演技方面的导师。我想我们合作了，艺人的培养资源应该可以借一下的噢。"
　　韩叙也笑了："你比我想的还要直接。"
　　在星源的经理办公室中，我签下了影响我以后人生事业的重大合约，我的手有点颤抖，但是握笔的姿态却没有任何迟疑。
　　我们交换了合同友好握手，韩叙说："与我合作，你不会后悔的。"
　　合同刚签的第二天，我就拿到了星源公司的临时上课证，这是给关真尧的。到这里我不得不相信唐诀说的八卦了，看来这个韩叙还真是星源老总的私生子。公司的资源随意调用，而且十分有效率。
　　关真尧只剩下一周左右的时间来看剧本了，她向学校请了假，开始每天按时去星源报到上课，回公司之后就抓紧时间研究剧本。下周四，她就要离开S市去剧组报到了，留给她的时间不多。
　　关真尧有些犹豫地问我："余姐，你可以跟我一起去剧组吗？"
　　看来这个小姑娘开始变得很依赖我，我也不放心自己一直跟的新人单枪匹马地去报到，可这样去剧组最少也得一周时间。意味着，我和唐诀要分开一周……
　　不知道为什么，这样一想，我心里就很抵触去剧组了。
　　关真尧又说："余姐，你就跟我一起去吧！"
　　我想了想，终于下定决心："好吧。"
　　我带着忐忑不安的心情跟唐诀请假，唐诀只是摩挲着我的手指，说："只去一周吗？"
　　"应该吧。"说实话，我也是第一次跟艺人进组，完全不知道是个什么情况。
　　唐诀闷声笑起来："怎么办？我有点讨厌唐晓了。"
　　我一时没转过弯来，这个话题也跳得太快了，我问："啊？什么意思？"
　　"都是他莫名其妙搞了个风唐，现在又没空管了丢给你。"唐诀拉我入怀，"你说他讨不讨厌？"

唐诀温热的呼吸吹在我的耳后，引得我一阵心跳加速："确实讨厌。"

唐诀吻了吻我的耳垂："去吧，这是你的工作，我会在家里等你回来。"

听唐诀这么容易就答应了，我心里反而有些不爽。这一刻我得承认，我是舍不得唐诀的，我会想他。不知道从什么时候开始，我已经习惯了每天要看到他，每天都在他身边醒来。

唐诀搂着我，又说："不过呢，我有个条件。"

"什么？"

"明天下班了，咱们去拿婚戒，你去剧组的时候得戴上。"唐诀的怀抱收紧了一些，"还有，不准看帅的男演员。"

我笑出声："丑的能看吗？"

"也不能。"唐诀的回答斩钉截铁。

唐诀刚才说的是拿婚戒而不是挑婚戒，说明他早就订好了款式，就等我们去拿了。他为什么没告诉我？是想给我一个惊喜吗？

第二天下班后，我和唐诀一起拿到了婚戒，这是一对定制款的对戒，星星钻戒的设计让它看上去大方典雅而又带着神秘的美丽。

"真漂亮。"我赞叹着，唐诀的眼光一向很好。

唐诀直接在人来人往的街头给我戴上："从这天起，可就不准拿下来了。"

我也拿起属于他的另一枚："你也是，戴着不准拿下来。"

没有刻意安排的桥段，没有烛光晚餐和鲜花，我和唐诀就在这熙熙攘攘的街角完成了人生中特别重要的桥段。

身边华灯初上，我与唐诀手牵手，他跟我说着一天发生的事，有顺心的有不如意的。我们时不时互相毒舌自损，就像一直以来的那样，唯一不同的是我们的手紧紧握在一起。

在我启程去剧组的前夕，唐诀又给我送来一个人。是之前在杂志社的助理小悦！唐诀说："你要照顾你的艺人，这个助理来照顾你。"

再次见到小悦我也很开心，小悦是个单纯到有点一根筋的姑娘，但是有个优点就是嘴巴够紧，不该问的不问，不该说的不说。这样的人做艺人的后勤助理最适合了。

小悦兴奋得不行："余姐！他们说我来这里可以见到你，没想到是真的！"

从小悦断断续续的叙旧里，我知道她从我辞职后不久也不做了，小悦抱怨道："你不知道顶替你的人没什么能力，脾气还大得不得了，真难伺候。"

"好啦，"我拍拍她的肩，"给你个任务，明天跟我一起去剧组。"

劫后余笙。

小悦眼睛一亮，然后很没出息地说："我可不可以要签名呀？"
其实我还是很羡慕像小悦这样个性单纯的女孩，像我今年才二十六岁，却已经在经历第二段婚姻了。每每想到这里，总会感叹人生世事无常。
可能是因为经历多了心累，所以只和唐诀领证，并没有办婚礼。我需要时间去把这一份感情酝酿成爱，这也是对唐诀的尊重。
因为一直爱我的人，是他。而我，只能从现在开始学着去爱唐诀。我不知道自己能否做得让他满意，但我会尽心去做。
小悦还不知道我离婚的事，我们三人动身去剧组的那天，唐诀开着车来公司接我去机场，关真尧和小悦顺道捎上。
等我们登机后，小悦才一脸吃惊地问我："余姐？这是你男朋友吗？"然后小姑娘欲言又止地说："我觉得这样不太好，万一被你老公知道了……"
我忍不住笑出声："我已经离婚了，现在他就是我老公。"
小悦完全不能理解，为什么才短短的几个月没见，我已经离婚又换了老公。
可单纯女孩的脑回路也同样强大，坐下没十分钟后，小悦又说："我觉得你现在这个老公比较帅，更配你。"
好吧，听别人夸唐诀帅，我还是很开心的。
关真尧挺紧张，坐在我旁边一直在看剧本，我收走了她手里的资料，说："闭上眼睛好好休息一下，这剧本你已经看得熟透了。"
她绞着手指："怎么办？我还是害怕，你说我……万一演砸了怎么办？"
我戴上眼罩："放心啦，谁都有第一次的。"
关真尧手里的剧本我看过，仙侠主题的电影，主讲男女主人公爱恨情仇的故事，准备冲击暑期黄金档。这跟金韶导演之前的作品主题差得很远，从我的角度看这部片子只是纯商业片，看来是背后的投资人想用金韶的大名来赚一票。
所以，理想固然是美好的，但金韶也要钱吃饭，有时候观众也很喜欢这类的电影，前提是故事要讲好。
一流的导演可以把三流的剧本拍成一流的电影，所以有金韶这个活招牌在，我也不用太担心关真尧的第一次大银幕亮相了。
这次与金韶合作的男女主演皆是国内超一线人气与实力并存的艺人，虽然比不上那些之前合作的老戏骨，不过这样一部商业片他们的演技绝对够用了。
值得一提的是，这部戏饰演女主角的白安然和另一个饰演女配的周茉都是来自星源娱乐公司，所以我们一下飞机就遇见了韩叙。

第七章 <<< 翻手云，覆手雨

因为主演是早就定好的，他们最先入剧组，韩叙在这里不奇怪，不过我没想到他居然会在机场等我们。

韩叙很友好地笑着说："我们是合作方，来接机是礼貌。"

我竟无言以对，也托韩叙帮忙，我们很快到了剧组所在的宾馆。说是宾馆，其实条件很一般，在S市你几乎找不到这样的小旅社。

我们同行的三人要了一间房，我倒是想单独住，可又放心不下关真尧。三个人住挤是挤了点，但是好在有个伴了。

收拾好东西，我们就直奔片场，要给导演留下一个好印象。

虽然我们的女配是嫩得不能再嫩的新人，但是我们态度积极肯学习。

显然，金导演也是这么想的，看到关真尧抵达片场时他没说什么，可眼神明显放缓了不少。金韶是个即将年满五十的大叔，对自己的作品向来严格要求，所以对于工作认真的新人他还是很满意的。

已经是初秋的季节，这林子里依然潮湿闷热，四处都是蚊虫。而且这些蚊子还特别厉害，我穿着薄薄的长裤，都被叮了好几口。

还好我事先有准备，来之前买了一大箱的驱蚊药水，都是便于携带的喷雾款。我让小悦拿出来，然后分给片场里的其他人。作为新人，低调体贴细心会做人才是生存的第一准则。

这里我们没办法熬粥啊营养汤之类的东西，只能靠这个来打开人缘了。

果不其然，这小小的驱蚊药水让很多工作人员都满心欢喜，演女主的白安然居然也纡尊降贵地让助理送了一盒小零食给关真尧。

韩叙拿着那瓶驱蚊药水走过来对我说："没想到你还挺细心的，出乎我的意料。"

我说："哪有，准备多点总没错。"

很快关真尧的定妆照拍完了，一天的拍摄也结束了。今天除了关真尧之外，还有其他几位配角演员抵达，所以晚上的时候剧组决定开一个简单的迎新会。

迎新会真的简单，就是一桌子人弄了几个菜，大家开了几瓶酒，坐下来自我介绍一番。无论是大名鼎鼎的导演，还是人气爆棚的明星，在这张桌子上都变回了普通人。

关真尧兴奋地拉着我的袖子说："白安然好漂亮啊！"

确实，白安然真的很漂亮。

明星和路人的差距不仅仅是容貌，还有气质的加成。白安然也是少女时期出道，转眼到现在已经快十年了。四五年前，白安然从小屏幕转战大银幕，她成功地搭上金韶的顺风车，为自己捧回了一座最佳新人的奖杯。

157

现在的她，就差一个影后的殊荣没有入怀了。

白安然今年刚满三十，她保养得很好，看上去比关真尧大不了几岁。但是她的眼里却没有关真尧的天真，而是深深的城府和沧桑。

大家一起热热闹闹地吃了饭，席间白安然还主动添加了关真尧的联系方式，她们在戏里有两场对手戏，这样也方便交流。

吃完饭各自回房间，景区里的信号很差，我躺在床上勉强给唐诀回了电话。断断续续的对话里，我这才发现我是这样地思念他。

小悦在整理明天要带的东西，关真尧还在洗澡。小悦见我一副魂不守舍的样子，笑话我说："余姐，你看你满脸思春，想老公了吧！"

我脸皮厚，一本正经地回答："我还有老公可以想呢，你有吗？"

单身汪小悦受到了一万点的伤害，苦着脸："余姐，你太过分了。"

我看着手指上的钻戒，一丝甜蜜不经意地攀上嘴角。人家说小别胜新婚，我和唐诀才分开一天，我已经开始想念。

我们几人匆匆洗完澡就准备休息，明天还要工作一天，不早点睡觉怎么有精神。我和小悦挤在一张床上，睡到半夜的时候我醒了，这床实在叫人睡不安稳。

我悄悄地坐起来，同房间的小悦和关真尧睡得很沉，到底是没心没肺的年纪，睡觉都是这么令人羡慕。

醒着觉得房间里闷得慌，我起身出去走走。

这家小宾馆统共只有三层楼高，第一层是前台还有餐厅，第二层主要给一般客人住宿，第三层也有房间，还有一个供晒洗的大阳台。我们住的就是第三层，白安然他们住在第二层。

走廊里的灯很昏暗，几乎看不清脚下的路，也就亮着意思意思。我走到拐弯处，发现阳台的门是半开着的，于是轻手轻脚地走了进去。这个阳台很大，差不多有三四十个平方，在这里享受着秋天的夜风，带来别样的凉意和清爽。

阳台上还晾着好多白色的床单，风一吹，发出"呼啦啦"的声音，在这宁静的夜晚听着格外有趣。远处还有虫鸣一声声飘来，天地间，只有月色撩人。

正欣赏着夜景，突然耳中听到一声女人的嘤咛，我吓了一跳。朝声音的方向看去，只见昏暗中，白色的床单飘起，似乎看到两个相拥的人影。

我顿时觉得头大。怎么这么晚了，还有人在这里亲热呢？

我想转身离开，可眼瞅着那两人分开了，我立马蹲了下来，试图能借着夜色躲在床单下面。

第七章 <<< 翻手云，覆手雨

那两人没说一句话，我听着轻细的脚步声离开，总算松了口气。夜色太暗了，这里又没有灯，我看不清那两人究竟是谁。

在阳台等了一会儿，估摸着这两人应该回房间了，我这才慢慢地从阳台离开。刚打开阳台的门，我一只脚都没踏出去，门口站着一个人吓得我魂都飞了。

再仔细一看，我有些恼怒："你大晚上的不睡觉，在这里吓人啊？"

韩叙轻声说："你不也是大晚上的不睡觉吗？"

我立马反应过来："刚才在这里的是你？"说完我就知道坏菜了，这不是不打自招吗？我应该装作没看见，反正这两人从头到尾没说话。

韩叙沉默了，过会儿才说："回去休息吧，不早了。"

直到我回到房间，我还是没想清楚那个与韩叙激情热吻的女人是谁。会是谁呢？是剧组里的人吗？

转念我又想，那么晚了偷偷地在无人的阳台亲热，肯定是不能见光的恋情。被我看见了，韩叙会不会把我给灭口了呀？不行，我得跟他说清楚，我真的什么都没看见！

这样也不太好，感觉像此地无银三百两。

一晚上胡思乱想，导致早上起来的时候，我顶着两个大大的黑眼圈。

关真尧笑道："余姐，你晚上出去做贼了吗？"

我心道，贼倒是没做，只是看到了不该看的东西……

关真尧是很有天赋的演员，片场上导演她会讲戏，她一开始状态不好的次数比较多，但很快就掌握了要领。在没有自己戏份的时间，关真尧也不会去休息，而是认真地看其他演员的表现，她甚至还做了笔记，那一本正经的程度倒比其他配角认真多了。

吃过午饭，到了下午，片场的工作人员说是山下有一批剧组的物资道具到了，要安排人去拿。

韩叙主动请缨，说："我有车，我去吧。"

工作人员笑道："韩经理，这怎么好意思呢？"

韩叙又说："没关系，余小姐和我一起去吧，帮个忙。"

冷不丁被点到名，我有些茫然，面对一脸热情的工作人员我也不好开口拒绝，为了我们家未来的影后小关，我算是豁出去了。

搭上了韩叙的车，我有点如坐针毡，因为昨天晚上的尴尬，从一大早开始我就避免和韩叙接触。没想到，我避免没有用，韩叙倒是上赶着来了。

我和韩叙都沉默着，山路其实不好开车，他的车速不能快，还不能分心。行驶了大约二十分钟，韩叙突然问我："你是……唐晓的女朋友？"

劫后余笙。

"啊?"我有些惊讶,然后很快想明白了。风唐是唐晓的公司,我现在在风唐任空降的副总,谁都会以为我和唐晓有什么吧。

我说:"不是,只是很早之前就认识。"我四两拨千斤地回答。

韩叙却不以为意:"我调查过你,你之前在一家知名杂志做主编,后来被辞退,又二次跳槽才来到风唐。"

我心里一惊,韩叙调查我?

韩叙见我不说话,又说:"我也知道你离过婚,所以很好奇你这样的女人怎么能得到唐家少爷的青睐。就算你家曾经辉煌,那也是曾经了。"

他这副口吻我很不喜欢,我回瞪着他:"韩经理很喜欢这样调查别人的隐私吗?恕我直言,这样真的很没教养。"

韩叙冷笑:"我本来就是私生子,怎么会有教养?"

嘿,这一句怼得好,我都不知道说啥了。

我算看出来了,韩叙表面上儒雅还自带阳光,实际上骨子里是个很黑暗的人,可我不明白他哪里得罪他了,只是因为昨天晚上的无意撞破?拜托,我什么都没看到好不好?如果不是他在门口堵我,我连那个男人是谁都不知道!

我直接说:"你也不用这样说,那是你们家的事跟我无关。我只想告诉你,昨天晚上我什么都没看见,也不知道你女朋友是谁,更不关心你女朋友是谁,你可以尽管放心。"

韩叙斜眼看着我:"我凭什么相信你?"

我真是要生气了,我扭头看旁边:"那随你怎么想了。"

这一路继续无言,直到我们到山下拿到物资和道具装上车,我和韩叙都没有再交流。他倒是试图攀谈,但是我连个眼神都不愿给他,只盼着赶紧回去。

运气有时候就是这么不好,回程的路上,韩叙的车抛锚了。我们就停在了半路上,前不着村后不着店。韩叙觉得自己能够搞定,却弄了半天没有下文,天色暗了下来,看着要下雨了。

我无奈地拿出手机想要打电话回去找人帮忙,手机的信号又奇差,电话根本拨不出去,我只能试着给小悦发了一条信息。

韩叙黑着双手,脸上脏兮兮的,一脸垂头丧气地看着我:"弄不好,你打电话了吗?"

"打不通,发了条信息。"我又看了眼手机,补充道:"还没发出去……"

乌云压顶,风势越来越强,大雨瞬间倾盆落下,我和韩叙赶忙躲进了车里。雨点急促地敲打在车窗上,很快玻璃上就形成了一条条细小的水流,一

160

第七章 <<< 翻手云，覆手雨

片模糊。

"好大的雨。"韩叙又开始没话找话了，我没搭理他的意思。

肚子有些饿了，我从包里拿出一袋话梅，韩叙看着我半天来了句："你不分点给我？"

我在心里翻了个白眼，掏了几颗放进韩叙的手心里。

韩叙说："谢谢。"

吃了一颗话梅，韩叙又说："其实，我觉得你和我很像。我是寄人篱下，你是家道中落，都很可怜是不是？"

可怜？不，我不觉得。

我从来没觉得余家于我的含义是财富和地位，那只是我的家人，千金散尽又何妨，只要家人都在，一切都可以再来。

我看着韩叙，他的眼里流露出一丝孤寂。"我不觉得很像，"我想了想又说，"其实你也不可怜，你现在拥有的是多少人梦寐以求一辈子都无法获得的。"

韩叙目光凝滞，好一会儿才笑着说："也对。"

我和韩叙之间的气氛稍微缓和了一些，我们都默契地没有提起昨天晚上的事。看着渐渐暗下来的天色，我有些着急。

韩叙安慰我说："他们会来的，放心吧。"

就在韩叙说了这句话没多久，前方出现了两道车灯，有人来了。

我正要打开车门，只见对方车刚停稳，一个身影打着伞从车门跳下奔了过来。韩叙下车，那人也正好跑到跟前，我这才看清是白安然！

白安然的鞋子上全是泥浆，神情焦急："你没事吧？"

我心里咯噔一下，好像明白了什么。

白安然很仓促地看了我一眼，我只来得及跟她点头示意，很快又有片场的工作人员过来，帮我们把车给拖了回去。

等回到宾馆，我已经全身湿透，抖得不行。这秋天的山里到了晚上还是很冷的，更不要说我还淋了雨。

关真尧担心得很："他们说车里坐不下了，我去了也是帮不上忙，余姐你没事真是太好了。"

我洗了个热水澡这才缓了过来，小悦给我拿来了晚餐，我慢慢地吃着，跟小悦还有关真尧说了下午发生的事。

我想我大概能猜到韩叙的秘密女友是谁了，只是没想到会是她。

白安然，目前国内最炙手可热的女演员之一，从出道开始就签约星源，目前是星源旗下的一姐。

劫后余笙

没想到一直绯闻不断的白安然，她真正的男朋友居然是韩叙！

别问我为什么会知道，她那一刻看向韩叙的眼神是造不了假的，绝对不是下属看领导的眼神。更何况，白安然这种级别的艺人，根本不需要看韩叙的脸色行事。

那种眼神带着担忧、害怕，还有几乎掩饰不住的心疼，这是女人看爱人时才有的眼神。只要爱过的女人，都能看懂。

从这一天开始，白安然面对我的时候总有一股不自然的态度流露。按说她这样在演艺圈摸爬滚打多年的人精，对自己的情绪管理应该收放自如，为什么还会这样呢？

我看了一眼正混在工作人员间帮忙的韩叙，按说韩叙来探班是正常的，但是探班探了这么久又是古怪的。白安然和关真尧不同，白安然身边有专职的经纪人、工作助理，甚至生活助理，她去哪里都是乌泱泱一堆人。

韩叙的身份是个不上不下的上司，长期留在剧组会引起别人的怀疑，我想他自己也会发觉到这一点。

果不其然，在我们进入剧组的第五天，韩叙返回S市了。

他走了我反而轻松不少，浑身都觉得痛快。

韩叙离开的当天晚上，剧组拿来了一个大蛋糕，原来今天是白安然的生日。我突然明白为什么韩叙要在今天离开了，真是欲盖弥彰。

作为一名演员，在剧组过生日是家常便饭了，我们一起给白安然举行了简单的庆祝仪式，分享了蛋糕。因为第二天还要拍戏，所以大家都没有玩得很晚，只是吃了晚饭就各自回房了。

上三楼的时候，白安然从后面叫住我："余小姐，你让小关来一下我房间吧，明天要开始跟她的第一场对手戏了。"

让女主角主动发出邀请，我有些自愧："好的，麻烦你了。"

白安然温和地笑了："你也过来吧，我看小关挺害羞的。"

那倒是，关真尧虽然认真，可到底还是个涉世未深的学生，面对白安然这样的大明星难免会紧张。

我陪着关真尧来到二楼白安然的房间，她们一起对戏讲戏一直到快十一点，关真尧都忍不住打哈欠了。

白安然笑着说："好了，小关也累了，今天就这样吧，明天好好加油。"

小关是一脸受宠若惊："安然姐，真不好意思，影响你休息了。"

"怎么会呢？我也需要对戏啊。"白安然送我和关真尧到房间门口，然后突然想起来什么似的，说："余小姐，我们经理有东西让我转交给你，我都给忘了。"

关真尧自然是知道风唐和星源的合作计划，听白安然这么说也没有觉得不妥，只说自己先回去，留下我一人。

白安然让出位置："进来再坐一会儿吧。"

她果然是故意支开关真尧的！

白安然的房间是独立的单间，一人住，还有一个小小的会客厅。她的助理和经纪人都住在她旁边和对门的房间里，不像我们三人挤在一起。

白安然给我递上一杯咖啡，然后优雅地坐在对面："你都知道了吧，我和韩叙的事。"

我看这个架势没有半小时是回不去的，索性开门见山："我其实对你们的私生活并没有兴趣，我不是狗仔队。"

白安然莞尔，点头说："确实。韩叙跟我说了，公司里有意向推动的新计划，你们公司是第一个合作对象。"

我有些惊讶，我可没想到韩叙会把公司的事也跟白安然说。

"是的，我们公司也刚刚起步，也许这是个机遇也说不定。"我坦然地说。

白安然浅饮一口咖啡："别的我不知道，但我要提醒你的是，将要跟你们小关组团体的周茉可不是省油的灯。"

周茉就是现在同剧组里担任另一个女配的新人，跟白安然同属星源。真是奇怪了，她们是同一家公司里的艺人，按说白安然不应该这样跟我说。从在公司的地位来说，新人周茉无论如何比不上白安然；从公司利益来说，白安然又不应该这样说自己的同门师妹。

我迟疑地看着她："这话怎么说？"

"你知道的，虽然表面上是团体组合，但实际上还是竞争对手。"白安然点到为止。

我倒是真看不懂白安然葫芦里卖的什么药了，就这样聊了一会儿，我起身告辞，这一次白安然没有拦着我。

白安然的话我不打算冒失地告诉关真尧，起码现在不会告诉她，白安然口里的周茉我倒是留了几分心。

老实说周茉和关真尧的气质有些相近，只是周茉的眉宇间透着英气，是为数不多具备帅气这一特征的女演员。我感慨着星源就是资源好，新人都这样出类拔萃。

转眼到了关真尧的戏份杀青的这天，数数我们在剧组的日子，也待了快一个月了。原本我以为很快就能搞定的，却待了这么久，这要归功于金韶导演的精益求精。

劫后余笙。

关真尧收获不少，我也是一样。

我等着看关真尧拍最后一个镜头，在太阳下我伸手遮住眼睛。突然心念一动，我感觉身后有什么人在看我。我下意识回过头，眼神不经意和对方撞在了一起，他的黑眸透着笑意，就这样站在人群中间，让我心头颤动。

唐诀！

在片场我不能高声叫出他的名字，但身体却抢先一步直接朝他奔了过去！

一直到他面前，我才停住脚步。旁边还有人，我不能抱住他，只能兴奋地压低声音："你怎么会在这儿？"

唐诀抱着双臂，一身轻松："来接你度假。"

我这才看见他身边有两只小小的旅行箱，一时没弄明白唐诀的意思，我又问："什么度假？"

"滑雪和海边，你喜欢哪一个？"唐诀直接问我。

我说："滑雪吧。"

唐诀点头："那就去北方。"

我真没想到，像唐诀那样的人也会有这么天真冲动的时候，我说了去滑雪，他直接把我从剧组带走坐上了前往北方H市的航班。

你能想象吗？下了飞机我冻得不行，只能缩在唐诀的大衣里，连脑袋都不想探出来。深秋的H市，最高气温不足五度，我们到的时候已经临近傍晚，我估计这时候气温已经零度以下了。

我之前还在温热潮湿的山林里，几个小时后的现在却在H市的机场冻得瑟瑟发抖。

唐诀笑得乐不可支："我叫你穿上你偏不听。"

我伸手在他的肚子上拧了一把："你给我带的是什么衣服？"唐诀平时身体管得很好，肚子上硬邦邦的很有肌肉的感觉。

唐诀更是笑眯眯："没关系，你在我眼里穿什么都好看。"

我呸！你怎么不给自己带一件穿着像从撒哈拉沙漠刚逃出来的难民服装呢？

见我不爽，唐诀又板起脸："这也不能怪我，谁知道你柜子里的衣服还被你自己剪过了……"

我又想起那缺了半只袖子的棉衣，本来我是要丢掉的，后来想拿着废物利用就迟迟没有行动，谁知道今天被唐诀带了出来，还拿给我让我穿。

我咬牙："我不管，我要去买衣服。"

唐诀的笑声震动着胸膛，让我格外觉得安心："好，去买衣服。"

我们就在离机场不远的商城买了毛衣和羽绒服以及棉裤棉鞋，我也没精力去仔细搭配，看着不错就直接穿上身。实在是太冷了，在这种时候什么美貌的衣服都如过眼云烟，能保暖就行。

搞定了基本生理需求，我估摸着关真尧和小悦应该已经下飞机了，又打了个电话过去问平安。

小悦比关真尧还兴奋。一个劲地让我记得给她带纪念品，哪怕一只冰球也好，说是什么沾沾爱情的好运，说不定能顺利脱单。

唐诀一直牵着我的手，大手紧握着我的手，然后藏在他温暖的上衣口袋里。

见我打完电话，唐诀说："走吧，我们先去吃晚餐。"

H市夜幕降临，路上的灯火虽然没有S市那么璀璨繁华，但是点点如星光般，身临其境倒别有一番安静的浪漫。

在街边的一家小店吃了豆捞，唐诀带着我打车前往滑雪度假村。我好奇地问："这么晚了，还在开门营业吗？"

唐诀眼睛眨了眨："你也不看看我是谁，别人也许不接待，但是我那就不一样了。"

我笑道："嘚瑟。"

H市的滑雪度假村也在山区里，我们一路摇摇晃晃开了估计有一个小时才抵达。刚在门口下了车，有两个人就迎了上来，一一与唐诀握手后说："唐总，好久不见。"

唐诀笑着点头："好久不见了，温老板。"

温老板又与我点头示意："这位是……"

唐诀的眼神立刻变得柔软起来："这是我太太。"

温老板立马说："你什么时候结婚的？居然不通知我！太不够意思了。"

唐诀笑道："婚礼还在筹办中，到时候你可得出个大红包，红包不够大我可不让你参加。"

温老板笑得满脸褶子："一定，一定。"

在温老板的坚持下，我和唐诀盛情难却地又吃了一顿晚饭，权当是宵夜了。好在温老板虽然外形上粗犷了一些，可安排的餐点却十分用心精致。

唐诀与温老板聊着，我则品着酒吃着菜，安安静静的气氛让我觉得恰到好处。正吃着，突然从门外走进来一个人，她软言细语地进门就说："温老板，你们喝酒也不叫上我？"

我抬眼随意地向她看去，心里一乐，这温婉明艳的模样，不是夏颜颜又是谁？

劫后余笙

夏颜颜也没料到会在这里遇见我们,她表情凝滞了几秒,很快反应过来:"小笙,唐诀,是你们呀?"她的语气里带着别人听不出来的讨好和担忧。

怕什么呢?是怕我当场给脸色吗?

怎么会呢?我们都是成年人,况且还有外人在。我笑笑向她举起酒杯:"夏小姐,你好!在这里遇见真是缘分,一起坐吧。"

夏颜颜对我们是直呼姓名,我却礼貌又疏离地叫了她一声夏小姐。能这样已经是我的极限了,我绝对叫不出"颜颜"这样亲密的称呼。

温老板原本尴尬不满的表情,也因为我的邀请而放缓,他说:"夏小姐坐吧。"

真是奇怪的语气。我一边喝着酒一边打量着夏颜颜,眼神里没有任何掩饰。我很好奇,刚才夏颜颜对温老板的口气十分亲昵,但是温老板又称呼她为夏小姐,真是很有意思。

夏颜颜不敢与我对视,脸上的微笑也僵硬了许多。直到我们吃完她的笑容也半分没变,我都替她的腮帮喊累。

到了温老板安排的房间里,我总算松口气:"夏颜颜怎么会在这里?"

唐诀褪去身上的衣服:"我也不知道,不过这个温老板近期有拓展业务的计划。"

我冷不丁地问:"要去S市开滑雪度假村?"

唐诀笑了:"大概是投资吧。"

我也被自己的问题蠢到了,S市四季分明,春夏秋三季尤其气温高,一个冬季再冷也不会低于零下五度。这样的城市开个室内滑雪馆还行,开一个这样的露天滑雪度假村根本就是不可能的。

我还在想夏颜颜的事,旁边的唐诀却开始伸手解我的扣子,他边解边说:"我们去洗澡吧。"

唐诀的速度太快了,等我反应过来,他已经解开我贴身衬衫的第二个扣子了。

我大惊失色,连忙拍开他的手:"你干吗?"

唐诀不依不饶地又把爪子伸了过来:"洗澡啊。"

我大窘:"你自己去洗啊,要么我先洗。"

唐诀开始解我扣子:"不要,我要一起洗。"

我去!这时候我就发现男人和女人的力气差别太大了!明明我已经很努力地要摆脱唐诀的狼爪子,但事与愿违,很快我的上身就被脱光了。

唐诀坏得不行,一把收走我的衣服,然后大步走进卫生间:"你脱完了就进来。"

看着他关上的门,我忍不住在心里嘀咕,唐诀这王八蛋越来越坏了!都是跟谁学的?

我光着上身冷,又不能这副样子出门借衣服,钻进被窝还是得洗澡。犹豫片刻之后,我三下两下脱掉了全部的衣服,钻进了卫生间。

反正睡都睡了,就不要矫情了啊!

我以为我的脸皮和心理建设已经提升了不止一个档次,但在看到唐诀的时候,还是垮塌了一半。他光洁的麦色肌肤在流动的水下看起来格外诱人,见我没动,唐诀伸手拉住我:"愣着干什么,你不冷吗?"

我应该庆幸唐诀没有选择泡澡吧,毕竟太晚了,泡澡需要的时间长。我被唐诀从背后圈在怀里,他用喷头把我的头发淋湿,我连忙说:"我不洗头发。"

唐诀坚持:"一会儿我给你吹干。"

好吧……我不说话任由唐诀给我洗头发,等到头发洗好,他又开始伸手拿沐浴露。我浑身一抖:"我自己来吧。"

其间我一直没敢抬头看唐诀的眼睛,全部的注意力都拿来抵抗和唐诀一起洗澡这件事上。唐诀不理我的抗议,他很快弄出了丰富的泡泡在我的后背上轻轻抹了起来。

他的手掌大而温暖,带着一点点粗糙的感觉,摩挲在我的皮肤上引起一阵阵的战栗。我差点腿一软跌坐下去,唐诀反应快,一把揽着我的腰,另一只手还在给我抹沐浴露泡泡。

我耳根都烫了起来,声音开始软绵无力:"我不洗了,给我冲干净,我去睡觉了。"说着,我伸手去拿唐诀旁边的喷头。

这一次洗澡,唐诀满足了,我却累得不行,最后都不知道是怎么上床睡觉的。总之,我第二天醒来的时候,天已经大亮了。

唐诀一脸神清气爽、穿戴整齐地站在床边说:"起来吧,我们出去玩。"

这样略带孩子气的唐诀只在回忆里出现过,那时候的唐诀还没有进入青春期,而我也没有对他厌恶到极点。虽然见面会拌嘴,但绝对也是很好的玩伴。

现在的唐诀都快三十了,竟然还能在我面前流露出这样的神态,我觉得很新奇,更多的是高兴。

是觉得我可以信任吧!觉得在我身边,可以像孩子一样偶尔任性。

唐诀带着我来到滑雪场,先做了十分钟的准备活动,他开始手把手地教我基本要领。学了好一会儿,我总算能在雪地上慢慢地移动了。

劫后余笙。

唐诀一直守在我旁边，说实话我也不敢滑得很快。滑雪这种运动还是具有一定危险性，我这样的菜鸟从来不打算挑战自我。

过了一会儿，温老板过来要与唐诀谈事的样子，我表示自己可以一个人慢点，唐诀再三叮嘱后跟着温老板离开。

我正在练习着，突然看见夏颜颜从远处滑了过来，她穿着深蓝和浅蓝相间的滑雪服，一张白皙的脸因为运动过而泛着浅浅的粉，在这冰天雪地的琉璃世界里，她无疑是美丽的。

夏颜颜停在我面前，微笑道："我来教你吧。"

从很早之前我就想过，也许夏颜颜有双重人格也说不定。你看她之前和我是朋友，后来又撕破脸闹得敌我势不两立，现在居然能满脸堆笑地跑到我面前要教我滑雪。

我会答应吗？当然不可能。

我从夏颜颜面前挪开步子："夏颜颜，我们就不要这样伪装了吧？本来就是敌人，你不用这样热情。"

夏颜颜说："你和唐诀真的结婚了？"

看来她还是不相信，我以为那次我在唐氏集团的时候夏颜颜就应该明白的。我说："真的还是假的，跟你没关系吧。"

夏颜颜笑了一声："就算身边的男人是唐诀，你还是老样子。"

我转头也笑笑："那是，我比不上你。怎么？甩了梁修杰，准备和这个温老板发展新恋情吗？"

夏颜颜脸色刷地白了，她瞪着我："你别胡说八道！"

我翻了个白眼："拜托，大家都不是傻子。在 S 市的时候，你就经常带着梁修杰出入各种社交场合，估计知道你们关系的人有很多吧。可你却单独一个人来这里，为什么没带梁修杰？"

我随即笑了："抱歉，我说太多了。"

夏颜颜怒道："我只是来谈生意的，你别把人想得那么龌龊！"

真是要哈哈大笑了，我冷冷地看着她："一个插足朋友婚姻，还推朋友摔下楼梯的人，我实在不该用龌龊来形容她。"

我微微靠近，然后一字一句地说："应该是无耻、卑鄙、不要脸。"

"你！"夏颜颜怒极。

我突然表现出害怕的样子，然后一下摔倒在地，夏颜颜刚准备说什么，身后的唐诀早已一步上前扶着我。

唐诀问："怎么了？怎么摔倒了？"

我眼泪汪汪的，欲言又止，看了看夏颜颜："没关系，不关夏小姐的事，是我自己不小心。"

听到我的话，夏颜颜的脸皮都颤抖起来。我心里开心极了，夏颜颜啊夏颜颜，这是你曾经最喜欢在梁修杰面前演的戏码呢！怎么样？换了角色的感觉如何呀？

温老板也赶了过来，听到我的话，他有些诧异和不满地看了看夏颜颜。

唐诀的眼神也凌厉了起来："夏小姐，我觉得你滑雪技术要比我太太厉害很多，你可以去那边的难度区，不用在这里炫耀你的本事吧。"

夏颜颜简直难以置信，一双美丽的大眼睛很快泛起了泪光。

我赶忙装作站不起来，连着"哎哟"了两声，温老板也紧张起来，对唐诀说："唐总，那边有医务室。"

唐诀解除了我身上碍事的装备，然后一把抱起我向医务室走去。

我揽着唐诀的脖子，嘴角的微笑却越来越大。唐诀的大手捏了我腿一下，眉眼间全是戏弄的笑意："很好玩吗？你这个小骗子。"

我忍不住笑出声："好玩呀！你难道不该谢谢我吗？"

唐诀微微低头，用鼻尖蹭了蹭我的，语气宠溺："你这个一肚子坏水的家伙，我一开始还真以为你受伤了。"

我心情大好："奖励还是要落实到奖金上啊，唐总。"

从见到温老板的那一刻起，我就知道唐诀这次出来绝对不是度假这么简单。他透露出温老板要拓展业务、准备投资的时候，我已经大概猜到唐诀的打算。只是我和他都没想到会在这里遇见夏颜颜，看来夏家也打算从这一条线入手了。

温老板与唐诀有交情，也有过生意上的往来。可夏颜颜打的是美人计的牌，如果温老板真的上钩了，这么一点与唐诀的交情很可能不够用。

不过这类老板都有个通病，那就是事成之前不愿意被外人知晓内里的勾当，所以就算温老板此刻沉浸在夏颜颜的温柔乡里，他也得拿出态度来。

一个耐不住性子，就喜欢惹事的女人，再漂亮男人也不敢收，温老板显然也是这样想的。给夏颜颜使了绊子，夏家想顺利拿到温老板的投资就不是那么容易的事了。

唐诀故意给我抹了红花油，一股药味萦绕着我的全身，温老板前来探望的时候，唐诀也是一脸不悦。

温老板和唐诀还有合作，他显得很担心，立马皱着眉问："要不要去医院看看？"

唐诀放缓了神情："等会儿要是还疼就去看看吧，温老板多谢你关心。"

温老板连忙道："应该的，应该的。"

劫后余笙。

于是接下来的两天时间，我没有再看见夏颜颜，空余的时间都是坐在滑雪场上围观。这也好，反正我对滑雪没什么兴趣，原本就是图新鲜来的，现在看还不如去海边呢。

结束了滑雪的度假，我和唐诀返回了S市，没过几天温老板也抵达了S市，唐诀又开始忙了。

与星源的合作计划很快提上了日程，关真尧和周茉组成了女子二人组合，开始进入新一轮的培训。

关真尧对这个提议很不安，她觉得自己是学演戏的，怎么戏还没演几部，就跑去出唱片了。

我无奈地说：“你的水准啊离出唱片还远呢，只能出单曲混混名气。”我又一脸悲哀地看着她，"说不定连单曲都没得出。"

关真尧惆怅了，谁让她是新人呢，听从公司安排和包装才是唯一出路。很快关真尧和周茉就开始共同训练，两人的风格很像，同样也是配角演戏出道，一样被安排走女团包装刷名气的路线。

只不过关真尧气质偏冷，周茉更具英气。

最终敲定的女团名是"cold"（寒冷，下同），倒也符合两人。

这天我收到了S市企业家座谈会的邀请，晚上去参加晚会。我很诧异，为什么我也被邀请在列？风唐并不是我的公司，我只是个挂名副总。

不过能参加这样的盛会，我还是很开心的。毕竟，这是第一次不是以唐诀太太的身份参加。

当然，我能去，唐诀肯定也在受邀范围。

我还是照旧选了一套利落的西装裤礼服出席，本想着与唐诀同去能搭个顺风车，没想到他晚上临时有事走不开，我只能一人前往了。

刚走到公司楼下，一辆车在我身边停稳，车窗里露出韩叙的半张脸，他说："上车，我带你去。"

说实话我很反感韩叙，可又不能表面上流露出讨厌的情绪，我礼貌地笑笑："我还是自己去吧，多谢韩经理。"

韩叙的眉间拧成一个川字，他又说："我们是合作公司，一起出席有利无害。"

好吧好吧，拿我们风唐的艺人压我，在这个利益驱使的年代，我还能抵抗什么呢？片刻思索后，我坐上了韩叙汽车的副驾驶。

韩叙今天穿了一套深灰色的西装，倒是与我的礼服颜色一致，车上我们默默无言，快到了的时候韩叙说："我以为你是唐晓的人，没想到，你是唐诀的女人。"

看来唐诀去剧组接我的事，白安然都讲给他听了。我也没打算否认："是啊。"

韩叙无声地笑了："有眼光，如果是我也会选弟弟。"

恶心的语气，我转移视线不去看他。

到了地方，我与韩叙一起进场，引起了一阵不小的惊讶。看来韩叙在这个圈子里还是蛮有名气的嘛！只能说之前的我离得太远了，孤陋寡闻。

一番客套的打招呼后，我和韩叙分开。这次亮相的目的已经达到了，星源和风唐达成合作的消息肯定会传遍S市，也是为了下面要推出的女团造势。

难得来到这样的场合，我自然不能放过机会，我代表风唐，更代表了唐诀。

周围的人也对我这样相对陌生的面孔很好奇，没一会儿工夫，我就和一些人交换了名片，开启了友好的交谈。

我并没避讳我和唐诀的关系，他们问我就答，很快打量我的眼神里多了一重审视，我微笑着大方接受。

正在气氛很好的时候，突然一个年轻的女人从人群里钻过来，一个不小心摔倒在地，藏在怀里的几张照片撒了出来。

我定睛一看，这不是李小曼吗？

李小曼这一跤摔得很优雅，完全没有出糗的样子，反而更多带着女孩柔弱无助。她本来就是人气正当红的女明星，又是上一次S市慈善拍卖会的最大赢家，李小曼的大名在场谁人不晓？

身边不少人赶紧把李小曼扶了起来，她脸色一变，伸手去捡地上的照片。照片撒了一地，李小曼慌慌张张地只捡了绝大部分。

这时，有一只纤纤玉手从地上捡起了一张遗落的照片，是夏颜颜！

看见这两人，我心里隐隐不安起来。

夏颜颜看着照片，原本还喜色满面的脸瞬间变得惊慌失措，她不住地抬头看我，然后一双眼睛里蓄满了泪，嘴唇颤抖起来。

夏颜颜亮出照片指着我说："小笙，枉我还把你当朋友，你怎么可以这样?!为什么和我的未婚夫纠缠不清？我明明那么信任你！"

照片上俨然是我和梁修杰，场景我也认得，是在李小曼那天的生日宴会上！梁修杰试图靠近我被我让开了，看来这照片是那一瞬间拍下的。要说没有准备，打死我也不相信。

我倒是想看看夏颜颜和李小曼究竟想做什么。

我挑眉不打算先出声，李小曼快速地看了我几眼，一副心虚的样子说：

"对、对不起，副总，我事情没办好。"

这一声副总让在场的人立刻明白，李小曼是当红明星是千金名媛又如何？艺人还是要听公司的话，管你什么李家大小姐，签了合同就是公司的人。

照片上的人是谁，夏颜颜让大家看清了；事情是谁做的，李小曼又给落实了。

事情没办好？还能是什么事？无非是把照片销毁呗。做贼心虚，所以才要毁灭证据，看到这里我总算明白了。李小曼和夏颜颜估计在那天的生日会上就已经勾搭成一条战线了。我很好奇，这两个人为什么好好的日子不过，要在这里给我添堵，打量着我好欺负吗？

看着李小曼脸上的表情，我几乎要为她此刻的演技喝彩了，这样的颠倒是非、玩弄人心，不去捧个奥斯卡小金人回来都对不起她今天这样的表现。

夏颜颜见我不吱声，眼泪刷刷地落下："小笙，你怎么可能这样对我？我以为那天你只是喝醉了，所以才让我未婚夫帮你一把。我、我……"说到最后，她居然泣不成声了。

周围人开始议论纷纷，我实在是很无奈，捡起地上一张照片看了看，说："你口口声声说，我和你的未婚夫纠缠不清，我倒想看看是如何纠缠不清的。"

我笑着翻过照片面朝大众："我和你未婚夫拥抱了吗？接吻了吗？还是上床了？"照片上只是我和梁修杰靠得比较近，他伸出手想要扶着我，但是并没有碰到。

夏颜颜握紧双拳："你以为你这样说，我就会相信？"

我笑起来："夏颜颜，你可能记性不太好，但是我却始终没忘——你所谓的未婚夫只是我的前夫！他与你出轨在先，所以我和他离婚了。试问在场的女士，你们会和这样的前夫纠缠不清吗？"

在场的人惊呼，根本没想到这里面还有事关夏家大小姐的秘密桃色新闻。夏颜颜的脸色已经铁青，她张口结舌说不出一句话来。

我又说："退一万步说，假如我真的脑袋进水跟你的未婚夫我的前夫纠缠不清，我为什么要在这样一个场合处理照片呢？"

说着，我瞟了一眼旁边的李小曼："我怎么说也是一个副总吧，有自己的心腹自己的助理吧，我为什么要让一个当红的艺人做这样的事？"

李小曼微微垂着头，刘海遮住了她的眼睛，我看不清她的表情。

夏颜颜好容易憋出一句："那是小曼发现的照片，她只是想告诉我真相。"

我忍俊不禁："真有意思，李小曼生日宴会上的事什么时候不说偏偏现在要说。按照夏小姐的理论，我倒真分不清李小姐这是想为难我呢，还是想挑拨关系？"

李小曼这时抬起头来，眼圈红红的："对不起，是我弄错了，大家都别吵了。"

想息事宁人，就此让流言传开吗？想得倒美。

我冷笑："那可不行，这事关我的清誉和夏小姐的终身幸福，我觉得李小姐还是应该好好说一下来龙去脉。"

李小曼飞快地看我一眼，然后伸手擦拭了一下眼角，低头作抽泣状。

我没等她开口，直接就说："李小姐为什么哭呢？我是打你了还是骂你了？只是请你说出这事的原委，没必要这么委屈吧？"

这时夏颜颜怒道："你别逼她了，谁不知道你是风唐的副总，是小曼的顶头上司，你发话了她敢怎么样？你这是仗势欺人！"

我不慌不忙："我是风唐的副总没错，可我到风唐才两个月不到，李小姐是风唐建立初期就签约的艺人，眼下是风唐一姐，风头无人能及。我根本没权过问她的事，我仗什么势又怎么去欺人呢？"

我的音量不算大，但绝对掷地有声，夏颜颜想用这点拿住我也太想当然了。

我看着夏颜颜，一字一句地说："夏小姐说我与你的未婚夫纠缠不清，本来那天的事我不想再提的，怎么说我和你也曾经是同学，即便你插足我上一段婚姻，我也不想再说些什么。但可惜，夏小姐不是这样认为的。没错，这照片里的人是我和你的未婚夫。"

说着，我面朝周围的人群："那天是李小曼小姐的生日宴会，我还没有成为风唐的副总。我应邀出席李小姐的宴会，临走的时候因为不胜酒力有些醉意，夏颜颜小姐的未婚夫在这时候想要乘虚而入，说是要与我和好。"

听到这里夏颜颜浑身一颤，一双大眼难以置信地盯着我，我笑笑继续说："不过我拒绝了，只有照片恐怕夏小姐不会相信。我记得那天生日会是在露天举行的，应该有监控，我希望李小姐能够调出监控视频，还我一个清白。"

我满怀希望地看着李小曼，李小曼几乎硬撑着说："视频已经没有了。"

我意味深长地说："噢，视频没有了，照片却洗了这么多出来。怎么？李小姐也想涉足摄影圈了？"

话都说到这份上，周围看热闹的人都不是傻瓜，混迹商圈的个个都是人精，见李小曼没有吱声，有不少人开始打圆场。

173

我笑笑，对着夏颜颜说："夏小姐，我不是那么不好说话的人。你和我前夫情难自禁我能理解，但是不代表我就愿意被你诬陷。你刚才说我与你未婚夫纠缠不清，我很不高兴，我可不想跟背叛过我的人再有什么瓜葛。但是你的言辞严重影响了我的名誉，所以我希望你能给我当众道歉。"

夏颜颜一听，眼睛不受控制地乱眨起来："你、你凭什么？"

"那你又凭什么拿这样一张看不出任何内容的照片来诬陷我呢？"我立马厉声严辞："夏小姐，如果你不道歉的话，我将起诉你损害我的名誉权，并向你索赔。"

夏颜颜咬了咬嘴唇，迟疑再三，终于飞快地撂下一句话："抱歉，是我搞错了。"然后逃也似的离开了会场。

我又看着站在原地，满脸尴尬的李小曼："李小姐不跟过去看看吗？你的好朋友因为你的失误伤心了呢。"

李小曼只是看了一眼夏颜颜离去的方向，接着有些愧疚地说："我也只是想她认清渣男的真面目……"说完，她这才跟着追过去。

这短短的一句话再配上李小曼恰到好处的懊恼，让周围的众人对李小曼又有了新的改观。

是啊，一个年纪尚小的世家千金，凭借着出众的外形和不错的演技收获了大量的人气，可她本质上还是个冲动、富有正义感的女孩。

李小曼和夏颜颜之间的差距顿时高下立现，大概是和梁修杰在一起久了，夏颜颜的段位直接倒退了好几个档次。

或者，不是夏颜颜的水平退步了，而是我比从前清醒。

聚会结束的时候，唐诀来接我，坐在车上我突然问他："如果李小曼这盘菜凉了，唐晓会生气吗？"

唐诀说："我估计他已经把李小曼这个人忘得差不多了。"

原来，现在唐氏正面临着史无前例的大并购和整改，这段时间唐晓和唐诀兄弟俩忙得脚都不沾地，恨不得把家都放在公司。即便是这样，唐诀还是每天回家陪我，只不过他还带着大量的工作。

聚会过后的第二天，我又在公司看到了李小曼，她若无其事地向我打招呼，脸上带着春风得意的笑容。

原来，李小曼刚拿下国内一线美妆品牌的代言，这几天以她形象为封面的时尚杂志就发行了好几家。整个S市洋溢着李小曼式的风格。

我也笑笑回应，心里却有了其他的盘算。

又过了一段时间，金韶导演的电影《风雪仙踪》开始披露第一批定妆照，官方微博下很快被刷爆了人气。

原本女主角白安然就是超一线的巨星，影响力和人气在国内都是首屈一指，她的定妆照我也看过，确实仙得很，眼神极有味道。

在意料之中的是，关真尧的人气也在小范围中渐渐刷了上来，官博很好心地圈了主角配角的名字，关真尧作为戏份还算多的配角，第一次受到了关注。短短几天，微博的被关注量就增加了好几万。

关真尧高兴坏了，我给她打气："这有什么，等电影上映了，上百万粉丝都能手到擒来。"

关真尧兴奋得满脸通红："谢谢余姐！"

"谢我做什么，你人气高我有钱赚，这是双赢。"我笑笑说。

大概是因为人气提升的刺激，关真尧这几天特别积极，去星源上培训课都比平时努力很多。时间过得很快，渐渐地，两个多月过去了，冬天最冷的时候到了。关真尧和周茉经过这么久的磨合和训练，韩叙终于拿出了属于"cold"的第一首出道作品。

我原本想，冬天的时候出单曲，还挺符合这个组合起的名字。谁知，韩叙却说："不是单曲，是电视剧的系列主题曲，一共四首。"

我默了，这还不算是正式出道啊。这样的话，除非电视剧大热，不然"cold"还是得潜在深水里。

韩叙看出了我的质疑，很有信心地说："你要对你的合作方有信心，我们是星源，决不做亏本的买卖。"

过年之前，我总算明白韩叙话里的意思了，星源推出了年度岁末重磅电视剧，爱情喜剧的题材在这个时候很受欢迎。即便不大热，也是颇受瞩目，我也在电视上听到了"cold"唱的主题曲。

怎么说呢，口水歌。

我只能这样评价，可就是这样的口水歌最容易打开人气市场。我想了想只能安慰自己，反正关真尧并不是奔着歌手这条路去的，就算是正式出道之前积攒人气吧。

当然，瞅准了春节寒假这个大市场的不止星源一家，李小曼参演的另一部电视剧也差不多时间开始播出了。

一个是爱情喜剧，一个是都市时装剧，我问唐诀："要是你的话，你喜欢看哪个？"

唐诀在忙着年前的工作总结，听完我的话头也不抬："我不想看见李小曼，别的什么都行。"

我忍不住笑出声，在李小曼事业如日中天的今天，居然还有为了不看李小曼而拒绝她所演的电视剧的人。

劫后余笙。

唐诀终于从满是文件的桌子上抬眼，他看着我，问："马上过年了，你准备接你父母过来过春节吗？"

我一愣，不知不觉都快过年了。

今年出了这么多事，我爸妈要回来的话我根本没理由拒绝。他们知道我离婚了，但是还不知道我和唐诀领证了。

在他们眼里，我现在是孤家寡人一个，他们肯定会回国陪我过年的。

我回神看着唐诀，只见他的眼里盛满了笑意："想好要怎么说了吗？"

"没有……"我脱口而出。

是真没有想好怎么说，这离婚结婚的频率太快了会不会挨骂啊？想起我爸那张包公脸，我不由得后背一凉。

唐诀叹了口气："唉，人家说丑媳妇早晚见公婆，到现在了你都没告诉爸妈我们的事，我这个女婿该丑到什么地步了？"

我白了他一眼，说："放心啦，今年肯定让你进门。"

唐诀笑了："是吗？那我拭目以待了。"

唐诀和我说了的第二天，丁萧就给我电话了，说是他们下周回国。我深深怀疑丁萧和唐诀肯定私下有沟通，毕竟丁萧多少猜到我和唐诀的关系。

得到了他们准确回国的时间，我就开始着手忙起来，首先要把家里另外一处大房子整理出来。

唐诀很不解，问："咱们家又不是没房间，住一起好了。"

我叹气："只有我爸妈还可以住，可还有个丁萧呢。"

唐诀傻乎乎的："你哥我又不是不认识，都是男人怕什么。"

我没好气地说："我哥还比你大呢，万一这次他带女朋友一起回来呢？也住咱们家？你那个平时很灵光的脑子，怎么想这事就不顶用了呢？"

唐诀从背后一把抱住我："你这个坏蛋的气焰是越来越嚣张了。"

我怕他挠我，想要躲开："是啊是啊，老虎在家猴子也当霸王。"

父母归国的日子终于到了，这天正好是公司开始放年假的时候，唐诀坚持要与我一起接机，我带着忐忑的心情，和唐诀一起站在了机场。

恍惚间，我仿佛置身那一年在机场送走父母的场景。还是在这个机场，只是那时候的我怀揣着对未来最美好的勾勒，谁也没想过，我会以一身情伤迎来父母的归国。

老实说，我有点担心甚至害怕。

当初和梁修杰结婚，我父亲的态度就是反对，我不顾一切和梁修杰在一起，却落了这么一个结局。我怕见到父亲生气的样子，更怕看到他对我失望的眼神。

我的掌心紧握着,里面是一片冰凉。

突然,站在我旁边的唐诀伸手过来,他的手指带着不容我拒绝的力量,将我的掌心贴近他的,然后与我十指紧扣。

他说:"我没那么拿不出手吧?看你紧张的,手心都是汗。"

有唐诀的安慰,我的心稍稍安定了一些,这时丁萧率先闯入我的眼帘,他拖着三箱行李,后面跟着我爸妈。

丁萧一眼就看见我,冲我点头笑了笑,我和唐诀迎了上去。

丁萧在我靠近的瞬间,飞快地在我耳边说:"爸妈知道了,你最好自己先坦白。"

坦白?我一下没了主意,是坦白自己离婚了,还是坦白和唐诀领证了?

无论哪一件,都是事关人生的大事,我就这么自己草草决定,半声没有知会的意思。现在还要先坦白,我不禁头如斗大。

丁萧也是的,为什么不说得再清楚一些?

继母丁慧兰连忙过来拉着我的手,说:"小笙这几年长高了,也比从前漂亮了,真好。"

其实我继母这个人吧,是很好相处的一个人。性情温和纯善,气质秀似芝兰,很符合她的名字。

她眉目之间透着让人舒服的温暖,一眼就让人心生喜欢。我有时候在想,为什么继母的前夫会和她离婚呢?这是多好的一个女人呀!

我笑道:"妈,我已经长到顶了,再长就得横着长了。"

我爸在旁边轻哼了一声:"走吧,我们先回家,回去再说。"

我心里咯噔一下:"好好,先回家。"

唐诀只是笑笑,一言不发地帮着拖了行李。既然我爸说了回家再说,那就回家再坦白吧。怀着忐忑不安的心,我们到了家里。

这房子是父母出国前留给我的另外一处大宅子,我和唐诀已经整理出来,缺的家具摆件用品也一一补齐,宽敞的大平层足够我父母和丁萧住了。

刚把行李收拾好,我爸坐在沙发上冲我点头:"你过来。"

心里一紧,我走了过去,坐在我爸旁边,然后我爸又对唐诀说:"你也来。"

唐诀看来是早有准备,不慌不忙地坐在我身边,我快速地扫了他一眼,发现他脸上居然没有半分紧张。

我爸看着我和唐诀,然后对我说:"你先说。"

我定了定心神,说:"爸,我和梁修杰离婚了。然后,我和唐诀领证了。"

好吧，面对我爸我是没有任何修辞的能力，事实怎样我就怎样说，这半点没有缓冲的句子倒把旁边的围观群众丁萧吓了一跳。他瞪大了眼睛，一看就知道心里在骂我蠢。

唉……我没办法，对付我爸只有坦白从宽。

我爸眼神凌厉起来，指着唐诀问："你和梁修杰离婚，是因为这个小子？"

我连忙摇头："怎么可能？我从前对梁修杰的感情你们不是不知道。是因为他和夏颜颜旧情复燃了，我想……我坚持着也没什么意思，索性成全他们了。"

我低下头去，再说起这一段还是满心的委屈。并不是我对梁修杰还心存爱意，只是对那个时候的自己感到惋惜，实在太委屈了，为什么我当初要这样为难自己？

我又说："我卖掉了那套小的房子给他母亲治病，我认为我……没有哪点对不起梁修杰的，可他还是这样对我，我还有必要坚持吗？"

再看爸爸的眼神，已经缓和了下来，甚至隐隐藏着不舍和怜惜。他说："婚离了就离了，只要你问心无愧，离婚怕什么？房子卖就卖了，就算夫妻一场，情分已尽。只是你为什么这么大的事不跟我们说？"

"我……"我哑口无言。心里的难过委屈还有愧疚像一阵阵汹涌而来的海潮，一下下地冲击着我的心。

"我们余家是不在了，但是我余世冲的女儿还没有到任人欺辱的地步！"我爸深吸一口气，"你记住，以后有任何事，不管我们在不在你身边，第一时间要告诉家里人。除非我死了！那你可以不说。"

滚烫的眼泪落下，我来不及擦，急忙说："爸！您说什么呢！我会的，我以后肯定会的。您别生气……"

丁慧兰赶忙在旁边拍了他一下："都快过年了，胡说什么！怎么年纪越大越糊涂了？"

我爸轻咳一声，又对唐诀说："你呢？是什么情况？"

唐诀看来早就等着我爸问了，他微笑："爸，我和小笙领证了，但是还没办婚礼，就等您回来定日子了。"

定日子？这跟我们一开始说好的不一样啊！这是坦白吗？

我瞬间有点风中凌乱，只听我爸说："唐家小子，你是不是太嚣张了一点。娶我女儿就是这样的态度？"

唐诀笑得很稳重："爸，您放心。其实，我都有准备，一会儿您看是不是满意。"唐诀一口一个爸的，喊得特别顺口。

第七章 <<< 翻手云，覆手雨

他准备了什么？我瞬间有点蒙，怎么这谈话从唐诀开始就和预想的不一样了？

我爸终于露出一个笑容："等我见过你父亲之后再说吧。"

我以为双方家长会面怎么也得等到过了除夕，大年初一或者初二，结果唐诀很积极，我爸也很配合，继母丁慧兰更是对我爸言听计从。结果第二天，我们一行人就去了唐家老宅，名曰商量我和唐诀的婚礼。

说是我的婚礼，其实参与讨论更热烈的人是我爸还有唐诀老爹唐云山，不知道为什么我总觉得继母丁慧兰的表情有些怪怪的，眉间仿佛透着一股沉淀了多年的惆怅。

还有一点很奇怪，上次唐云山找我聊家常的时候，几乎三句话不离丁慧兰，可真当他们见面的时候，又表现得十分疏离。

他们热热闹闹地讨论结婚的日子，直吵了两三天都没定下来，我爸和唐诀他爸尤其意见相左，谁也说服不了谁。

唐云山的意思是越快越好，我爸的意思是要等到春暖花开。

真是有意思，常住在S市的唐云山反而比难得探亲归国的我老爸还要着急。我爸说："唐云山，你急什么？早一两个月的，有什么意思？"

唐云山则不服："反正都没什么意思，提前又何妨？我们唐家还能亏待了你闺女不成？"

他们还没吵出个结果，一张结婚请柬就抢先送到了。

这张结婚请柬来自夏颜颜和梁修杰，诚邀唐云山携全家参加婚礼，时间就定在大年初三的晚上。

看到这个名字，在场的所有人脸都黑了一圈，唐诀果断表示不愿和夏家争风头，还是安排在春天最好。唐云山摸摸头，总算用沉默表达了同意。

我是很乐意春天举行婚礼的，这样我爸他们可以多留在这里一段时间。不得不说，虽然我离开父母独自生活也有很长的时间，但当这种家庭氛围将我笼罩的时候，我还是觉得温暖心安。

唐云山让我和唐诀还有唐晓一起参加夏家的婚礼，我是没意见，唐诀倒有些不快，我问他："你是不想看见梁修杰吗？"

唐诀伸手捏着我的脸："那两个我都不想看见，会让我想起你当初被他们欺负的傻样。"

"谁傻？谁傻？"我立马反手捏回去。

唐诀一巴掌把我的手给握住："你。"

好吧，我傻。傻归傻，可夏家的婚礼我还是想去看看，不为别的，能气到夏颜颜我也开心。

劫后余笙

一直到除夕，我都在仔仔细细地挑选出席婚礼的礼服，我以为唐诀会吃醋，结果这家伙却说："你眼光不行，想要去抢新娘子的风头，光靠你挑的这几套怎么行？"

"我什么时候说要去抢新娘子的风头了？"我顿时无语。

"你不抢新娘子风头你去参加他们的婚礼干什么？纯围观吗？"我发现唐诀有时候坏起来还是跟小时候一样。

在唐诀的帮忙下，我们一起挑中了一款浅蓝色的长裙礼服，一确定了款式，唐诀就打电话让人调货，在大年初二之前送到。

礼服是确定好了，可还差首饰，唐诀坚持不让我选钻石类的首饰，我有点茫然了。其实这么久以来，我柜子里的首饰种类太少太少，能拿出来搭配礼服的更是一件都没。

正在犹豫不定的时候，继母丁慧兰拿来了一只漂亮的木质盒子交给我。

这只木质的盒子让我眼前一亮，因为实在太熟悉了，当初送给李小曼的玉镯就是盛放在这样的木盒里。

她慢慢抚摸着木盒表面，缓缓地说："这件东西是你母亲留下的，原本在你出嫁的时候就该给你的，可是你爸那个人你也知道。他脾气犟得很，那时候说是决不给你。"

我心下了然，那是我爸对我和梁修杰的婚事不满意的抗议。

我笑笑："没关系，现在他不也松口了吗？"

丁慧兰也笑了，露出嘴角两个若隐若现的梨涡："是啊。因为阿诀是个好孩子，你爸一直都很喜欢他。现在你们好事将近，其实你爸比谁都高兴。这个你拿去，好好保管。"

说着，她把手里的木盒交给我。

我爸一直很喜欢唐诀？我居然没看出来。看来虽然是父女，我和我爸看人的眼光差得太远了。

送走我继母，我独自在房间里打开了盒子，虽然早有心理准备，但在看见盒子里的物件时，我还是被它惊艳到。

这是一套玉质的首饰，项链上的珠玉相串，颗颗圆润精美，在最下方还有一只巧夺天工的坠子，那模样俨然是一朵花，配上两只玉镯，浑然天成的美丽。

我仔细一看发现这镯子上的花纹与李小曼的那套很相似，但是链子却又比她的那件精美多了，更为珍奇的是，这一整套的玉器皆出自和田玉里的墨玉。

李小曼那套是白色的，我这套是黑色的！

白色的和田玉已经很少见，可是这样毫无瑕疵的墨玉更是生平罕见。

唐诀看见时，黑眸里也微微流露出惊讶，他说："没想到兰姨把这个给你了。"

唐诀并没有跟着喊我继母为妈，我心里有些奇怪，想想大概是因为唐诀小时候也是喊兰姨喊习惯了。

女人对美丽的珠宝总有别样的迷恋，我看着盒子里的首饰问唐诀："我能戴这套配那件礼服吗？"

唐诀眼睛一亮："那这回你是抢风头抢定了。"

转眼就是除夕了，因为我和唐诀即将举行婚礼，今年的春节我家和唐家一起过，唐晓满脸开心："我们家很久没有这么热闹了。"

也是，唐家一共就父子三人，我们家四口，加起来总算能坐满一张桌子了。

因为过年，常妈提前回老家了，家里的家事就落到我和唐诀身上，继母丁慧兰也来帮忙。其实打扫倒是次要的了，主要是张罗一桌年夜饭才是头等大事。

丁萧倒是提议说出去订一桌年夜饭，又方便又省事。可对于丁萧的主意，我爸和唐云山倒是出奇的一致，他们说："年夜饭不在家里吃那还叫什么年夜饭？"

就这样，唐诀开车载着我和继母，一天内跑了三次菜场才把食材给买齐了。我们大包小包拎进厨房，唐晓站在身后卷起袖子一副要帮忙的架势。

丁慧兰笑道："不要你们做菜了，一会儿吃完了洗碗就行。"

唐晓很开心："我很久没有吃到兰姨做的饭了，想得很。"

不知道是不是我的错觉，唐晓这话刚落，继母拿菜的手顿了一下："是吗？那今天会有你爱吃的。"

他们之间的这份熟稔似乎除了我之外，没人觉得很意外。像是生活在一起多年才有的默契，从举手投足间渐渐弥漫。

忙活了一整天，在年夜饭的餐桌上终于摆满了我们的劳动成果。几年的婚姻生活让我不至于进了厨房无法下手，还是能端出几样拿手菜的。

唐诀夸我："不错，还能吃。"

我白了他一眼："你嫌不好吃，你来做啊。"

唐诀立马讨好："老婆做的饭最好吃了。"

唐云山很高兴，看起来比我爸还要开心，不停地举杯，直喝到满面红光，两个人都摇摇晃晃的才罢休。

一顿年夜饭一直吃到快十一点，终于收拾好一切，等全家人都睡下，我劫后余笙。

才站在阳台上远远地向市区看去。那里一片灯火荧荧，注定今夜无眠。即便是别墅区，远远地还是能听见喧嚣的鞭炮烟火声，这点人间烟火的吵闹，让我心底平添了几分暖意。

唐诀拿了一张毯子，然后从身后圈住我，把下巴轻轻地搁在我的肩窝处，问："在看什么？"

我顿觉很温暖，嘴角忍不住上扬："看烟火。"

"这么远看得到吗？"唐诀的呼吸轻轻落在我的耳垂处，痒得很舒服。

"看不到也凑个热闹呗。"我轻声回答。

突然，远处的天空升起一朵绚烂的火花，它张扬着美丽在安静的天空里绚烂，只有几秒钟的光景，就很快恢复一片暗色。

我感叹道："……真漂亮。"

唐诀的手臂收紧了一些："看这个做什么？我有比这个更好看的。"

被他这样拥在怀里，有别样的心动，我微微扭头对上唐诀如墨的眼睛："是吗？那拿出来给我看呀，如果不好看，那我就要你好看。"我带着笑意，故意这么说。

唐诀把我揽在怀里，然后打开了一只精美的礼盒，里面静静地躺着一款女士手表。我惊讶于它的简约美丽，顿时有些爱不释手。

唐诀了解我，挑选的礼物都合我心意。

他拿起手表，说："来，戴上试试。"

手腕上微微一凉，那款手表已经被唐诀细心地为我戴上，我看着他的举动不住地笑："好漂亮。"

"喜欢吗？"唐诀问。

"喜欢。"

我突然不安起来："我都没给你准备过年的礼物……"

唐诀揉揉我的脸："我要你送什么呢？"是啊，唐诀什么都不缺，从衣服到搭配的小玩意，他有很多很多。都是每年大牌的新款一上市就购入，然后看场合来选择衣着。

见我还是不安，唐诀笑道："我送你这个啊，还有两个用处。"

我不解地看着他："什么用处？"手表不就是拿来看时间的吗？

唐诀说："首先，这手表上有我的名字，你每看一次时间记得想我一次。其次，如果有人挑衅你，你就可以看着手表对他说'我去年买了个表'。"

我听到最后忍不住大笑起来："唐诀你很无聊！"

然后我看到他手腕上戴着的手表，那是与我这只一对的。心里终于难掩感动，我装作若无其事地瞪了他一眼："笨蛋。"

我和唐诀年幼相识,年少相交,走了这么一大圈才走到了一起。我突然很开心唐诀能一直在我身边,哪怕是从前那样的毒舌也好。

　　只要他在,我就心安。

第八章　你的名字惊艳了那年时光

除夕过后就是大年初一，早上一起来我收到了全家人的红包。是的，你没看错，全家人的红包。我爸我妈给了，我哥给了，唐云山给了，甚至唐晓都塞了我一个大大的红包。

唐晓说："新的一年，风唐就拜托你了。"

不知道为什么我现在看唐晓拜托我，我总觉得浑身不对劲，压力山大的感觉。

唐诀是最后一个给我红包的人，他今天很难得戴了一条大红色的围巾，笑意满满："老婆大人，新年好。"

听着他喊我老婆，我耳根发热："老公大人，我就不客气了。"

新年的气氛让人觉得时间过得特别快，转眼就到了大年初三的晚上。

夏颜颜和梁修杰的婚礼就在今天！

曾经我看过一个女人的独白，那也是在她经历了丈夫的背叛后写下的。那个女人没有选择离婚，而是为了孩子继续维持着那个家。可是纵然相敬如宾，到底意难平，于是她写道：我最多是不恨他，要说什么原谅这辈子都不可能了。

一个年纪还不到三十的女人，就说这辈子该如何了。仔细想想，却是可悲。

那如果是我呢？如果我的身边没有唐诀呢？如果，我没能及时从那样可笑的婚姻里走出来呢？我应该也是这样的状态吧。

并非是不想原谅，而是天天面对，还要继续与背叛过自己的人上演恩爱夫妻的戏码，不仅是身体上的折磨，更是精神上的虐待。还要言及原谅？谈何容易。

就是现在的我，也绝对不会原谅那时候的梁修杰和夏颜颜，只是不原谅不代表我没有放下，不原谅仅仅是对那样的事唾弃和反感的一种态度。

得知我和唐诀决定出席晚上的喜宴时，丁萧特地来问我："你可以吗？"

我回以微笑："为什么不可以？"我并不是以梁修杰前妻的身份去，因为我现在是唐诀的太太！

丁萧看到了我眼底的自信，他也笑了。说实在的，我第一次觉得丁萧这个大哥远比我想象中的温暖,我笑道:"哥哥什么时候结婚呢?你年纪也不小了。"

丁萧严肃地说:"结婚是大事,马虎不得。"

真不知道以后会有什么样的女孩能成为丁萧的妻子。

算好时间,我换上了礼服,挽好头发,在唐诀的主动要求下,我让他为我戴上那款玉质的项链和手镯。

我没有把手表拿下来,虽然这样看上去有些奇怪。

唐诀说:"要不先摘下来,回家再戴?"

我知道他说的是手表,我摇头:"那可不行,没有它我怎么跟人怼?"

唐诀笑起来,给我披了一件厚厚的大衣。

我身上的这件礼服十分惊艳,上身还是一片清雅的淡蓝色,上面缀着如星光般的水晶颗粒,越往下这蓝色越深,直到裙摆处时宛如一片满是群星璀璨的夜空,配上墨玉的首饰,看上去气质格外冷然出众。

我不得不说,唐诀真了解我。因为礼服的沉静大气,他替我选择了偏浓的妆容。原本我的五官不如夏颜颜精致艳丽,但是这样上妆,却平添了几分冷傲,极为夺目。至少和唐诀站在一起,足够比得上一台加强功率的冰箱了。

夏颜颜和梁修杰的婚礼在 S 市豪华酒店之一的六星级酒店玫瑰举办,宴请了 S 市的各路名流,整个大厅被白色的玫瑰点缀着,结婚的气氛很浓郁。

虽然夏家经过之前唐诀的故意刁难后,已经元气大伤,但夏宗成的面子还在,所以宴会里满是赞美之声。

我们出门之前,唐云山给了厚厚的一封红包作为参加婚礼的礼金。我和唐诀思前想后,还是决定由唐诀去亲自交给夏宗成。

我站在宴会厅外面的走廊等唐诀,为了迎合夏家大小姐结婚,这里的地毯都换了新婚适用的款式,旁边还缀了白玫瑰。我心道,夏颜颜不是最喜欢蓝色吗?为什么会用白色的玫瑰?这难不成代表了,她和梁修杰纯洁的爱?

正在胡思乱想着,突然我余光感觉到旁边来了人,下意识地抬头看去。只见离我不远处,走廊的拐角前站着一个男人,他身着正装,干净素雅。

是梁修杰!

他大概也没想到会在这里看见我,脚下的步子停了下来,看了我一会儿才说:"好久不见了。"

真的是好久不见了……再一次直视这个男人,他承载了我生命中最青葱岁月的全部爱恋,那样不知深浅不懂如何爱人的余笙,仿佛只有在他身边才能显现。

劫后余笙。

最好的爱人是相互的，他们亦师亦友他们共同前行，你有时候分不清他们到底是不是纯粹的爱人，但除了生死无人可以拆开他们。

我淡淡地笑了："也没多久吧，上一次在李小曼的生日会上我们见过。"

梁修杰低下头，再抬头的时候眼底全是愧疚："对不起，我也是没办法，身不由己。"

我点头："我理解。"

听我这么一说，梁修杰的眼睛亮了起来，我又说："可理解不代表赞同。"

梁修杰眼里的光彩黯淡了下去："是啊，我也知道，你应该恨我的。"

是，有段时间我是恨他的，不仅恨他也恨夏颜颜，他们把我的人生几乎连根拔起，让我推翻从前的自己，一切重新再来。

可是我如今发现，真的不需要对人生里的过客花费太多的情绪，我的感情要用来爱真正值得爱的人，没必要浪费在这些人身上。

我的目光清冷："我不恨你，只是不会原谅你。不原谅的原因也很简单，因为不认同你当初的行为，仅此而已。"

梁修杰眼里流出一丝悲哀："对不起……"

我笑笑："新婚快乐。"

我说完转身，正好看见唐诀从休息室出来，而身后的梁修杰却说："我并不快乐。"

我没有回头看他，只是走向前迎着唐诀而去。

在别人的婚礼上推销自己的婚礼，我估计唐诀是古往今来第一人了。明明是夏颜颜的婚礼，却全场萦绕着唐家二少要结婚的消息。

我想起夏颜颜脸上的表情就觉得很有意思，这次来参加婚礼真是来对了！

因为唐诀带我正式亮相，很多人也知道了风唐副总就是唐家二少未过门的媳妇，我问唐诀："你这么大张旗鼓的，不怕夏宗成记恨你呀？"

唐诀笑眯眯："他不会的，他顾不上。"

这时候的我还不知道夏家的经济危机已经到了一个很危险的阶段，可为什么夏颜颜会在这个当口选择和梁修杰结婚，我就不得而知了。

夏家的婚礼过后，我和唐诀的婚礼也很快敲定了日期，他们左右拿不定主意，最后定在了六月一日。我爸和丁慧兰留在国内，权当度假，丁萧则过了年就回去，他在国外还有工作要处理。

掐指算了算，时间还多，我就不慌不忙地开始挑选礼服、喜糖还有请柬的款式了。

年过完了，有个好消息传来，星源推出的电视剧大热，抢占了春节期间收视率第一的宝座，随即带来的影响就是"cold"组合演唱的几首主题曲也跟着攀上了各大音乐榜的前列。

过年上班后，韩叙就跟我说："怎么样？余副总，是不是该给我包个大红包呀！"

这时候我算明白韩叙当初说的决不做亏本买卖是什么意思了，原来他们早就做好了准备，不愁不火。愁的只是怎么火，火成什么样。

关真尧的微博粉数量很快又有了一个质的飞跃，因为"cold"是组合，星源又开启了专属"cold"的官博，关真尧也开始和周茉频繁互动。她们是组合，又一起参演了金韶导演即将上映的大片，一时间关真尧和周茉的名字刷爆了热搜。

关真尧的人气激增，公司高层也开始把其他的资源分了一些给她，这是好事。可是关真尧却拒绝了高层给安排的助理，她说："我只想跟着余姐。"

好吧，我的兼职经纪人工作还得继续。

不过，若是能在我手上捧出一个天后级人物，也算是在演艺圈青史留名了。这样想着，我就有点莫名激动，看关真尧的眼神也热切了许多。

我用之前在杂志社担任主编时的人脉，给关真尧拉到了两家杂志的封面硬照通告。关真尧现在人气正旺，他们也乐意给我面子，共赢的事情自然大家都乐意。

公司给的资源里，有一支广告敲定了关真尧和李小曼共同出演，看样子是想捆绑炒作，让人气再飙升一段时间。

这天拍完广告后，关真尧找到了我，她支支吾吾地说："曼姐好像不喜欢我。"

我开门见山："你直接说吧，她是不是为难你了？"

关真尧有些郁闷："我也不知道是不是我多想了，我觉得是她没站位准确，却每次重拍的时候都在怪我。公司派去的人我不能用，只有一个小悦跟着。"

不错！我赞赏地看了关真尧一眼，这个小妮子总算知道用人了。

我说："李小曼是你的前辈，你多跟她学习经验，至于用人，你尽管用，他们不乐意的，你记下名字来告诉我。"

我的工作也忙起来，像探班广告这样的事一般交给小悦。

关真尧点头："我知道了。"

我想了想又找来了小悦叮嘱了她一些话，正想着制定关真尧以后的路线时，李小曼的经纪人桃子找到了我。

劫后余笙

她拿着高层的特别指派，很有底气的样子："余总，我知道您忙，但是我们小曼在时尚这一块始终没资源。我听说您帮小关拉到了两个通告，能不能有好处大家分呢？再说了，公司的广告资源我们也分了给小关了。"

这话说得这么直白，又这么有底气，我怎能拒绝？

我笑笑："这是小事呀。我之前怕小曼的档期排不开，又担心她看不上那些杂志，没好主动要求。你现在提了当然最好不过。"

桃子笑得开心，眼睛里全是精明："那是，有我们小曼带着，小关能差到哪里去？"说话间一副洋洋得意的态度。

现在开始打同门师姐妹的牌，但愿你们不要后悔。我笑着点头，没有再说话。

在风唐一段时间，我发现桃子这个经纪人也是瞎猫撞上了死耗子，逮着李小曼运气最好的时候带着她，身价也水涨船高，公司里一般的小领导都得给桃子面子。原因无他，就是因为她是李小曼的经纪人。

可她为什么不想想，李小曼人气这么高，怎么鲜少有杂志找她来拍封面呢？

原因更简单了，因为李小曼演戏还能看出她甜美娇俏的形象，一上硬照整个人的气质就变了。

所以李小曼出道到现在，火成这样也只拿过一两家主打少女风格的杂志封面通告。杂志社的主编和摄影都是火眼金睛的人物，尤其是国内越排名靠前的时尚杂志越是如此。

和关真尧一起出镜？我就拭目以待了。

给杂志社打点好，他们总算同意李小曼加入，等关真尧她们的广告拍完就可以进行。

这天下午，在公司我遇见了李小曼。

她刚刚结束拍摄，一脸疲惫，妆容虽精致却仍然盖不住她眼下的青黑。看见我，李小曼一下挺直了腰板，皮笑肉不笑地说："我听桃子说了，通告的事谢谢你。"

我原本想跟她点头示意就走人的，完全没有跟李小曼攀谈的打算，但现在我只得停下来："不用客气，都是一个公司的，说什么谢谢呢。"

李小曼不屑道："也是，你应该为我服务。"那小姿态，就差没说自己是风唐一姐了。

我点头："是，也请李小姐多努力，为我们风唐创造更多利益。"

见没让我吃瘪，李小曼皱皱眉"哼"了一声，转身离去。

硬照的拍摄快得很，短短一周的时间李小曼和关真尧就共同完成了，就等着下一刊杂志出版了。

就在这时，网络上爆出了一个新闻：L姓女星欺负同门新人！片场发飙耍大牌！

这两个爆点可是大忌啊，L姓的女星又是谁呢？

我下班之后美滋滋地买了一本娱乐周刊，准备回家仔细研究。还没到家，关真尧的电话就打来了，电话里她慌得不行："余姐！怎么办呀？你看新闻了吗？那照片怎么会给娱记拍到的？我真是头大了……"

我稳住她："怎么了？好好说。"

关真尧这才慢慢说了出来，原来现在线上线下炒得火热的那个L姓女星，就是李小曼，被欺负的新人就是关真尧。

关真尧急得快哭了："刚公司有人问我，是不是我……可我真的没有呀！我和曼姐差那么多，我、我做这些有意思吗？"

我立马说："你不比她差，不用妄自菲薄。至于公司的人问你，你就照实说，不知道就是不知道。娱记拍照的空子多了去了，自身不正又怪得了谁？"

关真尧总算稳住了情绪，又跟我说了好半天才挂了电话。

我知道现在公司上下肯定在找公关处理李小曼的黑料，肯定没人来找我。

回到家，唐诀还没回来，我趴在沙发上翻着娱乐周刊。这杂志上的照片虽然有些模糊，但是可以看出是在拍摄广告的室内片场，李小曼的侧脸很容易辨别，而旁边站着的关真尧低着头，一副垂头丧气的样子，倒是十分符合图文的标题。

我越看越开心，连唐诀的开门声都没留意到，唐诀蹲在我旁边，问："什么事这么开心？"

我被吓了一跳，然后继续很兴奋地指了指杂志："新闻啊，李小曼的黑料丑闻。"

唐诀伸手敲敲我的头："就这样？"

"对啊。"我的声音都透着雀跃，"就这样。"

网络上的新闻显然没有退热的趋势，因为事件主角之一是人气一直很高的李小曼，另一个则是最近才在大众视野里崭露头角的关真尧。两人同属一家公司，又同拍一支广告，按理说关系应该不错。

谁知道被这么一曝光，李小曼之前甜美可人乖巧的形象一下大打折扣。

这事愈演愈烈，关真尧现在的粉丝数量虽然远不及李小曼，但是一个艺人最初的粉丝往往最真心，数量不足并不能打消他们维护偶像的决心。他们在论坛上发帖讨伐李小曼，大有李小曼不道歉誓不罢休的势头。

我就这样看了杂志又看论坛，直到临睡前看了一肚子的八卦，这才心满意足地去睡觉了。

第二天刚到风唐，我就听见李小曼在桃子的办公室里大发雷霆。

"你们这是怎么搞的？为什么几天了这破事还没消停！？"李小曼怒道，"那些网友眼睛瞎的吗？我是动手打了她吗？还欺负？搞笑。"

桃子显然慌了神，只知道在旁边说："对不起，小曼，公司已经在公关处理了。"

李小曼到底是千金出身，平常的时候还是乖乖小女生的模样，这会儿早就暴露无遗，她怒极："处理？倒是给一个处理结果我看看啊！你看看这网上的帖子，这就是你们处理问题的能力吗？告诉你，我是公司最红的艺人，得罪了我看你们风唐怎么混得下去！"

李小曼看来真是生气了，居然在风唐总部如此口不择言，而桃子更是大气都不敢出。

我走过去，敲敲虚掩的门，然后径直推开："李小姐。"

李小曼看见是我，脸色刷地白了，然后又语气不好地说："你怎么在这？你怎么不去管管你手下的艺人？都是一家公司的，她脸皮可真厚！"

我也不生气，我发觉我很喜欢欣赏李小曼这样人前是天使，人后翻脸的表情。我微微歪着头，问她："如果我刚才没听错，你说我们是一家公司。"

"对啊！"李小曼越说越气，"都是一家公司，你们居然这样！是眼红我比姓关的人气高吗？"

"原来李小姐还知道你是我们风唐的人呀。"我装作恍然大悟，"我以为我们风唐得罪了你李小姐，明天就要关门倒闭了，可真是吓死我了。"

"你！"李小曼被我一句话噎到，愣是没想出怎么回。

我眼神微凛："你说要我管管小关，那么我问你，杂志上的照片是小关拍的吗？网络上的新闻是小关写的吗？你拍广告的时候把公司的资源全部占用，对着还只是新人的小关指手画脚，难道不是欺负同公司的人吗？我们当时没说话，你就觉得这事无人知晓了吗？"

李小曼嘴唇都颤抖了起来："你、你乱说什么？！"

我冷笑："李小姐你要知道，我们整个风唐最好的资源都押在你身上，你拿了这些资源红了是应该的，不红那是你对不住风唐。你凭什么站在这里说大话？换成在星源，你觉得你一个刚出道才一两年的艺人，能直接拿到电视剧的主演吗？"

李小曼心里很清楚，如果在星源，她现在估计还得在新人圈混着。星源的资源是多，但是有名的艺人更多！从超一线的白安然到刚刚新鲜出炉的周茉，星源的艺人可不存在青黄不接的窘态。

像李小曼这样不听话的艺人，没关系也好处理，直接雪藏。不给通告不给工作，用不了多久的时间，这样的艺人就会彻底从人们的记忆里褪去。

不被观众记得的艺人，还有什么存在的价值呢？

李小曼终于怕了起来，看着我瞪大了眼睛不说话。我没有再说什么，只是转身离开。

三天后，关真尧和李小曼之前拍摄的杂志发行，这又成了这起事件另一个导火索。

封面上的李小曼和关真尧看上去都很精致美丽，如果分开来看也许差距还没那么明显，可不幸的是她们拍的是合照。

照片上的李小曼怎么看都比关真尧气场弱多了，这一对比更加激起了关真尧粉丝的热情。他们纷纷发帖灌水，表示关真尧一点都不输李小曼，完全是凭实力。

这天，李小曼敲响了我办公室的门。

我刚处理了上午的工作，李小曼这么冷不丁敲门进来，我有些意外："有什么事吗？"

我尽量和颜悦色，仿佛几天前我和她的争执并不存在。

李小曼两颊通红，径直走进来，一屁股坐在了我办公室对面的沙发上："我是来道歉的。"

道歉？我心里呵呵一声，脸上继续不动声色："道什么歉呢？"

要说李小曼要道歉，那可不止前几天争执的事了，从她的生日宴到现在她就没停止过对我的敌意。若是敌意只在心里，我把她当个空气直接无视也行。可这个李小曼远比想象的要狠，即便是夏颜颜也不会公然一次两次地直接陷害。

追究其原因，无非是李小曼爱恋唐诀无果，所以就把矛头对准了我。我从来都是很欣赏敢爱敢恨的人，李小曼若是爱憎分明，我倒敬她几分。可追不到男人就对别人下手，这完全不像是名媛该有的风格。

李小曼长长的睫毛挑了一下，说："前几天是我太冲动了，我到底还算是个新人，没遇到过这样的事，所以情绪失控。"

我莞尔："没关系，都是一个公司的同事，我理解。"

李小曼松了口气："我问过高层了，说是有一部新戏是和星源合作的，里面好像有个角色很适合我。"

哟！原来今天是来要角色的？我倒是意外得很，挑起眉问："你确定这劫后余笙。

里面有适合你的角色吗?"

我真的感叹李小曼消息灵通得很,这部戏是韩叙直接找我沟通的,专门为"cold"组合打造,是一部小制作的青春校园题材的网剧。虽然只是小制作,但星源出的剧本导演都不错,甚至还请了几个大牌来客串,给"cold"正式出道做足了准备。

网剧的集数少,拍摄周期短,差不多能在平台播放的时候,金韶导演的那部电影也该上映了。正好两部作品一起上线,给关真尧刷足存在感。

可我没想到李小曼也想拍网剧,见李小曼支支吾吾没说话,我又说:"这部戏是星源主打,主角都已经定下了,你想参演也只能是配角或者打酱油的客串。"

李小曼面带不满,皱起眉看着我:"配角?"

见她这副表情,我心下了然。

李小曼从出道刚开始就是接的主角,先从言情网剧到后来火遍娱乐圈,她就没演过配角。之前网络对她的评价都是:"天生的女主角,命中注定的千金名媛!"

如此之高的起点,她如何能甘心出演一个小网剧的配角?

据我所知,自从前段时间李小曼的黑料越爆越多,之前与她合作过的演员都或多或少地透露李小曼有爱耍大牌欺负新人的习惯,这在网上激起群怒。她正好之前安排的通告已经结束,公司正准备给她放足一个月的休假,然后制定下半年的计划。

谁知道这次的黑料来得这么猛影响这么大!李小曼纵然现在要休假也不敢休了,她怕被人遗忘,甚至怕被公司雪藏。

我是不知道李小曼为什么会找到我,但是在我这里她不可能要得到角色!就算看在风唐的面子上,给李小曼一个角色,也绝对不会是主角。

让李小曼给关真尧做配角?想想就觉得可乐。

我说:"是,因为女主角已经定了我们小关。"

果然,李小曼变了脸色:"你让我给她配戏?"

我摊手:"我可没说过,这是李小姐你自己想要出演的,我只是把事告诉你而已。"

李小曼的胸口快速地起伏着,看得出来她在努力平息怒火,好一会儿她才问:"余笙,抛开公司的关系我问你一句话,最先开始炒我欺负关真尧的消息是不是你放出去的?"

我似笑非笑地看着她:"为什么这么问?"

李小曼会想到这一层,我倒是有些想夸夸她了。确实,一连串的黑料爆出,李小曼的形象受损严重,原本公司以为关真尧会被影响,谁知道却恰恰相反。

关真尧不仅因此收获了粉丝的忠心度,更是以良好的形象被更多的大众所认识。有实力又认真还有辨识度的年轻女艺人,这条苦情路线走得很成功。

李小曼死死地看着我:"你难道从来没想过要报复我?"

我的声音更是温柔:"我为什么要报复你?虽然我带的关真尧没有你红,但我们都属风唐。"

李小曼怒道:"我说的不是公司的事,你知道的!"

我眯起眼睛:"那李小姐告诉我,我们私底下有什么别的来往吗?我竟然不知道呢。"

李小曼这一拳像是打在了棉花上,她刷地站起身:"既然余总不愿意给我角色,那小曼就不强求了。"

我笑眯眯地说:"好好休息,等休假结束了这些新闻热度自然会消退。"

李小曼气绝,她瞪了我一眼,扭着腰走出我的办公室。

关真尧的新剧拍摄地点在海大,海大学府牌子硬,更重要的是校园里的环境极为浪漫优美,很多剧组都会来这里取景。

海大也是我和唐诀的母校,听说主要拍摄地点在那里,我就给自己偷了个懒,把一些材料性的工作一起带去探班。

好久不来海大了,上一次在这里还是毕业的那一年,转眼已经过去匆匆数载。

我坐在外围的长椅上抱着电脑,身边三三两两经过的全是海大的学生。也许是太多剧组在这里取景,不是很有名的明星在这的话,这些学生都懒得围上去。

初春的风带着一点点寒意吹拂着我的头发,我却想起了刚进入海大的那一年,那时候唐诀还没有出国,除了上课时间他总是来带着我去吃好吃的,或者去图书馆。当年的舍友还笑过我,有海大第一校草在身边,为什么还不顺从?

想起往事,总是让我对唐诀有了新的认识。

我正远远地看着关真尧,其实脑海里的思绪早就飞走了,连韩叙什么时候坐在我旁边我都不知道。

韩叙清了清嗓子,说:"你也曾是这里的学生?"

我吓了一跳,转头看去,原来是韩叙呀!我说:"是啊,毕业好多年了,我都老了。"

劫后余笙。

韩叙失笑:"你才多大,三十还没到就算老了?"
我问:"那你多大了?"
韩叙摸摸下巴:"我比唐诀高两届,比你大四岁。"
那就是今年正好三十而立。我点头:"不错啊,正当壮年。"原来韩叙也是海大毕业的,只是他比我大四岁,注定了我们不会在大学校园里遇见。
韩叙突然挪了一下,离我坐得更近一些,然后压低声音问:"你们公司的李小曼问你要过戏?"
我眨眨眼睛:"你的消息真灵通。"
韩叙笑了:"之前的事我也有听闻,她问你要角色算是拉下来脸来求你了吧。"
我理理被风吹乱的头发:"那又怎么样?她又不甘心给小关当配角,难不成我要把主角给她?就算我乐意,恐怕你们星源也不乐意吧。"
韩叙点头:"那倒是。"
沉默了几秒,韩叙说:"我和安然分手了。"
我的心脏猛跳了一下,侧目看了一眼韩叙,发现这个深藏不露的男人脸上露出了一些哀伤,他低下头又说:"她能走得更远,而我不应该拖累她。"
我不自在起来:"为什么跟我说?"
韩叙苦笑:"……因为,好像只能跟你说。"
我突然明白,只有我猜到了韩叙和白安然的关系吧。我不知道怎么安慰失恋的人,我笑笑:"你……没试着和她公开恋情吗?也许这也可以树立她更好的形象,就看公司怎么去运营包装了。"
韩叙仰头看着天空:"是我放弃的。"
他停了几秒又说:"我要正式回韩家了。"
也许是被韩叙的话感染了,我好像有点能理解他这样身份的人为什么会做出这样的选择。一个常年流落在外不被世家承认的私生子,在爱情和事业的双向选择里,韩叙选了后者。无可厚非,即便白安然红遍大江南北,她在这些豪门世家的眼里永远都是不入流的戏子。
韩叙是个私生子,能正式被韩家认可已经是得偿凤愿,他现在根本没有筹码去和韩家谈判。再说,白安然是星源旗下最红的艺人之一,韩叙不可能自毁前途的同时再拉白安然下水。
心底笼罩上了一层淡淡的惆怅,我说:"这是好消息,你应该高兴。"
韩叙看着我:"……你真的觉得这是好消息吗?"
我努力组织语言来安慰韩叙:"当然了!你想啊,回到韩家你的机会会更多,说不定你还能把星源继续扩大,成为国内首屈一指的娱乐公司。再说白安然吧,现在公布你们的恋情对她的事业也有影响,不如现在先各退一步。真的挺好的,这叫未雨绸缪。"

韩叙笑了:"亏你还是海大毕业的,怎么乱用成语。"

我不好意思:"词穷了,抱歉。"

他突然长叹:"和你聊一会儿,我心情好多了。"他突然话锋一转,"李小曼那件事最开始的爆料,是从你这里传出去的吧。"

他不是问句,而是陈述句,我一时不知道怎么回答。韩叙又说:"别担心,我和你是合作方,这样让关真尧的人气上升,对组合也是好事。"

"只是,以后如果再有这样的需要,不要自己动手了,你来找我。"韩叙看着我认真地说。

我突然有种错觉,韩叙是不是把我当朋友了?

见我只是看着他不说话,韩叙无奈地笑笑:"回去告诉唐诀,让他小心一点。"

这是……什么意思?

我回去后把韩叙的话说给唐诀听,唐诀沉思了片刻说:"不用担心,没事的。"

整个二月到三月,S市都被各路新闻轰炸着,其中最醒目的就是韩叙终于被接纳,正式成为韩家三少。

"韩三少爷之前一直在星源公司担任中层管理,他一手挖掘并培养了以白安然为代表的一众当红艺人,是星源真正的金牌经纪人,回归韩家,实至名归。"这是小悦在念杂志上的娱乐新闻。

小悦放下杂志惊叹道:"没想到啊,原来那个星源的韩经理居然还是这么大一个钻石王老五呀!"

我看着她满脸惋惜,觉得好笑:"那又如何?像他们这样的人家,如果不是韩叙有成就,估计也不会让他回韩家。"

小悦点头深表同意:"也是,家家有本难念的经。余姐,你这么说我倒不羡慕他了。虽然成了少爷,但是好像并不那么自由。"

我心道,你如果知道他为了回去而放弃了白安然大美女,又不知道该惊讶成什么样了。

可眼下,我没精力去管这些八卦。唐诀给我的感觉不太对劲,自从上次我跟他说了韩叙的事之后,他每天回家的时间越来越晚,脸上的表情也越发凝重。

夜里我醒来的时候,发现他紧紧地抱着我,呼吸有些急促,明显没有睡着。我没敢动,就这样任由他抱着,一直到再次睡过去。天色大亮的时候,劫后余笙。

唐诀已经不在身边了。

我问过唐诀，可他总是笑着说没事。无形中蔓延的不安让我觉得整日惶恐，我去过唐氏集团，可里面风平浪静，我根本看不到任何端倪。

因为婚礼的安排还在两个多月之后，我爸决定提前回去，说是婚礼前再过来。我其实挺难过，因为我和唐诀都在忙工作，平时家里都没人，丁萧也不在，他们难免寂寞。

送我爸和继母丁慧兰离开S市后，我这种隐隐的不安开始越来越深。为了压住这种不安，我开始全身心地投入工作中，短短一个月的时间，我已经将关真尧的档期安排到了明年。

小悦都说，你实在太拼太拼了！

我不拼不行了，如果不去想工作，那我会忍不住胡思乱想。唐诀肯定是有事瞒着我，如果他不想让我知道，那多半这事我无法帮他解决。既然帮不上忙，我怎么样也不能去烦唐诀拖他的后腿。

这天在公司里，我突然接到了一个人的电话。很意外，这个电话来自与我有过一面之缘的温老板，见面的地点就约在风唐楼下的一家茶社内。

几个月不见，温老板还是那副样子，他见到我客气地笑笑："唐太太，好久不见。"

"温老板，好久不见。"我不明白为什么温老板要单独跟我会面，按说和他有交情的是唐诀，而不是我。

温老板无奈地笑笑："其实，按理说不应该我来找你的。只是事关温某的身家性命了，不得不来求唐太太。"

我狐疑地看着他："我不知道我哪里能帮得上温老板呢？"

"是这样的。年前，我和唐先生达成了合作的共识，如果不是因为我有事耽搁了，可能我们合同都签了。现在唐氏有了危机，您先生是不太想把投资金放在我身上，可是我为了拓展S市的生意已经投进去大笔的钱，如果唐先生现在不同意，我，我的公司恐怕就保不住了。"

温老板说着，脸上尽是颓败之色。

"为什么要找我呢？我向来不问他生意上的事。"不知道为什么温老板的话让我如坐针毡。

温老板抬眼看我，叹口气："我也知道找你帮忙可能也是无用功，我不过病急乱投医罢了。"

这一次短短的会面就这样结束了，我总觉得心里难安，回家后也没告诉唐诀温老板找过我的事。

时间匆匆而过，直到半个月后，另一个人出现了。

我一直以为李家只有李小曼一个孙女,事实是我想错了,李小西才是李家真正受宠的大小姐。难怪李小曼会踏入演艺圈了,原来竟然是李巍从没把这个孙女真的当回事。

于是,李小西一回来,就广发邀帖,邀请各路青年才俊、千金小姐去聚会。

唐诀也在被邀请之列,我好奇地问:"这个李小西是谁啊?"

唐诀笑笑告诉我:"李小西是李家的长女所出,原本不姓李。后来李家长女意外去世,留下李小西这根独苗,于是李巍就把李小西接到了李家,改成李姓。可能是因为对长女的偏爱,李巍十分看重李小西,所以李小西从小时候开始就被李巍送出国深造。至于李小曼,她的父亲是李小西的舅舅,也就是李小西母亲的弟弟。"

听唐诀这么一说,我倒对这个从未谋面的李小西十分感兴趣。

唐诀却微微皱眉:"这个李小西可比李小曼难对付多了。"

唐诀拒绝对方的邀请数次,李小西的请柬依然坚持送来,第五次的时候,李小西在给唐诀的请柬里加了一句话,上面写着:唐少,给我李家一个面子。

李小西果然不同凡响,要是换作其他的女子,被人这样拒绝,一定早就拿出骄傲。而李小西偏偏不是这样,她想要唐诀去,那一次不行就多请几次。

唐诀总会去的,因为不给李小西面子也得给李巍面子。所以这天,唐诀带着我出席了李小西的聚会,聚会地点也不在李家大宅,而是在李小西自己的私宅里。

S市中心的两层高的欧式联排别墅,装修得极为清雅,从这点上就能看出这个李小西确实比李小曼受宠得多。

别看李小曼收了件好首饰,但实际上都不及这房子价格的三分之一,更不要说李小西肯定也有价值不菲的首饰。

别墅的门打开,一个短发微卷的女人看见我们,立马笑道:"原来是唐二少爷,您可真难请,快进来吧。"

她个子很高,和唐诀比起来只差了大半个头,短发的发梢微微卷起,应该是俏皮可爱的模样,转脸却是一双狭长的凤眼透着说不出的风情,眼角下还有一颗泪痣,点缀着她嫣红的唇,看上去既有少女的活泼更有熟女的妩媚。

可我知道李小西和唐诀同岁,远不可能是表面上看起来这样简单。

李小西看见了我,脸色微微一凝,歪着脸看唐诀:"唐二少,你应该知道我的规矩呀。在国外的时候，我也请过你的，怎么今天还带附件了。"

附件？李小西说我是附件？

我以为李家受宠的大小姐会是真正的名媛淑女，没想到这嚣张没礼貌的程度比起李小曼来一点都不逊色。

唐玦浅笑："这是我太太，她一个人在家我不放心。如果你不乐意，我们现在就可以回去。"

唐玦这话真是打脸了，李小西请了几次他才姗姗而来，如果门都没进又走了，岂不是让李小西丢人？

李小西眯起眼，然后如春花般笑起来，她的嘴巴大，但是牙齿很漂亮，让人看着格外舒心。她伸出手拍拍唐玦的肩膀："行吧，我李小西卖你个面子，谁叫咱俩关系好呢。"

然后李小西看着我："请问怎么称呼？"

我笑笑："我叫余笙。"

李小西也笑了："好名字。"

我和唐玦被迎进了屋，里面已经有了好些年轻人，看见唐玦带着我他们纷纷露出诧异的表情，甚至有一个女孩开口问："小西，你的聚会不是不给带家属的吗？"

李小西无奈地摊手："谁让咱们唐二少爷面子大呢！请他来一次不容易，你们就不要在意这些细节啦。"

李小西说着拉过我的胳膊："走，让唐玦在这里应付他们，我带你去吃好吃的。"

李小西的派对虽然在家里，但是从食物方面看起来一点都不随意，空旷的餐厅里摆好了自助餐式的桌子，上面有各种精致的菜肴，甚至还有新鲜出炉的点心。

李小西很亲热，可我总觉得不自在，拿着盘子我沉默不语地挑着食物，只听李小西在我耳边不停地说着。

话题很简单也很持久，都是围绕着唐玦。一会儿说唐玦在国外的时候可不喜欢吃这个啦，一会儿说唐玦以前可喜欢这样的聚会了，他们每周都要聚一次。

说着说着，我大概猜到这姑娘的意思了，我心里觉得奇怪，怎么李家这两个姑娘都看上唐玦了呢？我们温柔美貌的大哥唐晓为什么无人问津？

我正一边敷衍着点头微笑，一边猜测李小西的用意。突然，李小西说："余笙，是不是去年你被人绑架过呀？好像还受伤了，是不是？"

李小西的话让我警觉了起来，那次被袭击除了我和唐玦几乎没人知道，因为没有证据至今警方的侦破都没有进展。那么，李小西是怎么知道的？

"是啊，不过没什么。"我淡淡地说，"李小姐是怎么知道的呢？"

李小西故作神秘笑笑："是不是到现在都抓不到凶手呀？"

此时的李小西在我眼里就是一条危险的美女蛇，我让开一些距离："李小姐虽然人在国外，但是这些小事你居然都能知道。"

李小西魅惑地笑了："我当然知道了。怎么样？我告诉你凶手是谁，你把唐诀让给我吧。"

我也笑了："那就不必了，我已经知道了。"

李小西脸上的笑容立刻收回，一双凤眼冰冷无比："没意思，我告诉你，对你下手的是我那个蠢妹妹李小曼，但是给她出主意的人——是我！"

我心头猛地一跳，看着李小西只觉得这人格外古怪，性情也怪。心底掀起惊涛骇浪，我还是平淡地说："是吗？"

李小西又笑起来："把唐诀让给我吧，好不好？"

正说着，突然唐诀从我身后揽住我的肩："走吧，我们回去了。"他掌心贴着我，立刻为我带来了无比的心安，我立马向他靠了靠。

李小西不满道："你怎么刚来就要走啊，这么不给我面子？"

唐诀脸上带着疏离的微笑："我已经结婚了，以前那样的聚会已经不适合我了，我跟朋友们打过招呼，这就回去了。"

李小西的表情狰狞起来："唐诀，你不要以为我是李小曼那个窝囊废！我要是想留你下来，你绝对不可能踏出我的家门一步！"

这女子，从我们进门到现在短短不过半小时的时间，她已经换了好几种情绪，这反反复复的模样倒真叫我有些害怕了。

唐诀还是静静地看着她，然后一字一句地说："李小西，你知道我不喜欢你，何必强求？"

听到唐诀的话，李小西原本充满戾气的脸突然放松了下来，瞬间泪水漫过眼眶，她一下蹲坐在地上号啕大哭："唐诀，你怎么可以这样对我？我对你不好吗？我哪里不如她？你说啊！你为什么回来一字不提就结婚了？为什么?!"

李小西脸上的妆都哭花了，我一时不知怎么办才好，唐诀握紧了我的手："李小西，你是李家的千金，不愁嫁的。"

李小西站起来倔强地说："我就要嫁给你！"然后她指着我，"你现在立刻去和她离婚！立刻！马上！"

唐诀眯起眼睛："有病。"

直到从李小西家里出来，我还忍不住回头看。从灯光穿过的门口，那个

劫后余笙

短发的女人依旧站在那里,灯光从她纤瘦的身体后透过,我甚至能看清她微颤的手指。

李小西为什么会是这样一个人?

我以为,她会是让李小曼、夏颜颜之流都自惭形秽的白富美。

没想到,事实却是这样。

李小西是个疯子。唐诀这样评价。

人前她是个性洒脱、行事不拘小节的大小姐,快人快语的性格和独具魅力的外貌,给李小西在国外的圈子赚足了人气。可在人后,但凡有李小西看中的,皆要弄到自己手里。因为李小西的身份摆在那里,真要表明喜欢什么,其他人也不敢与她争。

只有一个例外,那就是唐诀。

当年,李小曼随后也出国,李家老爷子李巍让姐妹俩一处伴着,如果说李小曼喜欢唐诀还只是放在心底没敢明说,那李小西就直接多了。

李小西疯狂地追求唐诀,几乎无所不用其极,想尽了一切方法把唐诀套在手里,结果只是让唐诀对她更加敬而远之。

在国外的时候,李小曼不敢明摆着和姐姐争,可她得到了提前归国的机会,李小曼就想趁机搞定唐诀。等生米煮成熟饭,李小西回来再不甘也没辙了。

只是李小曼没想到中途杀出了一个我。

聚会后第二天就是周一,我照常去公司。刚把车停稳,就看见不远处的大楼门口,一个打扮很潮的年轻女人站在那里。她一头微卷的短发,戴着墨镜似乎在等什么人。

这不是李小西?

我硬着头皮走过去,今天公司还必须得去,我得安排好车然后带着关真尧去出席网剧的宣传照拍摄,还有她的培训计划这一周也得敲定。

李小西见到我,她摘下墨镜,露出灿烂的笑容:"余笙!你可来了。"

我浑身寒毛直竖,勉强跟她打了个招呼,然后径直就往电梯走去。李小西不依不饶地跟在我身后,她不停地问:"你什么时候和唐诀离婚?"

她甚至跟我一起挤进电梯,我应该感谢今天我来得早,电梯里还没有其他人。

李小西又问:"你觉得你配得上唐诀吗?没钱没势长得也就清秀,你会拖累他的。不如赶紧去离婚吧!"

我气闷,顿时觉得李小曼还真是比李小西好对付多了,起码李小曼不会这样过激。听到最后我实在忍不住,说了句:"你去问唐诀啊!只要他愿意娶你，我立马让位。"

说完，我大步跨出电梯，李小西笑着跟在我身后，又说："行，我会让唐诀答应的，你别到时候不肯承认，那就别怪我心狠了。"

我扭头看她，李小西白净的脸上挂着得意的笑容，她的眼睛却带着寒光。

我说："能请你离开吗？这里是我的私人办公室。"

李小西又歪着头俏皮地笑了，就如昨天晚上她开门时的样子，她说："好，我离开。"

看着李小西离去的背影，我心底的不安又扩大了。

事情来得远比我想象的要快，到了晚上我回家的时候，唐诀一身怒气问我："你是不是和温负争见过面？"

温负争？我刚听到这个名字觉得陌生极了，转念又想然后脱口而出："温老板？"

见唐诀生气，我立马解释："是见过，不过并没有说什么，他让我帮忙劝你投资的事，但是我直接拒绝了。"

唐诀听完我的话并没有消气，反而怒极："那你为什么不告诉我？这都过去多久了，我不问你也不说吗？"

这是唐诀第一次冲我发火，我又惊又怕还带着委屈："我觉得我拒绝了就没必要告诉你了呀，何况，我根本没打算帮他。"

"那这又怎么说？"说着，唐诀甩了我一张照片。

照片里，我和温老板对面而坐在品茶，看上去两人表情都很温和，气氛不错。

我以为是唐诀误会我和这个温老板怎么样了，连忙解释："我们只在风唐楼下那家茶社坐了半小时，仅此而已。"

唐诀闭上眼睛深呼吸了几下，然后睁开眼走过来将我揽入怀里："对不起，是我冲动了。"

我的眼泪顷刻流出，紧紧地抱着他问："是不是出什么事了？你为什么都不告诉我？我是你的太太，我想知道。"

唐诀的呼吸加快了，显然他也在压抑自己的情感，半晌他才说："我会保护好你的。"

深深的无力感又将我笼罩，我只能抱着唐诀，像溺水的人抓住手里唯一的浮萍。我的不安放到最大，终于忍不住在他的怀里失声痛哭。

也不知道哭了多久，我在唐诀怀中最后迷迷糊糊地睡着了，第二天早上起来的时候，唐诀已经出门了。

昨天晚上没吃饭，导致今天早上饿得不行，我喝了两碗麦片粥吃了一个煎蛋才把肚子喂饱。

出门的时候，天快下雨了，我随手拿了一把门口的伞。坐在车上才发现，这是唐诀的。

在办公室里忙了大半天，窗外的天空已经一片暗沉，云中翻滚着雷声，看样子还得下大雨。

我念叨着："春雨贵如油呀。"然后拿起座机准备问一下关真尧下午的行程，刚拿起电话，我的手机响了。

我放下座机去看手机，只见手机屏幕上跳动着唐云山的名字。

"喂？爸。"不知道为什么，我的声音有些颤抖。

"小笙，今天有空的话，回家一趟吧。"唐云山的话里我听不出什么异端。

"那唐诀……"

我还没说完，唐云山就打断了我的话："就你一个人来，不要告诉他。"

我心狂跳起来，挂断电话坐在办公室里，我已经没有了工作的心情。傻坐了半天，我请假提前走人。

我等不到晚上下班了，我现在就想知道让我一直惴惴难安的事究竟是什么。我想过无数种可能，却没想过最终是由唐云山来告诉我一切。

刚到唐家老宅，一楼只有常妈在。我看着我之前踏过无数次的那个通向二楼的阶梯，深吸一口气，终于迈步而上。

书房里，唐云山和唐晓都在。唐晓看到我，脸上露出了跟往日一样的笑容，我却不敢看他的眼睛。

唐云山冲我点点头，然后对站在一旁的唐晓说："先办你的事吧，办完了你去忙。"

唐晓递给我一份文件，我仔细一看，吃惊道："你要把风唐的股份转给我？"

唐晓点头："我没空管理了，所以把我名下的股份都给你。你就带带新人，安排他们行程就好，其他的事不用操心，每年坐在家里拿分红不是更好？"

唐晓把笔塞进我手里："在这里签好，等下手续办妥就行了。"

难道，他们叫我来只是为了把风唐给我？我有些迟疑："可是，这是大哥你的……"

唐晓说："我们又不是外人，与其我没精力打理给别人，不如给你。"

我又说："我还是要跟唐诀商量一下……"

唐云山开口了："签了吧，唐诀是知道的，原本他打算婚前把他名下的唐氏股份和你共享。因为这段时间太忙了，一直抽不出空。你先拿着这个，也算是我的一点心意。"

我还能说什么？总不能现在当着他们父子的面打电话和唐诀对质吧？

再说了，人家是要给我钱，又不是要我给他们好处。唐云山的话深深震撼了我，唐诀打算把他名下的唐氏股份与我共享？这是我之前从没有预料到的。

我在文件上签下了自己的名字，唐晓将文件收好径直离开，书房里就只剩下我和唐云山。

唐云山指着离他不远的沙发说："坐下说吧。"

我轻轻坐下，问："您找我来，有什么事吗？"

靠着唐云山近了，我这才发现他手上翻着的正是那本名为《兰心》的诗集，我心中莫名一慌。

唐云山摸着诗集的封面，好一会儿才说："我跟你说个故事吧，这是很久很久之前的事了，那时候我还是只是一个毛头小子。"

唐云山的声音带着低沉的磁性，仿佛把我带到了他故事里所讲的那个年代，时代的厚重感将我笼罩，我又想听又怕继续听下去。

"我比你父亲年长一些，但这不妨碍我们日后成为事业上的伙伴，我也一直把余世冲当成我的知己，直到我们遇见了两个女孩。"说到这里，唐云山抬眼看着我，"一个叫宋苑心，一个叫丁慧兰。"

听到这里，我忍不住问："是我的生母和继母？"

唐云山点点头："没错，是她们。她们年龄相仿，是很好的朋友，一起在女中读书。慧兰和我还曾有过一段婚约，只是后来……我主动要求取消了婚约。"

我的继母居然和唐云山有过婚约？我禁不住问："我爸知道吗？"

唐云山笑笑："那还是很久以前了，我也是见到慧兰以后才知道有这么一段的。你父亲当然也知道，只是那时候我们俩都疯狂迷恋上你的母亲。"

"唐家那时候不比余家，你爷爷那一辈开始，余家就已经在S市扎根，而且枝繁叶茂，是当年各家都争相讨好的对象。"唐云山的眼神迷离，仿佛陷入了回忆之中。

"我和慧兰解除婚约的原因也很简单，因为我想光明正大地追求苑心。慧兰是个好姑娘，她与我没有感情，很爽快就答应了。只可惜，我晚了一步，等我做好一切准备想要去跟苑心表白的时候，她已经和你的父亲在一起了。"唐云山说着，眼神黯淡了下来。

劫后余笙。

"后来，我娶了另外一家的女儿，生了唐晓。"唐云山叹了口气，继续说：“我以为你父亲能对苑心好一辈子，结果却传来了你父亲和慧兰有染的传闻。"

"说实话，我很后悔，我为什么没能在那时候直接从他手里抢走苑心呢？也许，她就不会那么痛苦了。"

我听不下去了，在我的记忆里虽然关于生母的回忆已经很遥远，但是我父亲对她的感情绝对不是作假，否则也不会这么多年还是忘不掉她！

"您是不是弄错什么了？我父亲和兰姨是在我母亲过世几年后才在一起的。"我努力争辩着。

唐云山笑了："是啊，因为他们不敢，所以要等几年之后才在一起。可是有什么意义呢？苑心还在孕期，他们的事给了她很大的刺激，所以才会在你出生后不久就去世了。"

我的心脏怦怦狂跳："……这不可能。"

按照唐云山的话，我身边一直以来照顾我给我温暖的家人，竟然是害我母亲过早离世的帮凶？这让我无法接受！

"您究竟想说什么？为什么好好的跟我说这些？过年的时候，你和我爸不还是很好的吗？"我心里的疑问生起，情绪有些失控。

唐云山垂下眼睑："除了苑心这件事，我还是对你父亲有很深的朋友之情。朋友是朋友，感情是感情，我不会分不清。"

他重重地叹了口气说："是我说多了，原本不该说这些的。"

唐云山的目光突然锋利起来，他看着我说："今天叫你来还有更重要的事要通知你。"

对着他的目光，我的身体居然开始控制不住地微颤，我努力地不回避他的视线，将背挺得笔直。

唐云山说："原本，我也想你和阿诀在一起算了。他喜欢你，一直都喜欢。为了儿子，让我放下以前的恩怨，我也愿意。何况，你还是苑心的女儿。只是，现在唐家遇到困难了你帮不上，但是有别人能帮上。"

"您是什么意思？"我的心颤抖起来。

"和唐诀离婚吧，他会娶李家的小姐。比起一个没落的世家千金，这个选择才更适合现在的他。"唐云山的目光如千年的寒冰，冷得我几乎无法开口。

"唐诀知道吗？这是你的意思，还是他的意思？"太阳穴突然抽疼起来，我咬紧牙关忍耐。

"是不是他的意思很重要吗？关键在你的意思，你愿意拖累他吗？"唐云山将问题重新抛给我。

我居然无法很肯定地说出我不要离婚,在这个时候,我才赫然发现,这段时间的依赖和安心已经让唐诀这个名字在我心底扎根。

直到这一刻,我才确定自己是爱他的,所以我无论如何也做不出拖累他的选择。唐氏集团是唐家的心血,也是唐诀一直在发展的事业,我不忍心看他放弃。

"真的……已经到很危险的地步了吗?真的,撑不下去了吗?"我还在挣扎着,虽然心底有个声音告诉我,唐云山的话不能信!

唐云山没有说话,只是默默地点点头,过了一会儿又说:"我给你几天时间考虑,趁感情还不深赶紧分开,也不算耽误你。刚刚阿晓已经把风唐给你了,算是了断你与我们唐家的缘分吧。"

这段话,仿佛在我耳边响了个惊雷,震得我心神恍惚。我下意识地摸摸脸,还好,没有泪。可是为什么心中空荡荡的……

唐云山的话听起来好有道理啊!

我不知道我是怎么离开唐家老宅的,我坐在自己的车上握着方向盘,突然回首去看,只觉得这曾经带给我无数改变和快乐的地方,如今就像一只张着血盆大口的怪兽,要将我拆骨入腹,要让我永不翻身。

我猛踩油门,飞快地逃离了这里。

我在客厅里呆坐了一天,看着窗外云卷云舒,看着楼下人群三三两两,那里可有我的唐诀?

从来没想过我对唐诀的感情已经在不知不觉间蔓延到这样的程度,恍然大悟的时候,却要我做一个不得不心疼的选择。

脑海里,唐云山的话渐渐地攀了上风。现在我和唐诀是互相爱着对方,可如果唐家撑不住了呢?唐诀能接受自己的失败吗?

他之所以瞒着我,不也是不愿意我看见他败落的样子吗?

唐诀于我,是爱人是朋友更是一生相伴的那个人。可是现在这个人,我也许得离开他才能让他真的幸福。

是了,余笙,你配不上这么好的唐诀。

除了在他身边吵吵闹闹地拌嘴,你无法替唐诀担下任何风雨,你是那么弱小和不堪,总是要躲在唐诀身后才能有勇气继续。

暮色已沉,我的脑子里乱糟糟的全是我和唐诀的过往。我很想哭,但是却哭不出来,仿佛灵魂已被掏空。

我木木地起身做了一顿晚餐,三菜一汤摆在桌上,我才感觉到心底的一丝烟火气。自从接手了风唐,我很少在家里做饭给唐诀吃了。

劫后余笙。

刚刚摘下围裙，大门响了，唐诀回家了。他穿着灰蓝色的条纹衬衫站在门口看着我，他似乎有些不解，问："今天下班这么早？"

"啊，是啊。经过菜市场买了点菜，我们好久没在家里吃一顿像样的晚饭了。"谢天谢地，我总算找到了我的舌头，说话没打结。

唐诀露出歉意的神情："我晚上有应酬，我回来换件衣服就得走。"

我立马说："那去洗个澡过来喝碗汤吧，应酬的时候要喝酒，空腹伤胃。"

唐诀笑着走过来吻了吻我的额头："好。"

我坐在餐厅里，听着楼上隐隐约约传来的声音，这是唐诀在我身边的证明，一分一秒都让我觉得无比珍惜。

唐诀换了一身干净清爽的衣服走下楼来，他的手腕上还戴着与我同款的情侣手表。我鼻子一酸，赶忙站起身给他盛了碗汤，又加了小半碗饭。

商业上的应酬都是聊得多吃得少，唐诀又得喝酒，现在吃一点好很多。

唐诀边吃边看我："你今天很奇怪。"

我端起碗："哪有？"

"昨天晚上……是我不好，我太冲动了。"唐诀又道歉，他以为是昨天晚上的事惹我不快。

心里泛起阵阵的疼，我冲他笑了笑："是啊，不过这个道歉太没诚意了，等你这段时间忙完，你得带我去吃好吃的，不然不原谅你。"

唐诀脸上泛起笑容："好，听你的。"

你看我们这两个人，揣着两颗真心说谎话。

终于等唐诀吃完饭，我送他到门口看着他离开，然后我收拾好厨房，来到卫生间洗澡。手指触到唐诀用过的洗发水时，终于心口像被撕裂了一道无法愈合的伤口，眼泪决堤。

这是唐诀身上的气味，是这段时间每个日日夜夜陪伴我入睡，陪伴我醒来的味道。我闭上眼睛就能感觉到唐诀在身边，好像伸出手就能碰到他一样。

我抬头用温水冲刷着脸上的泪，这样就好像没有在哭一样。

洗完澡，我倒在了属于我和唐诀的大床上，就这样没有盖被子睡了过去。直到唐诀回来，他黑着脸给我盖上被子，我才猛然清醒。

"几点了？"我问。

唐诀说："十二点多了，你怎么不进被窝就睡觉？感冒了怎么办？"

唐诀靠近我，他的身上带着一些酒气，混合着属于他的味道，这格外让我沉醉。我吸了吸鼻子，说："你快去洗澡，我等你。"

唐诀简单冲了一下，去了去身上的酒气就搂着我钻进被子里。

他的呼吸一下一下地吹在我的头发上，我闭着眼睛却没有睡着，终于等唐诀的呼吸开始绵长，我才慢慢睁开眼睛。

我多么不想睡，因为与他相处的每一刻都已经进入了倒计时。

我要离开唐诀吗？

是的，我要离开，我没有勇气拉着他和我一起受罪。他会被父亲指责，会被愧疚笼罩，也许一生都很难走出来。

我是这样胆小，我抬眼看着他，熟睡的唐诀睫毛纤长，双唇微闭，搂着我的胳膊纹丝不动。

他说过，他这样习惯了……

莫大的绝望笼罩了我，我努力闭上眼睛，将脸别过去，只用背部感受他怀里的温暖。

昨天晚上睡得太迟早上又起得很早，奇怪的是我并没有觉得很累，反而精神极为亢奋。

像往常一样我和唐诀在门口告别，唐诀与我说了"晚上见"之后，我突然奔过去搂着他的脖子就是一个深深的吻。

我想永远记住唐诀的味道，在我的身体和灵魂里留下永不磨灭的烙印。

唐诀回吻了我，然后揉揉我的头发："走了。"

他走了，我也该走了。

我没有去公司，又请了一天的假，赶去找了一家律师事务所，请人拟定了一份离婚协议书。

我和唐诀没有财产上的分割，也没有子女抚养权的争议，这一份离婚协议书花了我一千大洋，很快就拿到手了。

我就在律师事务所的办公桌上随手拿起一支笔，在协议上签下了自己的名字。

我不敢看内容，然后快速地将其包好又开车去了快递的站点，将这一封离婚协议书寄给了唐云山。唐云山应该知道我的用意，我没有勇气直接交给唐诀，我根本无法面对他。

将文件袋封好，我站在快递站点的门口发了好一会儿的呆，我甚至有冲动去把那份离婚协议书给要回来当场撕掉。

可我不能……我得赶紧离开这里。

还有更多的事要办，我得离开S市，房子的话暂时肯定卖不掉，我找到了租下我商铺的租客，以让利一个季度的费用为代价，与他们又延长了租期，足足延长了两年之久。我想两年，唐诀差不多能放下了。

劫后余笙。

看着银行卡里多出来的钱，我又生起了一股惆怅。公司的事我是暂时不想管了，反正给关真尧的档期安排已经约到了明年，我现在也没这个心情去探班。倒是助理小悦给我打电话了，问我为什么两天都没见人影。

昨天我也早退来着，今天我又请假。可我要怎么说呢？说我又要离婚了吗？

开不了口，索性只说了我有点私事，便挂断了电话。

做完了这一切，我也没打算给唐云山回复电话，我不想再看见他，更不想听他说那些故事，最怕他提起唐诀。

我在大街上游荡了半日，下午快两点的时候，我鬼使神差地把电话打给了唐诀，他那头乱糟糟的，好像在处理什么事情。

他问："怎么了？"

听着唐诀熟悉的声音，我再次泪如雨下，声音却依然平静，带着一点撒娇："没事啦，就是想你了，你忙吧。"

唐诀带着笑意说："好，晚上我尽量回家吃饭。"

结束和唐诀的通话，我还傻傻地举着手机。对了，还有家。我突然想起，还有家里的事。

我回到了与唐诀的小家，家里安安静静的，门口的拖鞋摆得整整齐齐，一双我的，一双他的。

我原本想丢掉一切我存在过的痕迹，但当我真的要去做时，却下不了手。这个家，是我和唐诀一点一点地让它变得温馨，让它充满彼此的痕迹。

我收拾好行李，订好机票，然后就这么蹲在门口看着属于我和唐诀的拖鞋，此时泣不成声。

眼泪模糊了视线，我渐渐地看不清眼前的一切，我把手里的钥匙挂在门口的小兔子挂篮里——这个篮子也是当初我和唐诀一起买的。

我无法再停留，那些美好的回忆拼命绊住我的脚步，让我留恋这一切。

咬咬牙，我一脚踏出了房门，然后不等自己不舍就飞快关上大门。

眼前空荡荡的走廊仿佛是我接下来要走的路……

再见了，唐诀！

第九章　两个鱼

K市的冬天格外冷,我坐在靠着落地窗的桌前守着一杯还在冒着热气的咖啡。窗户上有些水汽,叫人看不清外面的街景。

路上三五成群的孩子结伴走着,看样子是已经放寒假了,我莫名有些心安。

拿起咖啡刚喝了一口,洪辰雪就一脸哀怨地坐在我对面:"我说阿笙啊……你过年准备给我发多大的红包呀?"

我忍不住浅笑:"嗯,好香!你想要多少?"

洪辰雪白了我一眼:"我跟着你从S市逃难似的来这里,然后跟你白手起家,混到今年都三十了,还是剩女一个。"说着,洪辰雪拿过我的杯子喝了一大口,"余老板给不给恋爱赞助金,就一句话的事。"

我忍俊不禁:"给,当然给,怎么能不给呢?"

这家咖啡店是我和洪辰雪一起打理的,我出钱她出力,办到今年过年已经是第四年了。当初为了起名字,洪辰雪可没少跟我吵,她说你离婚没第一时间跟我说,再婚都没吱一声,最后自己滚了还不告诉我!不行,这事没完,起名字必须听我的!

我无言以对,所以就有了现在这家咖啡店的名字:雪一笙。

刚开始的时候我是怎么都觉得这名字难听,看了几年下来居然也习惯了。可能是因为当初运气好,我们用低于市价20%的租金租了这间门面五年,房东就喜欢我们这样掏钱爽快还租期长的租客,说如果五年后我们续租,租金好说。

经过几年的经营,店里的生意也趋于稳定增长,虽然说不上大富大贵,但足够让我和洪辰雪在这座城市立足了。

门口"叮咚"一声,有客人进来了,服务生在招呼,我的心却飘到了远方。

洪辰雪看了看天色:"学生都放寒假了,又要过年了。"

"是呀……"我感慨着,"时间过得太快了。"

"你什么时候去接小鱼儿和大鱼儿?"洪辰雪问。

我看一眼手机:"现在就去吧,店里交给你了。"

劫后余笙

洪辰雪笑着点头:"晚上我去买醉虾还有黄金糕,你和两个孩子最喜欢吃的。"

我戴上围巾,趁着洪辰雪还在说话,赶紧在她脸上亲了一口:"我替两个鱼先亲一下,那就谢谢小雪阿姨了。"

洪辰雪在身后叫道:"你个女流氓!"

走在大街上,我才觉得真心冷,冬天已经真的来了。大鱼儿和小鱼儿今天下午有补习的英语课,好在早教中心就在离我店不远的另外一条街上的商业区。

我也懒得打车了,决定步行过去。走了大约十分钟,我到了商城三楼的早教中心门口。里面空调暖和得很,我走到教室门外,看着里面的小孩子正在跟几个老师做游戏。我的两个鱼也在,他们一板一眼地学得很认真。

小鱼儿最先看见我,她冲我眨眨眼睛,大鱼儿随后也发现了我,急着就要冲过来,却被妹妹小鱼儿拉住了。

可能是天性,女孩从小就比男孩子稳重乖巧一些吧。

没过一会儿,早教中心下课了,两个鱼飞一般扑到我怀里,叽叽喳喳地说个不停。我给两个鱼穿好羽绒大衣,戴上口罩和帽子,一手牵一个回家去。

我和洪辰雪合租了一间大套房,三室两厅两卫,因为多了两个孩子,所以也不显得空旷。家里除了厨房、卫生间和洪辰雪的房间以外,其他地方都被这两个孩子的玩具给占领了。

天实在太冷了,我们三个打了车回去。路上有点堵,到家里的时候洪辰雪已经回来了。

她两只手湿漉漉的:"哎呀,我的鱼儿们都回来啦!看看小雪阿姨给你们买什么了。"

大鱼儿一马当先凑过去:"哇,是黄金糕!"

小鱼儿则甜甜地说了句:"谢谢小雪阿姨。"

这可把洪辰雪喜欢坏了:"我们小鱼儿最乖巧了。"

洪辰雪一回来就煮饭煲汤,我也换了衣服帮忙炒了两个菜,加上她买的醉虾和黄金糕,一桌还算丰盛的晚餐就准备好了。

两个鱼最喜欢吃黄金糕了,尤其是这家的黄金糕做得很有功夫,每每去买都会排队。

洪辰雪吃了一口醉虾,赞不绝口:"你尝尝,够新鲜,好吃!"

我尝了一口,确实好吃,虾肉爽口鲜甜,做法偏S市的口味。两个鱼只顾着吃黄金糕,哪里看得上这小小的醉虾。四个人两大两小,居然把桌上的菜一扫而空。

210

第九章 <<< 两个鱼

我去洗碗，洪辰雪收拾桌子，两个鱼已经会自己刷牙了，搬着塑料小凳站在洗手间的镜子前有模有样地开始比赛。

看着这两个小小的背影，我心里柔软极了，洪辰雪用胳膊推了我一下："还是小鱼儿更像她爸，大鱼儿像你，人家说女儿像爸爸，儿子像妈妈，还真是没错。"

我失神好一会儿才道："是啊。"

我是离开S市后才告诉洪辰雪这些事的，她立马放下了手里的工作和我一起来到了K市。纵然洪辰雪对我各种不满，但还是不顾一切地陪我过来。

人生有这样的好朋友，足矣！

我切断了一切与S市的联系，甚至这一两年的房租都是洪辰雪出面帮我收的，我竟再也没有踏足S市一步。我也避免去看S市的新闻，每当浏览到疑似消息，都飞快地跳过。

来到K市两个月后，我发现我怀孕了。那天，我和洪辰雪在满大街寻找门面，就站在现在的"雪一笙"门口时，我突然觉得胸口发闷，一阵恶心，整个人像被拎起来似的难受。

我靠着路灯缓了半天才勉强没吐出来，洪辰雪见我脸色发白，还没心没肺地来了句："你不是有了吧？"

医生说："是的，有了。"

我来检查的时候就想过，八成是有了，那段时间我和唐诀根本没有避孕，因为婚期已定，想着能怀上也是双喜临门。结果……世事无常啊！

医生说："两个胎盘，是双胎。"

医生又问："要不要？"

我愣了一下，然后赶紧说："要！"

医生在我的病例卡上大笔一挥，然后交代三个月后来建卡。

我茫茫然地出来，坐在医院楼下的长椅上好半天，最后打电话给洪辰雪说："就那家门面，定下来吧。"

我要在两个孩子降生前敲定这一切。

洪辰雪对我的选择没有太多过问，很快敲定了门面后就开始装修，因为我怀孕了，这期间大部分的现场工作都交给了洪辰雪。

本来我们租的是一室一厅的公寓，想着两个女生住足够了，结果老天给我来了这么一出。于是我们租满一个季度后，又换成了现在的房子。至今我还记得我们退租时，那个老太太不满的表情。

两个鱼落地的时候，我们的咖啡店运营也刚刚步入正轨。一个哥哥，一个妹妹，洪辰雪直说你是人生赢家啊，这一肚子男女都有了，好好好！

211

劫后余笙。

两个鱼跟我姓,一个叫余朗,一个叫余朵。洪辰雪说我起名字太没水准了,我表示无奈,有名字就不错了,还想着有没有水准?

于是为了有水准,两个鱼又有了小名,大的叫大鱼儿,小的叫小鱼儿。这是洪辰雪的杰作,我只能夸起得真有水准。

第二天,两个鱼不用去早教中心,快要过年了,我也不愿他们去。我给他们收拾好,把绘本、图画本,还有水彩笔、油画棒和儿童剪刀装了一个小包,这些东西足够他们在店里玩上一天。

咖啡店到上午十点才营业,早上会有值班的员工先去,我和洪辰雪可以赖到吃完午饭再去。

吃了午饭,我们四个收拾好,穿戴整齐出发了。

两个女人带两个孩子,看起来有些怪,但是这却是我眼下最珍惜的时光。

两个鱼一进店里,就熟门熟路地钻进里面的员工休息室,里面有地毯和空调,两个孩子一起玩也不会寂寞。

到了冬天,来咖啡店喝热饮的人多了起来。下午三点一过,生意开始忙起来了,洪辰雪是不放心只交给员工的,必须亲力亲为地站在那里。

我是甩手掌柜那一类,多数时候喜欢抱着账本和营销手册坐在最拐角的角落里,偶尔去看看两个鱼,然后给洪辰雪打打气。日子虽然平淡,但一点都不无聊。

过年前的日子过得特别快,转眼快到除夕了,我给店里的员工发了过年红包后,就放了假,店里只剩我和洪辰雪。我琢磨着今年要不要给爸妈打个电话,当年离开S市的时候我爸妈没少骂我,所以现在我打电话回家都有些战战兢兢。

洪辰雪在整理放咖啡豆的木架,这时店里来客人了,我合上账本走了过去:"您好,欢迎光临,请问需要点什么?"

来的人戴着一副墨镜,她见到我吃了一惊:"余姐?!是余姐!"

我心里一惊:"你是?"

她摘下墨镜:"是我啊!小悦!"

眼前的女孩早已褪去刚出校门的稚气,化着淡妆的脸上居然也透着几分精明。我脑海中的记忆像被打开了一个缺口,它们争先恐后地叫嚣着汹涌而出。

"啊,是小悦啊。好久不见。"这几年的我,早已练就波澜不惊的功夫。我脸上没有过多的表情,有的只是客套的友好。

"哎,余姐,你当初去哪了?为什么会在这里?"小悦急着问。

212

第九章 <<< 两个鱼

我笑笑："一言难尽,你呢?要些什么?我店里的咖啡可是很正宗的。"
"两杯蓝山。"
小悦一个人要两杯咖啡,肯定是要带走的,我也不多问,熟练地给她装好,收完钱找好零。我客气地说:"欢迎下次再来啊。"
小悦一脸欲言又止:"余姐,再见。"
"再见。"
看着小悦的背影消失在街角的拐弯处,我轻轻叹口气。洪辰雪早就听到了我们的对话,她等人走了才凑过来:"那是谁啊?怎么好像认识你?"
我说:"我以前的助理。"
洪辰雪一脸惊恐:"她会说出去吗?"
"她接触不到唐诀。"我说完猛地顿住。
我刚才怎么提到他的名字了?这几年来,我努力不让自己想起来,却在不经意间暴露。洪辰雪还一脸迟疑:"真的吗?我们要不要搬家啊?"
我笑笑:"搬什么家呀!你傻呀。"
我本以为这一次和小悦的相遇只是个意外,谁知两天后,店里又来了一位不速之客。
她戴着口罩,一副墨镜几乎遮住了半张脸,进门就对我说:"两杯蓝山,我请你喝咖啡。"
她的声音我认得,是关真尧!
坐在最靠里的位置,关真尧摘掉了口罩和墨镜,几年不见了,她早已不是那个单纯的学生妹。我可以忽略掉唐诀的消息,但是却无法忽略关真尧。
因为现在的关真尧早已成为国内一线花旦,她红起来的原因也很简单,就是金韶那部仙侠电影的上映。那一年,她和白安然成为那部电影的最大赢家。
一部商业电影却为白安然捧回了梦寐以求的影后奖杯,也给关真尧带来了人生第一个巅峰,她成了那一年的最佳新人,随后网剧的火爆和广告的推广,让关真尧一时间红遍大江南北。
我离开的这几年,关真尧也很争气,她一直按照当初我给她定下的路线走,在电影圈混得很不错,接连出演了几部刷新票房成绩的大片,而且都是主演。
我当初没看错,关真尧的脸天生就适合大银幕,有辨识度有美貌,气质独特而又出众。这几年的磨砺,让她的演技也增长不少。
如今的关真尧坐在我对面,脸色有些憔悴,眼底有淡淡的青黑。

劫后余笙。

我问:"你来这里拍戏?"

关真尧点点头,拿出一支烟刚要点,而后又放下:"抱歉,压力大的时候会想抽。"

我表示理解,身处演艺圈的压力比寻常人更大,再说关真尧现在也不是走清纯佳人的路线。她苦笑:"我没想到你居然会在这里。之前小悦告诉我的时候,我都不敢相信。"

我侧过脸看窗外,阴沉的天空开始下起小雪。我说:"换个地方换个心情,我现在也不错,你呢?"

关真尧笑了,而后冷着脸说:"你知道吗?你不见了的时候,唐总几乎要把风唐给拆了。你怎么能这么不负责?说走就走?你把我放在什么地方?我进风唐的时候就只信任你,你可知道你走了,我该怎么办?"

我一直都知道当初的举动十分任性和轻率,只是我那要命的骄傲让我必须逃离,我始终在骗自己,我已经把一切安排好了,不会有事的,当今天面对关真尧的时候,我才知道我想的多么肤浅可笑!

无法面对关真尧的眼睛,我垂下头:"对不起……我也是没办法。"

关真尧嗤笑:"我才不要听对不起,我要补偿。"

我抬眼觉得眼前这个女孩还是当初那个关真尧,骨子透出来的都是任性和幼稚,只是比当初多了几分嚣张。

"那我要怎么补偿你?"我问。

"跟我回S市。"关真尧看着我,一脸认真。

我说:"不可能,我现在的事业都在这里,我不可能再回去。"

我用什么理由回去呢?当年离开的时候,我就没想过我会再回去。回去看唐诀结婚生子吗?我可以装作不关注,只是因为我害怕面对这些。

关真尧嘲弄地笑笑:"余笙,唐总就要和李家那个大小姐结婚了,你确定你不回去吗?一旦结婚,你们之间就真的没戏唱了!"

心开始疼了,像是用一把钝了的刀在原本已经结痂的地方一下一下地拉扯着。我以为当年唐诀会很快和李小西结婚的,唐云山叫我离开的时候我就想到了。李小西绝对不是简简单单出现的,她回来就是为了和他在一起……哪怕不择手段。

见我不说话,关真尧怒了:"你就这么看着唐总跟那个疯子结婚?你真自私!"说着,关真尧再也忍不住,点上烟,猛吸一口,继续说:"我走了,这咖啡你请!"

关真尧出去的时候,把店里的门撞得乒乓响,看来这几年关真尧不仅是演技增长了,脾气也大了不少。

洪辰雪早就听到了一切，她坐在我面前叹气，然后什么也没说就离开了。

我以为关真尧以后都不会再出现了，谁知道第二天她又来了。

还是老样子，她说："两杯蓝山。"只不过这次她没有戴口罩和墨镜，还把咖啡钱提前付了。

我有些纳闷："你拍什么戏这么闲?"

关真尧问："你回不回S市?"

这样的对话肯定是无法继续的，所以每当到这里，话题就戛然而止了。

关真尧不用任何伪装来喝咖啡，这很快就被她的影迷发现了，于是原本下午生意就忙的咖啡店，开始变得更加忙碌。

关真尧也不说话，只是叫两杯蓝山，让我陪她喝咖啡。渐渐地，我和关真尧一起喝咖啡的照片被不少人放到了网上。大家纷纷议论的话题只围绕着两点，一是关真尧每天去光顾的咖啡店，二是每天陪关真尧喝咖啡的老板娘。

也有胆大的粉丝过来要签名，还问过我是谁，关真尧只是笑眯眯地说："这是我朋友。"

洪辰雪一开始对关真尧无感，后来发现她来了之后，店里的营业额呈几倍的增长，洪辰雪就开始对关真尧笑脸相迎，每天都盼望她的到来。

洪辰雪经常在没人的时候拿着计算器，然后笑着说："好啊好啊，这下我们店的名声算是打出去了，太好了!"

那是，关真尧就像是活招牌，比找什么代言广告都有效。

关真尧连续来了将近一个月，终于在这一天，她说："我的戏杀青了，明天就回S市了。"

我心里涌起淡淡的不舍，表面上还是风平浪静："那祝你一路顺风，要不要送你点咖啡豆？我看你很喜欢喝蓝山。"

关真尧白了我一眼："谁要你的咖啡豆？你不回去，当心后悔!"

话是这么说，可关真尧走的时候还是买了十包咖啡豆和一台高档咖啡机，洪辰雪美得不行，看关真尧的眼神那叫一个火热。

这天洪辰雪在数钱，她数着数着突然问我："你……真不想回S市吗?"

我把手里的活停了下来："你怎么也问这个?"

洪辰雪看着我说："我只是觉得那个女明星说得对啊，你真的忍心让他和一个女疯子结婚？而且你们有孩子了，大鱼儿和小鱼儿需要父亲。"

我有些哽咽："他不知道孩子的存在。"

洪辰雪有些生气："那他也是孩子的父亲，这是你无法改变的事实。"

215

劫后余笙。

我哑然了:"我不能放你一个人在这。"

洪辰雪顿时觉得我无药可救了:"不要说得你要对我负责似的,你呀,管好你自己吧!"

我一直在惶惶不安中度日,害怕自己要回去面对的一切,更怕收到唐诀要结婚的消息。就这样过了两三周的时间,李小西找到了我。

我不得不佩服李小西的神通广大,她居然把电话打到了我店里,她的声音时隔几年听起来还是让我有些不寒而栗。

李小西说:"余小姐,你让我们好找啊。"

我说:"哪里哪里。"

李小西说:"余小姐,你什么时候能回S市一趟呢?"

我心慌:"我最近没空。"

李小西说:"可你手上有我们的东西,你总要还给我们吧。"

其实我恨不得把李小西从电话里拽出来,然后手撕了她,但我还是可耻地胆怯了。她说的是"我们"……我心凉了下来。

"什么东西?"我问。

李小西在电话那头轻声笑了:"我以为我妹妹算是会装的了,没想到你比她还能装,当然是唐家那10%的股权呀!"

原来,唐诀真的把他那一份的股权给了我。

我沉默了,心绪纷乱。李小西显然没有那么好的耐心,见我没反应,她又说:"余笙,那已经不是你的东西了,你最好乖乖还回来。"

我冷笑:"你让我还就还?我要是不呢?"

李小西向来霸道,她说:"那你就等着瞧!"

"李小西,你是在S市横行霸道惯了,但是别以为全世界的人都得听你李大小姐的话!"

是的,我不给她,这是唐诀唯一给我的东西,我说什么也得留给我们家两个鱼。

我已经不是孤身一人了,也许之前我还能高风亮节地把这10%的股权推出去,现在我是肯定办不到的了。10%的唐家股权,折现的话该是多少个亿呀?

好吧,这几年我已经变得很世俗了,对我来说现在能给两个鱼最好的生活才是我的人生目标。

我说完就挂断了电话,突然很感谢关真尧把我们咖啡店的名声打得热火朝天,这样李小西想动手也得掂量着些。

李小西这个电话之后,生活又仿佛回归了平静,我整天带着我们家两个鱼去报早教班,还顺便留意附近优质的幼儿园。两个鱼下半年就可以入园了,这些准备工作还是尽早安排比较好。

可能是小悦开了先例,我的咖啡店里继她之后来了关真尧,又接了李小西的来电,这天韩叙居然也跑来了!

韩叙一身休闲装,站在门口向我摊开双手:"不请我进去坐坐吗?我的合伙人?"

我无语,也不想问他为什么会找来这里,多半和关真尧脱不开关系。我淡淡地讽刺他:"怎么?你也要喝蓝山?"

韩叙丝毫没在意我的嘲讽:"美式就好,我不挑。"

这几年韩叙身上多了几分往日没有的朝气,也许是正式被家族承认,让他心里的枷锁解开,整个人也变得阳光起来。

"你的美式。"我把咖啡杯轻轻放在韩叙面前。

韩叙说:"坐下聊聊吧,老朋友。"

我微笑:"我从来不记得我们算是朋友。"

韩叙却说:"分享过秘密的人,就是朋友。"

我突然想起那年在海大韩叙对我说的话,我沉默片刻后点头:"你想聊什么?"

韩叙喝了一口咖啡:"明晚有个会议,你能陪我去参加吗?"

我皱起眉,狐疑地看着韩叙,实在不明白他在唱哪一出:"你们星源有那么多年轻貌美的女明星,挑一个陪你去参加会议不就好了?"

韩叙挑了挑眉:"她们陪我走红毯还行,这样的场合不适合她们出席。"

"那你总有女朋友吧?别告诉我你和白安然分手之后一直守身如玉啊。"我才不信韩叙的鬼话。

韩叙笑出声:"那倒没有,不过女朋友也没有。"他说着给杯子里加了一块方糖,用小勺搅拌起来。

"说起来,你还是欠我的吧?明明是签了合约的合作人,却跑得没影。如果这些年不是我替你家小关扛着,她哪里有今天?"韩叙慢慢地说。

关真尧……她真的是我第一个用心去培养的艺人了,何况她当初也百分百地信任我。

见我表情有松动,韩叙又说:"去陪我参加一个会议,九点之前你肯定到家的。"

我看着韩叙:"就这一次,下不为例。"

我又问:"出席你的这个会议有服装要求吗?"

韩叙笑得露出牙齿:"你本色出演就好。"

劫后余笙。

韩叙说叫我本色出演？我倒觉得莫名有趣了。我的本色是什么？是为了爱可以犯蠢，还是有时候又倔强任性得要命？说真的，活了快三十年，我并没有觉得很了解自己。

从前可以那样不顾一切，后来却又能放弃所有，我真不知道我是成长了还是一直固步自封。

所以，爱到放手才是真正的自己？

如果这样想，那我先前的那些骄傲和倔强都只能算得上外强中干了，骗骗别人也骗了自己。

洪辰雪得知我要陪韩叙出去，她兴奋得要命，挑来挑去给我拿了一套闪亮的大红色的小西装礼服，还一脸神秘地说："穿这个穿这个，适合谈恋爱。"

我哭笑不得："我不是去谈恋爱……"

两个鱼："什么是谈恋爱？"

洪辰雪无视我的话，继续两眼放光："那个男人不错的，根据我的判断，起码家里是开公司的。不过你得跟他说清楚，咱们两个鱼可不能受委屈。"

两个鱼："小雪阿姨，什么是受委屈？"

我一把拍上洪辰雪的额头："胡说八道什么？我跟他八竿子打不到一起去！"

洪辰雪还在小声念叨："你老是这样也不行呀，你总归得成家呀，我们两个要都不结婚，人家该以为我们是拉拉了，这样我怎么去追人家帅哥呀。"

听到洪辰雪的话，我差点没吐血，随手拿了一套之前搭配好的墨绿色时装，说："就这个吧。"

洪辰雪眼睛一亮："这个也好，低调奢华，而且你皮肤白穿了更显肤色。"

我索性不再搭理洪辰雪，心想着是该给她找个男朋友嫁了，不然整天这么念念叨叨可怎么好。

第二天晚上坐到韩叙的车上时，我还在想这个问题，猛然回神问他："韩叙，你身边有单身的还不错的男士吗？三十岁左右的就行。"

韩叙坏笑了："怎么？你想交男朋友了？"

我连忙否认："怎么可能！是帮我的一个姐妹留意的，她帮过我不少，我想她能有个好归宿。"

韩叙点头："我会留意的。那你自己呢？就……这样了？"

我有些不愿说这个话题，低下头："我还是老样子。"

"确实，不过跟以前比沉静多了。"韩叙开着车看了我一眼，"这衣服很适合你。"

"谢谢。"

我以为韩叙要去的不是酒会也得是个宴会,大家得坐下来一起吃喝聊天的那种,结果去了之后才发现还真的是会议。

只是大楼楼下里三层外三层的安保让我明白,这不是普通会议那么简单。韩叙让我等在会议大厅外的休息室,这里已经聚集了一些女眷,她们或高冷或优雅地坐在单独的沙发椅上,休息室里静谧得很,只有轻不可闻的窃窃私语声。

我找了个沙发椅坐了下来,这几年的沉淀让我已经不习惯去坐在人群中央,偏爱无人问津的角落。皮夹里还有我随身带的手账册,我索性拿出来翻翻今日的日程。

我有点想不通,为什么韩叙会带我来这里?这种场合需要女伴吗?

不过看了一眼这房间里其他的女眷,我也释然了,既来之则安之,不多想才是王道。

我又拿出一支笔来在手账册上写着明天的计划,自从生了两个鱼之后,我的记性大不如从前,所以就养成了提前记东西的习惯。

我想着从明天的早餐开始到家里所有人所有事务的安排,手里的笔停不下来,唰唰地记着。每当这时候,我都会有种很奇妙的充实感,觉得把我的生活都实体化了,我能看见能安排能想象。

正写得不亦乐乎的时候,我突然感觉到不远处有人在看我,这种感觉越来越明显,让我无法继续忽视。

抬起头看去,只见休息室的门外站着一个人,我差点咬破舌尖才没叫出他的名字。

唐诀!

周围的空气仿佛凝滞了,他就站在门口静静地看着我,那双我在梦里看到过无数次的眼睛,这会儿就在离我不远处。呼吸开始颤抖起来,耳边有嗡鸣声,我想挪开视线,但是身体不听使唤,满心满眼就只有唐诀的存在。

终于找回了一点意识,我努力地低下头不敢再看他一眼。眼前的手账册也模糊了起来,我根本看不清自己写了什么内容,手指越发颤抖,这种颤抖是我控制不住的,连呼吸都跟着颤抖。

不知道过了多久,身边有女眷起身招呼着,说散会了,可以去用餐了。

我这才把头抬起来,门口早已没有唐诀的身影。

刚才是我出现幻觉了吗?我有些不相信自己的眼睛,唐诀怎么可能会在这里?一定是我太思念他所以产生幻觉了。

劫后余笙。

笃定了这个想法，我顿时觉得头疼。我以为有了两个鱼之后，唐诀对我的影响应该会小一点，可没想到还是比我想象的要大。

走出休息间的时候，我的腿都是颤抖的，来回看了好几遍，确定没有唐诀的身影，心里这才松了口气，可随后立马而来的是抑制不住的失望和想念。

我茫然无措，也不知道该往哪里去，韩叙从我身后拉住了我问："你要去哪？"

我这才清醒了几分："还有别的事吗？我可以回去了吗？"

韩叙见我情绪不对，又问："怎么了？身体不舒服吗？"

我赶忙说："可能吧，我想我还是先回去好了。你还需要我帮忙吗？"

韩叙追问："真的没事吗？我看你脸色很不好，要不要送你去医院？"

我连连摆手："不用了，可能是白天有点着凉了，回去早点睡就行。"

"可是你还没吃晚饭呢，不如我……"

我以前没觉得韩叙是这样的啰唆、聒噪加烦人，我立马打断他的话："我就想回家。"

被我这么一凶，韩叙倒笑起来："行，送你回家，看你还有力气吼我应该是没什么大问题。"

我坐在车上觉得很奇怪，就问韩叙："你这个会议为什么要女眷当花瓶啊？就待在休息室？"

韩叙说："本来真正的应酬应该在晚餐的时候，所以要带女伴。我不喜欢那种场合但是又不能明目张胆地不带，本想着找个机会开溜，现在看来选你当我女伴这个决定没错。"

我尽量不去想刚才看见的一切，我闭上眼睛，心里很后悔答应韩叙这件事。

不，一定是我的幻觉。等会儿回到家洗个澡喝点粥，再睡上一觉就会好的，一定是这样！

我不想韩叙送我进小区，只请他在小区门口的路边停车。我都忘记和韩叙说一声再见，下了车就匆匆忙忙地往家里赶。

小区里的鹅卵石小道旁有昏暗的路灯，我为了能快点到家，选择了这条小路。这里平时是小区里的一个小公园，经常有老人在这里早间锻炼，到了晚上就格外安静黑暗。高跟鞋的声音嗒嗒作响，听着十分清脆。

眼看着再穿过前面一个小拱门就到我家楼下了，突然眼前闪过一个黑影，吓得我差点没把皮包给扔了，尖叫声还在喉咙里，对方就一把扣住了我的腰！

第九章 <<< 两个鱼

是个色狼！我立马反应过来，抬脚就踹他的两腿之间。说时迟那时快，我的腿才抬起一半，对方就把我整个人翻了个方向背对着他。

坏了！这下可怎么踢？

我背后的汗都出了一层，正想大声呼救的时候，耳后一个熟悉的声音说："几年不见，你就是这样对你老公的？"

我像是被一道惊雷给劈中，身体都不像是我自己的了，好容易才找到舌头："你……你是谁？"

你知道什么是相遇吗？

相遇就是相爱的两个人的遇见。没有爱的遇见，那都叫见面。所以我有时候会想，我和唐诀见面了那么久的时间，在最后还是相遇了。

那段在一起的时光只占了我们认识以来的二十分之一，可能还不到。却让我可以凭着这段时光把之前的回忆都串起来，想着的时候时而傻笑、时而孤单、时而落泪。

我觉得我可能和他再也不会有交集，我用一层层的思念把唐诀封在了我心底的最深处，避免去触碰去想起，只有在夜深人静的时候才会静静地想他。

我也想过无数次我们再见面的可能，可也只是想想而已。像现在这样，唐诀扣着我的手把我半钳制住的场景我是万万都没想到的。

唐诀说："你问我是谁？你又不是失忆了，装什么装？"

他语气很不好，我权衡再三说："好疼，你先放开我。"

他松开手，我赶紧揉了揉手腕，回头看唐诀根本看不清他的五官。这黑灯瞎火的地方，到了晚上就几乎不会有人来。

我突然很感激这里没路灯，这样唐诀就不会看见我满脸通红的囧样。

我不说话，唐诀也沉默。过了好一会儿，唐诀才问："你住这里？"

我立马想到，不可以让唐诀知道两个鱼的存在，我赶紧摇头："这……我朋友住在这里，我来找她的。"

唐诀明显对我的话表示怀疑："现在来找朋友？做什么？"

我有些气急，反问他："关你什么事？"可是下一句"我们已经离婚了"却怎么也说不出口。

唐诀被我这话气到了："好，很好，不关我的事。我这么远来找你，就为了听你这样一句话！"

我哑然了，心里像被针扎一样难受。

我知道我不应该怪唐诀，一切是我自己决定的，我自私地要了断和他之间一切的联系，离开S市离开他的身边。

221

劫后余笙。

可是另一方面，我心里还是有怨怼，我甚至不敢想那天唐云山的脸上是什么表情。我是用了多大的勇气才安然无恙地从唐家老宅出来，除了深深的背叛感之外还有让我无可奈何的屈辱。我以为唐家已经接纳了我是儿媳妇，我是唐诀的太太。

可后来唐晓的信息告诉我，一切不过是我想当然罢了。

唐晓说，要怪也怪你自己，如果你当初没有要推迟婚礼，也许就不是现在这个样子了。

我是第一次知道，那个笑容温暖如翩翩贵公子的唐晓，说起话来可以这样让人难受，果然是人不可貌相。

我低下头一言不发，唐诀笑起来："你就没有别的话对我说？"他虽然笑着，但是语气里没半分笑意。

"唐诀，我们已经结束了……"是啊，他已经要和李小西结婚了不是吗？这是我当年的决定，事到如今又有什么脸去挽回？

比起当初把协议寄给唐云山，现在这一幕更让我撕心裂肺。

余笙是个胆小鬼，余笙不敢当面对唐诀说出再见，余笙没胆去和唐诀一起面对。说好听是为了唐诀为了唐氏的未来，其实就是不敢！

唐诀喘着粗气，憋了半天，一句话没说转身就走。

我终于忍不住抬起头，看着他原本就不清晰的背影就这样渐渐消失在黑暗里。这一回，是真的不会再见了吧……

为什么要逼我去面对离别呢？就这样给我留个念想不好吗？我知道我很自私，自私到只能默默在心里爱着唐诀，唐晓说得对，也许配不上的那个人一开始就是我。

我独自站在原地，直到包里的手机不断地在响才回神，拿出手机一看，是洪辰雪。

"喂？你到哪里去了？我好容易把两个小家伙给弄睡着，你怎么还不回来？"洪辰雪声音轻轻的，责怪中带着关心。

我抹去脸颊上的泪痕，强打起精神："我已经到楼下了，马上到家。"

是了，我还有好朋友，还有两个宝贝。我收拾起凌乱的心情，看了一眼时间，我居然就这样在原地愣了将近一小时！久站让我的小腿发僵，脚趾生疼，之前都没注意到，现在才觉得不舒服。

回到家，洪辰雪给我留了粥，我喝了一碗，草草洗了个澡就上床睡了。还好，洪辰雪没有问太多，我真不知道她要开口问了，我会不会再次崩溃。

就这样一觉睡到了第二天上午，今天是带两个孩子报名下半年入园的日子，洪辰雪早就买好了早餐，招呼我们一起吃。

222

第九章 <<< 两个鱼

看着一家人热热闹闹地吃饭,我休息了一夜,心情总算平复了许多,吃完了早餐,洪辰雪先去店里了,我一手牵一个鱼往社区幼儿园走去。

昨天见到唐诀后,我又动了换房子的念头,琢磨着再买辆车,或者不行的话以洪辰雪的名义买新房也可以。店面是换不了了,只要不让唐诀找到,换住的地方就可以吧。想了一路,完了才自嘲地笑笑。

余笙,你想什么呢?真以为唐诀还会再来吗?你已经伤透了他,就不要再幻想了……

社区幼儿园有个很好听的名字,叫"树园幼儿园",小班的分班更是有意思,都是什么"果果班""芽芽班"之类的可爱不行的名字。我递交了材料,顺利给两个鱼报了名。

回去的路上,大鱼儿兴奋得很,不停地问我:"妈妈,刚才那个是幼儿园吗?"

"是啊,大鱼儿喜不喜欢?"看着天真可爱的孩子,我心里的阴霾总算散了一些。

"喜欢。"大鱼儿点点头,一脸期待。

可旁边的小鱼儿就有些惆怅了,她问我:"妈妈,上幼儿园之后就要跟妈妈分开了吗?"

这就是男孩和女孩的不同了,女孩子天生比男孩子细心敏感。

每当看到小鱼儿酷似唐诀的眉眼,我心里就涌起万分不舍,我说:"当然不是啦,你们只是去幼儿园学本领,等放学了妈妈就去接你们了。"

安抚好两个孩子,我把他们送去了早教中心后就准备赶去店里。

周末的下午,店里的生意格外忙,我和洪辰雪还有员工一起打理,只觉得时间过得飞快,转眼又到了接两个孩子的时间。

我匆匆忙忙地换上衣服,对洪辰雪说:"我先去了,店里交给你。"

洪辰雪正忙着打单,顾不上说话,只是拼命地点头,也不知是不是回应我的,因为她还在说:"三杯摩卡外带是吗?"

幸好早教中心不远,不然这个点打车就是个难题,我越发笃定要买辆车的想法。我快速走着,不一会儿到了早教中心楼下,正准备快步踏入,门口站着的一个人让我硬生生地停住了脚步。

韩叙怎么也在这里?

不过这里除了早教中心还有其他的店,我不用在意他太多,我想赶紧从旁边插过去,不和韩叙打招呼了。

韩叙本来还在看手机,我快到门口的时候,他突然抬起头,一看到我他惊喜道:"嗨,小笙!"

223

劫后余笙

我有些不爽："韩总，我们好像还没有熟到可以这样称呼对方的名字吧？"

"那我叫你什么呢？"韩叙带着欠打的笑，"老板？你是女的。老板娘？你又没老公。余总？你已经从风唐离职了。"

我看着他："叫我余小姐就行了。"

韩叙表面笑眯眯，却把话题硬生生地转了个弯："你来接早上送来的两个孩子吗？"

他再一次提到我的两个鱼，又等在这里，我再傻也该知道他的用意了。索性说："没错，他们是我的孩子。"

"唐诀的？"韩叙又问。

我快步进入大门，决定不再搭理他，韩叙不依不饶地跟上来："你这个反应，那就是了。唐诀知道吗？"

我走到电梯门口，按下按钮，听到韩叙这么问心里火得不行："关你什么事呀？你这个人真的很闲啊，大把年轻貌美的妹子不要，跑来纠缠我，你脑子坏了吧？"

韩叙却依然不生气："是啊，脑子坏了。"

"神经病。"电梯门开了，我率先走了进去，韩叙紧跟其后。

我无视韩叙，来到早教中心教室的门口填写接送表，然后等时间到了领走我的两个鱼。

两个孩子第一次见到韩叙，大鱼儿特别好奇："叔叔，你认识我妈妈吗？"韩叙靠得太近了，我又不好当着两个孩子的面踹他。

韩叙半弯腰："是啊。"

大鱼儿又问："那我妈妈为什么不理你？"

韩叙笑容不减："因为她生我气了。"

我赶紧打断大鱼儿要继续问的问题，说："大鱼儿，这位不是叔叔，是伯伯。别叫错啦！"

大鱼儿立马点头："伯伯好。"

韩叙的脸色变了，一脸伤心的神情。

带着两个孩子走出早教中心的大门口，韩叙还是跟在后面，不过这会儿明显没有刚才积极了。

突然，他凑过来，说："有人在看你呢！"

我抬眼，前方不远处站着唐诀。

我下意识地想要把小鱼儿藏好，因为小鱼儿实在长得太像唐诀了，唐诀一看到就会明白。我能离开唐诀，可我绝对不能失去两个鱼！

第九章 <<< 两个鱼

唐诀向我走了过来，他的眼神带着冷意，我都不知道该怎么把小鱼儿藏起来了，就在这时韩叙伸手抱起了小鱼儿，让她面朝他的身后，下巴靠着他的肩。

唐诀愣了一下，还是走到我面前，看了看我和孩子，又看了看韩叙。他紧抿着的双唇说明这会儿心情很差，我更是不敢直视他的眼睛。

大鱼儿真的是初生牛犊不怕虎，他又问："你也是伯伯吗？你认识我妈妈？"

韩叙忍不住大笑起来："哈哈哈。"

我横了他一眼，唐诀则根本不知道他在笑什么。唐诀说："你不打算跟我解释一下？"

唐诀的脸色阴沉着，身旁的韩叙笑容灿烂，这两人形成了鲜明的对比。我清了清嗓子："要解释什么？"

唐诀冷笑："我说你为什么会离开我，原来是攀上了韩叙？你的眼光还真是越来越差了。"

韩叙不满："唐总，你怎么说话呢？"

唐诀根本不搭理他，又问我："你们现在是夫妻双双，还带着孩子吗？"

心又开始疼了，我努力地把这种疼给压下去："你既然看到了我就不瞒你了。"

听到我的回答，唐诀失控地喊："余笙！你还要伤我多少才满意？你真的要我娶李小西那个疯子吗？"

我已经忍不住了，眼泪根本不听我的使唤，它们汹涌而出，我哽咽着说："我不想跟你在这里讨论这些，还有孩子在。"

我瞅准了前方一辆停着的空的士，我从韩叙手里抱过小鱼儿，快速地对他说了句："谢谢。"然后牵着大鱼儿，坐上了出租车。

带了这几年孩子已经把我的身手也锻炼出来了，单手抱娃完全不是问题。

坐在车上，两个鱼趴在我怀里，小鱼儿伸手抹去我脸上的泪痕："妈妈，别哭。"

大鱼儿也跟着说："妈妈，那两个叔叔是坏人，不要再见他们了。"

我突然不知道我这样坚持到底是为了什么。唐诀追来，那说明他心里还有我。他那样说，说明李小西也不像传闻里讲的那样。可我为什么还要这样坚持？是害怕再一次被唐家嫌弃吗？

余笙啊余笙，你的骄傲倔强在这一刻显得多么苍白无力！你甚至无法给你的孩子一个完整的家！

劫后余笙

抱着两个鱼,我再次泪流满面。我是个自私的妈妈,这是这瞬间我唯一的领悟。

好容易收拾好心情,我直接让司机把车开回了小区,给洪辰雪打了电话,洪辰雪颇为不满:"你最近越发消极怠工了,我洪总要扣你工资!"

我连连求饶:"洪总想扣就扣,扣多少都没关系。"

洪辰雪"切"了一声:"我到家要吃面,你看着办。"

"好好好。"我给两个孩子弄好了午点,开始发面自己做手擀面了,洪辰雪只喜欢这种面。

自己发的面做成面条,再做好了肉酱汤浇上,洪辰雪喜欢辣味还可以拌一勺辣椒酱,十分过瘾。

我弄好了面粉,只听客厅里大鱼儿在喊:"妈妈,你手机响了。"

我擦干净双手,走过去拿起手机,上面是韩叙的信息:你暴露了。

我一头雾水,回:暴露了什么?

韩叙回得很快:你不该跟我说谢谢。

我一下反应过来,我从韩叙手里接过小鱼儿的时候下意识说了谢谢,如果两个鱼真是韩叙的孩子,我根本没必要说谢谢。

唐诀那么精明的一个人,不可能看不出来!

心慌了一会儿,我决定立马换房子,我打开电脑开始浏览附近的租房信息。看着看着我又冷不丁地想,还是不能靠得太近吧,这样容易被发现。

我满脑子都是赶紧从这里离开,昨天唐诀都找到我家楼下了,那么很可能他已经知道了我住在这里。

我一想到他也许猜到两个鱼的身世就很抓狂,我实在想象不出,如果唐家知道这两个孩子的存在,唐云山会不会把他们从我身边抢走!

我已经失去了唐诀,我不能再失去孩子!

找了几遍都没有中意的,两个鱼又吵着说饿,我赶紧去把发好的面切成面条,加了鸡蛋还有蔬菜,下锅煮了三碗,我和孩子一起吃。

剩下的面盖好,我还用肉丝炒了酱等洪辰雪回来,做给她吃。

两个鱼已经会用儿童筷子了,虽然不是很熟练,但吃面条问题不大。我刚吃完自己的那份,正准备催着两个鱼快点吃,这时门外响起了敲门声。

我浑身一激灵,在偌大的K市我认识的人不算少,基本都是店里的常客,但是知道我家在哪里的一个也没有。我今天没有叫外卖,这个点应该也不会有快递上门,会是谁呢?

有些忐忑不安地从门上的猫眼看去,只见楼梯间的灯亮着,一个陌生男人背朝着光也在看着猫眼。我吓了一跳,问:"谁?"

对方也不说话，只是继续敲门。

我后悔开口了，赶忙轻手轻脚地走开，抱起两个鱼窜进里面的房间。

小鱼儿轻声问我："妈妈，外面是谁？"

我做了个噤声的手势，然后压低了声音："是陌生人，你们记得以后不可以随便给陌生人开门，知道吗？"

两个鱼睁着大眼睛点头，那可爱的模样让我喜欢到不行。

对了，我得给洪辰雪打个电话，万一她回来遇到这奇怪的陌生人就不好了。手机刚拿起，洪辰雪开门的声音就从客厅的方向传来。

我一个箭步冲出去，只见洪辰雪拎着两个袋子站在门口，她随手"咣"的一声关上大门。

"怎么了？傻站着干吗呀？把这些拿走。"洪辰雪说着递给我两个袋子，然后把鞋子脱了，踢到一边，"哎哟，可累死我了。"

袋子里是一些日用品，还有孩子们喜欢吃的零食和绘本。洪辰雪是真心疼这两个孩子，去超市总是忍不住给他们买买买。

我放好东西问："你回来的时候看见了什么人吗？"

洪辰雪喝了口水，自问自答地说："什么人？什么人都没看见！"

奇怪，难道是敲错门了吗？

我瞬间觉得自己有些惊弓之鸟了，这两天连续遇见唐诀，让我的精神绷得很紧。我走进房间，两个鱼已经拿着画笔和纸开始涂鸦了。

没等我仔细想，洪辰雪又嚷道："我的面呢，余大小姐？我快饿死了。"

"来了来了。"

肯定是我想多了，唐诀被我那样拒绝，他绝对不会再来的。刚才那个人应该是走错门了，一定是这样。

越是心理建设我却越有点心慌，这种莫名的不安一直到第二天都萦绕在我的心头。我照常带着孩子去早教中心的托班，但是今天我跟老师说了，下午会提前来接。

在店里忙碌了一会儿，这种惴惴不安的情绪反而缓解了不少，眼看着快到下午两点了，我收拾好东西去接两个鱼。

洪辰雪还在我身后说："你可别像昨天似的，一去不回了。"她还记着昨天我把她一个人丢店里的事呢。

我笑着说："接到了我就回来，放心。"

今天从店里去早教中心的路感觉尤其远，我恨不得一路狂奔，用了差不多比平时少一半的时间，我终于到了早教中心。

等不及喘口气，我径直来到班级门口，谁料里面的老师看见我很吃惊，她说:"余朗和余朵已经被他们的爸爸接走了呀,你不是说今天会提前领回去的吗?"

他们的爸爸?我像是被雷劈中,根本顾不上责怪老师,我声音颤抖地问:"他们是什么时候走的?"

老师看了一眼墙上的挂钟,说:"差不多吃午饭之前,余朵特别开心,她跟她爸爸长得真像。"

老师还在说着,我已经没有心情再听下去了。吃午饭之前,那就是说他们走了快三个小时了。

和小鱼儿像……那八成就是唐诀!

我冲出了早教中心的大楼,站在大门口失魂落魄地掏出手机,却发现自己早已没有了唐诀的号码。

几乎想要报警的瞬间,手机响了,我接起来听,耳边是唐诀淡淡的声音:"想见孩子的话,就给我回 S 市。"

"唐诀!"我尖叫起来,谁料唐诀根本没等我的回复,直接挂断了电话。看着黑色的手机屏,我像被掏空了一般,一下坐在了台阶上。

呆坐了差不多十分钟,我又立刻起身往店里跑去,我要去拿证件拿钱,我要回 S 市!

我忍住泪意火急火燎地冲进店里,洪辰雪吓了一跳:"怎么回事?"

我来不及细说,只拿了皮包,可身上现金有限,我对洪辰雪说:"店里的现金给我一些,我要去 S 市。"

"你什么情况?"洪辰雪被我这架势搞得一惊一乍,她终于反应过来,问:"孩子呢?你不是去接了吗?人呢?"

"他们被唐诀带走了,我要去 S 市。"我努力让自己的声音听起来稳一些。

洪辰雪吃了一惊,从她自己的钱包里掏出一把票子塞给我,然后说:"要不我跟你一起去?"

"不了,你去了也没用,再说店里需要你。"我匆匆忙忙把钱装进皮夹,不经意间看到里层两个孩子的照片,心里又针扎似的难受。

我再也等不下去了,说:"我走了。"

用最快的速度打车来到机场,买到一张下午八点前往 S 市的机票。八点……现在离八点还有好几个小时,我就一个人坐在候机区里发着呆。

想到我刚到 K 市的时候,再回忆到我发现自己怀孕了,虽然做出留下他们的这个决定也让那时候的我万分纠结和犹豫,可这一切的不确定在看见他们的那一刻都化作乌有,只有满满的初为人母的喜悦。

第九章 <<< 两个鱼

两个孩子对我来说不仅仅是儿女,更是让我度过那样一段糟糕低谷时光的支柱,每当因为思念唐诀而痛苦的时候,身边总有他们的陪伴。

是的,不仅仅是大鱼儿和小鱼儿需要我,其实是我更需要他们。

天黑了,我又揪心起来。我的两个宝贝不知道吃饭了没有,不知道唐诀会怎么对他们,唐诀已经猜到他们是他的孩子吗?

这些问题像是在我心上的磨盘,不停缓缓地磨着,真叫人急也不是,不急也不是。

终于熬到了登机,我居然一点都不饿,满心都在想我的两个鱼。

从K市到S市,坐飞机大概要两小时左右的时间,这两小时对我来说简直度日如年,我恨不得推着时间往前走,从没有觉得这样煎熬过。

下了飞机,已经是晚上十点多,机场里依然有人来接机。我打唐诀的电话,一连打了七八个,如石沉大海,无一应答。

我强忍着怒意给唐诀发信息,告诉他我已经在S市的东方机场了。

可是,他还是没有回我一个字。

巨大的无助感笼罩了我,我蹲下来抱着双膝,努力不让哭声将自己情绪推至崩溃。

"接电话啊!为什么不接电话?我已经在S市了!把我的孩子还给我……"我喃喃自语着,最后坐在了外面的椅子上。

S市这么大,我却找不到能让我容身的地方。

我无法回到自己的套房里,因为已经租出去了,我也不想去住酒店,我只想唐诀回复我,好让我尽快见到我的两个鱼。

我已经无力哭了,也不知坐了多久,更不知道给唐诀打了多少电话,发了多少信息,手机快没电了,我又悲哀地发现我充电器没有带。

真是……人倒霉的时候喝凉水都塞牙。

突然眼前出现了一双黑色的皮鞋,我下意识地抬眼,是唐诀!

我一下跳起来:"唐诀!我的孩子呢?"

第十章　她是我贴身的

唐诀一身凉意，我一眼就看到了他身上穿着的衬衫，微微褪色的模样正是几年前我给他买的那一件。

他开口了："你就没有别的要问的吗？"

我问不出口，问你还好吗？问你这段时间过得怎么样？

太假了太假了，明明是我自私地离开，是我伤害了唐诀，这些问题我问不出口。纵然我对唐家对唐云山甚至唐晓都心有怨怼，可当我真的面对唐诀的时候，根本就张不开口。

"我的孩子呢？"我只能问这个。

唐诀笑了起来，可我看得很分明，他的嘴角在笑，他的眼睛却是冰冷的。

他说："余笙，你好狠的心啊。"

他说："余笙，你对得起我吗？"

我忍不住用哭腔说："那你就冲我来啊，你为什么要拿孩子下手？"

唐诀的眼里闪过一丝绝望："因为我早就为你疯了。"

我想挪开视线，可是身体不听使唤，唐诀突然拽过我的手腕，不容我说话拖着我就走，最后把我塞进一辆车里，他紧挨着我坐进来。

唐诀说："开车。"

我问："去哪？我的孩子呢？"

唐诀语气冷淡："你慌什么？那也是我的孩子不是吗？"

他果然知道了！我惊出了一身冷汗："你胡说什么？"

唐诀"呵呵"了一声："你知道我和你之间到底谁在胡说。"

我咬紧了下唇，不发一言。车里的气氛很奇怪，我和唐诀都保持沉默，但无形之中却让我觉得紧张。

终于我忍不住还是问了："你要带我去哪？"

"到了你就知道了。"唐诀显然没打算告诉我。

车一路前行，到了S市的中心，这里的景致看起来熟悉又陌生。我看着窗外飞逝的高楼以及仍在闪耀的灯火，重重地叹了口气。

也不知开了多久，车终于停了。这是一间位处高层的套房，看上去是新装修的，唐诀把我带到门口，他打开门将我推了进去。

他站在门口说："待在这里，表现好，我会让你看孩子。"

我正在愣神的工夫，唐诀猛地把门关上，几声"咔哒"的锁门声提醒我，唐诀把我关在这里了！

"唐诀！"我叫道，"你不可以这么对我！"

门外的唐诀说："那你就可以那样对我了？"

我哑然，居然翻遍了脑海也找不到词来回应唐诀，唐诀又说："好好待着，冰箱里有吃的。"

唐诀走了，他把我一个人关在这里，就这样走了！

我坐在地上好一会儿才打开灯，去找冰箱在哪。我已经超过十个小时没有吃任何东西了。这会儿才觉得胃里像火灼一般难受，我得找点吃的。

厨房里的冰箱很大，打开一看，里面塞满了食物。我挑了一份八宝饭拿出来，放在微波炉里热了开吃。

吃完了就找房间去睡觉，手机彻底没电了，没有充电器的话，我等于是与世隔绝。我突然想，要是唐诀一连一个月不来这里，我会不会被饿死？

这样胡思乱想着，我就睡着了。我睡得不安稳，一直在做梦，大大小小乱七八糟的梦。一会儿是唐诀带着两个孩子走了；一会儿是唐诀站在我面前向我求婚；一会儿又是身处婚礼现场，我却怎么都看不清新郎的脸。

早上醒来的时候，才刚刚五点半。

我走到窗户前拉开了帘子，清晨的S市还没有苏醒，混沌云层里露出几缕青白色的光。这是这几年来，我第一次看到S市的日出。

这个城市承载了我最美好的岁月，一切的开心与不开心，我以为我能远离这里，最后却还是回来了，这算不算是一种缘分呢？

昨天我没空仔细留意这里的摆设，今天站在卫生间的时候才发现，这里的东西都是按照从前我和唐诀的那个家布置的。

牙刷是新的，还是和以前同款的颜色，牙膏也是我之前用的。旁边放着的，是另一款情侣牙刷，那是唐诀的。

来到客厅里，门口的两双拖鞋让我瞬间丢盔弃甲，回忆笼罩着我，就像一个魔咒一般。我看着那两双拖鞋蹲了下来，几年前我也是这样在一个似曾相识的门口，挥别了一切幸福，我以为我能放下了，却把唐诀一个人丢在寂寞里。

这样的房间让我怎么能待得下去？

处处都是回忆，都是让我心如刀割的回忆。

唐诀，你是想用这样的方式惩罚我，是不是？

231

劫后余生。

其实你不用这样,因为我从来没有真的忘记过你,我以为我把你藏得很好,却总是在不经意间溜出思念。还有两个鱼,他们是我爱着你的最好的证明。

我为什么要执意生下他们?我难道不知道一个单身女人带着两个孩子有多辛苦吗?

不,我知道的。可是我还是留下了他们,因为我想要给我和你之间留一个续存未来的希望。哪怕这个希望我不敢说出来,只能这样……

被囚禁的日子正式开始了,这个充满回忆的房间里只有我一个人,每个窗户的外面都装了安全网,真的像个笼子。

而我是笼子里唯一的生命……

就这样待了一天一夜,冰箱里的食物快吃完的时候,唐诀来了。

他进门就问我:"为什么关机?"

我说:"手机没电了,我没带充电器。"

唐诀默默地看着我,把手上的一只袋子递给我,里面有食物,还有几本书和报纸杂志。然后他又从包里拿出他的充电器:"你先用这个吧,以后不要关机。"

"我知道了。"我顿了顿又问:"能让我见孩子吗?哪怕说说话也行。"我是真的很想他们。

唐诀又是看着我不说话,好半天才掏出手机拨了一个号码,他自己听了一会儿,然后温柔地说:"妈妈想跟你们讲话。"

他把手机递给我,我赶忙接过:"喂?大鱼儿,小鱼儿?"

电话里两个孩子的声音有些吵闹,可听在我耳里却是这一刻最暖心的话。

大鱼儿说:"妈妈,你在哪呢?你什么时候来呢?我好想你呀。"

小鱼儿说:"妈妈,我见到爸爸了。"

我忍不住落泪:"嗯,妈妈知道。妈妈有些事情要忙,过几天就来。你们乖乖听话,要注意安全,知道吗?"

小鱼儿软软地说:"我们会的,我和哥哥现在在爷爷这里。"

爷爷?唐云山吗?唐诀把两个孩子带回唐家老宅了?我微微一愣,说:"好、好的,妈妈尽快就去接你们。"

结束了这个让我百感交集的电话,我把手机还给唐诀,问:"你为什么要把孩子带到老宅?"

唐诀看着我:"这个问题我可以不回答,什么时候你愿意回答我的问题,我才会回答你的。"

"你的什么问题?"我脱口而出。

唐诀有些嘲笑地看着我:"回答我,你为什么离开?"

他又说:"你最好想清楚给我个最好的回答,我已经不是当年的唐诀了。"

不是当年的唐诀……是说他已经变了吗?

我没敢问,我都问不出口。唐诀把东西给我后就离开了,他照样锁了门,我还是被囚禁在这里的一只鸟,连反抗的勇气都没有。

给手机充上电,我得跟洪辰雪联系上,这边刚打通电话,洪辰雪立马就接听了,她咋咋呼呼地说:"你担心死我了,怎么这么久才有消息?打你电话也关机!"

我连声抱歉:"我充电器忘记带了,手机没电了,这两天事情多,抱歉抱歉。"

洪辰雪的八卦之魂分分钟燃起,她问:"你是不是跟唐诀和好了?"

我模棱两可地回了句:"唔唔,嗯。"

洪辰雪兴奋起来:"我就说!你们应该和好的,为了两个鱼也该这样。对了,孩子呢?让他们接电话,两天不见怪想的。"

我说:"孩子现在在他们爷爷那儿。"

洪辰雪有些失望,又叮嘱我:"等他们回来了,记得给我电话。"

"好。"我答应得倒是很干脆,其实心里根本没底,我都不知道什么时候能从这样的状态下解除。

挂了电话,我动手翻了翻唐诀给我带来的东西,报纸和杂志……这里没有电脑和网络,他是想让我与时俱进,不要跟社会脱节吗?真是难为他了。

翻开报纸和杂志,上面有一页整版都写着"李、唐盛世",内容就是唐诀和李小西的婚事。我原本一直拒绝看S市的新闻,就是怕知道这一切。从关真尧口里我已经猜到大概,却远不如自己真真切切地看到冲击力强。

报纸和杂志都用了相当篇幅来报道这一S市的世纪联姻,都在猜测李、唐两家何时会真正公布婚期,然后就是大段大段恭维唐诀和李小西男才女貌的文字,字字看着都扎心。

唐诀带这个给我看是什么意思?是告诉我物是人非了吗?他要和李小西结婚了?

那既然这样,又为什么要逼我来S市?为了孩子?

我对自己说:不要去想,余笙,不要去想这些了!你现在就应该找到孩子,然后离开这里,当初是自己选择的,不要去怪任何人。

就这样,唐诀把我关在这里整整一个礼拜,除了给我送吃的送衣服之外,再也没有和我说额外的话。直到第七天的早上,他打开门对我说:

233

劫后余笙。

"走吧。"

唐诀穿着风衣，双手插在口袋里，表情看上去十分严肃。我有些胆战心惊："去哪？"

唐诀的车停在楼下，司机是许久没有见面的老严，车座后面还安装了两只安全座椅，我的两个鱼就坐在上面。

老严对我礼貌地笑了笑，我有些发窘，点了点头，两个鱼看见我很开心，叽叽喳喳地围着我说个不停。

唐诀坐在了副驾驶，我和孩子们一起坐在后排，不知道是不是我的错觉，我觉得唐诀的表情变得柔和了一些。

老严将车开得很稳，唐诀递给我一只保温盒，说："你的早餐。"

我受宠若惊地接过，因为他来得很早，我还没来得及吃早饭。打开一看，里面是常妈拿手的红豆卷和牛奶泡饼，也是久违的味道了。

车一直开离了市区，终于在郊区的游乐园停了下来，我这才恍然大悟，原来唐诀今天是要带孩子们来逛游乐园。

唐诀下车将两个孩子抱出车外，对老严说："你先回去吧，下午的时候我再打电话给你。"

老严应了一声，将车开走了。

唐诀一手一个抱起两个鱼，我连忙说："给我抱一个吧，他们不小了。"我原本是想说他们蛮重的，尤其是大鱼儿，三岁多了，快三十斤的体重。

唐诀坚持："我抱。"

想法是美好的，可是现实却是残酷的，他从停车场走到售票处就抱不动了，还是小鱼儿贴心说着："我要下来自己走。"

大鱼儿原本还想在唐诀身上赖一会儿，见妹妹都自己走了，也不好意思再攀着，索性跟着小鱼儿也下来自己走。

买了两张成人票和两张儿童票，我们算是正式入园了。早上人还不多，可以慢慢逛逛。我和唐诀一人牵一个，让他们走在我们俩的中间，看着地上朝阳印出的影子，这多像一家人呀！

我鼻子一酸险些红了眼眶，两个鱼长这么大我还是第一次带着他们来游乐园这样的地方，单亲妈妈带两个孩子，我还得开店，根本抽不出时间。

我突然发现其实两个鱼都很期待生活中出现父亲这个角色，尤其是小鱼儿，她一边走一边时不时地抬头看唐诀，小小圆圆的脸上尽是开心的笑容。

是我愧对这两个孩子，可是我和唐诀还有机会吗？

连着去了花蕾乐园，又去了碰碰车大战，参观了儿童影城，转眼间已经正午。今天是个好天气，太阳照在身上暖融融的，两个鱼的鼻尖都冒出了一层细密的薄汗。

唐诀说:"我们去吃午餐,你们想吃什么?"

大鱼儿立马叫起来:"汉堡!"

小鱼儿也主动地说:"鸡翅。"

唐诀揉揉两个鱼的头发:"走,爸爸带你们去吃更好吃的。"

唐诀自称的这句爸爸真是戳到我的内心,两个孩子更是开心得不得了,最后我们四个人坐在了一家中餐店里,点了一桌子的菜。逛了一上午也玩了一上午,大人孩子都很饿,大鱼儿和小鱼儿吃起饭来格外香。

唐诀看着两个孩子,对我说:"你把他们教得不错。"

我过了几秒才反应过来这是对我说的,心里居然隐隐有种期待实现的雀跃感。这是进入游乐园之后,唐诀第一次跟我说话。

我赶忙低下头,试图掩饰自己不太正常的表情:"他们也很乖。"

"哪有天生很乖的孩子?"唐诀看着两个鱼,眼底一片慈父的柔情,"我小时候就很调皮,大鱼儿性格最像我。"

这倒是,虽然论相貌还是小鱼儿像父亲,但说起性格来,还是大鱼儿更接近唐诀。

唐诀慢慢地吃着,然后问我:"你还想玩什么地方?"

我发现自己居然不敢看唐诀的眼睛,赶忙躲开他的视线说:"随便吧。"

下一秒,唐诀的声音就冷淡了许多:"那就随便逛逛吧。"

这一刻,我突然很怀念从前,怀念那和唐诀可以无拘无束斗嘴的时光。无论那时候的角色是朋友还是爱人,都让此刻的我百感交集。

吃完了午饭,唐诀又带着两个孩子继续逛游乐园,一直玩到快傍晚的时候,两个鱼眼皮直打架,看起来困得不行。

两个孩子平时在托班也是要睡午觉的,今天玩了一整天又没补觉,这会儿肯定累了。我刚想开口说回去吧,转瞬间又想起,这里是S市,我能回去哪?再走进唐诀为我准备的牢笼里吗?

不,我不愿意!

一瞬间的迟疑,可能是让唐诀看出来了。他说:"我在这里订了酒店,票也是买的双日的,先带他们去吃饭,吃了饭就睡觉吧。"

我一句反驳的话卡在喉咙里怎么也说不出来。跟着唐诀带孩子直接去了游乐园里的酒店,进了房间就点餐,我带两个鱼先去简单冲了个澡,出来的时候两个鱼眼睛无神得很,如果不是为了吃饭,估计他俩这会儿就睡着了。

很快吃了一点东西,两个鱼就歪在床上睡着了。今天看来是累坏了,睡前故事也没有要听,一沾枕头就进入了梦乡。

劫后余笙

　　给孩子盖好被子，我走出房间才发现一个尴尬的问题，唐诀订的酒店是一个套房，一共两个房间。我想了想，决定还是和两个鱼挤一间，毕竟我现在和唐诀关系尴尬，我也不想和唐诀在这个节骨眼上有什么纠缠。
　　怎么说唐诀现在也快和李小西结婚了……这样想着，心又隐隐疼起来。
　　唐诀说："傻站在门口干什么？"
　　我这才回神："没什么，我也觉得有些累了，想早点睡。"
　　唐诀坐在沙发上，他的衬衫领口微微张开露出里面的皮肤，他正吃完最后一口晚餐，用餐巾纸优雅地擦了擦嘴角。这个男人比我几年前离开的时候更加成熟了，也更加让我觉得深不可测，我不敢多说，怕多说多错。
　　唐诀这才说："要去看烟火吗？晚上这里有烟火表演。"
　　我说："孩子睡下了，身边不能没有大人的。"
　　唐诀点头："我想到了，所以在这里的窗户就可以看。"
　　唐诀订的房间在四楼，面对游乐园的方向是一整面的落地玻璃，拉开一看就能看见童话般的夜景，十分动人心神。
　　我忍不住走过去，靠近玻璃向下看，禁不住暗自赞叹了一番，如果两个鱼没有睡着的话，能看到这一幕一定很开心。
　　仿佛要验证唐诀说的话一般，远处的烟火高高升起，在深蓝如墨的夜空里绽开，一下点亮了我记忆里的场景。那一年的春节，我和唐诀第一次也是最后一次在一起过年，除夕夜的烟火仿佛和此情此景一样。
　　我忍不住想伸手去触碰那些活跃在夜色里的精灵，可指腹却只感觉到了冰凉的玻璃。
　　唐诀在我身边说："漂亮吗？"
　　是了，和除夕夜的那一次不一样了。此情此景下，唐诀不会来拥抱我，那个温暖我至今的拥抱也不会再重来。这样想着，再看窗外缤纷绚丽的烟火时，感触就变得悲凉起来。我怀念的一切，虽然此刻近在咫尺，却又远似天涯。
　　我说："漂亮。"
　　唐诀说："喜欢吗？"
　　我说："喜欢。"
　　唐诀说："为什么离开我？"
　　我泪如雨下："为了你好。"
　　唐诀声音开始颤抖："你知道什么是为我好？"
　　我……我不知道。
　　我沉默了，我以为我是为了唐诀，其实事到如今还是不敢说出自己的胆怯。

唐诀又说:"你说的为我好,就是让我和李小西在一起,然后让唐氏走出困境吗?"

不,不是的!我只是接受不了唐云山对我的否定。我只是不敢去面对,所以我自以为唐氏集团是唐诀的一切。所以,我才厚着脸皮说为了你好。

唐诀说:"好,如果这是你想要的,我会去做,我会去娶李小西。这样,你满意了吗?"

心像被揉成一团的纸,怎么展开都无济于事,那些痕迹永远存在,就像一把刀,凌迟着我提醒着我。看吧,余笙,这就是你要的结果。

我咬紧下唇,生怕自己忍不住会哭出声,唐诀说:"这样,你就可以不离开了吗?"

我怎么可能真的想离开?不在唐诀身边的日日夜夜,思念从没减少。

我扭头看旁边的唐诀,他的眼里也有淡淡的微红,我说:"对不起。"

我们为了自己而活着,却为了别人而坚强,以为坚不可摧的时候,又偏偏跑出了内心的软弱。明明就在身边,触手可及,却反复地告诫自己不可以,那不属于你。

某种程度上我很羡慕李小西,芸芸众生里,能像她这样不计后果不管对错的疯狂,能有几人?

那天晚上,我和唐诀还有两个鱼睡在了一张床上,我们之间隔着两个孩子,伸手就能碰到对方。可我只能看着他的眼睛,只是这一次我没有再躲。

第二天起来,逛了半天游乐园后准备回去。我欲言又止,唐诀看出了我的心思,把钥匙交给了我:"那里给你住。"

"那孩子呢?"我脱口而出地问。

唐诀反问:"你准备把孩子一直这样带在身边?让他们一直没有父亲?"

我不知道怎么开口了,唐诀总是这样一针见血地点出我心里的弱点。他想了想,又说:"这样吧,你跟我住回老宅。"

我下意识地立马拒绝:"我不要。"

我可不想再去看唐云山的脸色,更怕他和唐晓说出一些让我受不了的话。

唐诀似乎早就猜到我会驳回,他说:"那以后一星期看一次孩子。"

一句"放屁"到了嘴边又给咽回去没说出口,我又换了一句话:"凭什么?"那是我生的孩子,是我决定留下他们的,我一直在他们身边,凭什么一星期看一次孩子?

唐诀用充满诱惑的语气说:"那就跟我去老宅,天天都能看到孩子。"

237

劫后余笙。

唐诀这是拿准了我舍不下两个鱼!可是我又怎么能再去唐家老宅?拿什么身份什么理由去?何况还不是去一次,还是去长期住。想到面对唐云山和唐晓,我就够了。

可是看着两个孩子期盼的眼神,我迟疑了一会儿,终于咬牙:"去就去!"哪怕是龙潭虎穴我也得去,我真的再也忍受不了和我的孩子分开!

唐诀又向我确认:"你确定要去?"

这个节骨眼上还问那么多干什么?不想我去,干吗费尽心思地把我弄回S市?我翻了个白眼:"去。"

唐诀终于露出一丝笑意,这是我再次见到他以后第一次看见他笑。恍惚间,我仿佛看到了从前的他,忽然头上觉得一暖,竟然是唐诀伸手揉了揉我的头发。

他说:"有表情才像你。"

不经意间,心里的寒冰好像化开了一角,温柔的水流漫过心间,让我的不适稍稍缓解。再次踏上前往唐家老宅的路,心情已经和从前大不一样,我看着身边的孩子,仿佛又有了无限的勇气。

穿过熟悉的林荫小道,唐家老宅出现在我眼前,让我心跳加速的是,唐云山竟然站在门口!

车门一开,两个孩子就飞奔下去,唐云山快步走上前:"我的宝贝孙孙,你们可回来了,想死爷爷了。"

大鱼儿和小鱼儿看来很得唐云山的喜欢,他们先是跟唐云山热乎了一会儿,然后大鱼儿回头牵起我的手,问:"妈妈,你看这才是我们家,是不是?"

小鱼儿则看着我的表情,一双像黑葡萄似的眼睛带着天真的期盼。我终于开口说:"这是你们爷爷的家,也是你们的家。"

是的,不是我的家,但却是孩子们的家。

唐云山看着我,欲言又止的模样。他看上去比从前老了许多,其实也不过三四年的光景,他的头发已经全部变成了灰白色,整个人看上去远没有当初那样精神。

他说:"回来了就好,进去吧。"

我还有点踌躇,唐诀的大手从我后背轻轻推了一下,我这才跟着两个孩子一起进去。

屋子里,常妈正在准备午餐,看见我,她惊喜万分:"您回来啦?"

我勉强笑了:"常妈,好久不见了。"

常妈也笑得合不拢嘴:"您回来了就好,之前小少爷和小小姐来了却没看到您,老爷很失望呢!"

唐云山会失望?我努力克制住看向唐云山的欲望,只是笑着不说话。

唐诀插嘴道:"常妈,以后我的房间还有两个孩子的事都交给她,你就忙我爸和我哥。"

常妈诧异:"这怎么好?家里事还是一起弄。"

我心里咯噔了一下,不由自主地向唐诀看去。只见唐诀嘴角带着笑意,眼睛如夜般深邃,他说:"从今天起,余小姐就是我的贴身保姆。"

"什么?"我大惊失色。

贴身保姆?我真佩服唐诀的想象力,这个戏码都能被他想出来。我真想问问他,你多大了?还要贴身保姆?

我的房间被安排在唐诀房间的旁边,孩子们睡在我对门的那一间。整个二楼一半都是我们的,两个鱼在这里简直玩疯了。

唐云山倒也好脾气,无论两个孩子怎么闹腾,他都笑呵呵的不生气。隔代亲,看来还是有一定道理的。

刚回到这里第一天的时候,我就想过带着两个鱼溜回K市,可是翻翻钱包,里面只有可怜的几百块,这还是洪辰雪塞给我的呢。从这里带着孩子打车去机场也要一百多,更不要说机票了。坐火车起码要七八个小时,我受得了孩子也受不了。

逃跑的计划只能暂时落空,我得耐着性子给唐诀当贴身保姆,其实主要还是为了孩子。早餐给孩子准备果珍卷、五彩鸡米和牛奶,给唐诀准备两片吐司和一杯即溶咖啡。连着给他这么吃了一星期,唐诀不满意了。

他说:"为什么我连个鸡蛋都没有?为什么两个小的每天花样都不同?你这个差别待遇也太明显了。"

"孩子正在长身体,你跟他们争?"我淡淡地说了句。

唐诀卡壳了,过了一会儿说:"那也不必每天都是一样吧。"

"既然你这么说了,那明天会不一样。"我这么说。

我也不与他争,第二天还是准备了吐司和咖啡。唐诀脸色都变了:"这哪里不一样了?"

"昨天是白吐司,今天是红豆吐司,昨天的咖啡没加奶,今天的咖啡加了糖和奶。"我说得利索,直把唐诀听得愣在当场,最后还是咬牙吃了下去。

在唐家老宅的日子一天天过着,我总在担心些什么,有些事情始终让我惴惴不安。终于这天,她来了!

今天虽然是礼拜天,但是唐诀不在家,说是去公司拿文件,还没有回来,唐云山和唐晓带着两个鱼出门去小公园玩了。唐宅里只有我和常妈,常妈一见她来，眉毛无意识地紧了紧，随后笑着说："李小姐，现在少爷不在家。"

门口的李小西戴着一顶玫红色的贝雷帽，一身束腰的白色毛绒大衣，脚踩一双靴子，看上去十分复古，却又不失洋气。

李小西看着我："我不是来找唐诀的。"然后她笑着向前走了两步，"你果然在这里呀，余笙。"

她的眼神冰冷如刀，直直地看着我，一步一步走到我面前，扬手就要打下来！我眼疾手快地扣住了她的手腕："你要干什么？"

李小西见被我拦下，她癫狂地叫道："我要干什么？我要打死你这个勾引我未婚夫的贱货！我说你为什么不把股份交出来，原来是想重新回到唐家，我告诉你不可能！有我李小西在一天，就绝对不可能！"

眼前的李小西哪里还有半分名媛的样子，我用力甩开她的手："这话，你要去问唐诀。我走了都好几年了，你还没能嫁入唐家，这是你的无能。"

李小西的表情越发狰狞："如果不是你，唐诀早就会和我结婚了！你就该去死！"

她的话音刚落，门外唐诀晃晃悠悠进来了，正好听到她最后一句话，他问："你说谁该去死呢，李小姐？"

李小西吓了一跳，回头看是唐诀，连忙想堆笑。可是脸上原本就带着狰狞，这会儿又努力地假笑，那五官怎么看怎么怪。

她说："阿诀，你回来了啊。我等了你好久呢，我们什么时候去拍婚纱照？"

唐诀瞟了我一眼，说："等我有空。"

这话听在我耳朵里，莫名刺痛。余笙，你还在奢望什么呢？是你自己主动离开，是你要唐诀和李小西在一起的，如今唐诀这么回答不是正合你意吗？还心疼什么呢？

我转过脸去，不想看李小西得意的神情。

李小西的声音中带着雀跃："那我去看看哪家拍婚纱照最好最专业，我们包个外景还可以顺带旅游，你觉得怎么样，阿诀？"

唐诀懒懒地说："随你喜欢。"

李小西笑了，然后又问："阿诀，她为什么还在这里？为什么会在你家？"

我下意识地看过去，视线与唐诀的眼神交汇，只见他眼底带着笑意，脸上无动于衷。然后像是想起来什么似的，他说："她呀，是我请来的贴身保姆。"

李小西的表情立马变得跟调色盘似的,她几乎咬牙切齿地问:"你在开玩笑吧,唐诀?"

唐诀不慌不忙又一本正经地说:"我从不和你开玩笑。"

李小西用手指着我:"那她在这是什么意思?我们都快结婚了,你为什么让她来你家?"

唐诀继续说:"你也说了这是我家,我们还没结婚呢李小姐,你是不是管得太多了?"他松开袖口,"还有,这是我父亲的家,你没事不要不请自到,我父亲最不喜欢没规矩的人。"

这两句话说得实在是打脸,我都有点听不下去了,突然眼角的余光扫到了唐诀手腕上,那里戴着我和他当年的对表。我吃了一惊,原来唐诀没有拿下来过吗?转念,我心里又开始难受了,他是打算戴着这块属于我和他的对表去娶李小西吗?

如果真是这样,我都不知道该为自己不平还是为李小西悲哀了。

不速之客总是接二连三地到来,第二天一大早,我刚刚准备好早餐,韩叙就找上门来了。

两个鱼还记得韩叙,见到他大鱼儿主动来问:"叔叔,你是来找我妈妈的吗?"

"是啊,我是专程来找你妈妈的。"韩叙笑眯眯地回答。

唐诀原本就铁青的脸,听到韩叙这么说,脸色又沉了几分。

唐云山见气氛不对,拿着早餐带着两个鱼上楼去了。现在的唐云山倒真有几分退休在家的清闲劲,除了每天哄两个鱼玩,他哪里也不去。两个鱼大了,已经过了要人喂的年纪,每每拒绝唐云山喂饭,唐云山都一脸惋惜。

唐诀用餐巾擦了擦嘴角:"大清早就不请自来,韩少爷好修养。"

韩叙也不生气,说:"早就听闻余小姐的手艺不错,所以特地来尝尝。"他又看向我,"不会拒绝吧?"

我慌乱地摇摇头,说实话韩叙的到来真是出乎我的意料。

唐诀怒道:"韩叙,你到底想干什么?这是我家,余笙是我的保姆,你别脸皮太厚了。"

韩叙意味深长地说:"噢,只是你的保姆啊?"

韩叙又当着唐诀的面,向我发出邀请:"不知道余小姐能不能赏个脸,中午和我吃顿饭呢?"

"我……"来这里一个多星期了,唐诀从没让我私自离开过,相比较而言,这里只是比那个回忆之屋大一些的牢笼罢了。

我看向唐诀,唐诀别开脸说:"想去就去吧,吃完饭就得回来,别忘了

241

你下午还有事情要做。"

韩叙略带讽刺地说:"真没想到唐少爷家风如此之严,保姆出门还有门禁,果然大家风范啊。"

唐诀拿起西装外套没有理他,走到门口的时候才转身对韩叙说:"韩叙,我想你现在没什么事了吧?离中午还很早,我送你出去怎么样?"

这是下逐客令了。韩叙起身对我轻声地说:"好可惜,没尝到你的手艺。"

没等唐诀再次发难,他便大步流星地走出大门,丢下了一句话:"我中午会来接你。"

很快到了中午,韩叙果然应约前来,他的车稳稳地停在门口,然后对我说:"你想吃什么?"

对于这次难得的外出,我有些兴奋,因为根本没带衣服过来,我只能穿唐诀之前给我的一套休闲装。没等我回答,韩叙看着我这身说:"我们去吃焖锅吧。"

"好呀。"我也好久没吃焖锅了,韩叙的提议很得我心。

工作日的午市,店里的人不多,上菜很快。等焖好了一锅的食材,我已经忍不住食指大动。我问韩叙:"你找我不会只是想请我吃饭吧?"

韩叙笑笑:"不可以吗?我以为我们是朋友。"

我低下头也笑了:"是,我们是朋友。"

他说:"我们星源想要并购风唐,你意下如何?"

我还在吃焖锅里的大虾,这汁多鲜甜的口味正合我意,我说:"为什么问我?我已经离开风唐几年了,现在什么情况我一无所知。"

韩叙点头表示理解:"现在的风唐只靠一个关真尧撑不了多久的,其他公司为了挖走关真尧必然会限制给风唐的资源,关真尧撑不下去的时候,不可能拿自己的前途去赌吧?她肯定会跳槽。"

风唐只剩下关真尧一个了?

我忍不住问:"李小曼呢?"就算李小曼的名气大不如前,那也算是二三线的女艺人,跑跑通告接接广告没问题呀。

"还有那些新人呢?模特呢?"我又问。这些人拍杂志封面还是可以的吧。

韩叙笑起来:"李小曼早就跳槽了,想进我们星源条件没谈拢,所以改道去了盛世。"

韩叙补充道:"盛世是这两年刚起来的公司,各方面的资金和人脉都是业内一流的,它背后肯定有大财团在支持。只是李小曼运气不怎么样,在盛世连拍了三部电影,都是烂片。被人尊称'烂片女王''票房毒药'。"

我笑起来:"那可真是够惨的。"

去K市的几年里,头两年忙于怀孕生子和生意,到两个鱼会说话能走路的时候才消停一些,别说看电影了,平时看电视都没空,每天回家累得只想睡觉。所以韩叙说的李小曼的烂片,我竟然是闻所未闻。

"可不是。"韩叙给我夹了一筷肥牛,说:"这个好吃,尝尝。"

"谢谢。"我连忙道谢。

韩叙边吃边说:"我也邀请过关真尧来星源,你知道的,她们组合这几年发展还不错,唱片市场这么不景气,每年还能卖出二三十万张的大碟。如果她真的过来,星源不会亏待她的。"

我手里的筷子停顿了一下,我大概知道关真尧为什么不肯走。这个傻丫头,估计是一直在等我回去。

原来当初任性妄为地离开,早已改变了很多人的轨迹,光是风唐我就愧对太多。

我说:"如果并购风唐,你们打算用什么方案来接手?"

"两种,一种是你卖给我们你手上的风唐股份,我们给你钱,交易成功后你可以来星源就职,这个不强迫你。另一种,我们给你和风唐股份相当的星源股份,条件是你得留在星源任职。不管怎么说,关真尧是你带出来的,你得对她负责。"

韩叙这句话,让我突然想起那天关真尧对我说的话。

两种方案,前一种省事,拿钱就走,但是没有后续发展;后一种明显是长期续约,不过韩叙说的星源股份真是打动了我。

我迟疑着说:"可我还没打算回S市发展。"

韩叙一脸惊讶地看着我:"那你以为你现在在哪?"

我哑然,是啊,我说了不回S市,可我现在还是在这里了……唐诀带着两个鱼,我根本不可能离开,可远在K市的洪辰雪又让我牵挂放不下,左右为难间,我竟一时不知道说什么才好。

韩叙笑笑:"我不逼你,给你时间好好考虑。"

一顿焖锅吃出了我人生的新计划,我突然有个大胆的想法,能不能把我和洪辰雪的咖啡馆从K市搬到S市呢?可是如果这样,我要在S市待不下去的话,回K市我就一无所有了。

正胡思乱想的时候,我身边站了一个人,他的影子落下,正好挡住了我面前的盘子。我抬头一看,是唐诀!

韩叙则笑得满脸温柔:"唐总这么快就来了,要不要给你添副筷子?"

243

劫后余笙。

相信我，韩叙绝对不是真的想要给唐诀添副筷子，否则他就不会光说只笑不行动了。

唐诀站了一会儿，摸清了韩叙的意思，也不搭理他，只对我说："吃饱了吗？吃饱了就跟我回去吧。"

韩叙又不怕死地说："哟，你们家还有接保姆吃饭的习惯啊。你们家还缺男保姆吗？"

说实在的，韩叙和我刚认识他的时候差距太大了，不知道是因为我太久没和他接触他变了，还是韩叙本来就是如此，之前的儒雅都是装的。

唐诀白了他一眼："我们家缺个清洗马桶的，韩少爷有兴趣吗？"

韩叙看着笑呵呵，然后说："和你一起清洗吗？没问题呀。"

这话是对我说的，简直无耻。我夹着一块肉，终于吃不下去，开口说："我也吃饱了，改天再约吧。"

韩叙一改刚才的模样点头赞同："好。具体的事项，我们改日再约。"他着重地点出了改日两个字，听得我一阵尴尬。

我刚站起身，唐诀就不由分说地拉着我的手离开。

坐在车上，我有点恼火："你刚才怎么那样？我们连个再见都没跟韩叙说。"

唐诀语气冰冷："怎么？你这么希望和他再见面？"没等我辩驳，他就立刻说，"你现在很会勾搭男人嘛，韩叙从S市追到K市，又追回来，你是不是觉得特别有成就感？"

唐诀的话听在耳朵里格外刺耳，我恼羞成怒："唐诀，你什么意思？"

自知说错话的唐诀一言不发，抿紧嘴唇，把车开得飞快。

车里压抑的气氛让我难以忍受，我说："前面停车，我要下车。"

唐诀一踩刹车，巨大的惯性差点没把我从座位上弹出去，没等我反应过来，他一手搂住我的脖子，一手按着我的后脑，对着我的唇就吻了下来！

这熟悉的气息一瞬间笼罩了我，大脑里的意识全部懈怠，只有感官还在。他轻轻咬着我的唇，摩擦出微微的疼，舌尖扫过我紧闭的唇瓣，最后流连忘返。

我不记得这个吻维持了多久，只知道我根本无法抗拒唐诀这样风卷残云般的入侵，心和身都软成了一摊水，我想要推开他，可意识不让我这样做。

"不要离开我了，好不好？"唐诀捧着我的脸，那语气仿佛可以融化我。

"我……"我好想说"好"，可这一瞬间我又想起了唐云山的话。

唐诀看出了我的迟疑，他说："即便你现在有顾虑，也不要立刻拒绝我，我们甚至可以从头开始，我们之前都没好好谈过恋爱就结婚了，也许这是个弥补的机会。"

谁弥补？明明是我不好，是我要离开他的，唐诀守在我身边那么多年，最后却要他来弥补吗？我不敢摇头，生怕眼里的泪失守。

我说："可是你都快跟李小西结婚了……"

这是我心底的一根刺。我不敢去想唐诀和李小西发生了什么，就算有什么，那也是我一手促成的，即便心里难受，也得含泪吞下。

"我如果真的和李小西在一起，还用等到现在还不和她结婚吗？"唐诀说。

"可你们都要去拍婚纱照了……"我越说越伤心，这两天的难过都被释放出来，只觉得现在迫切想要个答案，仿佛过了今天所有的勇气就会消耗殆尽。

唐诀笑起来："我说了随她喜欢，她自己要去拍，当然她喜欢就行。我从来没有说过我会去！"

"所以，你是说给我听的？"我忍不住伸手在唐诀的腰上掐了一把。

唐诀闷声"哼"了一下，说："算是吧。"

想起唐云山，我的心防又筑了起来，忍了又忍还是问出口："……那你爸呢？"

是啊，李小西对我来说从来就不是真正的情敌，可在真实生活里，让我和唐诀这样的人去私奔不可能。我一直担心的害怕的，始终都是不被唐家认可。我不想唐诀因为我而站到唐云山的对立面，即便是现在我也不想。

一份感情如果承担了太多不该赋予的压力，那么它的前路将不会一帆风顺，我真的无法确定我是否有这个毅力走下去。

我喜欢幸福的结局，在我所接受的教育里，一份好的爱情最终走进婚姻，那就应该得到父母的祝福。

唐云山对我的质疑，几乎让我无法前行，所以才会不顾一切地丢盔弃甲。

唐诀深情地看着我，说："你原来一直担心的就是这个。"

我垂下眼睑，点点头。

唐诀松开手，大手在我的头发上揉了揉："可你为什么没想到要告诉我？而选择自己一个人离开？"

唐诀不容我辩解，他继续说："因为你不敢，你害怕告诉我之后，我还是选择了和我父亲一个战线。与其到时候自取其辱，不如现在潇洒离开。别反驳，你就是这样想的。"

唐诀太了解我了，以至于不用再问什么，他就已经知道了一切。

我低着头，不发一言。

劫后余笙。

唐诀又说:"你为什么就不能来问问我的想法?就这样给我寄了个什么离婚协议书,就直接走人了?余笙啊余笙,我以为你稍微变得有点担当了,结果到了关键时刻,你还是把我给丢了。而且连个招呼都不打,说丢就丢了。"

"我唐诀是垃圾吗?还是你觉得我对你的感情也就只能落到一个垃圾的下场?"唐诀越说情绪越不稳,我知道他是在发泄。

"你看不到我的时候,我都等下来了,为什么反而在一起了,你却对我没信心了?"末了,他这样问。

我不是对你没信心,我是对自己没信心,我要怎么说?其实一直逞强不吃亏的余笙,是个外强中干的大傻瓜。实在太丢人了,我说不出口。

唐诀长叹一口气:"回家吧。"

"嗯。"我轻声应着点头。

回到唐家老宅,一进门就看见李小西正陪着唐云山说说笑笑,而我的两个鱼居然坐在沙发上玩玩具,李小西时不时用温柔的眼神看过去。

看到这一幕,我浑身戒备。两个鱼看见我回来,都向我冲过来,叫着"妈妈,妈妈",让我心头一暖。

唐云山看见唐诀,说:"你回来了,来,小西也在这里。"然后他看见了我,眼神挪开说:"你就带着孩子先去楼上吧。"

后面这句话是对我说的,我心里顿时生起一股闷气。唐诀却握紧了我的手:"她不用走,常妈,麻烦你帮我把孩子带去二楼。"

唐诀弯下腰来,对两个鱼说:"你们跟常奶奶去楼上看动画片,好不好?"

两个鱼一听说看动画片,眼睛一亮:"好。"

唐云山的脸色瞬间变了,当着众人的面,他并没有直接反驳唐诀,而是默许让常妈带着两个孩子先去了二楼。

客厅里安静得很,唐诀牵着我的手,一起坐在了沙发上。

李小西眼里飞快闪过一道锐利的寒光,可她面上却带着微笑:"阿诀,吃过午餐了吗?我带了我亲手做的糯米排骨,你一会儿尝一尝吧。"

唐诀也回以微笑:"真是对不起,李小姐,我想我从来没有说过要跟你结婚之类的话。让你误解了这么久,实在抱歉。"

李小西的微笑瞬间消失:"你什么意思?余笙回来,所以你要悔婚?"

唐诀摇头:"我和你从没有过婚约,除了八卦杂志上写的,我和你还有其他半分朋友之外的联系吗?"

唐云山怒道:"唐诀!你知道你在说什么吗?"

唐诀稳如泰山："知道，从没有比这一刻清楚。"

唐云山见说不动唐诀，就对着我："小笙，我们两家也算是世交。原本看在我和你家颇有渊源的分上，你要入我唐家的门，我没有拒绝。但是唐家有难，你不但不理解反而还要拖后腿，你这是爱唐诀的方式吗？还是你为了贪图我们唐家的财产来让你们余家东山再起呢？"

我心里怒极，表面上却不动声色地笑笑："唐老先生，我敬重您是长辈，但是不代表我可以任由你侮辱，当初我离开了，我给了唐诀和李小西机会，李小西抓不住难道也要怪我吗？"

"你自己也说了唐家有难，我们余家要东山再起为什么不干脆找个稳一点的靠山？难道非得挑您这棵歪脖子树吗？"我说着说着笑起来。

"那你为什么要生下孩子？！"李小西气得不行。

不过也是，我能理解，她满心欢喜地做着能成为唐太太的美梦，却在临门一脚前告知结婚后会成为后妈。这感觉，就像吃了苍蝇一样叫人难以下咽吧。

"我的孩子，我有权利选择生还是不生，李小西你不要管得太宽了。"我盯着她说。

正因为身边有唐诀，正因为唐诀紧紧握住我的手，我才能这样说出心底的话。

唐诀点头表示同意："没错，我们的孩子我们自己决定生还是不生，外人就不要管那么多了。"

唐云山怒不可遏："唐诀！你要是不跟余笙分开，你信不信我把你赶出唐家大门！"

唐诀微微一笑："这样最好了，我不是唐家少爷，也就不需要跟什么豪门联姻。"

客厅里的气氛变得凝重起来，唐诀和唐云山对视着，丝毫不落下风。我也不便轻易开口，我更想看看唐诀能做到什么地步。

李小西别过脸去，转过来的时候早已是梨花带雨："余小姐，我和唐诀就快结婚了，能不能请你不要在这个时候插足？你叫我怎么面对家里人？你和唐诀的孩子，我会当成自己亲生的一样，我发誓。"

唐云山"哼"了一声："你看看人家小西多通情达理，好端端地冒出两个孩子，她也接受并无二话，你还要我们怎么样？"

"那既然如此，我把孩子带走就是了。"我坦坦荡荡地说，"本来我也不想到这里来，更不想我的孩子喊你一声爷爷。"

唐云山眼睛一瞪："你敢！这是我唐家的血脉，你不能带走！"

劫后余笙。

我也冷笑:"你看我能不能带走,你看两个孩子是选我还是选你。"

纵然唐云山对我厌恶,可对两个孩子却是打心底的喜欢,听我这么说他瞪圆了眼睛,气得直喘粗气。

唐诀拍拍手说:"这事就这么定了,李小姐你的婚事该怎么办就怎么办,不用问我意见,因为我不会参与。"

唐诀的话音刚落,李小西的眼神几乎能把我烧成炭,她立刻起身对唐云山说:"伯父,今天看来是谈不下去了,我先回去,改日再说吧。"

李小西说完就大步流星地离开,还没走到门口,唐诀又说:"不用改日了,改多少日我的想法都不会变。"

李小西猛地回头:"唐诀,你不要欺人太甚!你拿了我们李家的援助,却不肯与我结婚,你是背信弃义!"

"我是接受了你们李家的援助,可我从来没求过你们,是你自己送上门的。再说,这几年你们早就赚够了原本投资的钱,现在已经是盈利快一倍的状态了。"唐诀说得条理清晰,"试问,你们去哪里找这样的投资?我们明明是双赢,不要说得你们李家多么委屈。"

李小西再也说不出话,扭头就走,高跟鞋踩在大理石地砖上,发出清脆的哒哒声。

唐云山气得捂住胸口:"逆子,逆子啊!"

"对不起,爸。"唐诀微微颔首,"我知道你不想看见我们,我今天就会带着孩子和小笙离开。"

说完,唐诀牵着我上楼,带上两个鱼,收拾了两大行李箱的东西,就出门了。唐云山还在客厅里坐着,他脸色不好,一片青灰色。

我说:"你爸心脏不好,不要太过激。"

唐诀点头:"我知道,我算准他吃过药才跟他说这些的,这周又是固定去医院检查的时间,没问题的。"

我默然,唐诀果然比我老狐狸,一步步都计算得很到位。

把行李装上车的时候,唐晓正好回来了,对于这位笑面大哥,我也生不起太多好感,只能尴尬地笑笑表示打过招呼。

唐诀对唐晓说:"我们走了,爸就交给你了。"

唐晓浅笑:"好。"

其实,我始终看不透唐晓是什么样的人。他好像一直都是这样优雅的姿态,什么事什么人都无法引起他情绪上的波澜。就比如今天,他连问都不问一句,就应了一个好。这样的唐晓,真是浑身是谜。

唐诀开车,我们回到了S市中心的那套大复式住宅。看来唐诀经常住在这里,屋子里很干净,几乎不需要怎么打扫,只是缺了两张儿童床。

唐诀也意识到了这点,他说:"我订了家具,大概两天后送过来,这两天就先挤一挤吧。"

虽然和唐诀和好,但并没有如初。所以晚上,我还是带着两个鱼睡在了主卧的大床上,唐诀去睡客房。

对于搬新家,两个鱼很兴奋,闹到了半夜才终于支撑不住睡着了。

我这才有空跟唐诀说了风唐并购的事,并提到了唐晓。

唐诀说:"我哥那个人你大可放心,他是不管这些身外事的。"

"身外事?"我好奇。

"就是跟他无关的,都是身外事,他这辈子只管三个人。老爸,我,还有一个女人。"唐诀说着笑起来。

一个女人?

说来奇怪,认识唐晓这么久,我都没看过或者听说唐晓身边有什么女朋友一类的存在。

"他女朋友吗?"我继续好奇地问。

"现在还不是吧。"唐诀显然不打算继续探讨唐晓的事了,他说:"我哥把风唐给你,那就是你的了。就当是我们结婚,他这个做大哥的给的红包吧。"

红包?这明明是当初为了让我离开才给的好处,被唐诀这么一说怎么觉得还像是我占了天大的好处一样。

唐诀突然凑近:"你晚上要跟我睡吗?"

我不自在地躲开:"孩子还在这……"

唐诀又伸手刮了我鼻子一下:"那你早点睡,晚安。"

我看着他轻轻关上门,心里暖意散开:"晚安,唐诀。"

第二天,我打电话给洪辰雪,让她准备搬店来S市。

洪辰雪有些生气:"我说,你这家伙为了爱还真是够折腾我的,好不容易才开起来的店,你说搬就搬啊?"

我笑着说:"对不起啦,其实我也想跟你在一起。"

洪辰雪瞬间被俘虏了,她哼哼着语气软绵绵地说:"我也猜到你迟早会回去,咱们大鱼儿和小鱼儿需要爸爸,再怎么好的后爸都比不上亲爸。我也知道的……"

其实,把店搬到S市我也能正好趁机将店里的事全部转交给洪辰雪。这几年,一直是她陪着我,照看孩子和开店,没有洪辰雪我不可能这么顺利地度过这些日子。

劫后余笙。

可洪辰雪也是个要面子的人,我直接说把店给她,她肯定会拒绝。借由搬家这个机会,倒是可以一切顺水推舟。

洪辰雪又说:"谁让咱们是姐妹呢,服你啦。不过,店转过去可以,到时候能不能请你认识的那个大明星再来喝咖啡呀?那简直就是活招牌呀!"

她说的是关真尧。

我笑笑:"那是一定要的,不然我叫你搬,不是坑你?"

洪辰雪也兴奋起来:"好咧。那你找好了店面就通知我,我把这里办妥了就过去。"

我突然灵光一闪,对洪辰雪说:"你也不用急着关掉,不行咱们可以开个分店,毕竟咱们原来的店已经有不错的口碑和名气了。"

那家店是我和洪辰雪的心血,就这样关掉,实在不忍心。

洪辰雪高兴坏了:"对对对,你说得对,我怎么没想到呢?"

开分店的事成了我的首要任务,把家里安置好之后,唐诀又以迅雷不及掩耳之势给两个鱼转了户口,准备给孩子安排在S市的幼儿园了。

关于孩子的姓氏,我有些不安,对唐诀说过要不改了两个孩子的姓,都姓唐。

唐诀听我提起,他笑着说:"唐朵好听,唐朗就不好听了。"

我不解,问:"为什么?"

"唐朗听起来像螳螂。"唐诀一本正经地说。

好吧,就按照唐诀的意见,大鱼儿还是叫余朗,小鱼儿改成了唐朵,果然这名字改了特别可爱。

改了名字之后没多久,我就找到了一家位置、面积都不错的店面,唐诀说你要感谢人家洪辰雪索性就把店面买下来,也算是我的一份心意。

唐诀考虑得比我周到。洪辰雪跟我一样的年纪,现在还是孤家寡人,如果不是三四年前她义无反顾地帮我,也许也不会到现在还没结婚。

跟房东一番交涉,终于以满意的价格签下了这间门面,定金一付,就等着过户了。

我特地把洪辰雪从K市请回来,只告诉她店面盘好了,让她来帮忙看一下。洪辰雪很兴奋,等我把她拖到房地产交易中心,把笔塞在她手里的时候,她才恍然大悟。

洪辰雪说:"你这什么意思?你把我当什么人了?好端端地送我店面,你这是要包养我啊?"

我说:"定金我也付了,合同也签了。就等过户后付清尾款,你要是不签定金就没了,而且我签合同用的你的名字。"

"什么。"洪辰雪满脸疑惑,考虑了一会儿,她慎重地在上面签了自己的名字。

她说:"我先说好,这是我替你保管的,哪天你再被唐家赶出来,咱们好歹也有个营生。"

我说:"呸呸呸,乌鸦嘴。"

S市的店面刚敲定,装修团队还没找好,洪辰雪就风风火火杀回K市去给那里的店找适合的店长了。等一切弄好,再回到S市,估计都快到夏天了。

找关真尧打软广告的事不急,但我确实要回一趟风唐,韩叙的提议让我很心动。既然决定要回来和唐诀一起面对,我就不能一直躲在他身后,我得囤积属于自己的力量。

时隔几年,再回到风唐,这里早已经物是人非。空荡荡的办公区,没几个人,训练室里也是杂乱不堪。风唐,竟然已经落魄到如此地步了。

站在原来属于我的办公室门前,我迟疑了许久没有开门进去。钥匙我有,只是心境复杂得很,有种说不出来的愧疚感。

身后有人喊我:"余姐!"声音中带着惊喜和兴奋。

我回头一看,是小悦!她身后慢慢悠悠走着的是关真尧。看到我,小悦明显雀跃得很,关真尧就冷漠多了,但她的眼睛一亮,看得出心情很不错。

"你准备回来了?"关真尧看着我说,"你看看,因为你风唐现在成了这样,我也快拿不到什么资源了,要不是茉茉和小悦帮我,我可能早就放弃了。"

让我真正讶异的是小悦的留下,我以为她会很快跳槽,却没想到她一直待到现在,还始终陪在关真尧的身边。

我莞尔一笑:"我准备把风唐并购,并入星源。"这是韩叙告诉我的,除了唐诀我谁也没说,但眼下这两个人让我不得不去信任。

果不其然,关真尧瞪大了双眼:"你说真的?你为什么要告诉我?"

"除了你们,还能告诉谁?"我眨眨眼睛笑了。

正想和关真尧再说几句,唐诀的电话到了,说是在楼下等我。

我问他:"做什么?"

他说:"约会。"

我只得先结束和关真尧的对话,我们互留了新的联系方式,说好有消息通知。关真尧看着我说:"你这次可不准再自己跑了。"

我愧疚地笑笑:"一定不会。"

楼下,唐诀的车停在那里,我上了车,唐诀递给我一只篮子,我问:

劫后余笙

"去哪?"

"到了你就知道了。"唐诀还故作神秘,不肯讲。

手里的篮子分明是个野餐篮,难道唐诀想去野餐?我大胆地猜测,然后立马脱口而出:"那我们先去接孩子一起去吧!"

现在两个鱼在唐诀朋友开办的早教学校上托班,熟人照顾比较放心。听我这么说,唐诀有些不满:"余小姐,我说了是约会,不是家庭聚餐。"

好吧好吧,是我的错,没能顺利转换角色,还停留在孩子妈妈的位置上。

唐诀的路线越开越熟悉,经过一片熟悉的绿荫之后,我恍然大悟:"你要去海大!"

唐诀嘴角弯起:"没错。"

下午的海大在温暖的阳光照射下,仿佛被蒙上了一层暗金色的纱,熟悉又久违的校园,几年后再来这里居然又是另外一种心境。

停好车后,唐诀拉着我来到校舍后面一块临湖的草地上,这里已经坐了好几对情侣了。不过也难怪,这个湖是海大标志性景观之一,又称为"海大情侣圣地"。

从这个地方看过去,温暖的阳光洒在湖面上,一片波光粼粼,仿佛蒙着面纱的新娘,神秘里又透着迷人。

唐诀从野餐篮里拿出了一块浅紫色格子餐布,把东西一一摆好,然后招呼我坐下。我坐下一看,真不得不佩服唐诀的用心,里面都是我和他在海大念书时喜欢的点心。

唐诀说:"我很久之前就想和你来这里了。"

说完他抬头看着我,眼里的柔情让我无比动容,他说:"可惜一直到现在才实现。"